# 三六六・日日賞讀之二
# 古典詩詞美麗世界

唐至清代

夏玉露・編注

目次（*編號與頁碼相同。）

## 唐

目次



## 五代十國

## 北宋

## 北南宋之交

宋



元

## 明



## 明末清初

目次

# 編輯說明

- **排　　序**　本書介紹之詩詞順序，係以朝代為先，再按作者的出生年排序，出生年不詳的作者之作品，則排在該朝代的最後面。但同一作者的詩詞排序，並非依創作順序排列。

- **詩詞版本**　古典詩詞流傳久遠，部分用字會有兩、三種版本；在字意注釋上，各家亦有不同看法。因考據訓詁非本書用意，僅擇一解釋。

- **注　　釋**　力求簡要精準。為了避免注釋編號影響賞讀，詩詞裡不加注釋編號，而是在注釋處註明詞彙所在行列，供讀者對照閱讀。此外，為了方便讀者閱讀，不需前後翻查注釋，每首詩詞皆附有完整注釋，因此相同詞語的注釋會重複出現。不過，相同詞語在不同詩詞中所用之意不見得相同，敬請注意。

- **賞讀譯文**　以字面解讀為主，力求逐字翻譯，在顧及語意完整性之外，皆不多添加其他字詞。不談言外之意及背景故事，亦不做過多揣測。因詩詞的曖昧性，各家解讀多有差異，字面解讀亦難完全精準，僅供讀者參考。關於詩詞中是否有延伸意涵，敬請各位讀者發揮想像力與感受力來解讀及詮釋。

以上種種，尚祈讀者見諒。

## ❶ 感遇

陳子昂

蘭若生春夏，芊蔚何青青。
幽獨空林色，朱蕤冒紫莖。
遲遲白日晚，裊裊秋風生。
歲華盡搖落，芳意竟何成。

### 賞讀譯文

蘭草和杜若在春夏生長，如此茂盛又翠綠。
其獨特風采使林間的其他花草失色，紅花從紫莖中冒出綻放。
緩緩流逝的白日即將結束，吹起了搖曳的秋風。
每年綻放一次的花朵全都凋殘了，如何成就春意？

### 題旨：賞景抒懷

**陳子昂**（661～702）
字伯玉。少時慷慨任俠，十七、八歲時棄武從文，二十四歲時登進士第後，曾任麟臺正字、右拾遺等職，亦曾兩次從軍北征。因直言敢諫而遭當權者排擠。辭官返鄉後，受縣令誣害，卒於獄中。

**—注釋—**

一行—**蘭若**：蘭草、杜若，都是香草植物。／**芊蔚**：草木茂盛。／**何**：多麼，表示程度。／**青青**：翠綠茂盛。

二行—**幽獨**：出自《楚辭・九章・悲回風》：「蘭茝幽而獨芳。」指獨具風采。／**空林色**：使林中其他花朵失色。／**蕤**：泛指草木所垂結的花。／**冒**：冒出。

三行—**遲遲**：緩慢行走的樣子。／**晚**：將盡、將結束。／**裊裊**：搖曳不定的樣子。另有版本為「嫋嫋」，意思相同。

四行—**歲華**：指每年綻放一次的花。／**盡**：全部。／**搖落**：凋殘。／**芳意**：春意。

## 2 感遇

### 蘭葉春葳蕤

張九齡

蘭葉春葳蕤，桂華秋皎潔。
欣欣此生意，自爾為佳節。
誰知林棲者，聞風坐相悅。
草木有本心，何求美人折。

### 賞讀譯文

一到春季，蘭草的葉子便繁密茂盛；來到秋季，桂花就光明潔白。如此活躍的生命力，自然讓春秋成了美好節日。誰知道棲息在林間的人，聞到風中的氣息便充滿喜愛之情。散發芳香是草木的天性，豈是要求美人來摘折呢？

**張九齡**（673～740）

字子壽。出身官宦世家。登進士第後，多次入京當官又被調派至地方，曾任中書侍郎、中書令、右丞相、宰相等職，後因舉薦不稱職之罪被貶。為官直諫敢言，參與開元之治。人稱曲江公。

**題旨：賞景抒懷**

**—注釋—**

一行—**葳蕤**：枝葉繁密，草木茂盛。／**桂華**：桂花。／**皎潔**：光明潔白。

二行—**欣欣**：草木興盛繁榮的樣子。／**生意**：生命力、生長發育的活力。／**自爾**：自然而然。／**佳節**：美好的節日。

三行—**林棲者**：棲息在山林間的人。／**坐**：深深，或因而。／**悅**：喜愛。

四行—**本心**：天性、天性。／**何**：豈，怎麼。

# ③ 感遇

江南有丹橘

張九齡

江南有丹橘，經冬猶綠林。
豈伊地氣暖，自有歲寒心。
可以薦嘉客，奈何阻重深。
運命惟所遇，循環不可尋。
徒言樹桃李，此木豈無陰。

題旨：詠丹橘抒懷

一注釋一

二行一**豈**：難道。／**伊**：指江南。／**歲寒心**：即耐寒的特性，比喻堅貞不屈的節操。
三行一**薦**：呈獻。／**嘉客**：佳賓、貴賓。／**奈何**：為何。／**重深**：指險阻多而大。
四行一**循環**：事物周而復始的運轉或變化。
五行一**徒**：只、僅。／**樹**：種植。／**此木**：指丹橘。／**陰**：黑暗、陽光照不到的地方。

## 賞讀譯文

江南有丹橘樹，經過冬天之後仍舊是充滿綠葉的林木。難道是因為江南天氣暖和嗎？應該是它原本就具有耐寒的特性。丹橘可以拿來呈獻給貴賓，為何前方有著重深廣大的阻隔？命運只與所遭遇的一切相關，其中的循環道理是難以探尋的。人們都只說要種桃樹和李樹，難道丹橘無法繁茂成蔭嗎？

# 4 秋宵月下有懷

孟浩然

秋空明月懸，光彩露沾濕。
驚鵲棲未定，飛螢卷簾入。
庭槐寒影疏，鄰杵夜聲急。
佳期曠何許，望望空佇立。

題旨：望月懷人

**孟浩然**（689～740）襄陽人，世稱孟襄陽。曾隱居，也曾遊歷各地。四十歲時應進士不第，曾短暫擔任張九齡的幕僚。終生為布衣，無正式官職。

**注釋**

三行 **寒影疏**：槐樹因天寒葉落，樹影稀疏。／**杵**：指擣衣。

四行 **佳期**：歡聚之期。／**曠**：遼遠。／**何許**：何處、何時。／**望望**：依戀的樣子。／**空**：徒然。

## 賞讀譯文

秋夜的天空裡懸掛著明月，光彩照在露珠上，好像把露珠沾濕了。被月光驚起的鵲鳥尚未棲息安定，飛舞的螢火蟲從卷簾下方飛入室內。庭院裡的槐樹因天寒葉落而樹影稀疏；夜裡鄰家傳來急促的擣衣聲。歡聚之期如此遼遠而未知，我只能依戀地徒然佇立在此。

## 5 庭橘

孟浩然

明發覽群物，萬木何陰森。
凝霜漸漸水，庭橘似懸金。
女伴爭攀摘，摘窺礙葉深。
並生憐共蒂，相示感同心。
骨刺紅羅被，香黏翠羽簪。
擎來玉盤裡，全勝在幽林。

**題旨：詠橘抒懷**

**—注釋—**

一行—**明發**：天亮。／**群**：眾多。／**何**：多麼，表示程度。／**陰森**：樹木繁茂而濃密。
二行—**漸漸**：流淌的樣子。
三行—**攀摘**：伸到高處摘取。／**窺**：偵視、探測。／**礙**：掩蔽。／**深**：茂盛、茂密。
四行—**憐**：喜愛，疼惜。／**共蒂**：同一個蒂頭。
五行—**骨**：指枝幹。／**羅**：質地輕軟的絲織品。／**被**：披巾。／**翠羽簪**：一種結合金屬工藝和羽毛工藝的髮簪。
六行—**擎**：持、拿。／**幽林**：幽深茂密的樹林。

### 賞讀譯文

我在天亮時觀覽周圍眾多的景物，萬樹多麼繁茂濃密。
濃霜凝結成水流淌而下，庭院裡的橘子像懸掛著的金球。
女伴們爭相伸向高處摘取，也探尋掩蔽在茂盛葉子間的橘子來摘取。
她們特別憐愛那些並蒂而生的橘子，感動於它們互相展示心意相同。
橘樹的枝幹刺中了紅色絲質披巾，香氣沾黏在翠羽簪上。
把橘子拿來放在玉盤裡，完全勝過讓它們待在幽深茂密的樹林裡。

## 6 途中遇晴

孟浩然

已失巴陵雨，猶逢蜀阪泥。
天開斜景遍，山出晚雲低。
餘濕猶沾草，殘流尚入溪。
今宵有明月，鄉思遠淒淒。

**題旨：旅途思鄉**

**注釋**

一行—**失**：錯過。／**巴陵**：今湖南省岳陽。／**猶**：仍舊、還。／**蜀**：今四川省。／**阪**：山坡。

二行—**斜景**：西斜的陽光。

三行—**濕**：水分多、含有水分的。／**尚**：猶、還。／**流**：水的通稱。

四行—**鄉思**：思念家鄉的心情。／**淒淒**：淒清悲傷、悲傷哀痛的樣子。

### 賞讀譯文

錯過了巴陵地區的雨，來到蜀地山坡，還是遇到泥濘的道路。

天空的雲已經散開，西斜的陽光照遍大地。山巒露出形影，傍晚的雲低低地飄著。

剩餘的水滴還沾在青草上，殘留的雨水還流向小溪。

今天晚上有明月，思念家鄉的心情讓人十分悲傷哀痛。

# 7 同從弟南齋翫月憶山陰崔少府

王昌齡

高臥南齋時，開帷月初吐。
清輝淡水木，演漾在窗戶。
苒苒幾盈虛，澄澄變今古。
美人清江畔，是夜越吟苦。
千里其如何，微風吹蘭杜。

**王昌齡**（698～756）字少伯，早年貧困為農，中進士後，曾任秘書省校書郎、汜水尉、江寧丞、龍標尉等職，後為刺史閭丘曉所殺。擅長七言絕句，以邊塞詩聞名。

**【注釋】**

題—**從弟**：堂弟。／**翫**：觀賞、玩。／**山陰**：今浙江紹興。／**崔少府**：崔國輔，生卒年不詳，曾任官職。

一行—**高臥**：高枕而安適無憂的躺臥。／**開帷**：打開窗簾。／**吐**：釋放、放出。

二行—**清輝**：月光。／**演漾**：水波蕩漾、飄搖。

三行—**苒苒**：指時光流逝。／**盈虛**：月亮圓缺。／**澄澄**：清亮透明，指月光。／**今古**：過去、往昔。亦借指消逝的人事、時間。

四行—**美人**：指崔少府。／**是夜**：這一夜。／**越吟**：史記中，有越人莊舄在楚國唱越歌寄託鄉思一事。山陰屬越地，故借用此典故。

五行—**千里**：指兩人相隔千里。／**其**：文言助詞，表示疑問的語氣。／**如何**：怎樣。／**蘭杜**：蘭草和杜若，都是香草。意指崔少府的聲名如蘭杜香氣，微風吹送就可聞到。

**題旨：賞月懷友**

## 賞讀譯文

我高枕躺臥在南齋時，打開窗簾，月亮剛剛升起。它那清淡的光輝灑在水面及林木間，水面折射的月光映在窗戶上搖曳蕩漾著。時光流逝，經過了幾次月亮圓缺。在澄亮的月光下，過去的世事已有所改變。這夜，崔少府應該在清江河畔，跟越人莊舄一樣吟詠著思鄉之苦。即使相隔千里又怎樣？微風吹來了他那如蘭草、杜若般芳香的聲名。

# 8 青溪

王維

言入黃花川，每逐青溪水。
隨山將萬轉，趣途無百里。
聲喧亂石中，色靜深松裏。
漾漾汎菱荇，澄澄映葭葦。
我心素已閒，清川澹如此。
請留盤石上，垂釣將已矣。

## 賞讀譯文

進入黃花川之前，我總是沿著青溪前行。
隨著山勢將會曲折多次，行經的路途不到百里。
亂石間有水聲喧嘩，松林深處景色幽靜。
水草漂浮在蕩漾的水波上，蘆葦倒映在清澈水面上。
我的心一向閒靜，清川又如此澹泊。
請讓我留在大石頭上，就這樣垂釣吧。

**王維（約 701～761）**字摩詰，號摩詰居士。登進士第後，曾任右拾遺、監察御史、河西節度使、尚書右丞等職。曾被安祿山俘虜任官，著詩〈凝碧〉明志。晚期過著半官半隱的生活，先後隱居終南山和輞川等地。精通詩、書、畫、音樂等，有「詩佛」之稱。與孟浩然合稱「王孟」。

**題旨：溪景抒懷**

**—注釋—**

題—**青溪**：在今陝西省境內。

一行—**言**：發語詞。／**黃花川**：在今陝西省鳳縣。／**逐**：沿著。

二行—**萬轉**：指多次曲折。／**趣途**：同「趨途」，指走過的路途。

三行—**聲**：此處指水聲。／**色靜**：景色幽靜。／**深松**：松林深處。

四行—**漾漾**：水波動盪。／**汎**：漂浮。／**菱荇**：水草。／**澄澄**：清澈。／**葭葦**：蘆葦。

五行—**素**：一向。／**閒**：閒靜。／**澹**：澹泊。

六行—**磐石**：大石。／**將已矣**：就這樣吧。

## 9 崔濮陽兄季重前山興

王維

秋色有佳興，況君池上閒。
悠悠西林下，自識門前山。
千里横黛色，數峰出雲間。
嵯峨對秦國，合沓藏荊關。
殘雨斜日照，夕嵐飛鳥還。
故人今尚爾，嘆息此頹顏。

**題旨：秋景抒懷**

**注釋**

題—**崔季重**：曾任濮陽太守，此時已罷官隱居，當時可能住在藍田（位於今陝西省）。

一行—**佳興**：美好的興致。／**君**：你，指崔季重。

二行—**悠悠**：安閒暇適的樣子。／**西林**：西面的樹林。／**自識**：自然知道、認識。

三行—**黛色**：青黑色。

四行—**嵯峨**：山勢高峻。／**秦國**：指秦朝的京城咸陽，在今陝西省境內。／**合沓**：重疊。／**荊關**：柴門，指崔季重的住屋。

五行—**殘雨**：將止的雨。／**夕嵐**：傍晚的山間霧氣。／**還**：返回、回來。

六行—**故人**：老友，指崔季重。／**尚爾**：尚且如此。／**頹顏**：衰老的容貌。

### 賞讀譯文

秋天的景色充滿了美好的興致，何況你閒居在水池附近。
你安閒暇適地住在西面的樹林下，自然認識門前的山脈。
這座青黑色山脈横向綿延千里，有數座山峰高聳地冒出雲間。
高峻的山勢正對著秦朝京城咸陽，你的住屋就藏在重疊的山巒裡。
斜陽照著快要停止的雨，飛鳥在傍晚的山間霧氣間返回。
你這位老友如今尚且如此，讓人不禁為我這衰老的容貌而嘆息。

## 10 贈裴十迪

王維

風景日夕佳，與君賦新詩。
澹然望遠空，如意方支頤。
春風動百草，蘭蕙生我籬。
曖曖日暖閨，田家來致詞。
欣欣春還皋，淡淡水生陂。
桃李雖未開，荑萼滿芳枝。
請君理還策，敢告將農時。

**題旨：春景抒懷**

**注釋**

題—**裴十迪**：裴迪，排行第十，故稱「裴十」，曾任蜀州刺史、尚書省郎。

一行—**日夕**：傍晚、黃昏。出自晉代陶潛的〈飲酒〉：「山氣日夕佳，飛鳥相與還。」／**賦**：吟詠、寫作。

二行—**澹然**：恬淡。／**如意**：古代一種有著圓盤頭、長柄略微彎曲的爪杖，功能類似現代的不求人。／**方**：正在。／**支頤**：用手托住臉頰。

三行—**蘭蕙**：蘭草和蕙草都是香草，常用來比喻高雅、高潔。／**籬**：以竹或樹枝編成的柵欄。

四行—**曖曖**：迷濛隱約。／**閨**：指屋內。／**田家**：農夫。／**致詞**：串門子。

五行—**欣欣**：草木茂盛繁榮。／**皋**：水邊的地。／**淡淡**：水流平滿。／**陂**：池塘。

六行—**荑**：茅草的嫩芽，代指草木的嫩芽。／**萼**：花萼，代指花。／**芳枝**：樹枝的美稱。

七行—**理**：準備好。／**還策**：回去時要用的拐杖。／**敢**：表示冒昧。／**農時**：農忙時節。

### 賞讀譯文

傍晚的風景十分美好，我和你一起創作新詩。
我恬淡地望著遠方的天空，正用如意杖托住我的臉頰。
春風吹動百草，蘭草和蕙草生長在我家的圍籬內。
隱約迷濛的日光溫暖了屋內，農夫來我家串門子閒聊。
草木茂盛繁榮，春天已回到水岸，池塘裡的水已漲到平滿了。
桃花和李花雖然還未開放，但是其嫩芽和花萼都已經長滿樹枝。
請你準備好回去時要用的拐杖，我冒昧地告訴你，農忙時節就快到了。

# ⑪ 夕霽杜陵登樓寄韋繇

李白

浮陽滅霽景，萬物生秋容。
登樓送遠目，伏檻觀群峰。
原野曠超緬，關河紛錯重。
清輝映竹日，翠色明雲松。
蹈海寄遐想，還山迷舊蹤。
徒然迫晚暮，未果諧心胸。
結桂空佇立，折麻恨莫從。
思君達永夜，長樂聞疏鐘。

## 賞讀譯文

日光使得雨後景色漸漸消失，萬物展露出秋季的風采。我登上樓送目遠望，趴著欄杆觀覽群峰。這片原野廣闊平遠，大小關隘與河流紛雜錯縱。月光照映著竹林，其青翠的顏色使直入雲端的松林更加明亮。

蹈海求仙一事，我只能寄託在憑空想像中；我想要退隱，卻又迷失了舊時的蹤跡。徒然地逼近老年，我還不能調和心胸的思緒。我像古人那樣徒然地結桂枝佇立著，折麻枝思念你，遺憾沒有追隨你。我思念你一整夜，聽到宮裡傳來稀疏的鐘聲。

## 題旨：秋季晚景懷人

**李白**（701～762）字太白，號青蓮居士，有詩仙、詩俠之稱，與杜甫合稱李杜。曾供奉翰林，後漫遊各地，安史之亂時欲報效國家，做了許多嘗試，卻未能如願。

【注釋】

題—**夕霽**：傍晚時，雨停天晴。／**杜陵**：西漢宣帝的陵墓，位於陝西省。

一行—**浮陽**：日光。／**霽景**：雨停後的景色。／**秋容**：秋色，秋天的景色。

二行—**遠目**：遠望。／**伏檻**：趴著欄杆。

三行—**曠超緬**：廣闊平遠。／**關河**：指大小關隘與河流。／**紛錯重**：紛雜錯縱。

四行—**清輝**：月光。／**竹日**：另有版本為「水竹」。／**翠色**：指竹子的翠綠。／**雲松**：直入雲端的松樹。

五行—**蹈海**：投海、走入海中，在此指蹈海求仙。／**遐想**：超越現實的思索或想像。／**還山**：歸隱。

六行—**迫**：逼近。／**晚暮**：年老。／**未果**：未能。／**諧**：調和。

七行—**結桂空佇立**：出自《楚辭．九歌．大司命》：「結桂枝兮延佇，羌愈思兮愁人。」／**折麻**：比喻離別思念之情，出自《楚辭．九歌．大司命》：「折疏麻兮瑤華，將以遺兮離居。」／**恨**：遺憾、悔恨。

八行—**永夜**：整夜。／**長樂**：西漢的長樂宮，在此指長安城的宮殿。／**疏鐘**：稀疏的鐘聲。

## 12 月夜江行寄崔員外宗之

李白

飄颻江風起，蕭颯海樹秋。
登艫美清夜，挂席移輕舟。
月隨碧山轉，水合青天流。
杳如星河上，但覺雲林幽。
歸路方浩浩，徂川去悠悠。
徒悲蕙草歇，復聽菱歌愁。
岸曲迷後浦，沙明瞰前洲。
懷君不可見，望遠增離憂。

**題旨：江上夜景懷人**

**注釋**

一行—**飄颻**：隨風飄動。另有版本為「飄飄」。／**蕭颯**：秋風勁瑟。

二行—**艫**：船前頭的刺櫂處，代指船頭。／**清夜**：清靜的夜晚。／**挂席**：揚帆。挂，通「掛」。

四行—**杳**：遼闊無邊。／**雲林**：雲籠罩樹林。／**幽**：幽暗。

五行—**方**：正、適。／**浩浩**：水流盛大的樣子。／**徂川**：流水，流逝的歲月。／**悠悠**：眇遠無盡的樣子。

六行—**蕙草**：一種香草。／**歇**：凋零、衰敗。／**菱歌**：採菱時唱的歌。

七行—**岸曲**：曲折的江岸。／**浦**：水邊。／**沙明**：明亮的沙灘。

### 賞讀譯文

江風吹起，萬物飄動，水邊的樹林發出蕭颯的秋聲。我登上船頭，感受到清靜夜晚的美好；揚起帆，輕舟緩緩移動。月亮隨著碧綠青山轉動，江水與青天合流。遼闊無邊的感覺猶如航行在星河之上，只覺得雲籠罩下的樹林一片幽暗。

歸返的路途水流正盛大，流逝的歲月眇遠無盡。我徒然悲傷著蕙草已經凋零衰敗，又聽到哀愁的菱歌。曲折的江岸擋住了後方水濱，在明亮的沙灘上能看見前方的小洲。我思念著你卻又不能相見，眺望遠方只會增加我心中的離別之憂。

## 13 古風

### 碧荷生幽泉

李白

碧荷生幽泉，朝日豔且鮮。
秋花冒綠水，密葉羅青煙。
秀色空絕世，馨香誰為傳。
坐看飛霜滿，凋此紅芳年。
結根未得所，願託華池邊。

**題旨：詠荷抒懷**

**注釋**

一行—**幽泉**：幽深隱僻的泉水。／**朝日**：早晨的陽光。

二行—**冒**：覆蓋。／**羅**：籠罩。

三行—**秀色**：秀美的容色。／**絕世**：舉世無雙，獨一無二。

四行—**坐**：徒然、平白的。／**飛霜**：降霜。／**芳年**：青春年華。

五行—**結根**：扎根。／**得所**：得到安居之地或合適的位置。／**華池**：景色佳麗的池沼。

**賞讀譯文**

碧綠的荷株生長在幽深隱僻的泉水中，在早晨陽光的照耀下顯得豔麗又新鮮。

秋季，花朵從綠水間冒出來，緊密的葉叢籠罩著青色煙霧。

荷花擁有空前絕後的秀美容色，但這股馨音有誰能為它傳送？

我平白看著它被降霜鋪滿，使得它那紅色的青春花容就此凋落。

這次碧荷沒有扎根在合適的地方，希望它下次能託生在景色佳麗的池沼，（其美色與馨香才會有人欣賞）。

# 14 古風

孤蘭生幽園

李白

孤蘭生幽園，眾草共蕪沒。
雖照陽春暉，復悲高秋月。
飛霜早淅瀝，綠豔恐休歇。
若無清風吹，香氣為誰發。

題旨：詠蘭抒懷

一注釋一

一行一**幽園**：幽深隱僻的園子。／**眾草**：雜草、野草。／**共**：一起，一同。／**蕪沒**：掩沒。

二行一**陽春**：溫暖的春天。／**暉**：日光。／**高秋**：深秋。

三行一**飛霜**：降霜。／**淅瀝**：霜雪細下的樣子。／**歇**：凋零、衰敗。

## 賞讀譯文

孤獨的蘭草生長在幽深隱僻的園子裡，一同掩沒在雜草之中。雖然它曾經受到溫暖春天的日光照射，卻又為深秋的明月而悲傷。降霜早就淅瀝地落下，蘭草那鮮豔的綠葉恐怕要凋零衰敗了。如果沒有清風吹拂，蘭草的香氣是為誰而發的呢？

15

# 古風

桃花開東園

李白

桃花開東園，含笑誇白日。
偶蒙春風榮，生此豔陽質。
豈無佳人色，但恐花不實。
宛轉龍火飛，零落早相失。
詎知南山松，獨立自蕭颸。

題旨：詠桃與松

【注釋】

一行【誇白日】：向白日炫耀。
二行【蒙】：受到、承受。／【榮】：開花。／【豔陽】：光豔美麗。／【質】：資質。
三行【豈】：難道、怎麼。／【花不實】：開花不結果。
四行【宛轉】：比喻光陰流逝。／【龍火飛】：龍火為東方蒼龍七宿中的「心宿」，又稱大火星。在農曆六月黃昏在正南方空中，並在七月西移而下。龍火飛指秋將至之意。
五行【詎知】：豈知、怎知。／【蕭颸】：風吹松柏的聲音。

## 賞讀譯文

桃花在東園裡盛開，含著笑向白日炫耀它的美。它是偶然受到春風吹拂才得以開花，生出這光豔美麗的資質。難道它沒有佳人那般的美色？我只是擔心這花可能不會結果。隨著時光流逝，秋天到來，這些花早就零落而消失了。怎會知道南山上的松樹，在蕭瑟秋風間仍兀自獨立。

# 16 秋思

李白

春陽如昨日，碧樹鳴黃鸝。
蕪然蕙草暮，颯爾涼風吹。
天秋木葉下，月冷莎雞悲。
坐愁群芳歇，白露凋華滋。

**題旨：秋景抒懷**

**注釋**

一行—**黃鸝**：黃鶯。

二行—**蕪**：叢生的草。／**蕙草**：一種香草。／**暮**：衰頹的。／**颯爾**：風吹草木聲。

三行—**木葉下**：樹葉落下。出自自屈原的《九歌・湘夫人》：「嫋嫋兮秋風，洞庭波兮木葉下。」／**莎雞**：紡織娘，雄蟲每到夏夜就會摩擦前肢發出沙沙聲。

四行—**坐**：徒然、平白的。／**群芳**：百花。／**歇**：凋零、衰敗。／**華滋**：茂盛的花朵。

## 賞讀譯文

昨日的陽光像春陽那般溫暖，黃鸝鳥也在綠樹上啼叫。然而叢生的蕙草已經衰頹，涼風颯颯地吹起。時序入秋後，樹葉紛紛落下，紡織娘在冷冷的月光下悲鳴。我徒然地為百花衰敗而發愁，白露使得茂盛的花朵都凋落了。

## 17 秋登巴陵望洞庭

李白

清晨登巴陵，周覽無不極。
明湖映天光，徹底見秋色。
秋色何蒼然，際海俱澄鮮。
山青滅遠樹，水淥無寒煙。
來帆出江中，去鳥向日邊。
風清長沙浦，霜空雲夢田。
瞻光惜頹髮，閱水悲徂年。
北渚既蕩漾，東流自潺湲。
郢人唱白雪，越女歌採蓮。
聽此更腸斷，憑崖淚如泉。

**題旨：秋日湖景抒懷**

**注釋**

題—**巴陵**：位於今湖南省岳陽市的巴丘山。
一行—**周覽**：遍覽。／**無不極**：無不窮盡。
二行—**徹底**：形容水清見底。／**秋色**：秋日景色。
三行—**何**：多麼。／**蒼然**：廣闊。／**際海**：水天交接處。／**俱**：皆。／**澄鮮**：澄淨清新。
四行—**滅**：掩沒。／**淥**：清澈。／**寒煙**：寒冷的煙霧。
六行—**風清**：風輕柔而涼爽。／**長沙浦**：由長沙注入洞庭的湘水。／**霜空**：秋冬的晴空。／**雲夢**：雲夢澤。
七行—**瞻光**：觀覽日月之光。／**頹髮**：頹落的頭髮。／**閱水**：看逝去的流水。／**徂年**：過去的年華。
八行—**渚**：水中的小塊陸地。／**東流**：往東的江水。／**自**：兀自、還是、依然。／**潺湲**：流動。
九行—**郢人**：郢地之人，郢為春秋時代楚國的國都，在今湖北省江陵縣。／**白雪**：楚國的歌曲名。／**越女**：江南女子。／**採蓮**：樂府曲名。
十行—**腸斷**：比喻極度悲傷。／**憑**：依靠。

### 賞讀譯文

我在清晨登上巴陵山，遍覽四周無不窮盡。明亮的湖面倒映著天光，湖水清澈見底，展露秋天景色。這秋景多麼廣闊，直到水天交接處都如此澄淨清新。青色的山巒掩沒了遠方的樹林，清澈的水面上沒有寒冷的煙霧。有帆船出現在江中航行而來，鳥兒向著白日那邊飛去。長江浦上吹著輕涼秋風，雲夢澤上籠罩一片晴空。

我觀覽著日月的光采，憐惜我那頹落的頭髮；我看著逝去的流水，悲傷著過去的年華。北方渚地在蕩漾的江水之間，江水兀自向東流去。郢地人唱著楚國的白雪曲，江南女子哼著採蓮曲。聽到這些歌聲，讓我更加悲傷，依靠著山崖，淚如泉流。

# 18 掛席江上待月有懷

李白

待月月未出，望江江自流。
倏忽城西郭，青天懸玉鉤。
素華難可攬，清景不同遊。
耿耿金波裏，空瞻鳷鵲樓。

題旨：賞月抒懷

注釋

一行—**自**：兀自、還是、依然。

二行—**倏忽**：忽然。／**城西郭**：城西的外城。／**玉鉤**：新月。

三行—**素華**：月光。／**攬**：把持、掌握。／**清景**：清麗的景色。／本句亦有「素華雖可攬，清景不可遊。」版本。

四行—**耿耿**：明亮。／**金波**：月光。／**空**：徒然。／**瞻**：向上或向前看。／**鳷鵲樓**：指金陵鳷鵲樓。

## 賞讀譯文

我等待著月亮，月亮還沒有出現；我看著江水，江水兀自流去。忽然間在城西的外城上，有一彎新月懸掛在青天上。月光難以把持，沒有人與我同遊這清麗的景色。我在明亮的月光下，徒然地看向鳷鵲樓。

## 19 淮海對雪贈傅靄

李白

朔雪落吳天，從風渡溟渤。
海樹成陽春，江沙皓明月。
飄颻四荒外，想像千花發。
瑤草生階墀，玉塵散庭闕。
興從剡溪起，思繞梁園發。
寄君郢中歌，曲罷心斷絕。

### 題旨：詠雪懷友

### 注釋

題—**淮海**：揚州。／**贈傅靄**：另有「贈孟浩然」之說。

一行—**朔雪**：北方的雪。／**吳天**：指江南。／**從**：跟隨。／**溟渤**：大海。

二行—**海樹**：海邊的樹。／**陽春**：溫暖春天百花盛開的景象。／**皓明月**：比明月還要皎潔。

三行—**飄颻**：凌風飛翔。／**四荒**：四方邊遠的國家。／**發**：開花。

四行—**瑤草**：傳說中的香草，泛指珍美的草，也有被雪覆蓋的草之意。／**墀**：臺階上的平地。／**玉塵**：指雪。／**闕**：宮門外的瞭望樓臺。

五行—**興從剡溪起**：引自東晉王子猷在雪夜訪友人戴安道的故事，他花了一夜的時間到戴安道的住處，卻不見戴安道就直接返家，認為「吾本乘興而行，興盡而返，何必見戴？」／**剡溪**：浙江嵊州上游。／**思繞梁園發**：引自南朝謝惠連〈雪賦〉，漢梁孝王在兔園與賓客一起詠雪的故事。

六行—**郢中歌**：有〈陽春〉、〈白雪〉等歌，可參考成語「曲高和寡」的典故。／**斷絕**：形容極其悲傷。

### 賞讀譯文

來自北方的雪飄落在江南一帶，也隨著風飛渡大海。

海邊的樹被白雪覆蓋，成為溫暖春天百花盛開那般的景象；江邊的沙地鋪滿白雪，比明月還要皎潔。

白雪凌風飛翔到四方邊遠國家之外，想像這幅畫面宛如千朵花同時綻放。

臺階平地上長出的珍美香草被雪覆蓋著，白雪如玉色粉塵散落在庭院和樓臺中。

我跟王子猷一樣有著在雪夜裡乘船訪友的興致，也跟漢梁孝王一樣充滿在園子裡歌詠白雪的心思。

我把郢中的〈白雪〉歌寄給你，唱完後實在令人悲傷。

# 20 新林浦阻風寄友人

李白

潮水定可信，天風難與期。
清晨西北轉，薄暮東南吹。
以此難挂席，佳期益相思。
海月破圓景，菰蔣生綠池。
昨日北湖梅，開花已滿枝。
今朝白門柳，夾道垂青絲。
歲物忽如此，我來定幾時。
紛紛江上雪，草草客中悲。
明發新林浦，空吟謝脁詩。

**題旨：客途懷友**

**注釋**

題－**新林浦**：又名新林港，在今南京市內。／**阻風**：被風雪所阻。

一行－**信**：知曉、知道。／**天風**：風。風行天空，故有此稱。／**與期**：難以預料。

二行－**薄暮**：傍晚。

三行－**以此**：因此。／**挂席**：揚帆。挂，通「掛」。／**佳期**：與親友相會之期。／**益**：增加。

四行－**海月**：江上明月。／**破圓景**：不圓的月景。／**菰蔣**：茭白筍。春天萌生新株，花期為夏季和秋季。

五行－**北湖**：玄武湖，在今南京市。

六行－**白門**：西城門。／**青絲**：指垂柳的柔枝。

七行－**歲物**：指草木。因其一歲一榮枯，故有此稱。／**忽**：倏忽。／**定**：究竟。

八行－**紛紛**：多而雜亂、接連不斷的樣子。／**草草**：憂愁、憂慮。／**客中**：作客中的人。

九行－**明發**：天亮出發。／**空**：徒然。／**謝脁詩**：指南朝詩人謝脁的〈之宣城出新林浦向板橋浦〉，其中有「旅思倦搖搖，孤遊昔已屢」等句。

**賞讀譯文**

潮水漲落的週期是固定的，一定可以知道，但風的起停卻是難以預料。風在清晨轉從西北方而來，到了傍晚就從東南方吹來，因此難以揚帆啟程，讓我更加思念相會之期。

海上掛著已經不圓的明月，茭白筍生長在綠池中。昨天北湖邊的梅花開滿了枝頭；今天早上城門旁夾道的柳樹已垂著初生的枝條。草木的轉變如此倏忽，我究竟是何時來到這裡的？江上的雪紛紛落下，作客的人悲傷又憂愁。天亮時，我就從新林浦出發，徒然吟著謝脁為此地所寫的詩。

## 21 落日憶山中

雨後煙景綠，晴天散餘霞。
東風隨春歸，發我枝上花。
花落時欲暮，見此令人嗟。
願遊名山去，學道飛丹砂。

李白

**題旨：暮春抒懷**

**注釋**

一行—**煙景綠**：煙霧中的景物帶有新綠。／**散**：飄散。／**餘霞**：殘霞。

二行—**東風**：春風。／**歸**：回來。／**發**：生長、產生。

三行—**暮**：晚、將盡的。／**嗟**：感嘆。

四行—**丹砂**：古代有不少道士執著於煉丹術，從含汞的礦物「丹砂」中提煉出汞後，再與其他礦物熔煉為合金，並視之為長生不老藥。

### 賞讀譯文

雨後，煙霧籠罩的景色中帶著綠意，放晴的天空裡飄散著殘霞。
春風隨著春天回來，讓枝頭上開出許多花。
花落之時，也到了春天將盡的時候。看到這個景象，實在令人感嘆（美景易逝）。
我想要去遊名山，學道士煉丹砂藥，以求成仙長生。

22

# 謝公亭

李白

謝亭離別處，風景每生愁。
客散青天月，山空碧水流。
池花春映日，窗竹夜鳴秋。
今古一相接，長歌懷舊遊。

題旨：賞景懷古

一注釋一

題一**謝公亭**：為紀念曾任宣城太守的謝朓而建的亭，相傳是謝朓送別友人范雲之處。

二行一**客**：旅外的人，也泛稱人。／**散**：分開、解體。／**青天月**：青天明月。／**山空**：人去山空。

四行一**相接**：相連、連接。／**長歌**：引吭高歌。

## 賞讀譯文

在謝朓送別友人范雲的地方，我每次看到此處的風景就會發愁。在旅人分開後，青天依舊掛著明月；在人去山空後，碧水仍然流淌不斷。春天，池上之花倒映著日光；夜裡，窗邊竹林在風吹之下發出秋聲。我這個今人與古人謝朓的心境相連接，便引吭高歌，懷想當年的舊遊。

# 23 宿王昌齡隱居

清溪深不測，隱處唯孤雲。
松際露微月，清光猶為君。
茅亭宿花影，藥院滋苔紋。
余亦謝時去，西山鸞鶴群。

常建

## 賞讀譯文

這條清溪深不可測，你隱居的地方只有一片孤雲。
松林間露出新月，它的清光好像只為你散發。
茅草亭裡有花影停留，藥草庭院裡生長著青苔。
我也想要避世而去，在西山與鸞鶴為伴成群。

**題旨：夜景抒懷**

**常建**（約 708 ~ 765）與王昌齡同榜的進士，曾任盱眙（今江蘇省境內）縣尉，性格孤僻耿直，導致仕途失意，後與王昌齡與張僨一起隱居。

**—注釋—**

一行—**隱處**：隱居的地方。／**唯**：只有。
二行—**微月**：眉月，新月。／**清光**：皎潔明亮的光輝。／**猶**：好像。
三行—**茅亭**：用茅草搭建的涼亭。／**宿**：停留。／**藥院**：種藥草或芍藥的庭院。／**滋**：生長著。
四行—**余**：我。／**謝時**：避世，不問世事。／**鸞鶴**：鸞和鶴。相傳為仙人所乘的禽鳥。／**群**：相聚一起。

# 24 謫仙怨

劉長卿

晴川落日初低，惆悵孤舟解攜。
鳥向平蕪遠近，人隨流水東西。
白雲千里萬里，明月前溪後溪。
獨恨長沙謫去，江潭春草萋萋。

**題旨：江景抒懷**

**劉長卿**（約 709 ～ 786）
字文房。登進士第後，曾任監察御史、長洲縣尉、轉運使判官、隨州刺史等職，多次遭貶至華南一帶，亦曾因被人誣陷而入獄。

**注釋**

一行 **晴川**：晴空下的河川。／**惆悵**：悲愁、失意。／**解攜**：分手、別離。
二行 **平蕪**：草木繁茂的原野。
四行 **長沙謫去**：借用西漢賈誼的典故，其因遭到權貴中傷而被貶為長沙王太傅。／**春草萋萋**：春草茂盛的樣子，指綿延不斷的愁思。

## 賞讀譯文

晴空下的河川旁，落日剛開始低垂，孤舟載著惆悵的旅人離開了。
鳥兒朝向草木繁茂的原野忽遠忽近地飛著，人則隨著流水各分東西。
白雲能夠橫跨千里甚至萬里，明月同時照著前溪和後溪。
我獨自為友人被貶謫一事感到愁恨，這心情就像江潭旁的春草一樣茂盛。

## 25 曲江

一片花飛減却春

杜甫

一片花飛減却春，風飄萬點正愁人。
且看欲盡花經眼，莫厭傷多酒入唇。
江上小堂巢翡翠，苑邊高塚臥麒麟。
細推物理須行樂，何用浮名絆此身。

**杜甫（712～770）**

字子美，自稱少陵野老、杜陵野客，世稱詩聖。早年漫遊各地，後因進士不第而困居長安。安史之亂後，曾任左拾遺、華州司功參軍、檢校工部員外郎，最後棄官漂泊各地。

**—注釋—**

題—**曲江**：曲江池，在今陝西省，因池水曲折而得名，是唐代貴族的遊賞勝地。

一行—**減却**：減去。／**萬點**：指落花。

二行—**欲盡花**：將落盡的花。／**傷多酒**：因悲傷而喝過多的酒。

三行—**巢**：築巢。／**翡翠**：翡翠鳥。／**苑**：指芙蓉苑，在曲江的西南，是帝妃遊樂之處。／**塚**：墳墓。／**臥**：倒臥。／**麒麟**：一種傳說中的神獸。形似鹿，有牛尾、馬蹄，頭上長獨角。在此指石麒麟。

四行—**物理**：事物的道理。／**浮名**：虛名。／**絆**：約束、纏累。

**題旨：暮春抒懷**

### 賞讀譯文

一片花瓣飛落，就減去了一些春色，在風中飄動的萬點落花正讓人發愁。暫且看看經過眼前的那些將落盡的花，也不要厭倦那些因悲傷而多喝入唇的酒。江邊小堂上已有翡翠鳥在那兒築巢，芙蓉苑旁高墳前的石麒麟已倒臥在地。仔細推敲事物的道理，應該要多多行樂，何必讓虛名牽絆自己的身心。

26

# 曲江

朝回日日典春衣

杜甫

朝回日日典春衣，每日江頭盡醉歸。
酒債尋常行處有，人生七十古來稀。
穿花蛺蝶深深見，點水蜻蜓款款飛。
傳語風光共流轉，暫時相賞莫相違。

題旨：暮春抒懷

一注釋一

一行一**朝回**：下朝回來。／**典**：典當。／**盡**：全部、都。

二行一**尋常**：平常、普通。／**行處**：隨處、到處。

三行一**深深**：深處，或濃密之意。／**見**：顯露、顯出。同「現」。／**款款**：緩慢的樣子。

四行一**傳語**：寄語、轉告、傳話。／**風光**：春光。／**流轉**：運行變遷。／**相**：助詞，表示動作是由一方對另一方進行。／**違**：違背。

## 賞讀譯文

下朝回來後，我每天都去典當春衣，每天都在江頭喝到醉了才回家。欠酒債是很平常的事，隨處都有賒帳，但人生能活到七十歲的人自古以來就很少。蛺蝶穿梭在花叢間，在深處現身；蜻蜓輕輕點水後，緩慢地飛翔著。我傳話給春光，請它和我一起流轉，暫時讓我好好欣賞，不要違背我的這番心意。

27

# 江畔獨步尋花七絕句（一至四）

杜甫

・其一

江上被花惱不徹，無處告訴只顛狂。
走覓南鄰愛酒伴，經旬出飲獨空床。

・其二

稠花亂蕊裹江濱，行步欹危實怕春。
詩酒尚堪驅使在，未須料理白頭人。

・其三

江深竹靜兩三家，多事紅花映白花。
報答春光知有處，應須美酒送生涯。

・其四

東望少城花滿煙，百花高樓更可憐。
誰能載酒開金盞，喚取佳人舞繡筵。

題旨：賞花抒懷

【注釋】

一之一行【**惱**：煩惱。／**不徹**：不盡。／**告訴**：訴說。／**顛狂**：舉止狂亂。

一之二行【**南鄰**：南邊的近鄰。／**愛酒伴**：愛酒的同伴。／**經旬**：十天半月。

二之一行【**稠花亂蕊**：形容花開繁盛。／**裹**：指布滿、遍布。另有版本為「畏」。／**欹危**：傾斜不穩。

二之二行【**尚堪**：尚能。／**驅使**：指可驅使詩酒。／**料理**：照顧、幫助。／**白頭人**：指杜甫。

三之一行【**多事**：指花開繁盛。

三之二行【**處**：處理、安排。／**送生涯**：度過餘生。

四之一行【**少城**：指成都的小城。／**花滿煙**：花團錦簇，煙霧濛濛。／**百花高樓**：酒樓名，或指在百花潭上。／**可憐**：可愛。

四之二行【**盞**：淺而小的酒杯。／**取**：語助詞，置於動詞後，表示動作的進行。／**繡筵**：精美的筵席。

## 賞讀譯文

〔其一〕我在江上被繁花弄得煩惱不盡，沒有地方可以訴說，只能做出狂亂的行為。我走去找南邊近鄰那個愛喝酒的同伴，但他已經出去喝酒十天了，屋裡只有空床。

〔其二〕繁茂亂綻的花蕊布滿江濱，讓人走起路來傾斜不穩，實在令人害怕春天。不過我還能夠吟詩飲酒，不需要有人來照顧我這個白髮人。

〔其三〕江岸深處的幽靜竹林裡，住有兩、三戶人家，那裡繁花盛開，紅花和白花相互輝映。我知道有方法可以報答春光的美，應該要用美酒來度過餘生。

〔其四〕我望向東邊的小城，那裡花團錦簇、煙霧濛濛，讓百花樓看起來更可愛。誰能和我一起帶著酒、打開酒杯，叫喚佳人在精美筵席上跳舞？

28

# 江畔獨步尋花七絕句（五至七） 杜甫

・其五
黃師塔前江水東，春光懶困倚微風。
桃花一簇開無主，可愛深紅愛淺紅。

・其六
黃四娘家花滿蹊，千朵萬朵壓枝低。
留連戲蝶時時舞，自在嬌鶯恰恰啼。

・其七
不是愛花即索死，只恐花盡老相催。
繁枝容易紛紛落，嫩蕊商量細細開。

題旨：賞花抒懷

一注釋一

五之一行一**黃師塔**：黃姓和尚所葬之塔。／**懶困**：疲倦困怠。
五之二行一**無主**：沒有主人。
六之一行一**黃四娘**：杜甫的鄰居。／**蹊**：小路。
六之二行一**嬌**：可愛柔美。／**恰恰**：指黃鶯的動聽叫聲。
七之一行一**索**：肯、要。／**盡**：完結、終止。／**老相催**：催人衰老。
七之二行一**嫩蕊**：含苞待放的花。／**細細**：慢慢。

## 賞讀譯文

〔其五〕在黃師塔前的江水東岸，我在春光下感到疲倦困怠，一邊休息一邊吹著微風。一叢沒有主人的桃花正盛開著，我可以愛那深紅及淺紅的花。

〔其六〕鄰居黃四娘家的花開滿小路，千萬朵花把枝條壓得低低的。蝴蝶在此留連遊戲，不時飛舞著；可愛鶯鳥自在地恰恰啼叫著。

〔其七〕我並不是愛花愛得要死，只是怕花落盡後把人催得衰老。繁枝上的花容易紛紛掉落，希望嫩蕊能商量好慢慢綻放。

# 29 即事

杜甫

暮春三月巫峽長，皛皛行雲浮日光。
雷聲忽送千峰雨，花氣渾如百和香。
黃鶯過水翻迴去，燕子銜泥濕不妨。
飛閣卷簾圖畫裡，虛無只少對瀟湘。

題旨：暮春江景

一注釋一

一行一**皛皛**：潔白明亮。皛，音同「笑」。／**行雲**：流動的雲。

二行一**千峰**：群山。／**渾如**：非常像、酷似。／**百和香**：由各種香料混合而成的香。

三行一**翻迴**：返回。／**不妨**：表示可以、無妨礙之意。

四行一**飛閣**：指重慶夔州西閣。／**圖畫裡**：彷彿置身在圖畫裡。／**虛無**：空曠。／**瀟湘**：湖南省瀟水與湘水的合稱。

## 賞讀譯文

暮春三月，長長的巫峽上空，潔白明亮的流雲上浮動著日光。
雷聲過後，天空忽然為群山送來春雨，花的氣味就像是由各種香料混合而成的香。
黃鶯飛過水面又返回，燕子銜著泥塊，淋濕了也不在意。
我在樓閣裡捲簾遙望，好像置身在圖畫裡，卻少了空曠的瀟湘風光。

## 30 春夜喜雨

杜甫

好雨知時節，當春乃發生。
隨風潛入夜，潤物細無聲。
野徑雲俱黑，江船火獨明。
曉看紅濕處，花重錦官城。

**題旨：詠春雨**

**注釋**

一行—**好雨**：甘霖，及時雨。／**時節**：季節、節令。

二行—**潤物**：滋潤萬物。／**細**：聲音小。

三行—**野徑**：村野小路。／**俱**：全、都。／**明**：發亮。

四行—**曉**：早晨。／**紅濕**：被雨淋濕的花叢。／**花重**：濕潤飽滿、色澤濃重的花。／**錦官城**：指成都。當地從漢代起便以絲織工藝品「蜀錦」聞名，在漢代及三國時代在成都設有管理織錦的官員，因此成都又有「錦官城」之稱。

### 賞讀譯文

這及時雨知道季節，在春天到來時才落下。

雨在夜間隨著風潛入，細小到幾近無聲地滋潤萬物。

村野小路和天上的雲全都一片黑暗，江船上只有燈火獨自發亮著。

早晨去看被淋濕的花叢，色澤濃重的花朵開滿了錦官城。

## 31 秋興

杜甫

玉露凋傷楓樹林，巫山巫峽氣蕭森。
江間波浪兼天湧，塞上風雲接地陰。
叢菊兩開他日淚，孤舟一繫故園心。
寒衣處處催刀尺，白帝城高急暮砧。

**題旨：秋景思鄉**

**—注釋—**

一行—**玉露**：秋天的霜露。／**凋傷**：指草木零落枯萎。／**氣**：氣象、景象。／**蕭森**：幽寂冷清。

二行—**江**：長江。／**兼天**：連天。／**塞上**：指巫山巫峽所在的夔州。巫峽為長江三峽之一，長江三峽由上游到下游依序為瞿塘峽、巫峽、西陵峽。／**接地陰**：風雲籠罩，地面陰暗。

三行—**叢菊兩開**：指兩度見到菊花開，亦即已經過兩個秋天。／**開**：指菊花開，也指淚眼開。／**他日**：往日。／**故園心**：思念長安的心。

四行—**催刀尺**：趕著裁製寒衣。／**白帝城**：位於瞿塘峽口的長江北岸。／**急暮砧**：黃昏時急促的搗衣聲。砧為搗衣石，代指搗衣聲。搗衣是指用杵捶打生絲，使其柔白富彈性，能裁成衣物；古代婦女在秋涼時節常為了幫親人趕製冬衣而搗衣。

### 賞讀譯文

秋天的霜露使得楓樹林零落枯萎，巫山、巫峽一帶的景象幽寂冷清。江水間的波浪高湧連天，夔州被風雲籠罩，地面一片陰暗。我已經看菊花叢開過兩次花了，當時也為此流淚，孤舟繫著我這一顆思念故鄉的心。在這季節裡，到處都在趕著裁製寒衣，黃昏時分，白帝城高處傳來急促的搗衣聲。

32

# 涪城縣香積寺官閣

杜甫

寺下春江深不流，山腰官閣迥添愁。
含風翠壁孤雲細，背日丹楓萬木稠。
小院迴廊春寂寂，浴鳧飛鷺晚悠悠。
諸天合在藤蘿外，昏黑應須到上頭。

題旨：行旅賞景

一注釋一

題一**官閣**：供人遊憩的樓閣。

一行一**深不流**：水很深，看起來像靜止不動。／**迥**：深遠的樣子。／**添愁**：使人生愁。

二行一**含**：夾雜。／**丹楓**：楓葉到秋天會變紅，故稱「丹楓」。／**稠**：深濃、厚密。

三行一**寂寂**：寂靜無人聲。／**鳧**：野鴨。體型比一般鴨子大，常群居於湖沼中。／**鷺**：一種水鳥。頸、腳皆長，習慣於水邊活動。／**悠悠**：閒適的樣子。

四行一**諸天**：本指佛教的天神，在此指香積寺中的佛像。／**合**：應該。／**藤蘿**：泛指藤本植物。／**昏黑**：天色昏黑。

## 賞讀譯文

香積寺下的春江，水深沉到似乎沒在流動。山腰上供人遊憩的樓閣位置深遠，增添了登山者的愁思。風吹拂著翠綠山壁，後方有一抹細細的孤雲，背對著陽光的丹楓林看起來十分濃密。春日裡，小院和迴廊寂靜無聲；向晚時分，野鴨泡著水，鷺鳥飛翔著，一派閒適。香積寺應該在藤蘿之外，我在天色昏黑時刻應該就能走到上頭了。

## 33 新秋

杜甫

火雲猶未斂奇峰，欹枕初驚一葉風。
幾處園林蕭瑟裏，誰家砧杵寂寥中。
蟬聲斷續悲殘月，螢焰高低照暮空。
賦就金門期再獻，夜深搔首歎飛蓬。

題旨：秋景抒懷

【注釋】

一行—**火雲**：紅雲，多指夏日的雲。／**猶未**：還沒有。／**奇峰**：因夏雲騰湧而變化多端的山峰。古有「夏雲多奇峰」之句，出自東晉顧愷之或陶淵明，尚無定論。／**欹枕**：斜靠在枕上。／**一葉風**：有一葉知秋之意。

二行—**蕭瑟**：凋零、冷落、凄涼。／**砧杵**：砧為擣衣石，杵為擣衣棒，砧杵代指擣衣聲。擣衣是指用杵捶打生絲，使其柔白富彈性，能裁成衣物；古代婦女在秋涼時節常為了幫親人趕製冬衣而擣衣。／**寂寥**：寂靜冷清。

三行—**殘月**：將落的月亮。／**螢焰**：螢火蟲的光。／**暮空**：傍晚的天空。

四行—**賦**：吟詩、寫作。／**就**：完成。／**金門**：原是漢代未央宮之門，在此指唐代的宮門。／**再獻**：再獻詩賦，期望被錄用。／**搔首**：抓頭。／**飛蓬**：秋天隨風飄散的蓬草，指居無定所。

### 賞讀譯文

夏日紅雲還沒有收斂它造就的多變奇峰，我斜倚著枕頭，剛剛為吹落葉子的秋風而感到心驚。好幾處的園林都處在蕭瑟的景象裡，不知哪一家的擣衣聲在寂靜冷清中迴響。秋蟬斷斷續續地叫著，為了將落的月亮而悲鳴；螢火蟲帶著光芒高高低低地飛，照著傍晚的天空。我寫好一首詩賦，期望能再獻到宮門前，但在夜深時分只能抓頭感嘆自己的境遇如飛蓬飄泊不定。

34

# 山房春事

梁園日暮亂飛鴉，
極目蕭條三兩家。
庭樹不知人去盡，
春來還發舊時花。

岑參

## 題旨：暮景抒懷

**岑參**（約 715 ~ 770）少孤貧。曾兩次出塞，在節度使幕府中任職，之後歷任虢州長史、嘉州刺史等職。世稱岑嘉州。擅長邊塞詩，與高適並稱「高岑」。

**注釋**

一行 **梁園**：為漢代梁孝王在河南開封所築的梁苑，在此泛指舊家宅院。／**日暮**：傍晚、黃昏。

二行 **極目**：放眼望去。／**蕭條**：寂寥冷清的樣子。

三行 **盡**：完畢。

## 賞讀譯文

黃昏時分，舊家宅院裡只有鴉鳥在其間亂飛。
放眼望去，附近只有寂寥冷清的兩、三戶人家。
庭院裡的樹木不知道人們都已經散盡，
在春天到來時，還是開出跟舊時一樣美麗鮮豔的繁花。

# 35 高冠谷口招鄭鄠

岑參

谷口來相訪，空齋不見君。
澗花然暮雨，潭樹暖春雲。
門徑稀人跡，簷峰下鹿群。
衣裳與枕席，山靄碧氛氳。

題旨：尋友記事

**注釋**

題－**招**：尋找。／**鄭鄠**：作者友人。鄠，音同「戶」。
一行－**空齋**：空屋。
二行－**澗花**：山澗裡的花。／**然**：燃燒。／**暮雨**：傍晚的雨。／**潭樹**：潭邊的樹。
三行－**門徑**：門前的小徑。／**簷峰**：突出的山峰。
四行－**山靄**：山上的雲氣。／**氛氳**：雲霧朦朧的樣子。



## 賞讀譯文

我到谷口來拜訪，但在空屋裡卻沒看到你的身影。
山澗裡的花在傍晚的雨中綻放，好像燃燒的火焰；潭邊的樹林籠罩在春雲裡，令人感到暖和。
你家門前的小徑人跡稀少，卻有鹿群從突出的山峰跑下來。
你的衣裳和枕席，都在山間的碧色朦朧雲氣裡。

36

# 春思

賈至

草色青青柳色黃，
桃花歷亂李花香。
東風不為吹愁去，
春日偏能惹恨長。

題旨：春景抒懷

**賈至**（718～772）
字幼鄰，一作幼幾。曾任校書郎、中書舍人、汝州刺史、岳州司馬等職，官至京兆尹兼御史大夫，卒後贈禮部尚書。

**注釋**

一行—**柳色黃**：楊柳在春日發嫩芽，芽為淡黃色。
二行—**歷亂**：形容花開得燦爛。
三行—**東風**：指春風。

## 賞讀譯文

草兒青綠，柳葉嫩黃。
桃花開得燦爛，李花飄散著香氣。
春風不幫忙把愁緒吹去，
但春日偏偏能把人心的愁恨惹得變長。

## 37 谷口書齋寄楊補闕

錢起

泉壑帶茅茨，雲霞生薜帷。
竹憐新雨後，山愛夕陽時。
閒鷺棲常早，秋花落更遲。
家童掃蘿徑，昨與故人期。

**錢起**（約 722～780）

字仲文，曾落第多次，登進士第後，曾任秘書省校書郎、藍田縣尉、司勳員外郎、考功郎中、翰林學士等職。為大曆十才子之一。

題旨：賞景懷人

**一注釋一**

題—**谷口**：指陝西藍田輞川谷口。／**補闕**：官名，職掌為規諫朝政的缺失。

一行—**泉壑**：泉水和山谷。／**帶**：連著。／**茅茨**：原指茅草屋頂，在此指茅屋。／**雲霞**：彩霞。／**薜帷**：薜荔蔓延生長而形成的帷幔。

二行—**憐**：可愛。／**新雨**：初春的雨，或指剛下的雨。

三行—**遲**：晚。

四行—**家童**：童僕。／**蘿**：女蘿，一種地衣類植物。／**故人**：老友。／**期**：約定相見。

### 賞讀譯文

我家的茅屋與泉水山谷相連，彩霞總是從薜荔形成的帷幔後方冒出來。竹子在初春的雨後更加可愛，山谷景色在夕陽時分最令人喜愛。悠閒的鷺鳥時常早早就棲息了，秋天的花比其他地方更晚落下。童僕已經把長滿女蘿的小徑掃乾淨了，昨天我跟老友約好了要見面。

# 38 同德寺雨後寄元侍御李博士

韋應物

川上風雨來，須臾滿城闕。
岧嶢青蓮界，蕭條孤興發。
前山遽已淨，陰靄夜來歇。
喬木生夏涼，流雲吐華月。
嚴城自有限，一水非難越。
相望曙河遠，高齋坐超忽。

**韋應物**（736～約792）

長安人，家世顯赫，早年曾在宮中擔任「三衛郎」，豪放不羈；安史之亂後，發憤讀書，進士及第後，曾任滁州、江州、蘇州等地刺史。詩風與王維相近，擅長山水田園詩。

**—注釋—**

一行—**須臾**：片刻。／**城闕**：城門兩邊的望樓，代指全城。

二行—**岧嶢**：山勢高峻的樣子。音同「迢堯」。／**青蓮界**：佛寺。佛教認為蓮花清淨無染，常用來指稱和佛教有關的事物。／**蕭條**：寂寥冷清的樣子。／**孤興**：孤獨無伴時的心緒。

三行—**遽**：忽然、突然。／**陰靄**：濃雲。／**夜來**：入夜。／**歇**：消散。

四行—**喬木**：高大的樹木。／**流雲**：飄轉流動的雲。／**吐**：釋放、放出。／**華月**：皎潔的月亮。

五行—**嚴城**：戒備森嚴的城池。／**自有**：原本就有。

六行—**相**：助詞，表示動作是由一方對另一方進行。／**曙河**：拂曉的銀河。／**高齋**：高雅的書齋。／**坐**：居、處。／**超忽**：遙遠。

**題旨：夏景抒懷**

## 賞讀譯文

江川上有風雨襲來，片刻間就灌滿全城。
高峻的佛寺裡，寂寥冷清的環境，讓我生發孤獨無伴的心緒。
前方群山突然間變得清淨，濃雲也在入夜後消散了。
高大的林木間吹來夏夜涼風，飄動的雲間露出皎潔的月亮。
戒備森嚴的城池原本就有限度，這一水之隔並非難以超越。
我看向拂曉時的銀河，感覺相隔遙遠；就像這高雅書齋位在離城池遙遠的地方。

39

# 自鞏洛舟行入黃河即事寄府縣僚友

韋應物

夾水蒼山路向東，東南山豁大河通。
寒樹依微遠天外，夕陽明滅亂流中。
孤村幾歲臨伊岸，一雁初晴下朔風。
為報洛橋遊宦侶，扁舟不繫與心同。

## 題旨：行舟抒懷

**一注釋一**

題—**鞏洛**：河南鞏縣的洛河注入黃河處。

一行—**蒼山**：青山。／**東南**：東南方向。／**豁**：通敞的山谷。／**大河**：黃河。

二行—**寒樹**：寒天的樹木；冷清凋殘的樹林。／**依微**：隱約、模糊不清的樣子。／**遠天**：遙遠的天空。／**明滅**：指忽明忽暗的波光。／**亂流**：河水的水流。

三行—**孤村**：孤零零的村莊。／**幾歲**：好幾年來。／**伊**：指流入洛水的伊河。／**初晴**：剛放晴。／**朔風**：北風。

四行—**報**：告訴。／**洛橋**：洛陽市天津橋，代指京城。／**遊宦侶**：在外地作官的同事。

## 賞讀譯文

兩岸青山夾著河水一路向東，在東南方的山谷通向黃河。在遙遠的天際之外，隱約看得到冷清凋殘的樹林；在紛亂水流間，夕陽照耀的波光忽明忽滅。那座孤零零的村莊好幾年來都佇立在伊河岸旁，一隻雁子在剛放晴時隨著北風飛下來。我寫這首詩是要告訴在洛陽當官的同事，我不繫扁舟，就跟我的心一樣無所牽掛。

## 40 始夏南園思舊

韋應物

夏首雲物變，雨餘草木繁。
池荷初帖水，林花已掃園。
縈叢蝶尚亂，依閣鳥猶喧。
對此殘芳月，憶在漢陵原。

題旨：夏景抒懷

一注釋一

題一**始夏**：初夏。
一行一**雲物**：天地萬物。／**雨餘**：雨後。
二行一**帖**：緊貼。／**掃園**：掃落一空。
三行一**縈**：圍繞。／**依**：靠著、倚傍。／**閣**：樓閣。
四行一**殘芳**：殘花，將謝的花；未落盡的花。／**漢陵原**：指長安，為漢朝皇陵所在地，為作者的故鄉。

### 賞讀譯文

天地萬物的景色在初夏有了變化，草木在雨後繁茂生長。
池中的荷葉剛剛冒出來，緊貼著水面，但林園中的繁花已經凋落被掃去。
蝴蝶仍圍繞著樹叢亂飛，鳥兒還依靠著樓閣喧叫。
我對著這些月光下的殘花，思憶起我的故鄉長安。

41

# 遊溪

韋應物

野水煙鶴唳，楚天雲雨空。
玩舟清景晚，垂釣綠蒲中。
落花飄旅衣，歸流澹清風。
緣源不可極，遠樹但青葱。

題旨：溪景抒懷

注釋

一行—**野水**：野溪。／**唳**：高聲鳴叫。／**楚天**：南方的天空，因春秋戰國時期的楚國在長江中下游一帶，故有此稱。／**雲雨空**：雲散雨停，放晴了。

二行—**玩舟**：泛舟。／**清景**：清麗的景色。／**蒲**：水草。

三行—**歸流**：流向大海的河川。／**澹**：水波蕩漾，或指淡淡的。／**清風**：清新涼爽的微風。

四行—**緣源**：回溯溪流的源頭。／**不可**：不必。／**極**：盡頭。／**但**：只是。／**青葱**：青翠的顏色。

## 賞讀譯文

野溪上籠罩著煙霧，鶴鳥在其間高聲鳴叫，南方的天空已經雲散雨停。我乘舟遊賞向晚時分的清麗景色，在綠色水草間垂釣。落花飄到旅人的衣服上，流向大海的河川上蕩漾著清新涼爽的微風。不必回溯到溪流來源的盡頭，遠方樹林只是一片青翠。

# 42 春興

武元衡

楊柳陰陰細雨晴，
殘花落盡見流鶯。
春風一夜吹鄉夢，
又逐春風到洛城。

**武元衡（758～815）**
字伯蒼。曾任監察御史、華原縣令、御史中丞、西川節度史等職，官至宰相。被刺客暗殺身亡。

題旨：暮春抒懷

**一注釋一**
一行一**陰陰**：指綠葉成蔭。
二行一**殘花**：將謝的花；未落的花。／**盡**：完畢。／**流鶯**：四處飛翔鳴叫的黃鶯。
四行一**洛城**：洛陽，代指故鄉。武元衡為河南人，洛陽也在河南。

## 賞讀譯文

楊柳綠葉成蔭，細雨過後又再度放晴。
殘餘的花落盡後，看見四處飛翔鳴叫的黃鶯。
這一夜的春風吹進我的思鄉夢裡，
而我又追逐著春風來到故鄉。

43

# 春望詞

四首

薛濤

・其一

花開不同賞，花落不同悲。欲問相思處，花開花落時。

・其二

攬草結同心，將以遺知音。春愁正斷絕，春鳥復哀吟。

・其三

風花日將老，佳期猶渺渺。不結同心人，空結同心草。

・其四

那堪花滿枝，翻作兩相思。玉箸垂朝鏡，春風知不知。

題旨：春景抒情

**薛濤**（768～831）字洪度。八、九歲能詩。在父親過世後，入成都樂籍，成為著名歌妓。以詩聞名，曾是劍南西川節度使韋皋身邊的紅人，後因得罪韋皋而被發配邊疆一段時間。脫籍後，住在浣花溪畔，曾與元稹有過一段情，並開始製作適合寫詩的松花小箋。

**【注釋】**

其二【**攬**：採摘、採取。／**遺**：贈送、給予。／**斷絕**：形容極其悲傷。

其三【**風花**：風中的花。／**佳期**：會合之期。／**渺渺**：渺茫遙遠。

其四【**那堪**：怎麼承受。／**翻**：反而。／**玉箸**：指眼淚不斷落下，猶如白玉做的筷子。

## 賞讀譯文

〔其一〕花開時，我們不能一同欣賞，花落時，我們不能一同悲傷。若要問最讓人相思的時刻，就是花開花落之時。

〔其二〕我把草摘採下來打成同心結，再將它送給知音人。春愁正讓人傷心欲絕，春鳥又哀聲吟叫著。

〔其三〕風中的花朵日漸老去，我們的會合之期仍然渺茫遙遠。我不能與同心人結合，徒然將草打成同心結。

〔其四〕叫人怎麼承受花開滿枝，反而讓人在兩地相思？我晨起照鏡子時，眼淚不斷流下垂落，春風知不知道呢？

# 44 江樓晚眺，景物鮮奇，吟玩成篇，寄水部張員外

白居易

澹煙疏雨間斜陽，江色鮮明海氣涼。
蜃散雲收破樓閣，虹殘水照斷橋梁。
風翻白浪花千片，雁點青天字一行。
好著丹青圖寫取，題詩寄與水曹郎。

## 賞讀譯文

清淡的煙霧、稀疏的細雨，斜陽的光輝穿透其間，江上景色鮮豔耀眼，海風涼爽。

在蜃氣和雲霧散去後，江面只剩殘破的樓閣倒影，倒映在水面上的殘缺彩虹就像斷掉的橋樑。

江風翻動起千片花般的白浪，雁群為青天點上一行字。

這片景色很適合用丹青顏料畫下來，在上面題詩後寄給水曹郎張籍。

**白居易**（772～846）

字樂天，號香山居士、醉吟先生。登進士第後，曾任翰林學士、左拾遺、尚書司門員外郎、中書舍人、刑部尚書等職。曾遭誹謗而被貶至江州、忠州等地；返回中央後，又自請到外地，曾任杭州及蘇州刺史。留下許多反映民間疾苦的詩作。與元稹共同提倡新樂府運動，世稱「元白」，與劉禹錫並稱「劉白」。

**—注釋—**

題—**江樓**：杭州城東樓。／**水部張員外**：即張籍，字文昌，以樂府詩著稱，時任水部員外郎。

一行—**澹**：清淡。／**間**：夾雜。／**斜陽**：夕陽。／**鮮明**：色彩鮮豔耀眼。／**海氣**：海風。

二行—**蜃**：蜃氣。古時認為海市蜃樓的景象是由蜃（大蛤蜊）吐氣而成，實際上是光線折射作用而將遠處景物投映在空中或地面。／**散**：消散。／**破樓閣**：前述景色就像殘破的閣樓。／**虹殘水照**：殘破彩虹映在水中的倒影。／**斷橋梁**：指彩虹像斷掉的橋。

三行—**花千片**：指白浪如片片白花。／**字一行**：雁群在飛行時常排列成「人」或「一」字形。

四行—**著**：著色。／**丹青**：紅色和青色顏料。／**圖寫取**：描畫下來。／**水曹郎**：指張籍。

題旨：暮景抒懷

45

# 南湖早春

白居易

風迴雲斷雨初晴，返照湖邊暖復明。
亂點碎紅山杏發，平鋪新綠水蘋生。
翅低白雁飛仍重，舌澀黃鸝語未成。
不道江南春不好，年年衰病減心情。

題旨：春景抒懷

【注釋】

題—**南湖**：江西省鄱陽湖中的南湖。

一行—**雲斷**：雲被風吹散。／**返照**：重新照著。／**暖復明**：暖和又明亮。

二行—**亂點**：指繁多點點四處散落。／**碎紅**：指杏花花朵。／**發**：開花。／**水蘋**：一種水生蕨類植物。生在淺水中，葉片浮於水面。又稱白蘋、田字草。

三行—**翅低**：飛得很低。／**重**：沉重。／**黃鸝**：黃鶯。／**舌澀**：舌頭不靈活。

四行—**不道**：不是說。／**衰病**：衰弱抱病。

## 賞讀譯文

風兒迴轉吹散濃雲，雨後剛剛放晴，陽光重新照著湖邊，感覺暖和又明亮。山杏樹綻放著紅花，繁多點點四處散落，水蘋長出新綠葉，平鋪在水面上。白雁飛得很低，感覺很沉重；黃鶯啼叫聲斷續不順，感覺不成語調。不是說江南的春天不好，是因為我年年衰弱抱病，減損了好心情。

46

# 宿湖中

白居易

水天向晚碧沉沉，樹影霞光重疊深。
浸月冷波千頃練，苞霜新橘萬株金。
幸無案牘何妨醉，縱有笙歌不廢吟。
十隻畫船何處宿，洞庭山腳太湖心。

題旨：湖中夜景抒懷

—注釋—

一行—**水天**：水天一色。／**向晚**：傍晚。／**碧沉沉**：純淨碧綠。／**深**：深幽、深邃。

二行—**浸月冷波**：浸著月光的水波。／**練**：潔白的絲絹。／**苞**：同「包」，包裹之意。

三行—**案牘**：指公事。／**何妨**：用反問的語氣來表示「不妨」。／**笙歌**：泛指奏樂唱歌。／**廢**：停止、捨棄。／**吟**：吟詩、吟詠。

四行—**畫船**：裝飾華美的遊船。

## 賞讀譯文

傍晚時分，湖面水天一色，純淨碧綠；樹影和霞光重疊，景色幽深。浸著月光的水波，好像千頃的潔白絲絹；包著白霜的新生橘子，讓萬樹像懸掛著金子似的。幸好沒有公事在身，何不痛快醉飲？縱然有笙歌可以聆賞，我也不停止吟詠。這十艘華美遊船在哪裡停宿？就在洞庭山下的太湖中心。

**47**

# 晚秋夜

白居易

碧空溶溶月華靜，月裏愁人吊孤影。
花開殘菊傍疏籬，葉下衰桐落寒井。
塞鴻飛急覺秋盡，鄰雞鳴遲知夜永。
凝情不語空所思，風吹白露衣裳冷。

題旨：秋夜景抒懷

**一注釋一**

一行一**碧空**：蔚藍色的天空。／**溶溶**：明淨潔白；代指月光。／**月華**：月色。／**愁人**：心懷憂愁的人。／**吊**：慰問。

二行一**傍**：靠近。／**葉下**：葉子落下。

三行一**塞鴻**：塞外的鴻雁。鴻雁又稱大雁，是一種候鳥，於春季返回北方，秋季飛到南方越冬。古人常用來表達對遠方親人的懷念。／**急**：快、迅速。／**盡**：完結、終止。／**夜永**：夜長。

四行一**凝情**：情意專注。／**白露**：指秋天的露水，因秋天在五行中屬金，而白色為金的代表色，故有此稱。

## 賞讀譯文

藍天裡月光明淨潔白，一片寂靜，心懷憂愁的人在月光裡慰問著自己的孤影。殘餘的菊花在疏籬旁邊開著，凋衰的桐樹掉下片片樹葉，落進寒意森森的井裡。塞外的鴻雁快速地飛過，我才察覺秋天快到盡頭了；鄰居家的雞比以往晚啼叫，我才知道夜晚變長了。我情意專注，默默無語地徒然思念遠方的親人，直到風吹將秋露吹上衣裳，我才覺得寒冷。

48

# 玄都觀桃花

劉禹錫

紫陌紅塵拂面來，
無人不道看花回。
玄都觀裏桃千樹，
盡是劉郎去後栽。

**劉禹錫**（772～842）
字夢得。曾任監察御史，後被貶為朗州司馬，陸續擔任連州、夔州、和州、蘇州、汝州、同州刺史。與白居易同為提倡元和體的詩人。

題旨：敘事感懷

**一注釋一**

題一**玄都觀**：位在長安城的道觀名。
一行一**紫陌**：京城的道路。／**紅塵**：飛揚的塵土。
二行一**不道**：不說。
四行一**盡**：全部，都。／**劉郎**：作者自稱。

## 賞讀譯文

京城的道路上有飛揚的塵土迎面而來，
沒有人不說他去賞花回來。
玄都觀裡有千棵桃樹，
全都是我離開之後才栽種的。

49

# 再遊玄都觀

劉禹錫

百畝庭中半是苔，
桃花淨盡菜花開。
種桃道士歸何處，
前度劉郎今又來。

題旨：敘事感懷

【注釋】

一行【苔：青苔。
二行【淨盡：落盡。
三行【歸：回去。
四行【前度：前次。／劉郎：作者自稱。

## 賞讀譯文

百畝大的庭院中有一半都是青苔，
桃花都落盡了，只有菜花開著。
種桃的道士不知道回去哪裡？
前次來看花的我，今天又來了。

50

# 百花行

劉禹錫

長安百花時，風景宜輕薄。
無人不沽酒，何處不聞樂。
春風連夜動，微雨凌曉濯。
紅焰出牆頭，雪光映樓角。
繁紫韻松竹，遠黃繞籬落。
臨路不勝愁，輕煙去何託。
滿庭蕩魂魄，照廡成丹渥。
爛熳簇顛狂，飄零勸行樂。
時節易晼晚，清陰覆池閣。
唯有安石榴，當軒慰寂寞。

題旨：春景抒懷

一注釋一

一行—**輕薄**：言行輕浮不莊重。

二行—**沽**：買。

三行—**連夜**：徹夜、通夜。／**微雨**：細雨。／**凌曉**：拂曉，天亮時。／**濯**：雨飄灑的樣子。

四行—**紅焰**：指紅花。／**雪光**：比喻花色。／**樓角**：高樓的檐角。

五行—**韻**：風雅、風趣。／**籬落**：籬笆，用竹條或木條編成的柵欄。

六行—**臨路**：臨行，即將出發時。／**不勝**：禁不住。／**輕煙**：比喻花的飄飛。

七行—**廡**：廳堂兩側的廂房；亦泛指房屋。／**丹渥**：深紅色。

八行—**爛熳**：光彩煥發的樣子，指花朵勃發而色彩鮮明。／**簇**：聚集、圍攏。／**顛狂**：放蕩不羈。／**飄零**：凋謝飄落。

九行—**時節**：季節、節令，在此指春季。／**晼晚**：日將西落，在此時春季即將結束。／**清陰**：清涼的樹陰。／**覆**：遮蓋。／**池閣**：池苑樓閣。

十行—**安石榴**：石榴的別名，四至八月均能開花，以夏季最盛。／**軒**：窗戶。

## 賞讀譯文

長安百花盛開之時，這樣的風景很適合輕浮放縱的舉止。沒有人不買酒，沒有聽不到音樂的地方。春風徹夜吹動，細雨在拂曉時飄灑而下。紅如火焰的花朵冒出牆頭，白如雪光的花色映著高樓的檐角。繁茂的紫花為松竹增添風韻，遠處的黃花繞著籬笆生長。在百花即將凋落離去前，讓人禁不住發愁；當百花如輕煙般飄去，能交託給誰？整個庭院飄蕩著花的魂魄，照得房屋呈現深紅色。燦爛鮮豔的百花讓放蕩不羈的人們聚集在一起；百花的飄零則勸人們要即時行樂。春季輕易地就要結束了，茂密的清涼樹陰已遮蓋著池苑樓閣。只有安石榴的花就在窗外安慰著我的寂寞。

# 51 柳花詞 三首

劉禹錫

・其一

開從綠條上，散逐香風遠。故取花落時，悠揚占春晚。

・其二

輕飛不假風，輕落不委地。撩亂舞晴空，發人無限思。

・其三

晴天黯黯雪，來送青春暮。無意似多情，千家萬家去。

**題旨：詠柳絮**

**注釋**

題——**柳花**：柳絮。

其一——**故**：有意、存心。／**取**：選擇。／**悠揚**：飄揚、飛揚。／**春晚**：暮春。

其二——**假**：借、依靠。／**委地**：散落或委棄於地。／**撩亂**：紛亂。

其三——**黯黯**：隱藏不露，不顯揚。／**雪**：指柳絮。／**青春**：春天。因春天草木繁茂呈現青綠色，故有此稱。

### 賞讀譯文

（其一）柳絮從綠枝條上盛開，隨著香風飄散到遠方。它故意選擇在百花飄落時，飄揚地占有暮春時節。

（其二）柳絮不必依靠風就能輕輕飛揚，輕輕落下時不會散落在地上。它在晴空下紛亂飛舞，引發人的無限思緒。

（其三）柳絮就像晴天裡隱約似無的白雪，來為暮春送行。它其實無意，卻看似多情，飛去千萬家戶裡。

52

# 秋晚新晴夜月如練有懷樂天

劉禹錫

雨歇晚霞明，風調夜景清。
月高微暈散，雲薄細鱗生。
露草百蟲思，秋林千葉聲。
相望一步地，脈脈萬重情。

題旨：秋夜景懷友

**注釋**

題—**樂天**：即白居易，其字為樂天。
一行—**風調**：風和順。
二行—**微暈**：模糊不清的光影，指曙光而言。
三行—**露草**：沾露的草。／**百蟲**：指數量眾多的蟲。／**思**：想念、懷念。／**千葉**：指數量眾多的葉子。
四行—**脈脈**：含情，藏在內心的感情。／**萬重**：形容很多層。

## 賞讀譯文

雨停之後，晚霞明麗，微風和順，夜景清朗。月亮高掛明照大地，模糊不清的光影已經消散，雲朵輕薄，變化成一片片細鱗。沾露的草上，群蟲鳴叫著傳遞思念，秋季的樹林裡千百片葉子在風吹過後發出聲響。我們在相距一步之地互望，心裡懷著層層的深厚情感。

## 53 秋詞 二首

劉禹錫

・其一

自古逢秋悲寂寥，我言秋日勝春朝。
晴空一鶴排雲上，便引詩情到碧霄。

・其二

山明水淨夜來霜，數樹深紅出淺黃。
試上高樓清入骨，豈如春色嗾人狂。

### 題旨：詠秋景

### 注釋

一之一行 **寂寥**：寂靜冷清。戰國時代楚國辭賦作家宋玉，在〈九辯〉裡寫了「悲哉！秋之為氣也。蕭瑟兮，草木搖落而變衰。……泬漻兮，天高而氣清。寂寥兮，收潦而水清。」／**言**：說。／**春朝**：春天。

一之二行 **排雲**：排開雲層。／**詩情**：作詩的情緒、興致。／**碧霄**：青天。

二之一行 **夜來**：夜裡。

二之二行 **清**：指清風。／**豈**：難道、怎麼，表示反詰、疑問。／**嗾**：教唆。

### 賞讀譯文

〔其一〕自古以來，人們每逢秋天就為它的寂靜冷清而悲嘆，但我要說秋天的光景勝過春天。晴空中，一隻鶴鳥排開雲層往上飛，便把我作詩的興致帶領到青天上。

〔其二〕山光明媚水清淨，夜裡降下白霜，許多樹都有深紅樹葉出現在淺黃樹葉間。我試著走上高樓，清風沁入骨，怎會像春天景色那樣教唆人發狂呢？

# 54 送春曲 三首

劉禹錫

・其一

春向晚，春晚思悠哉。風雲日已改，花葉自相催。
漠漠空中去，何時天際來。

・其二

春已暮，冉冉如人老。映葉見殘花，連天是青草。
可憐桃與李，從此同桑棗。

・其三

春景去，此去何時回。遊人千萬恨，落日上高臺。
寂寞繁花盡，流鶯歸不來。

**題旨：暮春抒懷**

**【注釋】**

一之一行【**向**：臨近、接近。／**晚**：將盡的。／**悠**：憂悶、煩憂。／**哉**：助詞，表示感嘆的語氣。／**改**：變換。／**自**：主動的。

一之二行【**漠漠**：瀰漫、分散布列的樣子。

二之一行【**暮**：晚、將盡的。／**冉冉**：緩慢行進的樣子。／**殘花**：殘存未落的花。／**連天**：與天際相連。

三之二行【**寂寞**：孤單冷清。／**盡**：完結，終止。／**流鶯**：四處飛翔的鶯鳥。

## 賞讀譯文

〔其一〕春天逐漸接近盡頭，讓人充滿憂愁的思緒。風雲每天都在變換，花葉主動的互相催促。它們瀰漫空中離去，何時從天際回來？

〔其二〕春天已到盡頭，就像人老去那樣緩慢流逝了。春光照在葉子上，還看到殘存未落的花，繁茂相連到天際的是青草。可憐的桃樹與李樹，在花落之後，從此看起來就跟桑樹和棗樹一樣。

〔其三〕春景已經遠去，它這次離去後，何時回來呢？遊人心中有千萬愁恨，在落日時分走上高臺。只看到繁花落盡後的孤單冷清景象，四處飛翔的鶯鳥飛去不回來。

# 55 新秋對月寄樂天

劉禹錫

月露發光彩，此時方見秋。
夜涼金氣應，天靜火星流。
蛩響偏依井，螢飛直過樓。
相知盡白首，清景復追遊。

題旨：秋夜懷友

—注釋—

一行—**月露**：月光下的露滴。
二行—**金氣**：秋氣，秋天蕭索淒清的氣息。／**火星**：小流星。
三行—**蛩**：蟋蟀。
四行—**相知**：互相知心的朋友。／**盡**：都、全。／**白首**：頭髮變白，借指老人。／**清景**：清麗的景色。／**復**：再、又。／**追遊**：尋勝而遊；追隨遊覽。

賞讀譯文

月光下的露滴發出光彩，在此時才看見秋色。
夜裡的涼意散發秋天蕭索淒清的氣息，平靜的夜空裡有流星劃過。
蟋蟀鳴聲從靠近井邊的地方傳出，螢火蟲直接飛過樓閣。
知心朋友全都是頭髮花白的老人了，我又追隨清麗景色遊覽。

56

# 觀雲篇

劉禹錫

興雲感陰氣，疾走如見機。
晴來意態行，有若功成歸。
蔥蘢含晚景，潔白凝秋暉。
夜深度銀漢，漠漠仙人衣。

題旨：詠雲

**注釋**

一行—**興**：事情的發生或出現。／**陰氣**：寒氣。／**見機**：察看事情發展的形勢與機會。

二行—**意態**：神情姿態。

三行—**蔥蘢**：草木青翠而茂盛，引申為繁密的樣子。或指朦朧。／**晚景**：傍晚時的景色。／**凝**：聚集、凝集。／**暉**：日光。

四行—**度**：渡過。／**銀漢**：銀河。／**漠漠**：瀰漫、分散布列的樣子。

## 賞讀譯文

濃雲一出現，就讓人感覺到寒氣，它疾速前行，就好像看見了機會。

雲兒在晴天時運行的神情和姿態，就好像功成名就的人歸來那樣。

繁密雲彩包含著傍晚的霞光，潔白的雲朵凝聚了秋天的日光。

雲兒在深夜裡渡過銀河，瀰漫分散的樣子就像是仙人的衣裳。

# 57 中夜起望西園值月上

柳宗元

覺聞繁露墜，開戶臨西園。
寒月上東嶺，泠泠疏竹根。
石泉遠逾響，山鳥時一喧。
倚楹遂至旦，寂寞將何言。

## 題旨：夜景抒懷

**柳宗元**（773～819）字子厚。曾任監察御史、禮部員外郎，之後被貶任永州司馬、柳州刺史。主張「以文明道」，在古文上與韓愈齊名。與劉禹錫交情深厚。唐宋八大家之一。

**—注釋—**

題—**中夜**：半夜。／**值**：碰上。
一行—**覺**：睡醒。／**繁露**：濃重的露水。／**戶**：一扇門，亦指房屋出入口。／**臨**：面對。
二行—**寒月**：清冷的月亮。亦指清寒的月光。／**泠泠**：原指水聲清越，在此指月光清涼。
三行—**逾**：更加。／**時一喧**：不時叫一聲。
四行—**楹**：柱子。／**遂**：就、於是。／**旦**：天亮。／**言**：說。

## 賞讀譯文

半夜醒來，我聽到濃重露水滴落的聲音，便打開窗戶面對西園。清冷的月亮升上東方的山嶺，月光照在疏落竹林的根部。泉水從岩石流瀉而下，這水聲越遠越響亮，山鳥則不時地鳴叫一聲。我倚著柱子就這樣到天亮，這種寂寞要怎麼訴說呢？

58

# 早梅

柳宗元

早梅發高樹，迥映楚天碧。
朔吹飄夜香，繁霜滋曉白。
欲為萬里贈，杳杳山水隔。
寒英坐銷落，何用慰遠客。

題旨：賞梅懷友

**注釋**

一行—**迥**：遠。／**楚天**：楚天：春秋戰國時期的楚國在長江中下游一帶，之後泛指南方天空。作者當時所在的永州就在楚國境內。

二行—**朔吹**：北風。／**繁露**：濃重的露水。／**滋**：增添。／**曉**：早晨。

三行—**杳杳**：遙遠渺茫。

四行—**寒英**：在寒冷中綻放的花，指梅花。／**坐**：旋即，即將。／**銷落**：凋謝。／**何用**：用什麼。／**慰**：使人心情寬適。／**遠客**：遠方的來客。

## 賞讀譯文

早梅在高聳的梅樹上綻放了，遠遠地耀映著南方天空的碧藍。夜裡，它在北風的吹拂下飄散香氣；早晨，濃重的露水增添了它的潔白。我想要把早梅拿來送給萬里以外的朋友，但我們之間隔著遙遠渺茫的山水。梅花即將要凋謝了，我要用什麼來慰問遠方的來客？

59

# 紅蕉

柳宗元

晚英值窮節，綠潤含朱光。
以茲正陽色，窈窕凌清霜。
遠物世所重，旅人心獨傷。
回暉眺林際，摵摵無遺芳。

題旨：詠紅蕉

注釋

題—**紅蕉**：花期為夏到秋季。

一行—**晚英**：秋冬之花，指紅蕉。／**窮節**：歲末時節。／**綠潤**：指紅蕉葉。／**潤**：細膩光滑。／**朱光**：指紅蕉花。

二行—**以茲**：以此。／**正陽**：指農曆四月。指紅蕉到秋冬仍保持春夏時的顏色。／**窈窕**：美好的樣子。／**凌**：凌駕。／**清霜**：寒霜。

三行—**遠物**：偏遠地區的事物，指紅蕉。／**旅人**：客居在外的人，指詩人自己。

四行—**回暉**：夕照。／**摵摵**：指風吹葉動聲，或落葉聲。摵，音同「色」。／**遺芳**：指寒冬季節百花凋謝後遺留下來的香花芳草，如蘭花、菊花、梅花等。

## 賞讀譯文

紅蕉在正值歲末的秋冬開花，光滑的綠葉間包含了紅色的花朵。它以這個與農曆四月時相同的顏色，美好的模樣凌駕在寒霜之上。紅蕉這一偏遠地區的事物，是世人所重視的，但旅居在外的我看到它，內心卻獨自悲傷。我在夕陽照耀下眺望林間，只聽到風吹葉動聲，沒有看到殘餘未落的花。

60

# 巽公院五詠・芙蓉亭

柳宗元

新亭俯朱檻，嘉木開芙蓉。
清香晨風遠，溽彩寒露濃。
瀟灑出人世，低昂多異容。
嘗聞色空喻，造物誰為工。
留連秋月晏，迢遞來山鍾。

題旨：詠芙蓉

一注釋一

一行一**俯**：俯倚。／**朱檻**：朱紅色的欄杆。／**嘉木**：美好的樹木。／**芙蓉**：指木芙蓉，為農曆九至十一月開花的落葉灌木。

二行一**溽彩**：濕潤的彩花，指芙蓉花。

三行一**異容**：各種姿容。

四行一**色空喻**：指〈般若波羅蜜多心經〉的「色即是空，空即是色」。／**造物**：一種創造、主宰萬物的力量。

五行一**晏**：晚。／**迢遞**：遠處。／**鍾**：同「鐘」。

## 賞讀譯文

我在新亭子裡俯倚著朱紅色欄杆，看到美好的樹木上開著芙蓉花。晨風把它的清香吹到遠處，濃重的寒露讓它一身濕潤。它瀟灑地開在人世裡，或低垂或昂起，有不同的姿容。我曾聽過色與空的說法，造物界到底是誰在作工的？我留連直到秋月夜深，遠處傳來山裡的鐘聲。

# 61 戲題階前芍藥

柳宗元

凡卉與時謝，妍華麗茲晨。
欹紅醉濃露，窈窕留餘春。
孤賞白日暮，暄風動搖頻。
夜窗藹芳氣，幽臥知相親。
願致溱洧贈，悠悠南國人。

題旨：詠芍藥花

**注釋**

題　**芍藥**：花形類似牡丹，花色為白、粉、紅、紫或紅。花期為五月前後。

一行　**凡卉**：普通花草。／**妍華**：美麗的花。／**茲**：此。

二行　**欹紅**：傾斜的紅花。／**窈窕**：指美好。／**餘春**：暮春；殘春。

三行　**暄風**：和風，暖風。

四行　**藹**：美好、和善。／**芳氣**：香氣。／**幽**：僻靜的。／**相親**：彼此親近。

五行　**溱洧贈**：源自《詩經．鄭風．溱洧》的「溱與洧，方渙渙兮。……維士與女，伊其相謔，贈之以芍藥。」溱和洧是當時鄭國的兩條河流之名，而後句呈現青年男女打情罵俏並相贈芍藥。溱，音同「真」。洧，音同「尾」。／**悠悠**：安適自在的樣子。／**南國**：指江南。

## 賞讀譯文

普通的花草都隨著時節凋謝了，只有芍藥美麗的花朵在這個早晨綻放。那傾斜的紅花像是因花上的濃露而喝醉了，窈窕美好的姿態留在暮春裡。我在白天獨自欣賞芍藥花直到傍晚，暖風吹得它頻頻動搖。夜裡，窗外傳入芍藥花美好的香氣，讓靜臥的人明白它的親近。我想要像〈溱洧〉詩中那樣，把芍藥花送給安適自在的江南之人。

# 62 河南府試十二月樂詞

李賀

四月、七月

・四月

曉涼暮涼樹如蓋，千山濃綠生雲外。
依微香雨青氛氳，膩葉蟠花照曲門。
金塘閑水搖碧漪，老景沉重無驚飛，
墮紅殘萼暗參差。

・七月

星依雲渚冷，露滴盤中圓。
好花生木末，衰蕙愁空園。
夜天如玉砌，池葉極青錢。
僅厭舞衫薄，稍知花簟寒。
曉風何拂拂，北斗光闌干。

**題旨：季節風景**

**李賀**（790～816）
字長吉。多次落第不中，曾經人薦引後任奉禮郎。有「詩鬼」之稱。

**注釋**

一之一行—**曉**：清晨。／**暮**：傍晚。／**蓋**：指傘。／**千山**：指山多，群山。

一之二行—**依微**：輕微。／**香雨**：從香花間落下的雨。／**氛氳**：茂盛、豐盛。／**膩葉**：綠油油的葉子。／**蟠花**：盤曲的花。／**曲門**：幽深曲折的門。

一之三行—**金塘**：堅固的石塘。／**閑**：通「閒」，指安靜悠閒。／**碧漪**：綠色的漣漪。／**老景**：相較於初春，此景已老。／**驚飛**：因風飛舞的花。

一之四行—**墮紅**：落花。／**暗**：無光澤的；暗淡。／**參差**：指顏色不一致。

二之一行—**雲渚**：銀河。

二之二行—**好花**：指木芙蓉。／**蕙**：蕙草。

二之三行—**青錢**：青銅錢。比喻色綠而形圓之物，如榆葉、萍葉等。

二之四行—**僅**：才。／**厭**：嫌棄／**花簟**：有花紋的竹席。

二之五行—**何**：多麼。／**拂拂**：風輕吹的樣子。／**闌干**：星光橫斜參差的樣子。

## 賞讀譯文

〔四月〕早上清涼，傍晚也涼爽，樹冠繁茂如傘，白雲之外的群山一片濃綠。細雨落在花間散出香氣，綠意豐茂；綠油油的葉子、盤曲的花朵，映照著曲折的門戶。堅固的石塘裡，悠靜的水面搖蕩著綠色漣漪；這番老景已顯得沉重，沒有因風飛舞的花朵。暗淡的落花和殘存的綠萼，顏色參差不一。

〔七月〕星星依著銀河發出冷光，露水滴在盤中形成一顆圓珠。木芙蓉開在樹梢，衰敗的蕙草讓人為空園發愁。夜晚的天空如玉砌那般潔白，池中的荷葉非常青綠渾圓。我才嫌舞衫輕薄，躺在花簟上稍微感到寒冷。清晨的風多麼輕柔，北斗七星橫斜在天邊閃耀著。

## 63 殘絲曲

李賀

垂楊葉老鶯哺兒，殘絲欲斷黃蜂歸。
綠鬢少年金釵客，縹粉壺中沉琥珀。
花臺欲暮春辭去，落花起作回風舞。
榆莢相催不知數，沈郎青錢夾城路。

### 題旨：暮春抒懷

**注釋**

一行──**垂楊**：柳樹的別名。／**絲**：昆蟲類所吐的絲。

二行──**綠鬢**：鬢髮烏黑亮澤。／**金釵客**：頭戴金釵的女子。／**縹粉壺**：青白色的酒壺。／**琥珀**：古代松柏等樹脂的化石，為淡黃色、褐色或赤褐色的半透明固體，在此指美酒。

三行──**花臺**：種花的土臺。／**暮**：衰頹的。／**回風**：旋風。

四行──**榆莢**：榆樹的果實，外形圓薄如錢幣，又稱榆錢。／**相**：助詞，表示動作是由一方對另一方進行。／**不知數**：難以計數。／**沈郎青錢**：晉代沈充鑄造的小錢。在此指榆莢。

### 賞讀譯文

垂楊的葉子已變老，鶯鳥哺育著幼雛，殘存的蟲絲就快要斷了，黃蜂也回去牠的巢窩。鬢髮烏黑亮澤的少年，帶著頭戴金釵的女子，青白色酒壺裡裝滿琥珀色美酒。種花的土臺已經快要衰頹，春天告辭離去，落花在旋風中起舞。難以計數的榆莢催促著，樹上就像掛滿了沈郎所鑄的青錢，包圍了城裡的道路。

64

# 感諷

李賀

石根秋水明，石畔秋草瘦。
侵衣野竹香，蟄蟄垂葉厚。
岑中月歸來，蟾光掛空秀。
桂露對仙娥，星星下雲逗。
淒涼梔子落，山璺泣清漏。
下有張蔚廬，披書案將朽。

**題旨：秋夜抒懷**

**注釋**

一行—**石根**：岩石的底部；山腳。

二行—**侵**：侵入，沁入。／**蟄蟄**：眾多。

三行—**岑**：高而小的山。／**蟾光**：月光。／**秀**：清麗、俊美。

四行—**桂露**：桂樹上的露珠。／**仙娥**：指嫦娥。／**雲逗**：雲氣聚集，在此指聚集的雲塊。

五行—**梔子**：一種常綠灌木或小喬木，夏天開花。／**璺**：縫隙。音同「問」。／**漏**：滴水計時裝置，在此指山泉。

六行—**張蔚廬**：漢代貧困隱士張仲蔚的住處，在此指李賀自己的住處。／**披**：翻開。／**案**：書桌。／**朽**：腐爛、敗壞。

## 賞讀譯文

山腳下秋水明淨，石頭旁秋草細瘦。
野外竹子的香氣沁入衣裳，許多厚厚的綠葉低垂著。
月亮回到山中，月光掛在高空，一片清麗秀美。
桂樹上的露珠對著嫦娥的身影，星星躲到雲層下面。
梔子花已經凋落，景象淒涼，山縫間滴著宛如計時清漏的山泉，就像在哭泣一樣。
下面有貧困隱士的小屋，他翻著書，坐在將要朽壞的書桌前。

## 65 夢天

李賀

老兔寒蟾泣天色，雲樓半開壁斜白。
玉輪軋露濕團光，鸞珮相迎桂香陌。
黃塵清水三山下，更變千年如走馬。
遙望齊州九點煙，一泓海水杯中瀉。

題旨：夢境記事

注釋

題—**夢**：夢遊。

一行—**兔**：傳說有玉兔在月中搗藥。／**蟾**：傳說嫦娥偷吃長生不老藥後，飛到月宮，變成了蟾蜍。／**雲樓**：雲層裡的高樓，即月宮。／**斜白**：斜照的白光。

二行—**玉輪**：月亮。／**軋**：輾過。／**團光**：圓形的光芒。／**鸞珮**：鸞形圖案的玉珮，代指仙女。／**相迎**：迎接。／**陌**：小路。

三行—**黃塵清水**：陸地和海洋。／**三山**：指蓬萊、方丈、瀛洲三座神山。／**更變**：更替變化。／**走馬**：騎馬疾行。比喻迅速。

四行—**齊州**：指中國。／**九點煙**：如煙塵九點。代指古時中國裡的九個州。／**一泓**：一片清水。／**瀉**：水向下急流。

### 賞讀譯文

老兔和寒蟾的哭泣構成了這片天色，雲中高樓門扉半開，牆壁上有一道斜照的白光。月亮輾過露水，散發如水般濕潤的圓光，仙女在充滿桂花香的路上迎接我。看著三座神山下方的大地和海洋，千年來的更替變化如騎馬疾行般迅速。遙望中國，九州如九個小點煙塵，一片清澈的海水宛如流瀉到杯中。

## 66 早秋

許渾

遙夜泛清瑟，西風生翠蘿。
殘螢棲玉露，早雁拂金河。
高樹曉還密，遠山晴更多。
淮南一葉下，自覺洞庭波。

**許渾（約 791～858 在世）**
字用晦，一作仲晦。登進士第後，曾任監察御史、潤州司馬、郢州刺史等職。晚年歸居閒居，自編詩集《丁卯集》。

**題旨：秋景抒懷**

**注釋**

一行—**遙夜**：長夜。／**泛**：流蕩。／**清瑟**：清細的瑟聲。／**翠蘿**：又稱松蘿、女蘿，為附生植物。

二行—**棲**：棲息。／**玉露**：晶瑩如玉的露水。／**拂**：掠過。／**金河**：秋天的銀河。

三行—**曉**：早晨。／**密**：茂密。

四行—**淮南一葉下**：出自《淮南子．說山訓》：「以小明大，見一葉落，而知歲之將暮。」／**洞庭波**：出自屈原《楚辭．九歌．湘夫人》：「裊裊兮秋風，洞庭波兮木葉下。」

**賞讀譯文**

漫長的夜裡流蕩著清細的瑟聲，西風在翠羅之間吹起。
殘存的螢火蟲棲息在晶瑩如玉的露水上，較早出發的雁子飛掠過秋天的銀河。
高大的樹木在早晨時還很茂密，遠山在晴空下顯得更連綿不盡。
淮南地區落下一葉，就讓我想到《湘夫人》的「洞庭波兮木葉下」。

# 67 秋日赴闕題潼關驛樓

許渾

紅葉晚蕭蕭，長亭酒一瓢。
殘雲歸太華，疏雨過中條。
樹色隨山迴，河聲入海遙。
帝鄉明日到，猶自夢漁樵。

題旨：秋景抒懷

【注釋】

題—**闕**：指唐代都城長安。／**潼關**：關名，在陝西省境內。

一行—**蕭蕭**：形容風聲、落葉聲。／**長亭**：古代約每十里設一個休憩亭，稱為長亭，通常是送別的地方。／**一瓢**：一杯。

二行—**殘雲**：零散稀疏的雲。／**太華**：即西嶽華山，在陝西省境內。／**疏雨**：稀疏的細雨。／**中條**：山名，在山西省境內。

三行—**樹色**：樹木的景色。／**迴**：遠。

四行—**帝鄉**：京城，指長安。／**猶自**：仍舊。／**夢**：夢想著。／**漁樵**：漁夫和樵父。



賞讀譯文

紅葉在晚風中蕭蕭落下，我在長亭裡喝下一杯酒。零散稀疏的雲飛到太華山去，稀疏的細雨越過中條山。樹林景色隨著山延伸到遠處，河流入海的聲音非常遙遠。我明天就會抵達京城了，仍然夢想著要當漁夫和樵父。

68

# 楚江懷古

馬戴

露氣寒光集，微陽下楚丘。
猿啼洞庭樹，人在木蘭舟。
廣澤生明月，蒼山夾亂流。
雲中君不見，竟夕自悲秋。

**馬戴**（約 799 ～ 869）
字虞臣。早年屢試不第，登進士第後，曾因直言被貶，之後遇赦回京，曾佐大同軍幕、任太常博士等職。

**一注釋一**

一行—**露氣**：水氣。／**寒光**：給人寒冷感覺的光。／**集**：聚集。／**微陽**：微弱的陽光。／**楚丘**：楚地的山丘。楚地為春秋戰國時期楚國所在的長江中下游一帶。

二行—**木蘭舟**：木蘭樹打造的船，為船隻的美稱。

三行—**廣澤**：廣闊的湖澤。／**蒼山**：青山。

四行—**雲中君**：雲神。〈雲中君〉是屈原的組詩〈九歌〉中的一首。雲中君是指雲中之神，在神話中名叫豐隆，又名屏翳。此處或有代指屈原之意。／**竟夕**：整個夜晚。／**悲秋**：對蕭瑟秋景而傷感。

**題旨：湖景悲秋**

## 賞讀譯文

水氣和寒光逐漸聚集，微弱的陽光落到楚地山丘後方。猿猴在洞庭湖畔的樹林裡啼叫，我正坐在木蘭舟裡。廣闊的湖澤上有明月升起，青山夾著紛亂的水流。我沒看到雲神，一整夜獨自為秋景蕭瑟而感傷。

## 69 嘆花

杜牧

自是尋春去校遲，
不須惆悵怨芳時。
狂風落盡深紅色，
綠葉成陰子滿枝。

題旨：暮春抒懷

**杜牧**（803～約853）

字牧之。曾任黃、池、睦、湖等州刺史，以及司勳員外郎、中書舍人等職。與李商隱齊名，合稱「小李杜」。

**【注釋】**

一行—**自是**：從此。／**尋春**：尋找賞花的地方。／**校**：算來。

二行—**惆悵**：悲愁、失意。／**芳時**：花開時節。

三行—**盡**：完畢。／**深紅色**：指深紅色的花。

四行—**子**：果實。

### 賞讀譯文

從此要去尋找賞花的地方，算起來已經太遲了，
但不必惆悵地怨恨自己錯過花開時節。
就算狂風使深紅色的花朵都落盡了，
但綠葉已繁茂得形成樹陰，果實也掛滿了枝頭。

## 70 小桃園

竟日小桃園，休寒亦未暄。
坐鶯當酒重，送客出牆繁。
啼久豔粉薄，舞多香雪翻。
猶憐未圓月，先出照黃昏。

李商隱

### 題旨：春景記事

**李商隱（812～858）** 字義山，號玉谿生、樊南生。父早亡，家境貧苦。因捲入牛李黨爭，仕途不順遂。與杜牧合稱「小李杜」，與溫庭筠合稱為「溫李」。

**注釋**

一行—**竟日**：整日。／**暄**：溫暖。
二行—**坐鶯**：鶯鳥坐在花叢間。／**當酒**：正對著酒。／**重**：指繁花壓低枝頭。／**繁**：指繁花。
三行—**啼久**：鶯鳥啼叫許久。／**豔粉薄**：花朵的顏色逐漸變淡。／**香雪翻**：指落花像散發香氣的雪片。
四行—**憐**：愛。

### 賞讀譯文

我一整天待在小桃園裡，雖然天氣不寒冷，卻也沒有變溫暖。
鶯鳥坐在花叢間，正對著酒的繁花顯得沉重，繁花伸出牆外像是在送客。
鶯鳥啼叫許久，花朵的顏色逐漸變淡，落花像散發香氣的雪片紛飛舞動。
我憐愛那未圓的弦月，它已經先出來照著黃昏暮景。

71

# 朱槿花 二首

李商隱

・其一

蓮後紅何患，梅先白莫誇。
纔飛建章火，又落赤城霞。
不捲錦步障，未登油壁車。
日西相對罷，休澣向天涯。

・其二

勇多侵露去，恨有礙燈還。
嗅自微微白，看成沓沓殷。
坐忘疑物外，歸去有簾間。
君問傷春句，千辭不可刪。

題旨：詠朱槿花

**注釋**

一之一行—**患**：可怕。

一之二行—**建章**：建章宮為漢武帝建造的宮苑，在西漢末年毀於戰火。代指深紅花色。／**赤城**：山名，位在浙江。多用來稱呼土石為赤色、形如城堞的山。

一之三行—**錦步障**：遮蔽風塵或視線的錦製帳幕。／**油壁車**：古人乘坐的車，因車壁用油塗飾而得名。／前兩句皆指無人來賞朱槿。

一之四行—**休澣**：澣同「浣」，音同「緩」。唐代的官吏十天休息一次，每月分上浣、中浣、下浣。休澣指官吏的例行休假。／**天涯**：天邊，指遙遠的地方。

二之一行—**恨**：遺憾、悔恨。／**礙燈**：即「礙夜」，指深夜。

二之二行—**沓沓**：多而雜。／**看成**：看到。／**殷**：黑紅色。

二之三行—**坐忘疑物外**：坐到物我兩忘。／**間**：處所。

## 賞讀譯文

（其一）較晚開的蓮花，它的紅色有什麼可怕的？較早開的梅花，也別誇讚它的雪白。朱槿花初開時有如燃燒建章城的火那般鮮紅，後來又會像赤城山的落霞那般粉紅。但人們不會（為了看它而）捲起錦製帳幕，或登上油壁車。只有我在休假時面向天邊，與它相對直到日落西山。

（其二）我滿懷勇氣踏著露水出去，遺憾地在深夜點燈時刻回來。我聞著朱槿花初綻微白色花時散發的香氣，一直欣賞著，直到它變成雜亂的黑紅色花朵。我坐著欣賞它到物我兩忘的程度，才回去有簾幕的屋子。你問我有沒有傷春的詩句，我有不能刪減的千言萬語。

72

# 秋月

李商隱

樓上與池邊，難忘復可憐。
簾開最明夜，簟卷已涼天。
流處水花急，吐時雲葉鮮。
姮娥無粉黛，只是逞嬋娟。

題旨：詠月

**注釋**

一行 **可憐**：可愛。

二行 **最明夜**：指農曆十五。／**簟**：竹席。

三行 **流處**：指月光如流水。／**吐時**：指月光從雲邊透出。／**雲葉鮮**：雲朵如新生亮麗的葉子。

四行 **姮娥**：嫦娥，代指月亮。／**粉黛**：泛指婦女塗飾的顏料。粉指脂粉，黛是畫眉的青黑色顏料。／**逞**：展露。／**嬋娟**：美好的樣子。

## 賞讀譯文

月光灑落在樓上和池邊，令人難忘又惹人憐愛。
打開簾子，欣賞農曆十五的明亮夜晚，現在已經是收捲起竹席的涼冷天氣。
月光像濺出水花的急流，它從雲間露出時，雲朵宛如新生亮麗的葉子。
月亮沒有塗上粉黛，只是展現出美好的樣子。

73

# 細雨 二首

李商隱

・其一

帷飄白玉堂，簟卷碧牙床。
楚女當時意，蕭蕭發彩涼。

・其二

瀟灑傍迴汀，依微過短亭。
氣涼先動竹，點細未開萍。
稍促高高燕，微疏的的螢。
故園煙草色，仍近五門青。

**題旨：詠細雨**

**一注釋一**

一之一行一**帷**：帷簾，指細雨如簾。／**白玉堂**：指天宮。／**簟**：竹席。／**碧牙床**：指蔚藍澄明的天空有如碧色象牙床。

一之二行一**楚女**：《楚辭．九歌．少司命》裡的神女，亦指有過情緣的女子。／**意**：情態。／**蕭蕭**：形容雨聲。／**發彩**：指秀髮光澤華潤。

二之一行一**瀟灑**：淒清。／**傍**：靠近。／**迴汀**：迂迴的沙洲。／**依微**：隱約依稀。／**短亭**：古代設在路邊的休憩亭舍，十里設一長亭，五里設一短亭。

二之二行一**萍**：浮萍。

二之三行一**促**：靠近。／**的的螢**：螢火蟲一閃一閃的樣子。

二之四行一**故園**：故鄉，或指古舊的園苑。／**煙草**：煙霧籠罩的草叢。／**五門**：古代的宮廷設有五門，此處代指京城長安。

## 賞讀譯文

〔其一〕細雨就像從天宮飄垂而下的帷簾，又像從碧色象牙床捲下的竹席。細雨也像神女當時的情態，長髮蕭蕭地披垂而下，閃耀著清涼光澤。

〔其二〕細雨淒清地靠近迂迴的沙洲，隱約依稀地飄過短亭。清涼的氣息先使竹葉飄動，細細的雨點無法使浮萍蕩開。細雨稍微靠近高飛的燕子，使閃爍的螢光稍微疏開。故鄉煙霧籠罩的草叢景色，仍然近似京城長安的青綠。

74

# 落花

李商隱

高閣客竟去，小園花亂飛。
參差連曲陌，迢遞送斜暉。
腸斷未忍掃，眼穿仍欲歸。
芳心向春盡，所得是沾衣。

題旨：暮春抒懷

**一注釋一**

一行一**高閣**：高大的樓閣。／**竟**：全、整。

二行一**參差**：指花朵先後飄落。／**曲陌**：彎曲的小路。／**迢遞**：遙遠。／**斜暉**：傍晚西斜的陽光。

三行一**腸斷**：比喻極度悲傷。／**眼穿**：望眼欲穿，形容殷切盼望。／**歸**：指花朵重回枝頭。另有版本為「稀」。

四行一**芳心**：指花，也指看花的心意。／**盡**：完結，終止。／**沾衣**：指淚沾衣。

## 賞讀譯文

高樓上的客人全都離去了，小園裡的落花隨風亂飛。落花先後飄落到彎曲的小路上，還飄到遠方送西斜的陽光下山。我極度悲傷，不忍心掃去這些落花，仍然望眼欲穿地期望這些花回到枝頭上。我的心意和花朵都隨著春天落盡，所得到的只是淚水沾溼衣襟。

75

# 賦得桃李無言

夭桃花正發，穠李蕊方繁。
應候非爭艷，成蹊不在言。
靜中霞暗吐，香處雪潛翻。
得意搖風態，含情泣露痕。
芬芳光上苑，寂默委中園。
赤白徒自許，幽芳誰與論。

李商隱

## 題旨：詠桃李花抒懷

**注釋**

題—**賦得**：分到的題目，為李商隱練習應試詩之作。／**桃李無言**：出自《史記・李將軍列傳》的「桃李不言，下自成蹊」，比喻為人只要真誠、忠實，就能感動別人。

一行—**夭**：茂盛的樣子。／**穠**：豔麗。／**蕊**：此處指花苞、花。

二行—**應候**：順應氣候。／**爭艷**：爭相表現美麗的姿態。／**成蹊**：指形成小路。

三行—**霞**：指桃花的顏色。／**雪**：指如雪般的李花。

四行—**泣露**：形如淚水的露珠。

五行—**芬芳**：香氣。／**上苑**：上林苑，為皇家園林。／**寂默**：靜默不語；不出聲音。／**委**：凋萎。／**中園**：園中。

六行—**自許**：自誇。／**幽芳**：清香。亦指香花。

## 賞讀譯文

茂盛的桃花正綻放，豔麗的李花正繁茂。
它們只是順應氣候而開花，並非爭相表現美麗的姿態；它們不必多說什麼，前來遊賞的人就讓花間變成一條小路。
桃樹靜靜地綻放霞光般的紅花，李花散發香氣之處，就像有雪花在那裡深潛翻動。
它們有著在風中搖曳的得意姿態，也有淚水般的露珠留下痕跡的含情模樣。
它們的芬芳為皇家園林增添光采，卻也靜靜地在園中凋萎。
它們徒然地自誇紅豔與雪白，此刻誰會評論其清香呢？

76

# 河瀆神

河上望叢祠

溫庭筠

河上望叢祠，廟前春雨來時。
楚山無限鳥飛遲，蘭棹空傷別離。
何處杜鵑啼不歇，豔紅開盡如血。
蟬鬢美人愁絕，百花芳草佳節。

## 賞讀譯文

我從河上望向樹叢中的祠堂，廟前方是春雨來臨時的朦朧景象。楚地之山綿延不斷，鳥兒飛得很緩慢，我在船上徒然地為別離而心傷。杜鵑鳥不知藏身在哪裡，不停地啼叫著；豔紅如血的杜鵑花全都綻放了。蟬鬢美人極端憂愁，就在那百花盛開、芳草如茵的美好節日裡。

**溫庭筠**（約812～866）

本名岐，字飛卿。出身沒落的貴族家庭，屢舉進士不第。恃才不羈，性喜譏刺權貴。曾任隋縣尉、方城縣尉、國子監助教等職。精通音律。詩與李商隱齊名，時稱「溫李」；詞與韋莊齊名，並稱「溫韋」，為花間派鼻祖，多寫女子閨情。

**｜注釋｜**

一行｜**叢祠**：樹叢中的祠堂。

二行｜**楚山**：楚地之山。楚地為春秋戰國時期楚國所在的長江中下游一帶。／**無限**：沒有窮盡。／**遲**：緩慢。／**蘭棹**：木蘭樹製成的槳，泛指精美的船。

三行｜**杜鵑**：指杜鵑鳥，啼聲近似「歸歸」。／**豔紅開盡如血**：豔紅指杜鵑花。但引用的是「杜鵑鳥啼血」的典故。

四行｜**蟬鬢**：形容女子的鬢髮薄如蟬翼，黑如蟬身。／**愁絕**：極端憂愁。／**芳草**：香草。／**佳節**：美好的節日。

**題旨：春景相思**

## 77 寒食前有懷

溫庭筠

萬物相鮮雨乍晴，春寒寂歷近清明。
殘芳荏苒雙飛蝶，曉睡朦朧百囀鶯。
舊約不歸成獨酌，故園雖在有誰耕。
悠然更起嚴灘恨，一宿東風蕙草生。

題旨：暮春抒懷

**注釋**

一行—**相鮮**：鮮麗而相互映襯。／**寂歷**：寂靜冷清。／**清明**：清明節。

二行—**殘芳荏苒**：隨著時間過去，花朵逐一凋謝。／**曉**：早晨。／**百囀**：鳴聲婉轉多樣。

三行—**故園**：故鄉。

四行—**悠然**：閒適自得的樣子。／**嚴灘**：引自東漢嚴光的事蹟。嚴光拒絕光武帝賜予的官職，隱居在富春山種田，其垂釣的地方被後人稱為「嚴陵瀨」，即詩中所指的嚴灘。／**一宿**：一夜。／**東風**：春風。／**蕙草**：一種香草。

### 賞讀譯文

萬物鮮麗地彼此映襯，雨後剛剛放晴；在春寒的寂靜冷清之間，已接近清明節。百花隨著時間逐一凋謝，一對蝴蝶在其間飛舞；我在早晨的睡夢中，朦朧間聽見鶯鳥婉轉多樣的鳴叫聲。我沒有依照舊約回去，變成一個人獨自喝酒；故鄉雖然還在，但是有誰耕作呢？在閒適自得時，讓人更興起想要隱居垂釣的愁恨；一夜之間，在春風的吹拂下，惠草已經生長繁茂。

# 78 題崔公池亭舊遊

溫庭筠

皎鏡方塘菡萏秋，此來重見採蓮舟。
誰能不遂當年樂，還恐添成異日愁。
紅豔影多風裊裊，碧空雲斷水悠悠。
檐前依舊青山色，盡日無人獨上樓。

題旨：秋景懷友

**注釋**

題 又名「題懷貞亭舊遊」。

一行 **皎鏡**：明鏡，比喻水面。／**菡萏**：荷花的別名。／**此來**：這次來。

二行 **不遂**：不盡。／**異日**：來日，以後。

三行 **紅豔影**：指荷花。／**裊裊**：搖曳不定的樣子。另有版本為「嫋嫋」，意思相同。／**碧空**：淡藍色的天空。／**雲斷**：一朵朵雲。／**悠悠**：安閒暇適的樣子。

四行 **檐**：同「簷」。屋頂邊緣突出牆壁的部分。／**盡日**：整日。

## 賞讀譯文

明鏡般的方形池塘裡，荷花正迎接秋天，我這次來訪時又看到採蓮舟。誰能不盡情享受當年的歡樂？只怕增添了來日的愁緒。許多紅豔的花影在風中搖曳；淡藍色天空裡的一朵朵雲，倒映在閒靜的水面上。屋簷前方的青山依舊翠綠，一整天都沒有其他人，只有我獨自上樓。

79

# 柳

羅隱

灞岸晴來送別頻，
相偎相倚不勝春。
自家飛絮猶無定，
爭把長條絆得人。

**羅隱**（833～909）

本名橫，字昭諫，自號江東生。十次應進士舉不中，遂改名隱。曾任錢塘令、著作郎、鎮海節度判官、鹽鐵發運使等職。

題旨：詠柳

**一注釋一**

一行一**灞岸**：灞橋兩岸。灞橋為橫跨灞河之橋，古人常在此折柳贈別，因「柳」有「留」的諧音，表示挽留之意。後來引申為離別之地。／**頻**：屢次的、接連的。

二行一**相偎相倚**：指柳枝之間相偎倚。／**不勝**：無限、無盡。／**春**：春意。

三行一**自家**：自己。

四行一**爭**：如何。同「怎」。／**絆**：纏住，留住。

## 賞讀譯文

一到晴日，灞橋兩岸就有接連有人在這裡折柳送別。柳枝彼此相偎倚，充滿無限春意。但柳樹自己的飛絮都還飄飛未定，怎麼用它的長枝條把人留住呢？

# 80 章臺夜思

韋莊

清瑟怨遙夜，繞絃風雨哀。
孤燈聞楚角，殘月下章臺。
芳草已云暮，故人殊未來。
鄉書不可寄，秋雁又南迴。

## 賞讀譯文

淒清的瑟聲似乎在埋怨長夜漫漫，繞著絃的樂音如風雨聲般哀怨。
我在孤燈下聽見悲涼的楚地號角聲，將落的月亮已經在樓臺下方。
芳草已經衰頹凋盡，老友卻還沒有到來。
我沒辦法寄家書，因為秋雁又回到南方了。

題旨：秋夜懷人

**韋莊**（836～910）
字端己，京兆杜陵人。早年遍遊各地，年近六十才中進士，曾任校書郎、左補闕。後入前蜀為官。著有《浣花集》。

**一注釋一**

題一**章臺**：原指戰國時秦宮內的樓臺，在此泛指宮殿的樓臺。

一行一**清瑟**：淒清的瑟聲。／**遙夜**：長夜。／**風雨哀**：如風雨聲般哀怨。

二行一**楚角**：楚地吹的號角，聲音悲涼。楚地為春秋戰國時期楚國所在的長江中下游一帶。／**殘月**：將落的月亮。

三行一**芳草**：香草。／**云**：助詞，用於句中，無義。／**暮**：將盡，衰頹。／**故人**：老友。／**殊**：猶、尚。

四行一**鄉書**：指家書。／**不可寄**：無法寄。／**雁**：一種候鳥，於春季返回北方，秋季飛到南方越冬。

81

# 歸國遙

## 春欲暮

韋莊

春欲暮，滿地落花紅帶雨。
惆悵玉籠鸚鵡，單棲無伴侶。
南望去程何許，問花花不語。
早晚得同歸去，恨無雙翠羽。

題旨：暮春思人

注釋

一行—**暮**：晚、將盡的。
二行—**惆悵**：悲愁、失意。／**玉籠鸚鵡**：指被鎖在深閨的婦人。
三行—**何許**：如何、怎麼樣。
四行—**早晚**：時時、天天，或指何日、幾時。／**歸去**：回去。／**翠羽**：指翅膀。

### 賞讀譯文

春天即將到盡頭，落花如紅色雨般飄落滿地。
我就像被關在玉籠子裡的惆悵鸚鵡，獨自棲身，沒有伴侶。
我看向南方，不知郎君的去程如何；我問花，花卻不説話。
我時時都想跟他一起回去，只恨我沒有一雙翅膀能飛去。

# 82 女冠子

## 雙飛雙舞

牛嶠

雙飛雙舞，春晝後園鶯語。
卷羅幃，錦字書封了，銀河雁過遲。
鴛鴦排寶帳，荳蔻繡連枝。
不語勻珠淚，落花時。

**牛嶠**（約 860 ~ 900 前後在世）
字松卿、延峰。歷任拾遺、尚書郎等職。之後，入前蜀為官。

題旨：春日閨怨

**注釋**

一行 **春晝**：春日。／**後園**：屋後的庭園。／**鶯語**：鶯的啼鳴聲。

二行 **羅幃**：絲織的簾幕，一般指床帳。／**錦字**：指妻子寫給丈夫的信，或情書。源自《晉書》中所記載，秦州刺史竇滔被徙流沙，其妻蘇氏織錦為回文旋圖詩贈之。／**書**：書信。

三行 **寶帳**：華美的帳子。／**排**：排成的橫列。／**荳蔻**：在初夏開花，花未開時就非常豐滿，俗稱「含胎花」，因此成了少女的象徵。／**連枝**：兩樹的枝條連生一起。有恩愛夫婦之意。

四行 **勻**：塗抹均勻。／**時**：時節。

### 賞讀譯文

春日，成雙鳥兒飛舞著，屋後的庭園裡有鶯鳥的啼鳴聲。
她在（夜裡）捲起絲質簾幕，封好了寫給夫君的書信，但雁子卻很晚才飛過銀河。
華美的帳子上有一對鴛鴦橫排在那裡，還繡了荳蔻和連理枝。
落花時節，她默默不語地把淚珠抹平。

# 83 江城子

鵁鶄飛起郡城東

牛嶠

鵁鶄飛起郡城東，碧江空，半灘風。
越王宮殿，蘋葉藕花中。
簾卷水樓漁浪起，千片雪，雨濛濛。

題旨：古今對比

【注釋】

一行—**鵁鶄**：一種水鳥，又稱池鷺。／**郡城**：指古會稽（今浙江紹興），春秋時為越國國都。／**碧江**：水流澄碧的江。／**半**：部分、不完全的。／**灘**：水邊的沙石地。

二行—**越王宮殿**：越王勾踐的宮殿。／**蘋**：一種水生蕨類植物。生在淺水中，葉片浮於水面。又稱水蘋、白蘋、田字草。／**藕花**：荷花。

三行—**水樓**：水邊或水上的樓臺。／**魚浪**：波浪；鱗紋細浪。／**千片雪**：指浪花如雪。／**雨濛濛**：像霧般的小雨。

## 賞讀譯文

池鷺從郡城東邊飛起，澄碧江面空闊，一側河灘刮起了風。

昔日越王勾踐的宮殿，已被掩蓋在水蘋葉和荷花之中。

我在水邊樓閣捲起簾幕，只見江面湧起漁浪就像千片白雪，也下起了濛濛細雨。

84

# 江城子

## 極浦煙消水鳥飛

牛嶠

極浦煙消水鳥飛，離筵分首時，送金卮。
渡口楊花，狂雪任風吹。
日暮空江波浪急，芳草岸，雨如絲。

題旨：送別友人

注釋

一行 **極浦**：遙遠的水濱。／**離筵**：餞別的宴席。／**分首**：離別。／**金卮**：金製酒器，亦為酒器的美稱。此處代指酒。卮，音同「之」。

二行 **渡口**：有船隻擺渡可供人上下船的地方。／**楊花**：即柳絮。／**狂雪**：大雪。

三行 **日暮**：傍晚、黃昏。／**空江**：浩瀚寂靜的江面。／**芳草**：香草。

### 賞讀譯文

遠處水濱的煙霧逐漸消散，有水鳥飛翔其間；在餞別的宴席道別時，我送上金酒杯盛裝的酒。
渡口的柳絮就像大雪一樣任風吹飛。
傍晚時，浩瀚江面上波浪急湧，香草遍布的水岸，下著如絲的細雨。

## 85 春泛若耶溪

綦毋潛

幽意無斷絕，此去隨所偶。
晚風吹行舟，花路入溪口。
際夜轉西壑，隔山望南斗。
潭煙飛溶溶，林月低向後。
生事且瀰漫，願為持竿叟。

**題旨：春遊抒懷**

**綦毋潛（約720年後在世）**字孝通，登進士第後，曾任左拾遺、著作郎等職，後辭官歸隱，遊於江淮一帶。綦，音同「其」。

**注釋**

題—**若耶溪**：位在浙江省境內。

一行—**幽意**：尋幽訪勝的心意。／**偶**：遇。

二行—**行舟**：航行中的船。／**花路**：兩岸開滿鮮花的水路。

三行—**際夜**：入夜、傍晚。／**壑**：山谷。／**南斗**：星宿名稱，共有六顆星排成斗杓形狀，為射手座的一部分恆星，夏季時出現於南方天空。

四行—**溶溶**：廣大濃盛的樣子。／**林月**：林間月亮。

五行—**生事**：人事、世事。／**且**：尚且、仍然。／**瀰漫**：渺茫無盡。／**持竿叟**：釣魚老翁。

### 賞讀譯文

我那尋幽訪勝的心意沒有斷絕，這次出發也是隨緣所遇。
晚風吹著航行中的船隻，從兩岸開滿鮮花的水路進入溪口。
入夜後，船隻轉向西邊的山谷，隔著山能看見南斗星。
潭面飄飛的煙霧廣大濃盛，林間的月亮向後方低落。
世事仍然渺茫無盡，我只願當一個釣魚老翁。

86

# 闕題

劉眘虛

道由白雲盡，春與青溪長。
時有落花至，遠隨流水香。
閒門向山路，深柳讀書堂。
幽映每白日，清輝照衣裳。

題旨：春景記事

**劉眘虛**
字全乙。開元前後時人，累官崇文館校書郎。眘，音同「慎」。

**注釋**

題—**闕題**：缺題。

一行—**道**：道路。／**白雲盡**：白雲的盡頭。／**春**：春意。／**青溪**：碧綠的溪流。

三行—**閒門**：通「閑門」，指進出往來的人不多，顯得清閒的門庭。／**深**：茂盛。

四行—**幽映**：隱約的日光。／**每**：每當。／**白日**：白天。／**清輝**：明亮澄淨的光輝。

## 賞讀譯文

道路延伸到白雲的盡頭，春意跟碧綠的溪流一樣綿長。

時常有落花掉到溪裡，隨著流水遠去，一路散發香氣。

清閒的門庭對著朝向山的道路，茂密的柳樹旁就是我的書房。

每當白天就有日光從樹縫間隱約照下來，明亮的光輝就照在我的衣服上。

# 87 浣溪沙

紅蓼渡頭秋正雨

薛昭蘊

紅蓼渡頭秋正雨，印沙鷗跡自成行。
整鬟飄袖野風香。
不語含嚬深浦裡，幾迴愁煞棹船郎。
燕歸帆盡水茫茫。

## 題旨：秋景記事

**薛昭蘊**　字澄州。生卒年不詳。官至侍郎。

**一注釋一**

一行一**紅蓼**：水陸兩棲草本植物，為粉紅或玫瑰紅色穗狀花序，六至九月開花。／**渡頭**：即渡口，有船隻擺渡可供人上下船的地方。

二行一**整鬟**：整齊的髮鬟。鬟為頭髮梳挽成中空環形的一種髮髻。

三行一**含嚬**：懷憂皺眉。嚬通「顰」，音同「頻」。／**浦**：河岸，水邊。／**愁煞**：同「愁殺」，指極度憂愁、煩惱。／**棹船郎**：撐船人，即船夫。

四行一**帆盡**：船已遠去，不見帆影。／**盡**：隱沒。／**茫茫**：水勢浩大無邊的樣子。

## 賞讀譯文

紅蓼遍布的渡口正下著秋雨，鷗鳥的足跡印在沙岸上排成一行。女子頂著整齊的髮鬟，衣袖在野風中飄動，散發香氣。女子默默不語，憂愁地皺眉，站在水岸深處（看向郎君），讓船夫十分煩惱，好幾次要開船又作罷。終於，燕子歸去，船帆已在浩大無邊的水面上消失。

## 88 同題仙遊觀

韓翃

**仙臺下見五城樓，風物淒淒宿雨收。**
**山色遙連秦樹晚，砧聲近報漢宮秋。**
**疏松影落空壇靜，細草香閑小洞幽。**
**何用別尋方外去，人間亦自有丹丘。**

### 賞讀譯文

在高臺下方可看見仙遊觀，四周風景淒涼寒冷，下了一夜的雨已經停了。

山巒景色連接到遠處的秦嶺樹林，天色已晚；近處傳來擣衣聲，報告著秋天已經來到此地。

稀疏的松樹影子落在空無一人的法壇，一片安靜，細草散發香氣，洞室裡閒適清幽。

何必到別處去尋找世外之地？人間就有像仙境般的地方。

**韓翃（約 754 ～ 780 年前後在世）**
字君平，大曆十才子之一。登進士第後，曾任多位節度使幕府、駕部郎中、中書舍人等職。

**━注釋━**

題━**仙遊觀**：道院名，一說在陝西省，一說在今河南省。

一行━**仙臺**：高處的觀景臺。／**下**：另有版本為「初」。／**五城樓**：五城十二樓的簡稱。指古代傳說中神仙的居所，比喻仙境，在此借指仙遊觀。出自《史記》：「黃帝時為五城十二樓，以候神人於執期，命曰迎年。」／**風物**：風光景物。／**淒淒**：淒涼寒冷的樣子。／**宿雨**：昨夜的雨。

二行━**山色**：山的景色。／**秦**：指秦嶺。／**砧聲**：擣衣聲。砧為擣衣石；擣衣是指用杵捶打生絲，使其柔白富彈性，能裁成衣物；古代婦女在秋涼時節常為了幫親人趕製冬衣而擣衣。／**漢宮**：漢朝宮殿，亦借指其他王朝的宮殿。西漢的首都在長安（今陝西省），東漢的首都在雒陽（即洛陽，今河南省）。

三行━**壇**：舉行法事的場所。／**閑**：通「閒」。／**小洞**：指洞室，仙人所居之處，亦指隱士居住之室。

四行━**何用**：何必、為何。／**方外**：世俗之外。／**丹丘**：晝夜長明的神仙處所。

**題旨：秋景抒懷**

89

# 表兄話舊

竇叔向

夜合花開香滿庭，夜深微雨醉初醒。
遠書珍重何由達，舊事淒涼不可聽。
去日兒童皆長大，昔年親友半凋零。
明朝又是孤舟別，愁見河橋酒幔青。

**竇叔向**（約 769 年前後在世）
字遺直。曾任左拾遺、內供奉、溧水令等職。

題旨：記事抒懷

**注釋**

題—**話舊**：談論往事。

一行—**夜合**：又稱夜香木蘭，花期為五至八月，散發熟鳳梨香味，入夜更濃。／**微雨**：細雨。

二行—**遠書**：指來自遙遠家鄉的書信。／**珍重**：珍愛重視。／**何由達**：不曾寄達。／**淒涼**：悲苦。

三行—**去日**：過去。／**昔年**：往年、從前。／**凋零**：凋謝零落，指過世。

四行—**酒幔青**：青色的酒店旗幟。

## 賞讀譯文

夜合花綻放了，香氣充滿整個庭院；深夜裡下著小雨，我們剛從酒醉中醒來。來自遙遠家鄉的書信不曾寄達，說起往事，只覺得悲苦，讓人不忍心聽。過去的兒童都已經長大，從前的親友大半已經過世。明天又要乘著孤舟別離，看到河橋旁青色的酒店旗幟，只會讓人發愁。

## 90 河傳 春暮

李珣

春暮，微雨，送君南浦，愁斂雙蛾。
落花深處，啼鳥似逐離歌，粉檀珠淚和。
臨流更把同心結，情哽咽，後會何時節。
不堪迴首，相望已隔汀洲，櫓聲幽。

**題旨：江邊送別**

**李珣（約 855～930）**
字德潤，為波斯人後裔。曾以秀才為王衍賓客，事蜀主。通醫理，兼賣香藥。蜀亡後，不仕。

**注釋**

一行 **微雨**：細雨。／**南浦**：南邊的水岸。泛指送別之地。源自南朝江淹〈別賦〉：「送君南浦，傷如之何。」／**斂**：聚集、聚攏。／**雙蛾**：指女子的雙眉。女子的眉毛因細長彎曲，像蛾的觸鬚，被稱為蛾眉。

二行 **逐**：跟隨。／**粉檀**：即檀粉，化妝用的香粉。／**珠淚**：如圓珠子的眼淚。多用來指女子的眼淚。

三行 **臨**：靠著、依傍。／**流**：水流。／**同心結**：古時用錦帶結成連環迴文的花樣，表示兩情相繫，彼此相屬。

四行 **不堪**：無法忍受。／**迴首**：回頭，同「回首」。／**汀洲**：水中的沙洲。／**櫓聲**：搖櫓的聲音。櫓為划水使船前進的器具，外形比槳粗長。／**幽**：幽遠、深遠。

**賞讀譯文**

暮春時節，正下著細雨，女子送郎君到岸邊，憂愁使得她緊皺雙眉。在落花的深處，鳥兒的啼叫聲似乎跟隨著兩人的離歌，女子臉上的香粉混和了圓珠般的眼淚。兩人站在水流邊，又把同心結拿起，因為別情沉重而哽咽，不知以後相會是在什麼時節？女子不忍心回頭，兩人再次相望時已隔著汀洲，搖櫓的聲音聽來如此幽遠。

## 91 酒泉子

秋月嬋娟

李珣

秋月嬋娟，皎潔碧紗窗外。
照花穿竹冷沉沉，印池心。
凝露滴，砌蛩吟，驚覺謝娘殘夢。
夜深斜傍枕前來，影徘徊。

題旨：秋夜記事

一注釋一

一行一**嬋娟**：美妙的姿容，代指月色明媚。／**皎潔**：明亮潔白。

二行一**冷沉沉**：形容寒涼陰沉的樣子。

三行一**凝露**：凝結的露珠。／**砌**：砌階。／**蛩**：蟋蟀。／**驚覺**：受驚而覺醒；驚醒。／**謝娘**：泛指美麗的女子。／**殘夢**：指零亂不全的夢。

四行一**枕前來**：指月光照在枕上。／**影**：指月影。

### 賞讀譯文

秋夜月色明媚，皎潔的月光照在碧紗窗外。寒涼陰沉的月光照在花上，穿過竹林，印在池心上。凝結的露珠滴落，砌階上的蟋蟀開始鳴叫，讓女子從零亂不全的夢中驚醒。隨著夜漸深沉，月光斜斜地照在女子的枕頭上，月影在周圍徘徊。

## 92 漁歌子

楚山青

李珣

楚山青，湘水淥，春風澹蕩看不足。
草芊芊，花簇簇，漁艇棹歌相續。
信浮沉，無管束，釣迴乘月歸灣曲。
酒盈罇，雲滿屋，不見人間榮辱。

題旨：江景抒懷

**注釋**

一行 **淥**：清澈。／**澹蕩**：舒緩蕩漾。／**不足**：不夠。
二行 **芊芊**：草茂盛的樣子。／**簇簇**：叢列的樣子。／**漁艇**：小型輕快的漁船。／**棹歌**：行船時所唱的歌。／**相續**：相繼；前後連接。
三行 **信**：隨意、任憑。／**浮沉**：載沉載浮，隨波蕩漾。／**迴**：返回。／**乘月**：趁著月光。／**灣曲**：水灣曲折處。
四行 **盈**：充滿。／**罇**：同「樽」，酒器。／**雲**：指江霧。

### 賞讀譯文

楚山青綠，湘水清澈，春風蕩漾，讓人怎麼看都看不夠。草兒茂盛，花朵叢列，小漁船上的歌聲接連不斷。任由漁船隨波浮沉，沒有任何管束，釣魚後返回時，就趁著月光回到水灣曲折處。把酒倒滿杯子，屋裡滿是如雲的江霧，無視於人間的榮辱。

## 93 小重山

春入神京萬木芳

和凝

春入神京萬木芳。禁林鶯語滑，蝶飛狂。曉花擎露妬啼妝。紅日永，風和百花香。煙鎖柳絲長。御溝澄碧水，轉池塘。時時微雨洗風光。天衢遠，到處引笙簧。

**和凝**（898～955）字成績。為後梁進士，於後唐、後晉、後漢、後周等朝，皆任官職。

題旨：京城春景

**一注釋一**

一行一**神京**：京都。／**禁林**：禁苑園林。／**鶯語**：鶯的啼鳴聲。／**滑**：流利。／**狂**：放縱不受拘束的。

二行一**曉花**：清晨的花。／**擎露**：托著露珠。／**妬啼妝**：讓帶淚美人嫉妒。／**紅日**：太陽。／**永**：長。／**風和**：溫暖的風。

三行一**鎖**：幽禁、封閉，延伸為籠罩之意。／**柳絲**：形容柳枝細長如絲。／**御溝**：流經御苑的溝渠。／**澄碧**：清澈碧綠。／**轉**：轉入。

四行一**時時**：經常。／**微雨**：細雨。／**洗**：洗滌。／**風光**：風景。／**天衢**：京城的道路。／**遠**：長。／**笙簧**：指笙的樂音。簧是笙中的簧片。

### 賞讀譯文

春天已來到京都，萬木散發芳香。禁苑園林裡，鶯鳥流利地啼叫，蝴蝶放縱地飛翔。清晨的花朵托著露珠，美到讓帶淚的美人嫉妒。太陽照耀的時間變長，溫暖的風吹送著百花的香氣。煙霧籠罩著細長的柳枝。御苑溝渠裡清澈碧綠的水，流轉進入池塘裡。經常有細雨來洗滌這片風景。京城的道路很長，到處都聽得到笙樂聲。

# 94 春光好

蘋葉軟

和凝

蘋葉軟，杏花明，畫船輕。
雙浴鴛鴦出淥汀，棹歌聲。
春水無風無浪，春天半雨半晴。
紅粉相隨南浦晚，幾含情。

題旨：水岸春景

**注釋**

一行 **蘋**：一種水生蕨類植物。生在淺水中，葉片浮於水面。又稱水蘋、白蘋、田字草。／**軟**：柔嫩。／**明**：明媚，鮮明好看。／**畫船**：裝飾華美的遊船。

二行 **浴**：沉浸。／**淥汀**：淥在此處同「綠」，指綠草茂盛的沙洲。／**棹歌**：行船時所唱的歌。

四行 **紅粉**：代指女子。／**相隨**：相從、跟隨。／**南浦**：南邊的水岸。泛指送別之地。源自南朝江淹〈別賦〉：「送君南浦，傷如之何。」／**晚**：傍晚。／**幾含情**：屢次含著深情。

**賞讀譯文**

蘋葉柔軟，杏花明媚，畫船輕盈前行。
一對沉浸水中的鴛鴦，從綠草茂盛的沙洲冒出來，周圍傳來棹歌聲。
春水無風無浪，十分平靜；春天的天氣時雨時晴，變化不定。
傍晚，女子跟隨郎君來到水岸邊，屢次含著深情望向他。

95

# 望梅花

春草全無消息

和凝

春草全無消息，臘雪猶餘蹤跡。越嶺寒枝香自坼，冷豔奇芳堪惜。何事壽陽無處覓，吹入誰家橫笛。

題旨：詠梅

注釋

一行—**臘雪**：冬至後而立春前下的雪。

二行—**越嶺**：越城嶺，泛指多梅的山嶺。／**坼**：花朵開放。坼，音同「徹」。

三行—**何事**：為何。／**壽陽**：引用南朝劉宋時的壽陽公主軼事，相傳某日她在梅花樹下睡午覺，梅花飄落在額頭上印下花痕，三日後才漸漸變淡。／**橫笛**：指笛曲〈梅花落〉，此曲音調十分悲傷。

賞讀譯文

春草完全沒有消息，臘雪還留下一些蹤跡。山嶺上，寒冷枝頭的香花主動綻放，冷豔的奇絕芳色值得愛惜。為何落梅無處可找到壽陽公主，而成了誰家吹奏的橫笛曲？

# 96 菩薩蠻

越梅半坼輕寒裏

和凝

越梅半坼輕寒裏，冰清澹薄籠藍水。
暖覺杏梢紅，遊絲狂惹風。
閒階莎徑碧，遠夢猶堪惜。
離恨又逢春，相思難重陳。

題旨：春景相思

**注釋**

一行—**越**：發語詞，無意義。／**半坼**：花苞初綻半開。坼，音同「徹」。／**輕寒**：輕微的寒意。／**澹薄**：淡薄，不濃烈。／**籠**：覆蓋。／**藍水**：指碧藍的春水。

二行—**遊絲**：蜘蛛等蟲吐的絲。／**狂惹**：輕狂地逗引。

三行—**莎徑**：長滿莎草的小徑。／**遠夢**：思念遠方人的夢。

四行—**離恨**：因別離而產生的愁苦。／**難重陳**：難以再次開口陳述。

**賞讀譯文**

梅花在微寒裡初綻半開，清澈的冰片薄薄地覆蓋在碧藍的春水上。天氣感覺暖和，杏樹梢頭開著紅花，蟲絲輕狂地逗引春風。閒靜臺階和長滿莎草的小徑一片碧綠，女子還在為思念遠方人的夢而感到惋惜。女子心中充滿別離的愁苦，又遇到春天再臨，讓她難以再次開口陳述這份相思之情。

## 97 薄命女

天欲曉

和凝

天欲曉，宮漏穿花聲繚繞，窗裏星光少。
冷霞寒侵帳額，殘月光沉樹杪。
夢斷錦幃空悄悄，強起愁眉小。

題旨：夜景閨情

**注釋**

一行—**曉**：破曉。／**宮漏**：宮中漏壺，以滴水計時。

二行—**霞**：《詞律》中認為可能是「露」字。／**帳額**：床帳前幅的上端懸掛的橫幅，上面有繪畫或刺繡裝飾。／**殘月**：將落的月亮。／**樹杪**：樹梢。杪，音同「秒」。

三行—**夢斷**：夢醒。／**錦幃**：有彩色花紋的帳幕。／**空悄悄**：空寂無聲。／**強**：勉強。／**眉小**：眉頭因皺眉而顯得短小。

### 賞讀譯文

天快要亮了，滴漏聲穿過花間繚繞著，照進窗裡的星光很少。冷冷的寒氣侵襲帳額，將落之月的月光沉到樹梢下。女子在錦幃中夢醒，四周空寂無聲，她勉強起身，因憂愁而皺得眉頭變小。

98

# 玉蝴蝶

## 春欲盡

孫光憲

春欲盡，景仍長，滿園花正黃。
粉翅兩悠颺，翩翩過短牆。
鮮飆暖，牽遊伴，飛去立殘芳。
無語對蕭娘，舞衫沉麝香。

**孫光憲**（約900～968）
字孟文，自號葆光子。為農家子弟，好讀書。五代後唐時，曾任陵州判官；之後在十國中的荊南為官，累官至檢校秘書監兼御史大夫。

**題旨：暮春詠蝶**

**注釋**

一行—**盡**：完結，終止。／**景仍長**：景色依然美好。長有強盛之意。

二行—**粉翅**：飛蝶類的薄翅，代指蝴蝶。／**悠颺**：飄動的樣子。／**翩翩**：形容動作輕盈。／**短牆**：矮牆。

三行—**鮮飆**：清新乾淨的風。／**殘芳**：殘存未落的花。

四行—**蕭娘**：指歌妓，一說少女。／**沉**：使降下。／**麝**：麝香。

## 賞讀譯文

春天就要到盡頭，景色仍然美好，滿園正開著黃花。
蝴蝶的一對翅膀飄動著，輕盈地飛過矮牆。
暖和清新的風吹著，蝴蝶帶著遊伴，飛去立在殘存的花上。
女子無語地看著這幅景象，舞衣上的麝香已轉淡。

## 99 望梅花

數枝開與短牆平

孫光憲

數枝開與短牆平，見雪蕚紅跗相映，引起誰人邊塞情。

簾外欲三更，吹斷離愁月正明，空聽隔江聲。

題旨：月夜閨思

一注釋一

一行一**數枝**：指梅花。／**短牆**：矮牆。／**雪蕚**：雪白的花蕚。／**跗**：同「柎」，花蕚，亦指草木的子房。音同「夫」。

二行一**邊塞**：邊境關塞。

三行一**三更**：即半夜，子時，為晚上十一點到隔天凌晨一點。／**吹**：指吹笛曲〈梅花〉的聲音，曲調哀怨。／**斷**：中斷。

四行一**空**：徒然。／**隔江**：江對岸。／**聲**：指笛聲。

### 賞讀譯文

數枝梅花綻放，與矮牆一樣高，只見雪白的花蕚與紅色的子房相映襯，引起了誰思念邊塞郎君的心情？快要三更了，簾外的吹笛聲中斷，離愁仍然纏繞，月光正明亮，女子徒然聽著江對岸的笛聲。

100

# 漁歌子

草芊芊

孫光憲

草芊芊，波漾漾，湖邊草色連波漲。
沿蓼岸，泊楓汀，天際玉輪初上。
扣舷歌，聯極望，槳聲伊軋知何向。
黃鵠叫，白鷗眠，誰似儂家疏曠。

題旨：漁夫生活

—注釋—

一行—**芊芊**：茂盛的樣子。／**漾漾**：蕩漾。／**連**：和、及。

二行—**蓼**：紅蓼。一種水陸兩棲草本植物。／**楓汀**：有楓樹的沙洲。／**玉輪**：月亮。

三行—**扣**：敲、擊。通「叩」。／**舷**：船、飛機的兩側邊緣。音同「嫌」。／**聯極望**：向四周遠望。／**伊軋**：搖槳聲，同「咿呀」。

四行—**黃鵠**：黃色的天鵝。鵠，音同「胡」。／**儂家**：我。／**疏曠**：豪放豁達。

## 賞讀譯文

青草茂盛，水波蕩漾，湖邊的草色連同波浪一起高漲。
我沿著紅蓼水岸前進，停泊在楓樹林沙洲旁，天邊有月亮剛剛升起。
我敲著船舷高歌，向四周遠望，搖槳聲咿呀著，不知要向何處去。
黃天鵝鳴叫著，白鷗正在睡覺，有誰像我這般豪放豁達。

# 101 菩薩蠻

## 小庭花落無人掃

孫光憲

小庭花落無人掃，疏香滿地東風老。
春晚信沉沉，天涯何處尋。
曉堂屏六扇，眉共湘山遠。
怎奈別離心，近來尤不禁。

題旨：相思離愁

—注釋—

一行—**疏香**：指香味很淡的落花。／**東風**：春風。／**老**：在此指軟弱無力。

二行—**春晚**：春暮。／**信沉沉**：形容音信杳然。／**天涯**：天邊，指遙遠的地方。

三行—**曉堂**：清晨的大廳。／**屏六扇**：指六扇屏風。／**共**：相同的。／**湘山**：山名。在湖南省，山上有湘妃（舜的妃子娥皇、女英）廟。

四行—**怎奈**：無奈。／**尤**：更加、格外。／**不禁**：承受不住、經受不起。

### 賞讀譯文

小庭院裡的花紛紛飄落，無人打掃，香味清淡的落花鋪滿地，春風已軟弱無力。暮春時節，郎君音信杳然，要到天邊的何處尋找呢？清晨的大廳裡矗立著六扇屏風，女子的眉毛描畫得跟屏風上的湘山遠景一樣青黑。無奈這份為別離而愁苦的心思，近來格外讓人承受不住。

102

# 玉樓春

雪雲乍變春雲簇

馮延巳

雪雲乍變春雲簇，漸覺年華堪縱目。
北枝梅蕊犯寒開，南浦波紋如酒綠。
芳菲次第長相續，自是情多無處足。
尊前百計得春歸，莫爲傷春眉黛蹙。

## 題旨：春景抒懷

**馮延巳**（903～960）

字正中。於南唐的烈祖李、中主李璟二朝為官，與李璟關係緊密，四度任宰相又被罷黜。

### 注釋

一行—**雪雲**：下雪的雲。／**乍**：突然。／**簇**：聚集成團。／**年華**：春日的美景。／**堪**：可以、能夠。／**縱目**：放眼遠望。

二行—**梅蕊**：梅花。／**犯寒**：冒著寒冷。／**南浦**：指池塘。

三行—**芳菲**：香花芳草。／**次第**：先後的次序。／**相續**：相繼；前後連接。／**自是**：自然是。／**足**：滿足。

四行—**尊**：酒器，代指酒席。／**眉黛**：指眉，古代婦女以青黑色顏料「黛」來畫眉。／**蹙**：皺縮。

## 賞讀譯文

下雪的雲突然變成春雲聚集成團，讓人漸漸覺得春日的美景能夠放眼遠望。北邊枝頭的梅花冒著寒冷綻放，南邊池塘的波紋像酒那般碧綠。香花芳草依序長時間前後連接，多情的人仍然覺得無處可讓人滿足。在酒席上千方百計地想留住春天，最後春天還是歸去了，就不要為了傷春而緊皺雙眉。

103

# 清平樂

西園春早

馮延巳

西園春早，夾徑抽新草。
冰散漪瀾生碧沼，寒在梅花先老。
與君同飲金杯，飲餘相取徘徊。
次第小桃將發，軒車莫厭頻來。

題旨：春景友聚

【注釋】

一行—**西園**：歷代皆有園林稱西園，泛指園林。／**夾徑**：小路兩側。／**抽**：萌發、長出。

二行—**漪瀾**：水波。／**沼**：水池。

三行—**金杯**：泛指精美的杯子。此處代指酒。／**餘**：某一事情、情況以外或以後的時間。／**相取**：相共、一起。

四行—**次第**：次序、依次。／**小桃**：初春即開花的一種桃樹。／**軒車**：有屏障的車，為古代大夫以上所乘。泛指車。在此指朋友所乘的車。

## 賞讀譯文

園林裡的春天來得早，小路兩旁已經長出新草。冰片已經融散，水波在碧綠水池上蕩漾；寒意還在，梅花就先老去了。我和你一同飲酒，之後一起在園裡徘徊。小桃將要依序綻放，你不要對頻頻乘車前來感到厭煩啊！

104

# 喜遷鶯

霧濛濛

馮延巳

霧濛濛，風淅淅，楊柳帶疏煙。
飄飄輕絮滿南園，牆下草芊眠。
燕初飛，鶯已老，拂面春風長好。
相逢攜手且高歌，人生得幾何。

題旨：暮春抒懷

## 注釋

一行—**淅淅**：形容風聲。

二行—**絮**：柳絮。／**南園**：泛指園圃，種植花木果蔬的地方。／**芊眠**：茂盛的樣子，同「芊綿」。指草木蔓衍叢生。

四行—**幾何**：多少。

## 賞讀譯文

四周霧濛濛，風聲淅淅，楊柳周圍帶著稀疏的煙霧。輕飄飄的柳絮飛滿南園，牆下的青草繁生茂盛。燕子剛剛飛起，鶯鳥卻已經變老，拂面而來的春風總是美好。與友相逢，就牽著手並高聲歌唱，（只因時光匆匆，）人生不知道還有多長。

# 憶江南

今日相逢花未發

馮延巳

今日相逢花未發，正是去年，別離時節。東風次第有花開，恁時須約卻重來。重來不怕花堪折，祇怕明年，花發人離別。別離若向百花時，東風彈淚有誰知。

題旨：春景抒情

一注釋一

一行一**發**：綻放。
二行一**東風**：春風。／**次第**：次序、依次。／**恁時**：那時。／**卻**：還要。／**重來**：再來。
三行一**堪**：能夠。／**祇**：但。
四行一**向**：臨近、接近。／**彈淚**：灑淚。

## 賞讀譯文

今日我們相逢時，花兒還沒有綻放；而此時正是我們去年別離的時節。在春風吹拂下，花兒將依序盛開，到時我們一定約定還要再來。再來之際，不怕花兒已能夠摘折，但是怕明年花開之時，人已經離別。若是在臨近百花盛開時別離，我對著東風灑淚，又有誰知道呢？

106

# 應天長

石城山下桃花綻

馮延巳

石城山下桃花綻，宿雨初收雲未散。
南去棹，北歸雁，水闊天遙腸欲斷。
倚樓情緒懶，惆悵春心無限。
忍淚蒹葭風晚，欲歸愁滿面。

**題旨：春景抒懷**

※關於本詞作者，亦有歐陽脩之說。

**注釋**

一行—**石城**：指石頭城，即南京。／**宿雨**：昨夜的雨。／**收**：停止。

二行—**棹**：划船用的槳，代指行船。／**雁**：一種候鳥，於春季返回北方，秋季飛到南方越冬。／**腸欲斷**：因憂愁而使腸子快要斷裂。形容憂愁苦悶。

三行—**情緒**：心情。／**懶**：慵懶。／**惆悵**：悲愁、失意。／**春心**：心懷男女之情。

四行—**蒹葭**：荻草和蘆葦。／**欲**：將要。

## 賞讀譯文

石城山下桃花綻放，昨夜的雨剛停，雲還沒有散去。

船隻航向南方，雁子往北歸返，水面遼闊天際遙遠，我憂愁到快要斷腸。

女子倚著樓，心情慵懶，懷著無限的春心而惆悵。

晚風吹過蒹葭時，女子忍著淚，因為將要回去而滿面愁容。

# 107 應天長

石城花落江樓雨

馮延巳

石城花落江樓雨，雲隔長洲蘭芷暮。
芳草岸，和煙霧，誰在綠楊深處住。
舊遊時事故，歲晚離人何處。
杳杳蘭舟西去，魂歸巫峽路。

**題旨：相聚別離**

**—注釋—**

一行—**石城**：指石頭城，即南京。／**江樓**：江邊的樓房。／**隔**：隔斷。／**長洲**：水中長形陸地。／**蘭芷**：蘭草與白芷，皆為香草。

二行—**和**：帶著。

三行—**舊遊**：昔日的遊覽。／**事故**：事情。／**歲晚**：年末。／**離人**：離開家園的人。

四行—**杳杳**：渺茫、幽遠的樣子。／**蘭舟**：木蘭樹打造的船，為船隻的美稱。／**魂**：人的神志、意念。／**歸**：依附、趨向。／**巫峽**：長江三峽之一。

## 賞讀譯文

石城的繁花已經凋落，江樓周圍下著雨，雲隔斷了水中長洲，蘭草和白芷籠罩在暮色中。

芳草遍布的岸邊帶著煙霧，是誰居住在綠楊的深處？

那是昔日遊覽時的事情，到了年末，離家遠去的人在哪裡？

他所乘的船隻往西行去，形影幽遠渺茫，女子的心魂也跟隨到巫峽之路。

# 鵲踏枝

秋入蠻蕉風半裂

馮延巳

秋入蠻蕉風半裂，狼籍池塘，雨打疏荷折。
繞砌蛬聲芳草歇，愁腸學盡丁香結。
回首西南看晚月，孤雁來時，塞管聲嗚咽。
歷歷前歡無處說，關山何日休離別。

**題旨：秋景別情**

**注釋**

一行　**蠻蕉**：芭蕉。因產於南方，故有此稱。／**風半裂**：指蕉葉被風吹裂。／**狼籍**：形容凌亂不整。／**折**：折損，摧折損傷。

二行　**砌**：臺階。／**蛬聲**：蟋蟀的叫聲。／**歇**：竭盡、凋零、衰敗。／**愁腸**：憂思鬱結的心腸。／**丁香結**：丁香的花蕾，因大多含苞不放，被用來比喻愁思固結不解。

三行　**晚月**：夜間的月亮。／**雁**：一種候鳥，於春季返回北方，秋季飛到南方越冬。／**塞管**：羌笛。

四行　**歷歷**：清晰分明。／**前歡**：往日的歡樂。／**關山**：關隘與山峰。比喻路途遙遠或行路的困難。／**休**：不要。

## 賞讀譯文

秋風將芭蕉葉吹得半裂，池塘一片凌亂，雨滴打在疏落的荷花上，讓它折損了。
蟋蟀的叫聲圍繞著臺階，芳草凋零，我的愁腸總是學丁香結那樣鬱結不展。
回首看西南方夜空的月亮，孤雁朝向南方飛來時，我聽到嗚咽的塞管聲。
往日的歡樂景象仍然清晰分明，我卻無處訴說，我們到哪一天才不會相隔遙遠的關隘和山峰，不要再分離？

# 鵲踏枝

梅花繁枝千萬片

馮延巳

梅花繁枝千萬片，猶自多情，學雪隨風轉。
昨夜笙歌容易散，酒醒添得愁無限。
樓上春山寒四面，過盡征鴻，暮景煙深淺。
一晌憑闌人不見，鮫綃掩淚思量遍。

## 題旨：春景別情

**注釋**

一行 **猶自**：仍舊。

二行 **笙歌**：泛指奏樂唱歌。／**容易**：輕易、隨便。

三行 **春山**：春日的山。／**過盡**：全都過去。／**征鴻**：遠行的鴻雁。古人把鴻雁視為信差的代表。相傳漢武帝時，匈奴將使臣蘇武流放北海，並謊稱他已死。漢使接獲密告得知實情，並用計對匈奴說，漢皇帝射下的一隻鴻雁上有蘇武的帛書，讓蘇武得以被釋放。／**暮景**：傍晚的景色。

四行 **一晌**：片刻，或一段時間。在此指後者。／**憑闌**：倚靠欄杆。／**人不見**：不見那人。／**鮫綃**：鮫人是傳說中的魚尾人身生物，滴淚成珠，善於紡織，所製出的鮫綃入水不濕。代指絲製手帕、手絹。／**思量**：惦記、思念。／**遍**：沒有一處遺漏的。

## 賞讀譯文

繁枝上的梅花凋落了千萬片，仍然多情地學雪花那樣隨風翻轉。
昨夜的笙歌宴席輕易就解散了，酒醒後只增添無限的愁緒。
樓上，四面青山仍散發寒意；遠行的鴻雁全都飛過去了，（卻沒有帶來書信，）傍晚的景色籠罩在深深淺淺的煙霧中。
我倚靠著欄杆一段時間，還是沒看到那個人，便用絲絹掩住淚水，沒有遺漏地思念了一切。

## 110 青玉案　梵宮百尺同雲護

李煜

梵宮百尺同雲護，漸白滿蒼苔路。
破臘梅花李蚤露。
銀濤無際，玉山萬里，寒罩江南樹。
鴉啼影亂天將暮，海月纖痕映煙霧。
修竹低垂孤鶴舞。
楊花風弄，鵝毛天剪，總是詩人誤。

**李煜（937～978）**初名從嘉，字重光，號鐘隱、蓮峰居士，為南唐的末代君主，世稱李後主。在南唐滅亡後被北宋俘虜。精書法、工繪畫、通音律，有詞聖之稱。

**一注釋一**

一行一**梵宮**：佛寺。／**百尺**：比喻很高、很長。／**同雲**：同樣的雲，指陰雲。／**漸白滿**：指白雪逐漸鋪滿。／**蒼苔**：深青色的苔蘚。

二行一**破臘**：殘臘；歲末。農曆十二月為臘月。／**李**：指紅梅覆蓋雪，就像是李花。／**蚤**：早。

三行一**銀濤**：指雪地。／**玉山**：被雪覆蓋，如白玉般的山。

四行一**暮**：傍晚、黃昏。／**海月**：從海上升起的月亮／**纖痕**：細痕。

五行一**修竹**：修長的竹子。／**孤鶴舞**：如孤鶴起舞。引用前人將雪比喻為鶴的手法。

六行一**楊花**：指前人將雪比喻為楊花（柳絮）一事。／**鵝毛**：指前人將雪比喻為鵝毛一事。

**題旨：詠雪景**

### 賞讀譯文

高高的佛寺有同樣的陰雲護衛著，白雪逐漸鋪滿遍布深青色苔蘚的道路。
歲末綻放的梅花，（被白雪覆蓋，）宛如早早展露的李花。
銀濤般的雪地一望無際，如白玉般的雪山綿延萬里，寒意籠罩江南的樹。
鴉鳥啼叫，飛舞的影子凌亂，天色將近黃昏。月亮從海上升起，纖細的痕跡映著煙霧。
修長的竹子低垂，像孤鶴在起舞。
以為白雪像是被風吹弄柳絮、天剪的鵝毛，總是詩人使人如此誤會。

# 111 採桑子

### 庭前春月逐紅英盡

李煜

庭前春逐紅英盡，舞態徘徊。
細雨霏微，不放雙眉時暫開。
綠窗冷靜芳音斷，香印成灰。
可奈情懷，欲睡朦朧入夢來。

**題旨：春景閨思**

**【注釋】**

一行【**庭**：另有版本為「亭」。／**逐**：跟隨，驅走。／**紅英**：紅花。／**盡**：完結、終止。／**徘徊**：縈繞、紛雜起落。

二行【**霏微**：霧氣、細雨瀰漫朦朧的樣子。／**不放雙眉**：緊鎖雙眉。

三行【**綠窗**：綠紗窗，代指婦女的居室。／**冷靜**：冷清而不熱鬧。／**芳音**：佳音，好消息。／**斷**：斷絕。／**香印**：印有圖文的香。／**灰**：灰燼。

四行【**可奈**：怎奈，無奈，有怨恨之意。／**朦朧**：模糊、不清楚的樣子。／**情懷**：心情，心境。

**賞讀譯文**

庭院前方，春天隨著紅花落盡而結束，落花像跳舞那般縈繞起落著。細雨朦朧，不讓女子緊皺的雙眉暫時放開。女子的居室冷清寂靜，佳音斷絕，香印已燒成灰燼。她懷著無奈的心情，打算入睡，朦朧之間，那個人來到夢裡。

112

# 巫山一段雲

雨霽巫山上

毛文錫

雨霽巫山上，雲輕映碧天。
遠風吹散又相連，十二晚峰前。
暗濕啼猿樹，高籠過客船。
朝朝暮暮楚江邊，幾度降神仙。

題旨：詠巫山之雲

**毛文錫**
字平珪，為唐進士，後在前蜀任翰林學士等職。

**注釋**

一行 **雨霽**：雨後放晴。／**映**：映襯，映照烘托。／**碧天**：青天，藍色的天空。
二行 **十二晚峰**：夕照中的巫山十二峰。巫山山脈位在重慶、湖北、貴州三省的邊界，長江三峽即在其中。
三行 **籠**：籠罩。
四行 **楚江**：即長江。／**神仙**：引自戰國時代宋玉的〈高唐賦序〉，其中提到巫山神女「旦為朝雲，暮為行雨」，曾與楚王歡會。

## 賞讀譯文

巫山上空雨後放晴，輕盈的浮雲映襯著藍天。夕照中的巫山十二峰前方，遠風將雲吹散後，雲又相連聚攏。濃雲讓猿啼叫的樹林顯得暗濕，也高高籠罩著經過的客船。這雲日日夜夜都待在長江邊，好幾次以神女的形象降臨。

## 113 紗窗恨

雙雙蝶翅塗鉛粉

毛文錫

雙雙蝶翅塗鉛粉，咂花心。
綺窗繡戶飛來穩，畫堂陰。
二三月愛隨飄絮，伴落花，來拂衣襟。
更剪輕羅片，傅黃金。

題旨：詠蝴蝶

【注釋】

一行【鉛粉：擦臉的白粉，在此指花粉。／咂：吸吮。

二行【綺窗：雕刻或繪飾精美的窗戶。／繡戶：雕繪華美的門戶。多指婦女的居室。／穩：安定、停下。／畫堂：泛指華麗的堂舍。／陰：黑暗、陽光照不到的地方。

三行【絮：柳絮。／衣襟：衣領交接的部位。

四行【羅片：質地輕軟的絲織片。／傅：塗抹。

### 賞讀譯文

一對對蝴蝶的翅膀上沾塗了鉛粉般的花粉，正吸吮著花心。牠們從綺麗窗戶和華美門戶飛過來，停留在華麗堂舍的陰暗處。

二、三月時，牠們喜愛跟隨著飄飛的柳絮，伴著落花，飛來輕拂人們的衣襟。牠們的身影就像剪下來的輕盈絲織片，上面閃亮得像塗抹了黃金一般。

114

# 酒泉子

綠樹春深

毛文錫

綠樹春深，燕語鶯啼斷續。
蕙風飄蕩入芳叢，惹殘紅。
柳絲無力裊煙空，金盞不辭須滿酌，
海棠花下思朦朧，醉香風。

題旨：春景惜春

**注釋**

一行—**春深**：春意濃郁。／**燕語**：指燕子鳴聲。

二行—**蕙風**：香風，多指暖和的春風。蕙是一種香草。／**芳叢**：花叢，叢生的繁花。／**惹**：引起。／**殘紅**：落花。

三行—**柳絲**：細長如絲的柳枝。／**裊**：搖曳、擺動。／**煙空**：高空；縹緲的雲天。／**金盞**：酒杯的美稱。／**不辭**：不推卻、不躲避。

四行—**海棠**：薔薇科蘋果屬的落葉喬木。三、四月時開紅色花。與草本植物秋海棠不同。

## 賞讀譯文

綠樹間春意深濃，燕子和鶯鳥斷斷續續地啼叫著。香風飄蕩進花叢間，吹落了花。細長如絲的柳枝柔弱無力，隨風在高空中搖曳。我不推卻酒杯，還要斟滿酒才行，一直喝到在海棠花下思緒朦朧，醉倒在香風裡。

115

# 贊成功

海棠未坼

毛文錫

海棠未坼，萬點深紅。
香包緘結一重重，似含羞態，邀勒春風。
蜂來蝶去，任遶芳叢。

昨夜微雨，飄灑庭中。
忽聞聲滴井邊桐，美人驚起，坐聽晨鐘。
快教折取，戴玉瓏璁。

題旨：春景閨思

—注釋—

一行—**海棠**：薔薇科蘋果屬的落葉喬木。三、四月時開紅色花。與草本植物秋海棠不同。／**未坼**：未開花。

二行—**香包**：指花苞。／**緘**：封閉。／**邀勒**：強行截留、阻擋。

三行—**任**：任意。／**遶**：環圍、迴轉。同「繞」。／**芳叢**：花叢，叢生的繁花。

四行—**微雨**：細雨。

六行—**瓏璁**：金玉碰撞聲，一說首飾名。

## 賞讀譯文

海棠花還沒綻放，只見點點深紅色的花苞。

它的花苞一重又一重地緊包封閉，像是含羞的樣子，卻強留春風，（隨風搖曳著）。

蜜蜂和蝴蝶任意在花叢間來來去去地繞著。

昨夜下了細雨，飄灑在庭院中。

女子突然聽見井邊桐樹的滴答聲，隨即驚醒起身，坐著直到聽見晨鐘響起。

她趕快喚人去折取海棠花，身上戴的玉飾瓏璁地響著。

116

# 浣溪沙

春暮黃鶯下砌前

毛熙震

春暮黃鶯下砌前，水晶簾影露珠懸。
綺霞低映晚晴天。
弱柳萬條垂翠帶，殘紅滿地碎香鈿。
蕙風飄蕩散輕煙。

題旨：暮春景色

毛熙震 曾任後蜀秘書監。

**注釋**

一行 **砌**：臺階。／**露珠**：指水晶如露珠。
二行 **綺霞**：美麗的彩霞。
三行 **垂翠帶**：指柳條下垂如青翠的帶子。／**殘紅**：落花。／**鈿**：用金銀珠寶鑲製成的花形飾物。
四行 **蕙風**：香風，多指暖和的春風。蕙是一種香草。／**輕煙**：輕淡的煙霧。

**賞讀譯文**

暮春時節，黃鶯飛下來停在臺階上，水晶簾的影子像懸掛著的露珠。
美麗的彩霞低低地映著傍晚的晴天。
柔弱的柳枝像萬條下垂的青翠帶子，滿地的落花像是破碎的香鈿。
和暖的春風飄蕩著，吹散了輕煙。

## 117 清平樂

### 春光欲暮

毛熙震

春光欲暮，寂寞閒庭戶。
粉蝶雙雙穿檻舞，簾捲晚天疏雨。
含愁獨倚閨幃，玉爐煙斷香微。
正是銷魂時節，東風滿樹花飛。

**題旨：暮春景色**

**注釋**

一行—**春光**：春天的風光、景色。／**暮**：晚、將結束的。／**寂寞**：寂靜。／**閒**：安靜悠閒。／**庭戶**：門戶。

二行—**檻**：欄杆。／**疏雨**：稀疏的小雨。

三行—**含愁**：懷著愁苦。／**閨幃**：閨房的帷幕。／**玉爐**：熏爐（用來薰香或取暖的爐子）的美稱。

四行—**銷魂**：哀傷至極，好像魂魄離開形體而消失。／**東風**：春風。

**賞讀譯文**

春天景色即將到盡頭，門戶悠閒寂靜。

一對對粉蝶穿過欄杆飛舞，女子捲起簾子時天色已晚，外頭正下著稀疏的小雨。

女子懷著愁苦，獨自倚著閨房的帷幕，熏爐裡的煙已經中斷，香氣微弱。

這正是令人哀傷至極的時節啊！春風吹得滿樹的花都飛起了。

118

# 臨江仙 洞庭波浪颭晴天

牛希濟

洞庭波浪颭晴天，君山一點凝煙。
此中真境屬神仙。
玉樓珠殿，相映月輪邊。
萬里平湖秋色冷，星晨垂影參然。
橘林霜重更紅鮮。
羅浮山下，有路暗相連。

**牛希濟（約 925 年前後在世）**
牛嶠的侄子。曾於前蜀任起居郎、翰林學士、御史中丞等職，之後隨前蜀主降於後唐，曾任雍州節度副使。

題旨：洞庭湖秋景

**—注釋—**

一行—**颭**：搖動。音同「展」。／**君山**：位在洞庭湖中，又名洞庭山、湘山。娥皇、女英葬於此處，俗稱「二妃墓」。
二行—**真境**：道教之地。亦指仙境。
三行—**玉樓珠殿**：華麗的樓閣，飾以珠玉的宮殿，指君山上的湘妃祠。／**月輪**：圓月。
四行—**參然**：參差不齊。
六行—**羅浮山**：仙山名，在廣東省境內。

## 賞讀譯文

晴天下，洞庭湖裡波浪搖動，湖中的君山像一點凝煙。
那裡是屬於神仙的仙境。
湘妃祠的樓閣宮殿就相映在一輪圓月的旁邊。
萬里寬廣的平靜湖水，散發出冷冷的秋色，星晨垂落的光影參差閃動著。
在霜氣重的時節裡，橘樹林更顯得亮紅鮮豔。
羅浮仙山下，有路暗暗相連到此地。

119

# 河傳

## 紅杏

張泌

紅杏，交枝相映，密密濛濛。一庭濃豔倚東風。香融，透簾櫳。斜陽似共春光語，蝶爭舞，更引流鶯妒。魂銷千片玉尊前，神仙，瑤池醉暮天。

**題旨：春景抒懷**

**張泌**

一說為唐末進士，唐亡後曾長時間滯留長安。一說為「張佖」，於南唐時，曾任監察御史、內史舍人等職，降宋後，官終右諫議大夫史館修撰。

**注釋**

一行—**密密**：濃密；稠密。／**濛濛**：指花朵紛雜。

二行—**濃豔**：指繁盛的杏花。／**香融**：香氣融入風中。／**簾櫳**：窗戶上的竹簾。

三行—**流鶯**：四處飛翔的鶯鳥。

四行—**魂銷**：形容極度悲傷或歡樂，好像魂魄離開形體而消失。／**玉尊**：玉製酒杯。／**瑤池**：仙界的天池，傳說中西王母所居處，泛指神仙居住的地方。／**暮天**：傍晚的天空。

**賞讀譯文**

紅杏花在相交的枝頭互映，稠密而紛雜。整個庭院的濃豔紅杏花都倚著東風搖動。香氣融入風中，透過簾櫳。斜陽好像在跟春光說話，蝴蝶爭著飛舞，引得四處飛翔的鶯鳥嫉妒。我開心極了，喝了千杯酒，像神仙一樣在黃昏時醉倒在瑤池邊。

120

# 河傳

## 秋雨

閻選

秋雨，秋雨，無晝無夜，滴滴霏霏。
暗燈涼簟怨分離，妖姬，不勝悲。
西風稍急喧窗竹，停又續，膩臉懸雙玉。
幾迴邀約，雁來時，違期，雁歸人不歸。

題旨：秋雨思人

**閻選** 為五代十國時期的蜀地布衣，工小詞。與歐陽炯、鹿虔扆、毛文錫、韓琮，合稱「五鬼」。

**注釋**

一行—**霏霏**：雨、雪、煙、雲綿密的樣子。

二行—**簟**：竹席。／**妖姬**：美麗的女子。／**不勝**：無法承擔；承受不了。

三行—**稍**：頗、甚。／**喧窗竹**：使窗前的竹枝搖曳發出聲響。／**膩**：細緻滑潤。／**雙玉**：兩行淚。

四行—**雁**：一種候鳥，於春季返回北方，秋季飛到南方越冬。／**期**：約定的時間。

## 賞讀譯文

秋雨啊秋雨，不分晝夜地綿密滴落。
暗燈下，女子坐在發涼的竹席上，怨恨著與郎君分離一事，難以承受這份悲傷。
西風急急地吹著，使窗前的竹枝搖曳發出聲響，停了又再度繼續。女子細緻滑潤的臉上懸著兩行淚。
郎君幾次約好在雁子來時返回，卻違背約定的時間，雁子歸來了，人卻不歸。

121

# 臨江仙

雨停荷芰逗濃香

閻選

雨停荷芰逗濃香，岸邊蟬噪垂楊，
物華空有舊池塘。
不逢仙子，何處夢襄王。
珍簟對敧鴛枕冷，此來塵暗淒涼，
欲憑危檻恨偏長。
藕花珠綴，猶似汗凝妝。

題旨：閨思

【注釋】

一行—**荷芰**：荷花和菱花。／**逗**：引弄。／**蟬噪**：蟬聲喧聒。

二行—**物華**：美好的景物。

三行—化用自戰國時代宋玉的〈高唐賦〉，文中提到楚王夢見「旦為朝雲，暮為行雨」的巫山神女。

四行—**珍簟**：精美的竹席。／**敧**：傾斜，斜靠。音同「棲」。／**鴛枕**：繡有鴛鴦的枕頭，為夫妻所用。／**塵**：久遠、長久。

五行—**憑**：憑：倚靠。／**危檻**：高樓的欄杆。／**偏**：深、多。

六行—**珠**：在此指露珠。／**綴**：點綴。／**凝**：凝結、聚集。

## 賞讀譯文

雨停後，荷花和菱花引弄著濃濃的香氣，水岸邊有蟬兒在垂楊上喧鳴，舊池塘裡空有美好的景物。沒有遇到仙女，又能在何處與襄王在夢中相會？冷冷的鴛鴦枕在精美竹席上相互傾斜倚靠，到現在已長久放在暗處，讓人感到淒涼。女子想要倚在高樓欄杆上，心中的愁恨又深又長。藕花上有露珠點綴，就像是汗水凝結在妝粉上。

122

# 河傳

## 曲檻

顧夐

曲檻，春晚，碧流紋細，綠楊絲軟。露花鮮，杏枝繁，鶯囀，野蕪平似剪。直是人間到天上，堪遊賞，醉眼疑屏障。對池塘，惜韶光，斷腸，為花須盡狂。

**題旨：春景抒懷**

**顧夐（約 928 年前後在世）**曾在前蜀任茂州刺史，後蜀任太尉等職。

**注釋**

一行—**曲檻**：彎曲的欄杆。／**碧流**：綠水。／**絲**：指楊樹的枝條。

二行—**露花**：帶著露珠的花朵。／**鶯囀**：黃鶯婉轉而鳴。／**野蕪**：野外叢生的草。

三行—**直**：竟然、居然。／**堪**：可以、能夠。／**屏障**：屏風。

四行—**韶光**：美好的時光。／**斷腸**：比喻極度悲傷。／**狂**：狂放，狂妄放蕩，任性而為。

**賞讀譯文**

春天的傍晚時分，我站在彎曲的欄杆旁。流動的綠水有著細細的紋路，綠色楊柳的枝條十分柔軟。枝頭上繁盛的杏花，因沾了露水而鮮美豔麗，鶯鳥婉轉鳴叫，野外的草原平得像被剪過似的。我竟然像從人間到了天上，這片美景可以遊賞，從醉眼看來還以為是屏風上的畫作。我對著池塘，珍惜這美好的時光，（也為它的短暫而）極度悲傷；為了這些美麗的花，應該要盡情狂放。

123

# 酒泉子

## 黛怨紅羞

顧夐

黛怨紅羞，掩映畫堂春欲暮。
殘花微雨，隔青樓，思悠悠。
芳菲時節看將度，寂寞無人還獨語。
畫羅襦，香粉污，不勝愁。

題旨：閨思

**注釋**

一行—**黛**、**紅**：為女子的妝彩，代指女子。／**怨**：不滿的、哀愁的。／**羞**：難堪。／**掩映**：遮蔽、掩蔽。／**畫堂**：裝飾華麗的廳堂。／**暮**：將盡的。

二行—**殘花**：將謝的花；未落盡的花。／**微雨**：細雨。／**隔**：阻隔。在此指關上門戶。／**青樓**：華貴的居室。／**思悠悠**：憂思不盡。

三行—**芳菲時節**：花草繁盛的時節。／**看將度**：眼看將要過去。

四行—**羅襦**：綢製短衣。／**香粉**：一種女性用來搽臉的化妝品。／**污**：弄髒。／**不勝**：無法承擔；承受不了。

**賞讀譯文**

上彩妝的女子心裡哀愁又難堪，綠樹掩映著畫堂，春天將要結束了。細雨灑落在即將凋謝的花朵上，華貴居室裡的女子關上門戶，憂思不盡。眼看著花草繁盛的時節將要過去了，女子仍然寂寞而無人陪伴，只能獨自言語。她在羅襦上彩繪圖案，卻弄髒了臉上的香粉，實在難以承受這份愁緒。

124

# 村行

王禹偁

馬穿山徑菊初黃，信馬悠悠野興長。
萬壑有聲含晚籟，數峰無語立斜陽。
棠梨葉落胭脂色，蕎麥花開白雪香。
何事吟餘忽惆悵，村橋原樹似吾鄉。

**題旨：秋行思鄉**

**王禹偁（954～1001）** 字元之。登進士第後，曾任右拾遺、左司諫、翰林學士等職，因直言諷諫而多次被貶至外地。

**一注釋一**

一行一**信馬**：任由馬兒隨意行走。／**悠悠**：閒適的樣子。／**野興**：對郊遊的興致或對自然景物的情趣。

二行一**萬壑**：形容許多深谷。／**晚籟**：夜晚或傍晚時的各種天然響聲。

三行一**棠梨**：落葉亞喬木。形似梨樹而較小，又稱杜梨、甘棠。／**蕎麥**：一年或二年生草本植物，夏至秋開白色或淡紅色小花，果實呈三角形且有稜線。

四行一**何事**：為何。／**餘**：以後。／**惆悵**：悲愁、失意。／**原樹**：原野上的樹。

## 賞讀譯文

我騎著馬穿過山路，菊花剛剛變黃；我任由馬兒隨意行走，閒適自在，漫遊自然景物的興致十分悠長。在眾多深谷中迴蕩的聲音裡，包含了夜晚的各種聲響，數座山峰默默無語地佇立在斜陽下。棠梨的落葉帶著胭脂般的紅色，蕎麥所綻放的花就像散發香氣的白雪。為什麼我在吟詩之後，忽然覺得惆悵？因為由鄉村小橋和原野樹林所組成景色，與我的家鄉極為相似。

125

# 西平樂

## 晝日憑高目

柳永

晝日憑高目，脈脈春情緒。
嘉景清明漸近，時節輕寒乍暖，天氣纔晴又雨。
煙光淡蕩，妝點平蕪遠樹。
黯凝佇，臺榭好，鶯燕語。

正是和風麗日，幾許繁紅嫩綠，雅稱嬉遊去，
奈阻隔尋芳伴侶。
秦樓鳳吹，楚館雲約，空悵望在何處。
寂寞韶華暗度，可堪向晚，村落聲聲杜宇。

### 賞讀譯文

我一整天都登上高處遠望，心中懷著滿滿的感春情緒。有著美好景色的清明時節逐漸接近，這個季節的天氣微寒又忽然變暖，經常才剛放晴又下雨。舒緩恬靜的雲靄霧氣，妝點著雜草繁茂的平原和遠方樹林。我頹喪感傷地凝神佇立，美好的臺榭裡有鶯鳥和燕子正在啼鳴。

現在正好微風和煦，陽光明亮，有許多繁茂紅花和嫩綠林葉，非常適合去嬉戲遊樂，無奈我與出遊賞花的伴侶被阻隔開來。在玩樂場所聽音樂的許多約會，如今在何處？讓人徒然地惆悵想望著。在寂寞間，美好時光不知不覺地過去了，讓人怎麼忍受傍晚時村落傳來的一聲聲鵑鳥啼叫聲？

**柳永**（約 984～1053）

原名三變，字景莊，後改名永，字耆卿。因排行第七，又稱柳七。出身官宦世家，早年沉醉聽歌買笑生活，多次參加科舉不中。年近半百才登進士第，曾任睦州團練推官、余杭縣令、曉峰鹽鹼、泗州判官、屯田員外郎等職。為婉約派代表人物之一。

### 【注釋】

一行——**晝日**：整日。／**憑高**：登上高處。／**目**：眺望。／**脈脈**：含情，藏在內心的感情。

二行——**嘉景**：美好的景色。／**清明**：清明節。／**纔**：通「才」。

三行——**煙光**：雲靄霧氣。／**淡蕩**：舒緩恬靜。／**平蕪**：雜草繁茂的平原。

四行——**黯**：頹喪感傷。／**凝佇**：凝神佇立。／**臺榭**：「臺」是高而平的方形建築物，「榭」是臺上有屋，泛指樓臺等建築物。

五行——**和風麗日**：微風和煦，陽光明亮。／**幾許**：多少。／**雅**：很、甚。／**稱**：相稱。

六行——**尋芳**：出遊賞花。

七行——**秦樓**、**楚館**：指尋歡作樂的場所，多指妓院。／**鳳吹**：指笙、簫等樂器。／**雲**：指多。／**空**：徒然。／**悵望**：情緒惆悵落寞而有所想望。

八行——**韶華**：美好的時光。／**暗度**：不知不覺地過去。／**可堪**：那堪，怎堪；怎能受得了。／**向晚**：傍晚。／**杜宇**：指杜鵑鳥，初夏時常晝夜不停啼叫，叫聲類似「不如歸去」。相傳為商周至春秋時代之間的古蜀君主杜宇之魂所化，又叫子規、鵑鴃、啼鴃、鶗鴃。

題旨：春景抒懷

126

# 河傳

淮岸

柳永

淮岸，向晚。圓荷向背，芙蓉深淺。
仙娥畫舸，露漬紅芳交亂，難分花與面。
採多漸覺輕船滿。呼歸伴，急槳煙村遠。
隱隱棹歌，漸被蒹葭遮斷，曲終人不見。

題旨：夏日水景

【注釋】

一行【**淮**：淮水。／**向晚**：傍晚。／**向背**：面對和背向。／**芙蓉**：荷花的別稱。

二行【**仙娥**：指美女。／**畫舸**：畫船；裝飾華美的遊船。／**露**：露水。／**漬**：沾染。／**紅芳**：指紅花。

三行【**急槳**：疾速划槳。亦指快行舟。／**煙村**：指煙霧繚繞的村落。

四行【**隱隱**：不清楚、不明顯的樣子。／**棹歌**：船夫行船時所唱的歌。／**蒹葭**：荻草和蘆葦。／**遮斷**：遮蔽阻隔。

## 賞讀譯文

淮水岸邊，傍晚時分。片片圓荷葉有些相對，有些背對，荷花的顏色有深有淺。畫船上的美人與沾染露水的紅花交錯在一起，讓人難以分辨花和美人的臉。美人採了許多荷花，逐漸裝滿輕船。她們呼喚同伴一起回去，並因為煙霧繚繞的村落在遠方而快速划槳前行。那傳來棹歌的船身形影已不清楚，也逐漸被蘆葦阻擋遮蔽，在歌曲結束時，已不見美人的蹤影。

## 127 畫堂春　外湖蓮子長參差

張先

外湖蓮子長參差，霽山青處鷗飛。
水天溶漾畫橈遲，人影鑑中移。
桃葉淺聲雙唱，杏紅深色輕衣。
小荷障面避斜暉，分得翠陰歸。

題旨：夏日遊湖

**張先（990～1078）**
字子野。曾任嘉禾判官、通判、渝州屯田員外郎等職，以尚書都官郎中辭官退休。

**一注釋一**

一行—**外湖**：另有版本為「外潮」。／**參差**：高低不齊。／**霽山**：雨後放晴的山色。

二行—**溶漾**：水波蕩漾。／**橈**：船槳，代指船。／**遲**：緩行。／**鑑**：鏡子，指湖面。

三行—**桃葉**：歌曲名。東晉王獻之曾為愛妾桃葉作〈桃葉歌〉，其中一首為：「桃葉復桃葉。渡江不用楫。但渡無所苦。我自迎接汝。」／**淺聲**：輕婉的歌聲。／**輕衣**：輕薄的夏裝。

四行—**障面**：遮臉。／**斜暉**：傍晚西斜的陽光。／**翠**：指綠荷。／**陰**：陰涼。

### 賞讀譯文

外湖的蓮葉長得高低不齊，雨後放晴的青山那裡有鷗鳥飛翔。
水天之間水波蕩漾，華美的船緩緩前行，人影在鏡子般的湖面上移動。
女子兩人輕聲地合唱桃葉曲，身上穿著色澤極深的杏紅色輕薄夏裝。
女子拿起小荷葉擋住臉，以躲開西斜的陽光，在荷葉的綠陰下返回。

128

# 菩薩蠻

牡丹含露真珠顆

張先

牡丹含露真珠顆，美人折向簾前過。
含笑問檀郎，花強妾貌強。
檀郎故相惱，剛道花枝好。
花若勝如奴，花還解語無。

題旨：生活記事

—注釋—

一行—**真珠**：即珍珠。／**折**：掉頭、回轉。

二行—**檀郎**：晉代的潘岳，小字檀奴，為當代許多婦女心儀的美男子，後世以「檀郎」為婦女對夫婿或喜歡之人的美稱。／**強**：勝過、比較好。

三行—**故**：故意。／**相**：由交互的意義演變為單方面的意義，表示動作由一方面進行。／**惱**：逗弄。

四行—**奴**：古時女子的謙稱。／**解語**：會說話；領會。

賞讀譯文

牡丹花上帶著一顆顆珍珠般的露水，美人掉頭向簾子前方經過。她含笑問郎君：「牡丹花比較美？還是我的容貌比較美？」郎君故意逗弄美人，說：「牡丹花比較美。」美人回應道：「牡丹花如果比我美麗，它能夠跟你交談嗎？」

## 129 虞美人

苕花飛盡汀風定

張先

苕花飛盡汀風定，苕水天搖影。
畫船羅綺滿溪春，一曲石城清響入高雲。
壺觴昔歲同歌舞，今日無歡侶。
南園花少故人稀，月照玉樓依舊似當時。

**題旨：秋景抒懷**

**注釋**

一行——**苕**：蘆葦的花穗。蘆葦在秋季開花。／**盡**：完畢。／**汀**：水邊平地或河流中的小沙洲。／**苕水**：苕溪，在今浙江省。

二行——**畫船**：裝飾華美的遊船。／**羅綺**：羅和綺。多借指絲綢衣裳。或指衣著華貴的女子。／**石城**：指南朝樂府《石城樂》，由劉宋的臧質所作。／**清響**：聲音清脆宏亮。

三行——**壺觴**：酒器。／**昔歲**：去年；早年。

四行——**南園**：泛指園圃。／**故人**：老友。／**玉樓**：華麗的樓。

**賞讀譯文**

蘆葦花已經飛完了，汀洲上的風停了下來，苕溪的水面上搖曳著天空的倒影。

華美遊船上穿著羅綺的女子，讓溪流充滿春意；她高唱《石城曲》的清脆宏亮歌聲，傳入高空的雲裡。

去年我曾與友人一起飲酒歌舞，今天卻沒有歡遊的伴侶。

園圃裡花兒稀少，沒有老友的身影，只有月亮照著華麗樓閣的景象與當時相似。

130

# 滿江紅

## 飄盡寒梅

張先

飄盡寒梅，笑粉蝶遊蜂未覺。
漸迤邐水明山秀，暖生簾幕。
過雨小桃紅未透，舞煙新柳青猶弱。
記畫橋深處水邊亭，曾偷約。
多少恨，今猶昨。愁和悶，都忘卻。
拚從前爛醉，被花迷著。
晴鴿試鈴風力軟，雛鶯弄舌春寒薄。
但只愁錦繡鬧妝時，東風惡。

**題旨：春景抒情**

**注釋**

一行—**盡**：完畢。／**寒梅**：梅花。因其凌寒開放，故有此稱。／**粉蝶**：蝴蝶。因蝶身帶粉，故有此名。／**遊蜂**：飛來飛去的蜜蜂。

二行—**迤邐**：曲折連綿，此處指慢慢地。／**水明山秀**：指風景優美。

三行—**過雨**：浴雨。／**弱**：柔弱。

四行—**畫橋**：雕飾華麗的橋梁。

六行—**拚**：捨棄。／**花**：指戀人。

七行—**鴿鈴**：即鴿哨，繫縫在鴿尾羽毛上的哨子，有多種款式和音色，鴿群飛翔時會因受風角度而有不同聲響變化。／**雛鶯**：幼鶯。

八行—**錦繡**：花紋色彩鮮豔精美的絲織品。／**鬧妝**：有金銀珠寶為裝飾的腰帶或鞍、轡。／**東風惡**：指破壞愛情的邪惡勢力。

## 賞讀譯文

梅花已經飄完了，我笑蝴蝶和飛舞的蜜蜂都還沒有察覺這件事。
山水風景逐漸變得明麗清秀，透過簾幕已經感受到暖意。
淋過雨的小桃花還沒有紅透，在煙霧間舞動的新生青色柳枝仍然柔弱。
我還記得我們曾經偷偷相約在華麗橋梁深處的水邊亭子見面。
心中的多少怨恨，到了今天仍然如昨日那般濃烈。（但過去的美好，）也讓人忘卻了所有的愁悶。
我不再像從前那樣爛醉，為戀人著迷。
她的歌聲就像鴿子在風力輕柔的晴天試飛鴿鈴的聲音，也像幼鶯在薄寒春日裡弄舌鳴叫那般。
愁苦的是，在我們的愛正像錦繡鬧妝那般耀眼時，有邪惡的東風來破壞。

131

# 少年遊

重陽過後

晏殊

重陽過後，西風漸緊，庭樹葉紛紛。
朱闌向曉，芙蓉妖豔，特地鬥芳新。
霜前月下，斜紅淡蕊，明媚欲回春。
莫將瓊萼等閑分，留贈意中人。

**晏殊（991～1055）**字同叔。十四歲時以神童入試，被賜同進士出身，曾任右諫議大夫、集賢殿學士、禮部刑部尚書、兵部尚書等職。為晏幾道的父親，世稱晏殊為大晏，晏幾道為小晏。

**題旨：詠芙蓉花**

**—注釋—**

一行—**重陽**：重陽節。／**緊**：急迫、急促。／**紛紛**：多而雜亂的樣子；接連不斷的樣子。

二行—**朱闌**：朱紅色欄杆。／**向曉**：天將亮時。／**芙蓉**：木芙蓉，落葉灌木或小喬木，開重瓣的大朵花，有紅、粉紅、白等色，花期為八至十月。／**鬥**：比賽、競賽。／**芳**：香花。

四行—**瓊萼**：玉製的花萼。代指芙蓉花。／**等閑**：隨便。閑，通「閒」。

## 賞讀譯文

重陽節過後，西風逐漸急促，庭院中的樹葉多而雜亂地接連落下。天將亮時，朱紅色欄杆旁，芙蓉花妖豔地綻放，特地在爭比哪朵花更新。白霜前、月光下，傾斜的紅花帶著淡色花蕊，明麗嬌媚的模樣像是要叫春天回來。不要把這美玉般的花朵隨便送人，要留下來贈給意中人。

132

# 玉堂春

後園春早

晏殊

後園春早，殘雪尚濛煙草。
數樹寒梅，欲綻香英。
小妹無端折盡釵頭朵，滿把金尊細細傾。
憶得往年同伴，沉吟無限情。
惱亂東風，莫便吹零落，惜取芳菲眼下明。

題旨：春景抒情

**注釋**

一行—**濛**：籠罩。／**煙草**：煙霧籠罩的草叢。亦泛指蔓草。
二行—**香英**：香花。
三行—**無端**：沒由來。／**釵頭**：釵（形狀似叉的頭飾）的首端。多指釵。／**金尊**：酒尊的美稱。／**細細**：緩慢的樣子。
四行—**沉吟**：深思，仔細思考。
五行—**惱亂**：煩憂。／**東風**：春風。／**便**：輕易。／**零落**：凋落。／**取**：語助詞，置於動詞後，表示動作的進行。／**芳菲**：花草。／**眼下**：目前，現在。／**明**：明麗。

## 賞讀譯文

後園裡的春天來得早，殘雪還覆罩在草叢上。
數棵寒梅樹即將要綻放香花。
小妹沒由來地把花朵折下來，插在釵頭裝飾，還緩慢地將酒杯倒滿酒。
她想起往年的同伴，懷著無限情懷細細深思。
令人煩憂的春風，不要隨便就把花朵吹落，好好珍惜花草目前的明麗啊。

133

# 採桑子

陽和二月芳菲遍

晏殊

陽和二月芳菲遍，暖景溶溶。
戲蝶遊蜂，深入千花粉豔中。
何人解繫天邊日，占取春風。
免使繁紅，一片西飛一片東。

**題旨：春景惜春**

**注釋**

一行——**陽和**：溫暖；和暖。春氣的暖氣。／**芳菲**：花草。／**遍**：全面、到處。／**景**：日光，或指景色。／**溶溶**：盛大寬廣的樣子。水緩緩流動的樣子，用來形容月光蕩漾，或借指日光蕩漾。也有暖和之意。

二行——**戲蝶遊蜂**：飛舞遊戲的蝴蝶和蜜蜂。／**粉豔**：嬌豔的顏色。借指花朵花瓣。

三行——**解**：會、能夠。／**繫**：拴住、捆綁。／**占取**：占有。

四行——**繁紅**：繁花。

**賞讀譯文**

暖和的二月，到處都是花草，溫暖的日光蕩漾著，春景盛大寬廣。
正在飛舞遊戲的蝴蝶和蜜蜂，深入繁花的粉嫩花瓣間。
誰能夠繫住天邊的太陽，占有春風呢？
免得讓繁花凋落，一片飛到西，又一片飛到東。

# 踏莎行

細草愁煙

晏殊

細草愁煙，幽花怯露，憑闌總是銷魂處。日高深院靜無人，時時海燕雙飛去。

帶緩羅衣，香殘蕙炷，天長不禁迢迢路。垂揚只解惹春風，何曾繫得行人住。

題旨：春景思人

【注釋】

一行【幽：清麗、高雅的。／**怯**：嬌羞、羞怯。／**憑闌**：倚靠欄杆。／**銷魂**：哀傷至極，好像魂魄離開形體而消失。

三行【**緩**：寬鬆。／**羅衣**：綺羅衣，絲質的衣服。／**殘**：將結束的。／**蕙**：一種香草。／**炷**：油燈的燈心。燃燒。／**天長**：形容時間悠久。／**不禁**：承受不住、經受不起。／**迢迢**：遙遠的樣子。

四行【**解**：會、能夠。／**惹**：招惹。／**何曾**：不曾、未曾。／**繫**：拴住、捆綁。／**行人**：遠行的人。

## 賞讀譯文

細草被煙霧籠罩著，彷彿帶著憂愁；清麗的花朵上帶著露珠，看來羞怯。我倚靠欄杆眺望，所見都是令人銷魂的景象。

太陽高照的深院裡，安靜無人，時常有海燕成雙飛過去。

我的羅衣衣帶變寬鬆了，蕙炷的香也即將燒盡；時間如此悠長，人卻無法承受相隔遙遠的路途。

垂陽只會招惹春風，卻不曾把遠行的人繫住。

135

# 離亭燕

一帶江山如畫

張昇

一帶江山如畫，風物向秋瀟灑。
水浸碧天何處斷，霽色冷光相射。
蓼嶼荻花洲，掩映竹籬茅舍。
雲際客帆高挂，煙外酒旗低亞。
多少六朝興廢事，盡入漁樵閑話。
悵望倚層樓，寒日無言西下。

## 賞讀譯文

金陵這一帶的江山風景如畫，臨近秋天時更顯得灑脫不羈。江水和青天溶為一體，看不到盡頭在何處；雨後天晴的景色中，冷冷的天光和波光相互輝映。在滿是蓼草的小島和遍布荻花的沙洲上，竹籬和茅舍若隱若現。客船的帆高掛在雲中，輕煙外有酒旗低垂著。關於六朝興亡的許多事，全都進入漁人和樵夫的閒聊話題中。我倚在高樓上惆悵地遠望，寒日裡的太陽無言地默默西沉。

**張昇**（992～1077）。字杲卿，亦有「張昪」的寫法（昪，音同「變」）。登進士第後，曾任戶部判官、龍圖閣直學士、御史中丞、參知政事、樞密使、太子太師等職。

## 注釋

一行—**一帶**：泛指某一地區或其附近，在此指金陵（今南京）附近。／**風物**：風景。／**向**：臨近、接近。／**瀟灑**：形容人清高絕俗、灑脫不羈。在此代指風景。

二行—**水浸碧天**：指水天溶為一體。／**碧天**：青天。／**霽色**：雨後天晴的景色。／**相射**：互相輝映。

三行—**蓼嶼**：長滿蓼草的小島。／**荻花洲**：長滿荻草的水中沙地。荻草形似蘆葦，於秋季開紫花。／**掩映**：若隱若現。遮蔽、掩蔽。／**竹籬**：竹子做成的籬笆。／**茅舍**：茅草搭蓋的小房子。

四行—**雲際**：雲中，指高遠。／**客帆**：客船的帆。／**挂**：懸吊。通「掛」。／**酒旗**：古代酒店的招牌。／**低亞**：低垂。

五行—**六朝**：指東吳、東晉、宋、齊、梁、陳六個朝代，均在南京一帶建都。／**興廢**：盛衰，興亡。／**盡**：全部，都。／**漁樵**：漁人和樵夫。／**閑話**：隨意聊天或談話。閑，通「閒」。

六行—**悵望**：惆悵地看望或想望。／**層樓**：高樓。／**寒日**：寒冷天氣的太陽。

題旨：秋景懷古

136

# 蘇幕遮

露堤平　梅堯臣

露隄平，煙墅杳，亂碧萋萋，雨後江天曉。
獨有庾郎年最少，窣地春袍，嫩色宜相照。
接長亭，迷遠道，堪怨王孫，不記歸期早。
落盡梨花春又了，滿地殘陽，翠色和煙老。

**梅堯臣**（1002～1060）

字聖俞，世稱宛陵先生。最初以恩蔭補桐城主簿，在宋仁宗召試後，被賜同進士出身，曾任太常博士、國子監直講、尚書都官員外郎等職。為詩主張寫實，被譽為宋詩的「開山祖師」。

**注釋**

一行—**隄**：以土石修築，用來防水的建築物。同「堤」。／**墅**：田舍、農莊。／**杳**：幽暗，深遠，看不到蹤影。／**亂碧**：指雜草。／**萋萋**：草茂盛的樣子。

二行—**庾郎**：庾信，南朝梁代文士，十五歲時任昭明太子侍讀，之後出使北朝被留，被迫仕於西魏和北周。在此指離鄉宦游的才子。／**窣**：拂。／**春袍**：指青袍，庾信的〈哀江南賦〉中有「青袍如草，白馬如練。」宋代官服中，六、七品服綠，八、九品服青，多為剛入仕的年輕官員。／**嫩色**：嫩綠的草色。

三行—**長亭**：古代約每十里設一個休憩亭，稱為長亭，通常是送別的地方。／**遠道**：遠路、遠方。／**王孫**：通常指貴族子孫，或尊稱一般年輕男子。

四行—**盡**：完畢。／**了**：結束。／**落盡梨花春又了**：化用自李賀的〈河南府試十二月樂詞·三月〉：「曲水飄香去不歸，梨花落盡成秋苑。」／**殘陽**：夕陽餘暉。

**題旨：賞景抒懷**

### 賞讀譯文

露出的堤壩一片平坦，煙霧之間的房舍看來幽暗深遠。雜草茂盛生長，雨後江天景色十分明亮。只有在外宦遊的人最年輕，他所穿的拂地青袍，適合與嫩綠的草色相對照。

蔓草將長亭連接起來，讓遠路顯得迷離。茂盛的青草像在埋怨宦遊的貴族子孫，早就不記得歸期了。

在梨花落完後，春天又要結束了。夕陽餘暉照著整片大地，帶著輕煙的翠綠春草也變老了。

# 採桑子

## 春深雨過西湖好

歐陽脩

春深雨過西湖好，百卉爭妍，
蝶亂蜂喧，晴日催花暖欲然。
蘭橈畫舸悠悠去，疑是神仙。
返照波間，水闊風高颺管絃。

**歐陽脩**（1007～1072）
字永叔，號醉翁、六一居士。曾任滁州、揚州、潁州等地太守，以及翰林學士、參知政事、兵部尚書、太子少師等職。唐宋八大家之一。

**題旨：西湖春景**

**【注釋】**

一行—**春深**：春意濃郁。／**西湖**：指潁州西湖，在今安徽省阜陽市。／**百卉**：各種花草。／**爭妍**：爭相展現美麗的姿態。

二行—**然**：燃燒。

三行—**蘭橈**：以木蘭樹製成的船槳，代指船。／**畫舸**：畫船。舸為大船。／**悠悠**：閒適的樣子。

四行—**返照**：落日反射。／**風高**：風大。／**颺**：高飛。

### 賞讀譯文

春意濃郁，雨後的西湖景色美好，各種花草爭相展現美麗的姿態，蝴蝶紛亂飛舞，蜜蜂喧鬧，晴天催促著花兒綻放，暖和得像要燃燒似的。各種大小船隻閒適地航行而去，好像是神仙下凡來遊玩。夕陽照耀在水波之間，水面開闊風勢強大，有管絃樂聲高飛其間。

138

# 採桑子

殘霞夕照西湖好

歐陽脩

殘霞夕照西湖好，花塢蘋汀，
十頃波平，野岸無人舟自橫。
西南月上浮雲散，軒檻涼生，
蓮芰香清，水面風來酒面醒。

題旨：西湖晚景

【注釋】

一行【**殘霞**：殘餘的晚霞。／**夕照**：黃昏時的陽光。／**花塢**：四周高起中間凹下的花圃。／**蘋汀**：遍布蘋草的水中洲地。蘋，一種在夏秋開小白花的水生植物。

二行【**十頃**：頃為計算面積的單位，十頃在此指面積廣大。／**野岸**：野外水流的岸邊。／化用自唐代韋應物的《滁州西澗》：「野渡無人舟自橫。」

三行【**浮雲**：天空中飄浮的雲。／**軒檻**：涼亭。

四行【**蓮芰**：蓮花。／**酒面**：醉臉。

## 賞讀譯文

殘餘晚霞間透出陽光，西湖景色美好，汀洲上開滿蘋花，宛如花塢，寬廣的湖面上波平浪靜，無人的岸邊有一艘舟橫泊在那裡。

西南方天空露出明月，浮雲散去，涼亭裡涼意生起，蓮花散發清香，風從水面吹來，讓人自酒意中清醒。

# 139 晚泊岳陽

歐陽脩

臥聞岳陽城裏鐘，繫舟岳陽城下樹。
正見空江明月來，雲水蒼茫失江路。
夜深江月弄清輝，水上人歌月下歸。
一闋聲長聽不盡，輕舟短楫去如飛。

題旨：江上月夜

【注釋】

題【岳陽】：湖南洞庭湖邊的岳陽城。

二行【空江】：浩瀚寂靜的江面。／**蒼茫**：曠遠迷茫的樣子。／**失江路**：看不清江上行船的去路。

三行【弄】：把玩、戲耍，在此指散發。／**清輝**：皎潔的月光。

四行【闋】：曲調。／**盡**：完畢。／**短楫**：小船槳。

## 賞讀譯文

我躺臥著，聽見岳陽城裡傳來的鐘聲，我將舟船繫在岳陽城下的大樹旁。我看到浩瀚寂靜的江面上有明月升起，雲水之間曠遠迷茫，讓人看不清江上行船的去路。夜色深沉，江上的明月散發皎潔光輝，水上的船中人一邊高歌著，一邊在月下歸返。一首曲調的長長歌聲還沒聽完，那人在輕舟上划著小船槳，飛也似的離去了。

140

# 答丁元珍

歐陽脩

春風疑不到天涯，二月山城未見花。
殘雪壓枝猶有橘，凍雷驚筍欲抽芽。
夜聞啼雁生鄉思，病入新年感物華。
曾是洛陽花下客，野芳雖晚不須嗟。

題旨：初春感懷

【注釋】

題—**丁元珍**：在歐陽脩被貶為湖北峽州夷陵縣令期間，擔任峽州判官。

一行—**天涯**：天邊，指遙遠的地方。／**山城**：湖北峽州夷陵縣。

二行—**凍雷**：春寒時的雷聲。

三行—**雁**：一種候鳥，於春季返回北方，秋季飛到南方越冬。／**鄉思**：鄉愁。／**病**：憂慮。／**感物華**：感慨眼前的景色。

四行—**嗟**：嗟嘆。

## 賞讀譯文

春風疑似吹不到天邊，在二月的山城裡還沒見到花開。
殘雪壓在枝頭，樹上還有橘子，春寒時的雷聲驚醒了竹筍，讓它就要抽出新芽。
我在夜裡聽到雁子的啼聲，生起了思鄉愁情，為此憂慮直到進入新年，感慨著眼前的景色。
我們曾經是洛陽的賞花遊客，現在郊野的花雖然開得晚，也不必感嘆。

# 宿雨

王安石

綠攪寒蕪出，紅爭暖樹歸。
魚吹塘水動，雁拂塞垣飛。
宿雨驚沙靜，晴雲晝漏稀。
卻驚春夢短，燈火著征衣。

**王安石**（1021～1086）

字介甫，號半山，封荊國公。世稱王荊公。出生於仕宦之家，中進士後，曾任淮南推官、鄞縣知縣、舒州通判、常州知府、江東刑獄提典等地方官職，以及參知政事、宰相等中央要職。曾推出青苗法、農田水利法和募役法等新法。因反對勢力二度遭罷相後即退隱。為唐宋八大家之一。

題旨：春雨記事

**注釋**

題—**宿雨**：夜雨。

一行—**寒蕪**：經冬的雜草。／**紅**：指花朵。

二行—**雁**：一種候鳥，於春季返回北方，秋季飛到南方越冬。／**塞垣**：邊關城牆。

三行—**驚沙**：狂風吹動的沙礫。／**晴雲**：晴天的白雲。／**漏**：古代的一種計時器。

四行—**春夢**：春天的夢；亦指美好的夢。／**征衣**：旅人之衣。

## 賞讀譯文

綠意攪動經冬的雜草冒出來，紅豔的花朵爭著回到春暖的樹上。
魚兒吹動塘水，雁子飛過邊關城墻。
夜雨使狂風吹動的沙礫平靜下來，天亮時露出晴天的白雲，滴漏聲逐漸稀疏。
我為美夢的短暫感到驚訝，在燈火中穿上旅衣。

142

# 南鄉子

花落未須悲

晏幾道

花落未須悲，紅蕊明年又滿枝。
惟有花間人別後，無期。
水闊山長雁字遲。
今日最相思，記得攀條話別離。
共說春來春去事，多時。
一點愁心入翠眉。

## 賞讀譯文

花落時不必感到悲傷，明年紅花又會開滿枝頭。
只有花間的人道別後，相會遙遙無期。
兩人相隔遙遠山水，書信遲遲才到來。
如今最讓人感到相思的是，女子還記得當時攀折柳枝互道別離的景象。
兩人一起說到春來春去的事，過了很長的時間，
女子心中的愁思使她緊皺眉頭。

**題旨：離情相思**

**晏幾道**（約 1031～1106）

字叔原，號小山，為晏殊之子。曾任潁昌府許田鎮監、開封府推官等職。晚年家道中落。為婉約派代表。

**一注釋一**

一行—**蕊**：花苞、花。

三行—**水闊山長**：指山川壯闊，山水相隔，道路遙遠。／**雁字**：雁群飛行時常排列成「人」或「一」字形，在此代指書信。古人把鴻雁視為信差的代表。相傳漢武帝時，漢使接獲密告，得知匈奴將使臣蘇武流放北海，卻謊稱他已死，並用計對匈奴說，漢皇帝射下的一隻鴻雁上有蘇武的帛書，讓蘇武得以被釋放。

四行—**今日**：目前，現在。／**攀條**：攀折柳樹枝條。「柳」有「留」的諧音，古人常折柳贈別，表示挽留之意。

五行—**多時**：很長的時間。

六行—**翠眉**：古代女子用青黛畫眉，故有此稱。之後泛指美人的眉毛。

143

# 虞美人　秋風不似春風好

晏幾道

秋風不似春風好，一夜金英老。
更誰來憑曲闌干，惟有雁邊斜月照關山。
雙星舊約年年在，笑盡人情改。
有期無定是無期，說與小雲新恨也低眉。

**題旨：秋夜相思**

【注釋】

一行【**金英**：黃花，即指菊花。
二行【**憑**：倚靠。／**曲**：彎曲。／**闌干**：欄杆。／**雁邊**：北方邊境。／**關山**：關隘山嶺。
三行【**雙星**：指牛郎星和織女星。／**舊約**：指每年在七夕相會一事。
四行【**期**：約定。／**低眉**：低下眉頭。

## 賞讀譯文

秋風不像春風那麼好，它在一夜之間就讓菊花老去。還有誰來倚靠彎曲的欄杆？只有北方邊境的斜月照著關隘山嶺。牛郎和織女這兩顆星的舊約，每年都能實踐，他們一定嘲笑著人情的改變。就算有相約卻沒有定下時間，也等於沒有相約。把這件事說給小雲聽，她也會被勾起新恨而低下眉頭了。

# 滿庭芳

## 南苑吹花

晏幾道

南苑吹花，西樓題葉，故園歡事重重。
憑闌秋思，閑記舊相逢。
幾處歌雲夢雨，可憐便流水西東。
別來久，淺情未有，錦字繫征鴻。
年光還少味，開殘檻菊，落盡溪桐。
漫留得，尊前淡月西風。
此恨誰堪共說，清愁付綠酒杯中。
佳期在，歸時待把，香袖看啼紅。

### 賞讀譯文

我們在南苑吹花、西樓題葉，在故鄉有許多歡樂的事。我在秋日裡倚靠欄杆沉思，隨意地記起舊時相逢的情景。我們有多少次一起聽歌、共枕入夢，可惜現在已像流水各奔西東。兩人分別以來很久了，但那薄情的人還沒有寄書信過來。

我的生活過得沒有滋味，欄杆旁的菊花已經快要開完，溪邊的桐葉也落完了。

我徒然地留在酒杯前，在西風中欣賞淡月。這份愁恨能夠對誰訴說呢？只能把清愁交付到綠酒杯中（，一飲而下）。還好有相會的日子，等我回去時，要拿著她的香袖，看看上面的脂粉淚痕。

### 題旨：秋景相思

**—注釋—**

一行—**吹花**、**題葉**：皆為古代少女玩的遊戲。／**故園**：舊家園；故鄉。／**重重**：一層又一層。形容眾多。

二行—**憑闌**：倚靠欄杆。／**閑**：隨意地，通「閒」。

三行—**歌雲夢雨**：暗指作者與歌女的關係。雲雨有男女歡會的象徵，源自戰國時代宋玉的〈高唐賦序〉提到，巫山神女「旦為朝雲，暮為行雨」，曾與楚王歡會。／**可憐**：令人惋惜。

四行—**淺情**：薄情，在此指薄情的人。／**錦字**：指妻子寫給丈夫的信，或情書。源自《晉書》中所記載，秦州刺史竇滔被徙流沙，其妻蘇氏織錦為回文旋圖詩贈之。／**繫征鴻**：指寄出書信。征鴻為遠行的鴻雁，被古人視為信差的代表。相傳漢武帝時，匈奴將使臣蘇武流放北海，並謊稱他已死。漢使接獲密告得知實情，並用計對匈奴說，漢皇帝射下的一隻鴻雁上有蘇武的帛書，讓蘇武得以被釋放。

五行—**年光**：年華；生活情況。／**少味**：無滋味。／**殘**：剩餘的、將盡的。／**檻菊**：欄杆旁的菊花。／**盡**：完畢。／**溪桐**：溪邊的桐葉。

六行—**漫**：徒然地。／**尊**：酒器。

八行—**佳期**：相會的日子。／**把**：持著。／**啼紅**：指女子摻了脂粉的淚。

145

# 歸田樂

## 試把花期數

晏幾道

試把花期數，便早有感春情緒。
看即梅花吐，願花更不謝，春且長住。
只恐花飛又春去。

花開還不語，問此意年年春還會否。
絳脣青鬢，漸少花前侶。
對花又記得，舊曾游處。
門外垂楊未飄絮。

題旨：傷春

【注釋】

一行──**花期**：植物開花的時期。／**感春**：因春天到來而引起憂傷、苦悶。

二行──**吐**：顯露、散放。

四行──**此意**：指上片中的「願花更不謝，春又長住」。／**會**：瞭解、領悟。

五行──**絳脣青鬢**：紅脣、濃黑的鬢髮，指年輕女子。

六行──**游**：通「遊」。

七行──**垂楊**：柳樹的別名。

### 賞讀譯文

我試著數算花開的時期，便早早就有感傷春天的情緒了。看到即將是梅花綻放的時節，我希望花兒不要凋謝，春天也能長住在人間。只怕花飛落時，春天又離去了。

花兒綻放了，它仍然默默不語。試問這種留春的情懷，年年的春天都能夠理解嗎？紅脣黑髮的年輕女子，我已逐漸少了這樣的賞花遊侶。我看著花，又想起舊時曾經遊覽之地。門外的垂楊如今還未飄下柳絮。

146

# 遊月陂

程顥

月陂堤上四徘徊，北有中天百尺臺。
萬物已隨秋氣改，一樽聊為晚涼開。
水心雲影閒相照，林下泉聲靜自來。
世事無端何足計，但逢佳節約重陪。

**程顥**（1032～1085）

字伯淳，學者稱明道先生。中進士後，曾任澤州晉城令、太子中允、監察御史、監汝州酒稅、鎮寧軍節度判官、宗寧寺丞等職。因反對王安石新政，不受重用，轉而潛心學術。與其弟程頤一起向周敦頤學習，世稱「二程」，為北宋理學的奠基者，後來由朱熹繼承和發展，世稱程朱學派。

題旨：秋夜遊賞

**注釋**

一行—**月陂**：水泊名。／**中天**：半天高。

二行—**秋氣**：秋天的節氣。／**一樽**：一杯酒。／**聊為**：姑且為。

三行—**水心**：水中央。

四行—**無端**：沒有由來。／**何足**：哪裡值得。／**計**：計較。／**但**：僅，只。／**重陪**：再度陪伴。

## 賞讀譯文

我們在月陂的堤防上四處徘徊，北邊有半天高的百尺臺。
萬物已經隨著秋天的節氣變換景色，姑且用一杯酒來開啟夜晚的涼意。
水中央有雲影悠閒地倒映，在寧靜的樹林下能聽見水泉聲。
世事總是沒有由來地變化，哪裡值得計較？只要我們能夠每逢佳節再相約陪伴彼此。

# 147 六月二十日夜渡海

蘇軾

參橫斗轉欲三更，苦雨終風也解晴。
雲散月明誰點綴，天容海色本澄清。
空餘魯叟乘桴意，粗識軒轅奏樂聲。
九死南荒吾不恨，茲遊奇絕冠平生。

## 賞讀譯文

參星橫斜，北斗星轉向，已經快到三更時分。連綿不停的雨和大風終於停止，能夠放晴了。

雲層散去，月光明亮，還需要誰來點綴呢？天空和大海的景色原本就澄靜清澈。

我徒然留下像孔子那樣乘桴隱居的心，這濤聲聽起來彷彿黃帝曾說過的湖邊奏樂聲。

我不恨自己被貶到危險又荒涼的南方，這次的經歷非常奇妙，是我這一生之冠。

**題旨：夏夜渡海**

**蘇軾**（1036～1101）

字子瞻、和仲，號東坡居士。蘇洵長子。中進士後，曾任中書舍人、翰林學士、禮部尚書等職；夾在新舊兩黨間，曾多次被貶至地方。詩、詞、賦、散文、書法和繪畫皆擅長。為唐宋八大家之一。

**一注釋一**

一行—**參橫斗轉**：參星橫斜，北斗星轉向，指時值夜深。／**三更**：即半夜，子時，為晚上十一點到隔天凌晨一點。／**苦雨**：連綿不停的雨。／**終風**：大風、暴風。／**解**：會、能夠。

二行—**天容**：天空的景象；天色。／**海色**：海面呈現的景色。

三行—**魯叟**：指孔子。／**乘桴**：乘小木筏。／在《論語‧公冶長》中，孔子曾說：「道不行，乘桴浮於海。」指乘著小木筏，泛行到遠方隱居。／**粗識**：略知。／**軒轅**：黃帝。／**奏樂聲**：濤聲，也暗指老莊玄理。／在《莊子‧天運》中，黃帝藉著在湖邊演奏樂曲一事，說明如何與道合而為一。

三行—**九死**：指冒著生命危險。／**南荒**：偏遠荒涼的南方。／**茲遊**：指貶謫海南的經歷。／**奇絕**：非常奇妙。

148

# 占春芳

紅杏了

蘇軾

紅杏了，夭桃盡，獨自占春芳。
不比人間蘭麝，自然透骨生香。
對酒莫相忘，似佳人兼合明光。
只憂長笛吹花落，除是寧王。

題旨：詠花

**注釋**

題—蘇軾所詠之花，依季節推測，應為荼蘼。這是薔薇科懸鉤子屬空心泡的變種，開白色重瓣花，花期六至七月。

一行—**了**：結束。／**夭桃**：艷麗的桃花。／**盡**：完結，終止。／**春芳**：春天的花香。

二行—**蘭麝**：蘭和麝香皆為香料。／**透骨**：指透過植物的莖幹。

三行—**兼合**：併合在一起。／**明光**：漢代宮殿名，泛指朝廷宮殿。

四行—**花落**：指笛曲〈梅花落〉。／**寧王**：指唐寧王李憲，擅長吹橫笛。

## 賞讀譯文

紅杏花已經開完，艷麗的桃花也凋謝殆盡，只剩下它獨自占有春天的花香。它跟人間的蘭和麝香不一樣，是自然地從莖幹散發香氣。我對著酒，也沒忘記它，它就像住在宮殿裡的佳人。我只擔憂悲傷的長笛聲會將花吹落，除非是唐寧王吹奏的優美樂聲。

149

# 有美堂暴雨

蘇軾

遊人腳底一聲雷，滿座頑雲撥不開。
天外黑風吹海立，浙東飛雨過江來。
十分瀲灩金樽凸，千杖敲鏗羯鼓催。
喚起謫仙泉酒面，倒傾鮫室瀉瓊瑰。

題旨：詠雨

一注釋一

題一**有美堂**：位在杭州西湖附近的吳山。

一行一**頑雲**：濃雲。

二行一**天外**：天邊之外，謂極遠的地方。／**黑風**：暴風；狂風。

三行一**瀲灩**：水滿溢的樣子。／**金樽**：酒尊（酒器）的美稱。／**敲鏗**：敲擊。／**羯鼓**：羯族的一種鼓。

四行一**謫仙**：被貶謫至凡間的仙人，指李白。／**泉酒面**：《舊唐書》中記載，唐玄宗召李白作樂府新詞，但李白已醉，便以水灑面喚醒他。／**鮫室**：神話中鮫人（人魚）的居所。傳說鮫人的眼淚會變成珠子。／**瓊瑰**：玉石。

## 賞讀譯文

遊人的腳底傳來一聲雷響的震動，滿堂的濃雲怎麼也撥不開。
天邊的狂風將海濤吹得直立，浙東的雨飛過錢塘江而來。
西湖的水滿溢出來，宛如倒滿酒的酒杯；雨點像是千百根杖敲擊羯鼓，聲聲催促著。
我想以水喚起李白的醉臉，讓他看看這幅彷彿將鮫人的居所傾倒而落下珠玉的雨景。

150

# 花影

重重疊疊上瑤臺，
幾度呼童掃不開。
剛被太陽收拾去，
卻教明月送將來。

蘇軾

題旨：記事抒懷

注釋

一行 瑤臺：美玉砌成的高臺。

## 賞讀譯文

花影重重疊疊地落在瑤臺上，
我好幾度叫童子去掃，卻掃不開。
花影剛剛隨著太陽下山而被收拾去，
卻在明月的照耀下又回來了。

# 151 南鄉子

晚景落瓊杯

蘇軾

晚景落瓊杯，照眼雲山翠作堆。
認得岷峨春雪浪，初來，萬頃蒲萄漲淥醅。
春雨暗陽臺，亂灑歌樓溼粉腮。
一陣東風來捲地，吹迴，落照江天一半開。

題旨：晚景抒懷

【注釋】

一行—**晚景**：夕陽景色。／**瓊杯**：玉杯。／**照眼**：耀眼。／**雲山翠作堆**：雲朵堆積如青山。

二行—**岷峨**：峨嵋山，位在四川，蘇軾的故鄉。／**春雪浪**：春天雪融後的水波。／**萬頃**：百萬畝，以誇飾手法形容面積廣闊。／**蒲萄**：即葡萄。／**淥**：清澈的。／**醅**：未過濾的酒。／化用李白的〈襄陽歌〉：「遙看漢水鴨頭綠，恰似葡萄初醱醅。」

三行—**陽臺**：山名，位在四川。／**粉腮**：指歌女塗了脂粉的臉頰。

四行—**落照**：落日之光。

## 賞讀譯文

夕陽景色倒映在玉杯之中，耀眼的雲朵堆積如青山一般。我認得故鄉岷峨山的春雪融化成水波後初湧來時，就像萬頃未過濾的清澈葡萄酒高漲似的。春雨讓陽臺山變得陰暗，也紛亂飛灑進歌樓裡，打溼歌女那塗了脂粉的臉頰。一陣東風捲地而來，將雲霧吹開，落日之光從半開的江面天空照射下來。

152

# 南歌子

雨暗初疑夜

蘇軾

雨暗初疑夜，風回便報晴。
淡雲斜照著山明，細草軟沙溪路馬蹄輕。
卯酒醒還困，仙村夢不成。
藍橋何處覓雲英，只有多情流水伴人行。

題旨：旅記抒懷

## 注釋

二行 斜照：斜陽。／著：添加。

三行 卯：卯時，約清晨五點至七點。／困：疲倦、疲乏。

四行 藍橋何處覓雲英：在唐代裴鉶所寫的《傳奇・裴航》中，記載秀才裴航在藍橋邂逅了一位名叫雲英的女子，兩人在歷經考驗後，結為連理並成仙。

## 賞讀譯文

天色因雨而變得陰暗，一開始讓人以為是夜晚到來。風回轉後（吹散了濃雲），便以晴天相報。斜陽從淡雲之間照射下來，增添了山的明亮，馬蹄輕輕地踩踏在滿布細草和軟沙的溪邊道路上。清晨時，我已經酒醒了，卻還是覺得疲倦，但已做不成到仙村的夢了。我能在藍橋上的何處找到雲英仙女？只有多情的流水陪伴我前行。

153

# 桃源憶故人

華胥夢斷人何處　蘇軾

華胥夢斷人何處，聽得鶯啼紅樹。
幾點薔薇香雨，寂寞閑庭戶。
暖風不解留花住，片片著人無數。
樓上望春歸去，芳草迷歸路。

題旨：春景閨思

一注釋一

一行一**華胥夢**：華胥為古書《列子》中的理想國。華胥夢泛指入夢。

二行一**寂寞**：寂靜。／**閑**：通「閒」，空暇無事。／**庭戶**：泛指庭院。

三行一**不解**：不懂得。／**著人**：指落在人身上。

四行一**芳草**：源自《楚辭．招隱士》的「王孫遊兮不歸，春草生兮萋萋」，引喻懷人思親。／**迷**：分辨不清、令人困惑的。

## 賞讀譯文

美夢中斷了，醒來後那人在何處呢？女子只聽到鶯鳥在綻放紅花的樹上啼叫。幾點帶著薔薇花香氣的雨滴，灑落在寂靜清閒的庭院裡。暖風不懂得要把花留住，將它片片吹落，有無數片落在人的身上。女子到樓上，看到春天已經回去，而芳草讓遊子分不清返鄉路。

154

# 浪淘沙

昨日出東城

蘇軾

昨日出東城，試探春情。
牆頭紅杏暗如傾，
檻內群芳芽未吐，早已回春。

綺陌斂香塵，雪霽前村。
東君用意不辭辛，
料想春光先到處，吹綻梅英。

題旨：賞遊春景

**注釋**

一行—**東城**：指從東門出城。／**探春**：唐宋時代，都城男女在正月十五日後會至郊外宴遊，稱為探春。
二行—**暗**：指樹蔭濃密陰暗。／**傾**：倒出。
三行—**檻**：欄杆。／**群芳**：各種花。
四行—**綺陌**：綺麗的道路。／**斂**：聚集。／**香塵**：原指美女的步履，此指探春的女子。／**雪霽**：雪停轉晴。
五行—**東君**：春神。／**用意**：用心。／**辛**：辛勞，勞苦。
六行—**料想**：猜想。／**梅英**：梅花。

**賞讀譯文**

昨天我從東門出城，試著探訪春天風情。
牆頭的紅杏花濃密到好似傾倒而出，
欄杆內的各種花還未吐芽，但春天早已經回來了。
綺麗的道路上聚集了探春的女子；前方村落已經雪停放晴。
春神用心且不辭辛勞，
我猜想，在春光先抵達的地方，會有春風先把梅花吹得綻放開來。

155

# 蝶戀花

簌簌無風花自墮

蘇軾

簌簌無風花自墮，
寂寞園林，柳老櫻桃過。
落日有情還照坐，山青一點橫雲破。
路盡河回人轉柁，
繫纜漁村，月暗孤燈火。
憑杖飛魂招楚些，我思君處君思我。

**題旨：別友遠行**

**注釋**

一行—**簌簌**：花落的聲音。／**墮**：向下墜落。
二行—**寂寞**：寂靜。／**櫻桃過**：櫻桃花開的季節已過。
三行—**還照坐**：還照在座位上。
四行—**回**：調轉。／**柁**：同「舵」。
五行—**繫纜**：繫結船繩，指泊舟。
六行—**憑仗**：依靠、倚仗。／**憑仗飛魂招楚些**：為「憑仗楚些招飛魂」的倒裝，指像《楚辭・招魂》召喚屈原那般，召喚離去的友人。因〈招魂〉的句末多用「些」，代表禁咒之意，之後便用「楚些」泛指楚地的樂調。

## 賞讀譯文

沒有風吹來，花兒還是簌簌地自己掉落了，
寂靜的園林裡，柳樹已經衰老，櫻桃花開的季節也過去了。
落日似乎有感情，還照在座位上，青山看似一小點，卻劃破了成片的橫雲。
在道路的盡頭，河流調轉，人也跟著轉舵，
把船繩繫結在漁村附近停泊，昏暗月色下只有一盞孤獨的燈火。
我用楚地樂調來召喚離去的友人，我思念你，就像你思念我那般。

156

# 憶秦娥・用太白韻

李之儀

清溪咽，霜風洗出山頭月。
山頭月，迎得雲歸，還送雲別。
不知今是何時節，凌歊望斷音塵絕。
音塵絕，帆來帆去，天際雙闕。

**李之儀**（約 1038～1117）字端淑，號姑溪居士。曾任樞密院編修官、原州通判等職。與蘇軾、黃庭堅、秦觀交好。因曾任蘇軾的幕僚而被參劾，一度停職；之後又得罪權貴蔡京而被流放，但遇赦復官後並未赴任。

題旨：夜景抒懷

## 注釋

題—**太白**：指李白，此為他的字；「憶秦娥」又名秦樓月、碧雲深，相傳為李白首創。李白所作的〈憶秦娥〉：「簫聲咽，秦娥夢斷秦樓月。秦樓月，年年柳色，灞陵傷別。樂游原上清秋節，咸陽古道音塵絕。音塵絕，西風殘照，漢家陵闕。」

一行—**咽**：聲音悲淒滯塞。／**霜風**：刺骨寒風。

三行—**凌歊**：指凌歊臺，在今安徽省。歊，音同「消」。／**望斷**：放眼遠望，直到看不見為止。／**音塵**：音信，消息。／**絕**：斷絕。

四行—**天際**：天邊。／**雙闕**：古代宮殿、祠廟、陵墓前兩邊供瞭望的高樓，代指京城、宮廷。

## 賞讀譯文

清澈溪水流聲嗚咽，刺骨寒風吹開了雲，像是把山頭的月亮洗出來了。山頭的月亮迎接雲歸來，還送雲離去。

我不知道今天是什麼時節，在凌歊臺望向遠方盡頭，音信斷絕。音信斷絕，只有船帆來來去去，京城宮廷遠在天邊。

157

# 一落索・蔣園和李朝奉

舒亶

正是看花天氣，為春一醉。
醉來卻不帶花歸，誚不解看花意。
試問此花明媚，將花誰比。
只應花好似年年，花不似人憔悴。

**舒亶**（1041～1103）
字通道，號懶堂。曾任臨海尉、監察御史里行、給事中、御史中丞、龍圖閣待制等職。曾因奏書引發紛爭，在神宗時約有十年不為朝廷所用。

題旨：賞花抒懷

一注釋一
題一**朝奉**：指富翁或當鋪管事。
一行一**天氣**：時候。
二行一**誚**：全然，簡直。音同「俏」。另有版本為「悄」。／**不解**：不懂得。／**意**：情趣。
三行一**將**：拿。

## 賞讀譯文

現在正是適合賞花的時候，讓人為了春色而沉醉。
這麼沉醉，卻不帶花回來，完全不懂得賞花的情趣。
試問這花兒這麼明媚，能拿花兒跟誰比？
只應該是花兒年年都開得這麼美好，花兒不像人這樣會逐漸憔悴。

158

# 倦尋芳

露晞向曉

王雱

露晞向曉，簾幕風輕，小院閒晝。
翠徑鶯來，驚下亂紅鋪繡。
倚危欄，登高榭，海棠著雨胭脂透。
算韶華，又因循過了，清明時候。

倦游燕，風光滿目，好景良辰，誰共攜手。
悵被榆錢，買斷兩眉長皺。
憶得高陽人散後，落花流水還依舊。
這情懷，對東風盡成消瘦。

## 賞讀譯文

露水乾了，已接近天亮，風輕輕地吹著簾幕，小院子裡悠閒的白天。鶯鳥飛來翠綠小徑，驚得花瓣繽紛落下，如織錦鋪在地上。我倚著高欄，又登上高榭，沾雨的海棠花紅得就像被胭脂浸透了。我算了算春光，又輕易過了清明時節。

我對交遊宴飲感到厭倦，在這滿眼都是風景的美好景色和日子裡，誰與我一起攜手同遊？自從榆筴出現後，我的雙眉一直緊皺著，實在令人惆悵。我記得與好友分開散去後，落花流水依舊沒變。這份情懷，讓人在對著春風的同時，完全消瘦下來。

## 題旨：春景懷人

**王雱（1044～1076）**

字元澤，王安石之子。曾任旌德尉、太子中允、崇政殿說書、天章閣待制兼侍讀等職。支援王安石變法，致力於佛道思想的探索。

**—注釋—**

一行—**晞**：乾。／**向**：臨近、接近。／**曉**：天剛亮的時候。

二行—**下亂紅**：花瓣繽紛落下。／**鋪繡**：如織錦鋪地。

三行—**危欄**：高樓上的欄杆。／**榭**：蓋在臺上的建築物。／**海棠**：薔薇科蘋果屬的落葉喬木。三、四月時開紅色花。與草本植物秋海棠不同。／**著**：接觸、沾。／**胭脂透**：花色變得緋紅，像胭脂浸透每片花瓣。

四行—**韶華**：指春光。／**因循**：輕率；隨隨便便。／**清明**：指清明節。

五行—**游燕**：遊宴；交遊宴飲。／**風光**：風景，景色。／**良辰**：好日子、吉日；好時辰。

六行—**榆錢**：榆筴，形狀似錢，俗稱榆錢。榆錢出現的時間與春天的起迄相近。

七行—**高陽**：《史記．酈生列傳》中，高陽人酈生欲投效劉邦時，曾言：「走！復入言沛公（劉邦），吾高陽酒徒也，非儒人也。」之後，高陽酒徒、高陽公子、高陽狂客，皆泛指好飲酒而放蕩不羈的人。在此指之前一同遊宴的朋友。

八行—**東風**：春風。／**盡**：全、都。

# 眼兒媚　楊柳絲絲弄輕柔

王雱

楊柳絲絲弄輕柔，煙縷織成愁。
海棠未雨，梨花先雪，一半春休。
而今往事難重省，歸夢遶秦樓。
相思只在，丁香枝上，豆蔻梢頭。

題旨：相思情懷

【注釋】

一行【**煙縷**：裊裊上升的細長煙氣。
二行【**海棠**：薔薇科蘋果屬的落葉喬木。三、四月時開紅色花。與草本植物秋海棠不同。
三行【**而今**：如今。／**省**：記得、記住。／**歸夢**：歸返之夢。／**遶**：環圍、迴轉。同「繞」。／**秦樓**：女子的居所，在此指王雱妻獨居之處。出自漢代樂府〈陌上桑〉：「日出東南隅，照我秦氏樓。秦氏有好女，自名為羅敷。」
四行【**丁香**：丁香的花蕾大多含苞不放，被用來比喻愁思固結不解。／**豆蔻**：豆蔻在初夏開花，花未開時就顯得非常豐滿，也成為少女的象徵。出自唐代杜牧的〈贈別〉：「娉娉裊裊十三餘，豆蔻梢頭二月初。」

## 賞讀譯文

楊柳如絲般的枝條輕柔搖曳，在一縷縷煙霧中交織成愁緒。
海棠花還未遭雨打落，梨花已先如雪片般飛落，一大半春光已經結束。
如今，往事難以重新記起，只有我那歸返的夢仍然繞著她的居所。
我對她的相思，只能像丁香枝上的花結，以及豆蔻梢頭含苞豐滿的花。

160

# 王充道送水仙花五十枝

黃庭堅

凌波仙子生塵襪，水上輕盈步微月。
是誰招此斷腸魂，種作寒花寄愁絕。
含香體素欲傾城，山礬是弟梅是兄。
坐對真成被花惱，出門一笑大江橫。

**黃庭堅**（1045～1105）字魯直，號山谷道人，晚號涪翁。「蘇門四學士」之一。江西詩派祖師，亦為宋朝書法四家之一。生前與蘇軾齊名，世稱蘇黃。曾任北京國子監教授、校書郎、著作佐郎、秘書丞、涪州別駕、黔州安置等職，晚年兩次受到貶謫。

**注釋**

題—**全名**：王充道送水仙花五十枝欣然會心為之作詠

一行—**凌波仙子生塵襪**：引自三國時代曹植〈洛神賦〉的「凌波微步，羅襪生塵。」洛神是中國神話裡伏羲氏的女兒，於洛水溺死而成為洛水之神，簡稱洛神。／**微月**：指新月，亦指雙足，因腳掌形狀似彎月。

二行—**斷腸**：比喻極度悲傷。／**魂**：指洛神的靈魂。／**寒花**：寒冷時節開放的花。／**愁絕**：極端憂愁。

三行—**體素**：指玉體；尊稱別人的身體。／**傾城**：形容極為美麗動人。／**山礬**：本名鄭花，春天開白色小香花。黃庭堅認為其名俗氣而改為山礬。

四行—**惱**：撩撥、逗弄。惱花出自唐代杜甫的〈江畔獨步尋花七絕句〉：「江上被花惱不徹。」

**題旨：詠水仙**

**賞讀譯文**

水仙猶如羅襪生塵的凌波仙子，雙足輕盈地在水上行走。
是誰招來洛神的悲傷靈魂，將之種成在寒冬開放的水仙，寄託這份憂愁？
水仙的含香玉體美麗得足以傾城，山礬花和梅花是她的兄弟。
我對著花坐下，真的被花撥弄得心生煩憂，出門看到大江橫過眼前，不禁一笑。

# 訴衷情

小桃灼灼柳鬖鬖

黃庭堅

小桃灼灼柳鬖鬖，春色滿江南。
雨晴風暖煙淡，天氣正醺酣。
山潑黛，水挼藍，翠相攙。
歌樓酒旆，故故招人，權典青衫。

題旨：江南春景

【注釋】

一行——灼灼：鮮明亮麗。／鬖鬖：長垂的樣子。鬖，音同「三」。

二行——醺酣：天氣溫暖，使人困倦。

三行——黛：青黑色的顏料。／挼：搓揉、摩擦。音同「挪」。／藍：指藍草，這是可以製成靛藍染料以用來染布的植物統稱。／攙：攙扶，牽挽、扶持。

四行——旆：旗幟的通稱。音同「佩」。／酒旆：酒旗，為古代酒店的招牌。／故故：常常；屢屢。／權：暫時、姑且。／典：典當。

## 賞讀譯文

小桃花鮮明亮麗，柳枝長垂，春色充滿了江南風景。
雨後放晴，春風溫暖，煙靄輕淡，正是溫暖得讓人困倦的天氣。
山色宛如被潑上青黑色顏料，水色宛如搓揉藍草時那般湛藍，翠綠景色像互相攙扶那樣緊緊相連。
歌樓的酒旗時常招引著人，讓人忍不住暫時典當青衫前去光顧。

162

# 詠雪奉呈廣平公

連空春雪明如洗，忽憶江清水見沙。
夜聽疏疏還密密，曉看整整復斜斜。
風回共作婆娑舞，天巧能開頃刻花。
正使盡情寒至骨，不妨桃李用年華。

黃庭堅

題旨：詠雪

注釋

二行─還：且、又，表示皆有。／曉：天剛亮的時候。／復：再、又。

三行─婆娑：盤旋舞蹈的樣子。／頃刻花：指雪花。／化自三國時代曹植〈洛神賦〉的「飄颻兮若流風之迴雪」。

四行─正使：即使，縱使。／不妨：不妨礙。／年華：春光。

## 賞讀譯文

連天的春雪明亮得好像洗過一般，我忽然想起這就像在清澈江水裡看到白沙的畫面。夜裡聽下雪的聲音，時而稀疏，時而細密；天亮時看下雪的樣子，時而整齊落下，時而斜斜飄落。風兒回轉，與雪片一起婆娑起舞，上天的巧工能使雪花綻放。縱使白雪盡情地下，使大地寒冷刺骨，也不妨礙之後的桃花和李花享用春光。

# 163 清平樂

東風依舊　劉弇

東風依舊，著意隋堤柳。
搓得鵝兒黃欲就，天色清明時候。
去年紫陌青門，今朝雨魄雲魂。
斷送一生憔悴，能消幾個黃昏。

## 賞讀譯文

春風仍舊有意於隋堤的柳樹。在吹拂間搓得它冒出鵝黃色柳芽，此時正是清明時節。去年我們在京城遊春，今天妳已成雨魄雲魂。我這一生只能在憔悴中度過，還會經過幾個黃昏呢？

## 題旨：春景悼亡或傷懷

**劉弇**（1048～1102）字偉明，號雲龍。登進士第後，曾任太學博士、秘書省正字、著作佐郎、實錄檢討官等職。

**一注釋一**

一行一**東風**：春風。／**著意**：有意於，中意。／**隋堤柳**：隋煬帝時開通濟渠，沿渠堤種植楊柳。

二行一**鵝兒黃**：幼鵝毛色黃嫩，指淡黃色的東西。在此指柳芽，其初生為嫩黃色。／**就**：完成。／**天色**：時間。／**清明**：指清明節。

三行一**紫陌**：京城的道路。／**青門**：漢代長安城東南的霸城門，因城門為青色，俗稱為「青門」，之後泛指京城的城門。另有版本為「朱門」。／**今朝**：另有版本為「今宵」。／**雨魄雲魂**：指亡妾的魂魄。隱含戰國時代宋玉〈高唐賦〉中，巫山神女「旦為朝雲，暮為行雨」，曾與楚王歡會之意。（或是指自己行蹤不定。）

四行一**斷送**：度過時光。／**能消**：另有版本為「知他」。

164

# 阮郎歸

## 褪花新綠漸團枝

秦觀

褪花新綠漸團枝，撲人風絮飛。
鞦韆未拆水平堤，落紅成地衣。
遊蝶困，乳鶯啼，怨春春怎知。
日長早被酒禁持，那堪更別離。

**題旨：暮春別情**

**秦觀**（1049～1100）字太虛、少遊。蘇門四學士之一。曾兩次落第，登進士第後，歷任秘書省正字、國史院編修官等職。新黨執政後，被貶至杭州、處州、郴州等地，最後卒於藤州。為婉約詞派代表。

**—注釋—**

一行—**褪**：凋謝。／**新綠**：剛萌發的綠葉。／**團**：聚集。／**風絮**：隨風飄悠的絮花。多指柳絮。

二行—**鞦韆**：古代有在清明節盪鞦韆戲耍的習俗，深受女子喜愛。／**落紅**：落花。

三行—**遊蝶**：飛蝶。／**困**：疲倦。／**乳鶯**：初生的鶯。

四行—**禁持**：擺布。／**那堪**：怎麼承受。

### 賞讀譯文

花兒凋謝後，剛萌發的綠葉逐漸團圍在枝頭上，風吹著柳絮撲人而來。鞦韆尚未拆下，春水漲到與堤岸齊平，落花鋪成了大地的衣裳。飛蝶已經疲倦，初生的鶯鳥正在啼叫，我怨春天的心情，春天怎會知道？我在長長的白日裡早已經被酒擺布，又怎麼承受別離呢？

165

# 風流子

東風吹碧草

秦觀

東風吹碧草，年華換，行客老滄洲。見梅吐舊英，柳搖新綠，惱人春色，還上枝頭。寸心亂，北隨雲黯黯，東逐水悠悠。斜日半山，暝煙兩岸，數聲橫笛，一葉扁舟。

青門同攜手，前歡記，渾似夢裏揚州。誰念斷腸南陌，回首西樓。算天長地久，有時有盡，奈何綿綿，此恨難休。擬待倩人說與，生怕人愁。

## 賞讀譯文

春風吹著綠草，歲月轉換，遠行的人就要在濱水之地老去了。看到梅花綻放著跟舊時一樣的花，柳樹的新生綠枝條搖曳著，這惱人的春色又上了枝頭。我的內心紛亂，隨著昏暗不明的雲向北，又跟著悠悠流水往東。斜陽照在半山腰上，傍晚的煙霧雲氣籠罩著兩岸，數聲橫笛聲傳來，一艘小船從眼前經過。

我們曾在京城攜手同遊，前日歡愉的記憶，非常像夢裡的揚州。誰念著令人悲傷的離別處，回首看西樓？就算是天長地久，有時也有盡頭，為何這份愁恨綿綿不斷，難以停休？我打算要對人訴說，卻怕那人也為此發愁。

## 注釋

一行—**東風**：春風。／**年華**：歲月；時光。／**行客**：遠行的人。／**老**：老去。／**滄洲**：濱水的地方，亦指名士隱遁之地。

二行—**吐**：顯露、散放。／**舊英**：與舊時一樣的花。／**新綠**：剛萌發的枝條。

三行—**寸心**：內心。／**黯黯**：昏暗不明。

四行—**半山**：半山腰。／**暝煙**：傍晚的煙霧雲氣。／**一葉**：一艘。／**扁舟**：小船。

五行—**青門**：漢代長安城東南的霸城門，因城門為青色，俗稱為「青門」，在此代指汴京（今開封市）城門。／**携**：同「攜」。／**渾似**：非常像；酷似。／**夢裏揚州**：化用自唐代杜牧的〈遣懷〉：「十年一覺揚州夢。」

六行—**斷腸**：比喻極度悲傷。／**南陌**：城南的路，指離別的地方。／**西樓**：指歌伎的居所。

七行—**奈何**：為何。／**盡**：完結，終止。／**綿綿**：形容連續不斷的樣子。／轉化自白居易《長恨歌》：「天長地久有時盡，此恨綿綿無絕期。」

八行—**擬待**：打算。／**倩**：請，求。／**生怕**：只怕、惟恐。

## 題旨：春景思人

166

# 虞美人

碧桃天上栽和露

秦觀

碧桃天上栽和露，不是凡花數。
亂山深處水縈回，可惜一枝如畫為誰開。
輕寒細雨情何限，不道春難管。
為君沉醉又何妨，只怕酒醒時候斷人腸。

題旨：詠美人或托物詠懷

注釋

一行─**碧桃**：觀賞桃花類的半重瓣及重瓣品種，花色有白、粉紅、紅和紅白相間等。在此指仙桃，可能指杭州貴官的寵姬碧桃。／用自唐代詩人高蟾的《上高侍郎》：「天上碧桃和露種。」

二行─**縈回**：回旋環繞。

三行─**輕寒**：微寒。／**何限**：無限，無邊。／**不道**：不料；不奈，不堪。

四行─**沉醉**：喝酒酣醉。／**何妨**：有什麼妨礙呢？表示沒關係、不礙事。／**斷人腸**：使人悲傷。

## 賞讀譯文

天上的碧桃跟雨露栽種在一起，不是平凡花朵之輩。
在亂山深處流水回旋環繞的地方，可惜這一枝如畫般的花，是為了誰而綻放？
在微寒細雨間含有無限的情，不料那春天卻難以管束留住。
為你喝酒酣醉又有什麼關係？我只怕酒醒的時候令人悲傷斷腸。

167

# 蝶戀花

## 曉日窺軒雙燕語

秦觀

曉日窺軒雙燕語，
似與佳人，共惜春將暮。
屈指豔陽都幾許，可無時霎閑風雨。

流水落花無問處，
只有飛雲，冉冉來還去。
持酒勸雲雲且住，憑君礙斷春歸路。

**題旨：賞春惜春**

**一注釋一**

一行一**曉日**：清晨。／**窺軒**：偷看窗外。
二行一**暮**：將結束的。
三行一**幾許**：多少。／**可無**：豈無，怎會沒有。／**時霎**：一霎。／**閑**：空暇、不忙迫。通「閒」。
五行一**冉冉**：緩慢地。／**還**：又。
六行一**且**：暫時。／**憑**：依靠。／**礙斷**：阻擋。

**賞讀譯文**

清晨偷看窗外，一對燕子正在呢喃細語，
像是在對佳人說，要一起珍惜即將結束的春天。
屈指細數春天裡的豔陽有多少，怎麼會沒有一時的無端風雨。
流水和落花已逝，無處可以詢問它們，
只有飛雲緩慢地來又去。
我拿著酒勸雲，請你暫時停住，要依靠你阻擋春天歸去的道路。

168

# 蝶戀花

## 庭院黃昏春雨霽

趙令時

庭院黃昏春雨霽。
一縷深心，百種成牽繫。
青翼驀然來報喜，魚箋微諭相容意。
待月西廂人不寐。
簾影搖光，朱戶猶慵閉。
花動拂牆紅萼墜，分明疑是情人至。

### 賞讀譯文

庭院裡，黃昏時分，春雨剛停放晴。
張生的一縷深情，成了百種的牽繫糾結。
紅娘忽然來報喜，她所帶的書信裡稍微告知了相容的心意。
崔鶯鶯在西廂裡等待月亮升起，人還沒睡。
簾影和光線搖動著，她還懶得關上朱紅色大門。
搖動的花兒輕拂牆面，還有紅花墜落，分明好像是情人來了。

**趙令時**（1051～1134）字景貺，後蘇軾為之改字德麟，自號聊復翁。宋太祖次子燕王趙德昭的玄孫。曾任右監門衛大將軍、營州防御史、洪州觀察史等職，曾因元祐黨爭而被廢十年。之後，襲封安定郡王，遷寧遠軍承宣使。

**題旨：西廂記情人密會**

**【注釋】**

一行—**雨霽**：雨後放晴。

二行—**深心**：深遠的心意或用心。／**牽繫**：牽掛；牽連。

三行—**青翼**：即青鳥，在傳說中是為西王母傳遞音訊的使者，在此指紅娘。／**驀然**：忽然。／**魚箋**：代稱書信。漢代古詩〈飲馬長城窟行〉中有：「客從遠方來，遺我雙鯉魚，呼兒烹鯉魚，中有尺素書。」此外，古代人會將書信放在刻成魚形的兩片木片中。／**諭**：告知、使明白。

四行—**寐**：睡。

五行—**朱戶**：泛指朱紅色大門。／**慵**：懶。

六行—**紅萼**：紅花。

## 169 人南渡

蘭芷滿芳洲

賀鑄

蘭芷滿芳洲，游絲橫路。
羅襪塵生步，迎顧。整鬟顰黛，脈脈兩情難語。
細風吹柳絮，人南渡。
回首舊游，山無重數。
花底深朱戶，何處。半黃梅子，向晚一簾疏雨。
斷魂分付與，春將去。

### 賞讀譯文

蘭草和白芷布滿沙洲，游絲飄浮在半路上。
女子緩緩走來，兩人迎面相顧。她整好鬢髮、緊皺雙眉，兩人含情脈脈難以言語。
微風吹著柳絮，男子渡河往南。
回頭看昔日遊覽的地方，是一重重無盡的山。
如今女子在花底深處的富貴人家，還是何處？梅子已經半黃，傍晚時簾外下起稀疏的雨。
我的悲傷斷魂就交託給春天帶走吧！

### 題旨：春景懷人

**賀鑄**（1052～1125）字方回。為宋太祖賀皇后族孫。自稱唐代賀知章後裔，以知章居慶湖而自號慶湖遺老。長相奇特，人稱賀鬼頭。曾任右班殿直、泗州及太平州通判、承事郎、奉議郎等，多為下僚之職。耿介豪俠，不附權貴。詞作兼具豪放、婉約二派之長。晚年退居蘇州。

**一注釋一**

一行—**蘭芷**：蘭草、白芷，均為香草。／**芳洲**：芳草叢生的小洲。／**游絲**：飄在半空中，由昆蟲類所吐的絲。

二行—**羅襪塵生步**：引自三國時代曹植〈洛神賦〉的「凌波微步，羅襪生塵。」／**鬟**：婦女頭髮梳挽成中空環形的一種髮髻。／**顰**：皺眉。／**黛**：指婦女的眉。黛為青黑色的顏料，古時女子用以畫眉。／**脈脈**：含情，藏在內心的感情。

三行—**細風**：微風。

四行—**舊游**：同「舊遊」，指昔日遊覽的地方。

五行—**朱戶**：指富貴人家。／**向晚**：傍晚。／**疏雨**：稀疏的雨。

六行—**斷魂**：靈魂從肉體離散，形容十分哀傷。／**分付**：交託。／**與**：給。／**將去**：帶去。

## 170 減字浣溪沙

煙柳春梢蘸暈黃　賀鑄

**煙柳春梢蘸暈黃，井闌風綽小桃香，**
**覺時簾幕又斜陽。**
**望處定無千里眼，斷來能有幾迴腸，**
**少年禁取恁淒涼。**

**題旨：春景抒懷**

**注釋**

一行—**煙柳**：煙霧籠罩的柳林，亦泛指柳林、柳樹。／**蘸**：沾上。／**暈黃**：在煙霧或塵土中泛現的黃色。暈，指色彩周圍模糊。／**井闌**：井欄，水井的圍欄。／**綽**：寬裕，在此指多。／**小桃**：初春即開花的一種桃樹。

二行—**覺**：睡醒。

三行—**迴腸**：指愁思翻轉糾結。

四行—**禁取**：經受，承受。／**恁**：如此、這樣。

### 賞讀譯文

春天，煙霧籠罩的柳樹枝頭沾上暈黃色調，一陣陣風吹過水井圍欄，小桃花散發香氣。
我睡醒時，簾幕外又是斜陽西照。
我沒有千里眼可以遠望到那裡，還能有多少糾結的愁思？
從少年時就要承受這麼淒涼的心境。

171

# 蝶戀花

## 幾許傷春春復暮

賀鑄

幾許傷春春復暮，
楊柳清陰，偏礙游絲度。
天際小山桃葉步，白蘋花滿湔裙處。

竟日微吟長短句，
簾影燈昏，心寄胡琴語。
數點雨聲風約住，朦朧淡月雲來去。

題旨：賞景抒懷

【注釋】

一行—**幾許**：多少。／**暮**：晚、將結束的。

二行—**清陰**：清涼的樹陰。／**游絲**：蜘蛛游絲，也暗指相思之情。／**度**：通過。

三行—**桃葉**：王獻的愛妾名為桃葉，在此代指愛戀之人。／**步**：碼頭，水邊泊船的地方，通「埠」。／**白蘋**：水中浮草，又名「水蘋」。夏末秋初開白色花。／**湔**：清洗、洗刷。

四行—**竟日**：整日。／**微吟**：小聲吟詠。／**長短句**：即詞。

六行—**約**：掠過。／**淡月**：不太明亮的月亮或月光。

### 賞讀譯文

我已多少次為春天傷懷，春天又到了盡頭，
茂盛的楊柳樹形成清涼的樹陰，偏偏妨礙了游絲經過。
天邊小山旁的桃葉碼頭，她清洗裙子的地方開滿了白蘋花。
我一整天小聲地吟詠長短句，
在簾影旁的昏暗燈光下，我將心思寄託給胡琴訴說。
風兒掠過，擋住了數點雨聲，浮雲飄來飄去，讓月光暗淡朦朧。

172

# 金鳳鉤・送春

春辭我，向何處，怪草草夜來風雨。
一簪華髮，少歡饒恨，無計殢春且住。
春回常恨尋無路，試向我小園徐步。
一欄紅藥，倚風含露，春自未曾歸去。

晁補之

**題旨：春景抒懷**

**晁補之**（1053～1110）字無咎，號歸來子，蘇門四學士之一，工書畫。出身文學世家，晁沖之為其堂弟。登進士第後，曾任校書郎、著作佐郎、吏部員外郎、禮部郎中等職，知濟州、河中府等地。

**—注釋—**

一行—**辭**：告別、離開。／**怪**：責備、埋怨。／**草草**：粗率、隨便。

二行—**簪**：古人用來綰髮或固定頭冠的頭飾。／**華髮**：花白的頭髮。／**饒**：豐厚、富足。／**無計**：沒辦法。／**殢**：滯留、逗留。音同「替」。／**且**：暫時。

三行—**徐步**：緩慢步行。

四行—**紅藥**：紅色芍藥花。芍藥於初夏開花，花大而美，有紅、白、紫等顏色。／**含**：帶著。／**自**：本來。

## 賞讀譯文

春天離開了我，去向何處呢？我埋怨那在夜晚輕率來襲的風雨。
我的頭簪下都是花白的頭髮，少有歡愉，卻有豐富的愁恨，我沒辦法讓春天暫時滯留停住。
春天回去後，我常怨恨沒有路可尋找它，我試著朝小園緩慢步行。
欄杆旁的紅色芍藥花，倚著風，帶著露水，春天本來就不曾回去。

173

# 秋蕊香

簾幕疏疏風透

張耒

簾幕疏疏風透，一線香飄金獸。
朱欄倚遍黃昏後，廊上月華如晝。
別離滋味濃於酒，著人瘦。
此情不及牆東柳，春色年年如舊。

**題旨：春景思人**

**張耒（1054～1114）**
字文潛，號柯山。蘇門四學士之一。登進士第後，曾任臨淮主簿、著作郎、太常少卿等職，後被指為元祐黨人，數度遭到貶謫，晚年居於陳州。

**注釋**

一行 **疏疏**：稀疏。／**金獸**：指獸形的香爐。
二行 **朱欄**：朱紅色欄杆。／**月華**：月光、月色。
三行 **著人**：使人。

## 賞讀譯文

風兒透過稀疏的簾幕吹進來，獸形香爐裡飄出一縷香煙。女子倚遍朱紅色欄杆直到黃昏後，走廊上的月光如白晝那般明亮。別離的滋味比酒還要濃烈，使人消瘦。這份感情比不上牆東邊的柳樹，每年春天時柳色依然如舊。

174

# 浣溪沙

雨過殘紅濕未飛

周邦彥

雨過殘紅濕未飛，珠簾一行透斜暉。
遊蜂釀蜜竊香歸。
金屋無人風竹亂，衣篝盡日水沉微。
一春須有憶人時。

**周邦彥**（1056～1121）

字美成，自號清真居士。因獻〈汴都賦〉而被召為太學正，曾任徽猷閣待制、大晟府提學，中年後任順昌府和處州等地方小官。精通音律，任大晟府提學期間，不僅審訂古調，也創設許多音律，為格律派詞的奠基者。

**一注釋一**

一行一**殘紅**：剩下的花朵。／**珠簾**：另有版本為「疏籬」。／**一行**：另有版本為「一帶」。／**斜暉**：傍晚西斜的陽光。

二行一**遊蜂**：飛來飛去的蜜蜂。

三行一**金屋**：美女居住的華麗屋子。《漢武故事》中記有漢武帝幼時說：「若得阿嬌作婦，當作金屋貯之也。」／**衣篝**：架在火上，可以薰衣的竹製薰籠。／**盡日**：整天、終日。／**水沉**：即沉香，一種常綠喬木，為知名香料，放在水中會下沉。／**微**：淡薄。

四行一**須**：應該、應當。

## 題旨：春景思人

## 賞讀譯文

一陣雨過後，殘餘未落的花朵沾濕了，但還沒飛落。一道夕陽透過珠簾照進屋子裡。飛來飛去的蜜蜂為了釀蜜而把花香偷竊回去。

華麗屋子裡沒有人，只有屋外被風吹得紛亂搖動的竹林。經過一整天後，薰衣籠裡的水沉香氣已經變得淡薄了。

這一整個春天，他應該會有思念人家的時候吧！

175

# 菩薩蠻・梅雪

周邦彥

銀河宛轉三千曲，浴鳧飛鷺澄波綠。
何處是歸舟，夕陽江上樓。
天憎梅浪發，故下封枝雪。
深院捲簾看，應憐江上寒。

**題旨：雪景思人**

**注釋**

一行—**銀河**：天上的星河，此處代指人間的河。／**宛轉**：曲折。／**浴**：浸泡。／**鳧**：野鴨。體型比一般鴨子大，常群居於湖沼中。／**鷺**：一種水鳥。頸、腳皆長，習慣於水邊活動。／**澄波**：清波。

二行—**歸舟**：返航的船。

三行—**憎**：厭惡。／**浪**：放縱。

## 賞讀譯文

長長的河流無盡地蜿蜒曲折，澄清的綠波上，有野鴨浸泡在水中，鷺鳥從上方飛過。哪裡有他返航的船隻呢？夕陽照著我所在的江邊小樓。上天厭惡梅花放縱地綻放，所以下了一場雪封住梅花的枝椏。我在深院裡捲簾往外看，應該憐惜處在寒江上的人。

176

# 蝶戀花

葉底尋花春欲暮

周邦彥

葉底尋花春欲暮。
折遍柔枝，滿手真珠露。
不見舊人空舊處，對花惹起愁無數。
卻倚闌干吹柳絮。
粉蝶多情，飛上釵頭住。
若遣郎身如蝶羽，芳時爭肯拋人去。

題旨：春景思人

【注釋】

一行【**暮**：晚、將結束的。
二行【**真珠**：珍珠。
三行【**惹**：招引、引起。
四行【**卻**：還、再。／**闌干**：即欄杆。
五行【**釵頭**：釵的首端，多指釵。釵是婦女的一種髮飾，形狀似叉，以金或玉等材質製成。
六行【**蝶羽**：蝶翅。指蝴蝶。／**芳時**：花開時節。／**爭肯**：怎肯。

## 賞讀譯文

女子在葉叢底下尋找花兒，春天就要結束了。
她折下所有帶花的柔枝，滿手都沾到珍珠般的露水。
此時不見昔日的那個人，只剩下這個老地方。女子對著花，引起無數的愁緒。
女子還倚著欄杆，吹著飛來的柳絮。
多情的粉蝶飛到女子的釵頭上停住。
如果那離開的郎君就像蝴蝶的話，怎麼肯在花開時節拋人而去呢？

## 177 霜葉飛 露迷衰草

周邦彥

露迷衰草，疏星掛，涼蟾低下林表。
素蛾青女鬥嬋娟，正倍添淒悄。
漸颯颯丹楓撼曉，橫天雲浪魚鱗小。
似故人相看，又透入清輝半晌，特地留照。

迢遞望極關山，波穿千里，度日如歲難到。
鳳樓今夜聽秋風，奈五更愁抱。
想玉匣哀弦閉了，無心重理相思調。
見皓月牽離恨，屏掩孤顰，淚流多少。

**題旨：秋夜相思**

**一注釋一**

一行一**衰草**：枯草。／**涼蟾**：涼月。／**林表**：林梢。

二行一**素蛾**：嫦娥。／**青女**：霜神。出自《淮南子・天文訓》：「青女乃出，以降霜雪。」／**嬋娟**：形容月色明媚或指明月。／**淒悄**：淒清寂寥。

三行一**颯颯**：形容風聲。／**丹楓**：紅色楓樹。／**撼**：搖動。／**曉**：天剛亮的時候。／**雲浪**：如浪般的雲。

四行一**故人**：老友。／**清輝**：皎潔的月光。／**半晌**：片刻、一會兒。另有版本為「半餉」；「餉」通「晌」。

五行一**迢遞**：遙遠的樣子。／**望極**：望向視線極限之處。／**關山**：關隘和山峰。／**歲**：年。

六行一**鳳樓**：飾有鳳凰的閣樓。／**奈**：怎奈。／**五更**：舊時把一夜分為五更，即一更、二更、三更、四更、五更。第五更為天將明時。

七行一**玉匣**：玉飾的匣子。亦指精美的匣子。／**哀弦**：悲涼的弦樂聲，此處代指弦琴。／**閉**：關上、合上。／**理**：在此指彈奏。

八行一**皓月**：皎潔的月亮。／**顰**：皺眉。

### 賞讀譯文

露水讓枯草顯得迷濛，稀疏的星星掛在天上，明月降落到林梢。
嫦娥和霜神爭比著誰更明媚，正加倍增添了淒清寂寥的氣氛。
天色漸亮，紅色楓樹颯颯地搖動。小小片的魚鱗雲群，如浪花般橫過天空。
明月又將皎潔月光透進屋裡片刻，好像老友似的，特地留下來照看我。
我望向視線極遠處的關隘山嶺，江波穿過千里而去，我感到度日如年，卻難以到達那裡。
今夜，她應該在鳳樓上聽秋風，怎奈懷抱著愁緒直到五更天。
我想，她已經用玉匣子把弦琴關起來，沒有心思重彈相思曲調。
但她一看見皎潔的月亮就被牽起心中離恨，屏風掩住獨自皺眉的她，不知道她流了多少淚。

178

# 點絳唇

臺上披襟

周邦彥

臺上披襟，快風一瞬收殘雨。
柳絲輕舉，蛛網黏飛絮。
極目平蕪，應是春歸處。
愁凝佇，楚歌聲苦，村落黃昏鼓。

題旨：春景抒懷

一注釋一

一行一**披**：打開、翻開。／**襟**：衣服胸前接合鈕扣的地方。／**收**：結束、停止。／**殘雨**：將止的雨。

二行一**柳絲**：細長如絲的柳枝。／**舉**：抬起。／**飛絮**：飄飛的柳絮。

三行一**極目**：放眼遠望。／**平蕪**：雜草繁茂的平原。

四行一**凝佇**：凝神佇立。／**楚歌**：楚人之歌，引申指悲歌。「楚」指楚地，為春秋戰國時期楚國所在的長江中下游一帶。

## 賞讀譯文

我在高臺上敞開衣襟，輕快的風吹拂著，一瞬間就讓快停的雨完全停止了。細長如絲的柳枝因風而輕輕抬起，蜘蛛網黏住飄飛的柳絮。我放眼遠望雜草繁茂的平原，那裡應該是春天回去的地方。我滿懷愁緒地凝神佇立，聽見聲調悲苦的楚歌，村落在黃昏時敲起陣陣鼓聲。

179

# 虞美人

玉闌干外清江浦

李廌

玉闌干外清江浦，渺渺天涯雨。
好風如扇雨如簾，時見岸花汀草漲痕添。
青林枕上關山路，臥想乘鸞處。
碧蕪千里思悠悠，惟有霎時涼夢到南州。

**李廌**（1059～1109）
字方叔，號齊南先生、太華逸民。六歲而孤，發奮自學。文章受蘇軾賞識，為蘇門六君子之一。中年應舉落第後，不再追求仕途。

**注釋**

一行—**玉**：比喻漂亮的。／**闌干**：即欄杆。／**浦**：河岸，水邊。／**渺渺**：遼闊蒼茫的樣子。／**天涯**：天邊，指遙遠的地方。

二行—**好風**：和風。／**汀草**：水邊的野草。

三行—**青林**：有雲煙、雲霧之意，在此指夢魂。／**關山**：關隘與山峰，比喻路途遙遠或行路困難。／**乘鸞**：指仙遊。唐末五代道士杜光庭所撰的《墉城集仙錄》中，記載了女子得道升仙的事蹟，書中提到：「每天使降時，鸞鶴千萬，眾仙畢集，位高者乘鸞，次乘麒麟，次乘龍。」另外，也有仙逝（死亡）之意。

四行—**碧蕪**：青草。／**悠悠**：憂思不盡。／**霎時**：指極短的時間。／**南州**：泛指南方地區。

## 題旨：賞景懷人

### 賞讀譯文

漂亮的欄杆外就是清江水岸，從我的周圍到遼闊蒼茫的天邊，全都在下雨。一陣陣和風像是用扇子搧動的，雨勢細密得好像簾子，時常看見岸邊的花和汀洲的草上增添了水勢高漲的痕跡。我躺在枕上，夢魂飄到遙遠的關隘和山峰，躺著想起故人仙遊之處。青草蔓延千里，一如我的無盡憂思，我只能在短暫的涼夢裡見到南方的故人。

180

# 木蘭花

## 江雲疊疊遮鴛浦

蘇庠

江雲疊疊遮鴛浦，江水無情流薄暮。
歸帆初張葦邊風，客夢不禁篷背雨。
渚花不解留人住，只作深愁無盡處。
白沙煙樹有無中，雁落滄洲何處所。

題旨：羈旅抒懷

**蘇庠**（1065～1147）

字養直，號眚翁。父親蘇堅曾與蘇軾唱和。曾與呂本中、汪藻等人結詩社於江西。南宋高宗時居於廬山，曾受徵召，但不赴，隱逸以終。

**注釋**

一行—**鴛浦**：鴛鴦棲息的水濱。／**薄暮**：傍晚，太陽將落的時候。

二行—**歸帆**：返航的船。／**客夢**：異鄉遊子的夢。／**篷**：船上用以遮陽擋雨的遮蔽物，用竹片或油布等搭設而成。

三行—**渚**：小洲，水中的小陸地。／**不解**：不懂得。

四行—**滄洲**：濱水的地方。古時常用以稱隱士的居處。／**所**：地方、位置。

## 賞讀譯文

江上的雲霧層層重疊，遮住了鴛鴦棲息的水濱，黃昏時分，江水無情地向遠方流去。返航的船剛張開帆，風兒吹過蘆葦叢，異鄉遊子的夢禁不起落在船篷背上的雨聲打擾而中斷了。小洲上的花不懂得把人留住，只做出滿懷無盡深愁的樣子。白沙上的樹林，在煙霧中看起來若有似無，雁子停落在水邊的哪個地方？

# 小重山

月下潮生紅蓼汀

汪藻

月下潮生紅蓼汀。殘霞都斂盡，四山青。
柳梢風急墮流螢，隨波處，點點亂寒星。
別語寄丁寧，如今能間隔，幾長亭。
夜來秋氣入銀屏，梧桐雨，還恨不同聽。

題旨：秋夜閨怨

**汪藻**（1079～1154）字彥章，號浮溪、龍溪。中進士後，於北宋朝曾任宣州教授、著作佐郎、宣州通判、屯田員外郎、太常少卿、起居舍人等職；於南宋朝曾任龍圖閣直學士、顯謨閣大學士、左大中大夫，知湖、撫、徽、泉、宣等州。為官清廉，擅長四六文。

**注釋**

一行—**紅蓼**：水陸兩棲草本植物，為粉紅或玫瑰紅色穗狀花序，六至九月開花。／**汀**：水邊平地或河流中的小沙洲。／**殘霞**：殘餘的晚霞。／**盡**：完畢。

二行—**急**：快、猛、迅速。／**流螢**：飛行的螢火蟲。／**寒星**：寒夜的星；寒光閃閃的星。

三行—**別語**：惜別之語。／**丁寧**：叮嚀。／**長亭**：古時約每十里設一個休憩亭。

四行—**銀屏**：鑲銀的屏風。也是屏風的美稱。／**梧桐雨**：打落在梧桐葉上的雨滴。暗用唐代溫庭筠〈更漏子〉的「梧桐樹，三更雨，不道離情正苦」之意。

**賞讀譯文**

月光下，紅蓼汀旁漲起潮水。殘餘的晚霞都已經收盡，四周山色青綠。吹過柳梢的一陣快風，讓飛行的螢火蟲不禁往下墜落。螢火蟲隨著波浪飛舞的地方，看起來像點點的紛亂寒星。女子在惜別之語中寄託種種叮嚀，如今兩人之間相隔了幾個長亭的距離？入夜後，秋天的氣息透過屏風傳入。女子聽著雨滴打在梧桐葉上的聲音，又恨無法與心上人一起聆聽。

182

# 念奴嬌・垂虹亭

朱敦儒

放船縱櫂，趁吳江風露，平分秋色。
帆卷垂虹波面冷，初落蕭蕭楓葉。
萬頃琉璃，一輪金鑑，與我成三客。
碧空寥廓，瑞星銀漢爭白。

深夜悄悄魚龍，靈旗收暮靄，天光相接。
瑩澈乾坤，全放出疊玉層冰宮闕。
洗盡凡心，相忘塵世，夢想都銷歇。
胸中雲海，浩然猶浸明月。

## 賞讀譯文

中秋時節，我趁著吳江的風和露，放船縱意地划槳。船帆捲起，垂虹橋下的水波散發冷光，楓葉剛開始蕭蕭落下。江面猶如萬頃琉璃，一輪明月高掛，連同我和影子成三人相對。青天空曠而深遠，瑞星和銀河爭比誰更白亮。

深夜裡，魚兒悄悄游動，靈旗把傍晚的雲霧都收走了，天光連續而開闊。天地一片瑩潔透明，似乎把層疊打造的冰玉宮殿全放了出來。這片景色洗去了我的凡心，也讓我忘了塵世，所有夢想都消散。我胸中的雲海廣大壯闊，彷彿可以浸明月。

**朱敦儒**（1081～1159年）

字希真。早年多次被舉薦為官，皆不出任。後經親朋勸說才轉變心意，歷任兵部郎中、臨安府通判、秘書郎、都官員外郎、兩浙東路提點刑獄等職，致仕後居於民間。有「詞俊」之稱。

## 題旨：秋夜行船抒懷

**一注釋一**

題－**垂虹亭**：位在江蘇省吳淞江垂虹橋上。

一行－**櫂**：船槳。／**平分秋色**：指中秋時分。中秋節為農曆八月十五日，在秋季的三個月中間，剛好是秋天平分之處。

二行－**垂虹**：指垂虹橋。／**蕭蕭**：形容落葉聲。

三行－**萬頃**：百萬畝，以誇飾手法形容面積廣闊。／**琉璃**：指江面。／**金鑑**：明月。／與我成三客：化用李白〈月下獨酌〉：「舉杯邀明月，對影成三人。」

四行－**碧空**：青天。／**寥廓**：空曠深遠。／**瑞星**：又名景星。《史記．天官書》：「天精而見景星。景星者，德星也，其狀無常，出於有道之國。」／**銀漢**：銀河。

五行－**魚龍**：魚和龍。泛指魚類和貝甲類等水族。／**靈旗**：神靈的旗子；戰旗。／**暮靄**：傍晚的雲霧。／**天光**：天色。／**相接**：連續；連接。

六行－**瑩澈**：瑩潔透明。／**乾坤**：原是易經上的卦名，後借稱天地、日月等。／**宮闕**：建築富麗堂皇的宮殿。

七行－**洗盡**：洗去。／**銷歇**：消失、停止。

八行－**浩然**：廣大壯闊的樣子。

183

# 清平樂・柳塘書事

呂本中

柳塘新漲，艇子操雙槳。
閒倚曲欄成悵望，是處春愁一樣。
傍人幾點飛花，夕陽又送棲鴉。
試問畫樓西畔，暮雲恐近天涯。

題旨：春愁

**呂本中**（1084～1145）

原名大中，字居仁，號紫微。知名道學家，世稱東萊先生。為宰相呂公著的曾孫，早年因恩蔭而任承務郎、樞密院編修官、職方員外郎等職，之後被賜進士出身，任起居舍人、中書舍人等職，最後因觸怒秦檜而結束官場生涯。

**注釋**

一行—**柳塘**：周圍植柳的池塘。／**艇子**：小船；船夫。
二行—**曲欄**：曲折的欄杆。／**悵望**：惆悵地看望或想望。／**是處**：到處。
三行—**傍人**：靠近人。／**飛花**：飄飛的落花。／**棲鴉**：返巢棲息的鴉鳥。
四行—**畫樓**：華麗的樓閣。／**天涯**：天邊，指遙遠的地方。

## 賞讀譯文

柳塘裡池水剛剛漲起，小船上的船夫划著雙槳。我閒倚著曲折的欄杆，惆悵地看望前方，到處都一樣讓人感到春愁。幾朵飄飛的落花靠近人身邊，夕陽又目送正要返巢棲息的鴉鳥飛過。試問畫樓西畔的人，小船恐怕跟黃昏的雲一樣接近天涯了。

184

# 踏莎行

雪似梅花

呂本中

雪似梅花，梅花似雪，似和不似都奇絕。
惱人風味阿誰知，請君問取南樓月。
記得去年，探梅時節，老來舊事無人說。
為誰醉倒為誰醒，到今猶恨輕離別。

題旨：詠雪梅思人

【注釋】

一行—**奇絕**：非常奇妙。
二行—**風味**：滋味。／**阿誰**：何人。／**取**：語助詞。／**南樓**：化用《世說新語．容止》中，庾亮和下屬在南樓賞月的典故。
三行—**去年**：在此指往年。／**老來**：年老之後。
四行—**輕**：輕易。

## 賞讀譯文

雪花像梅花，梅花像雪花，無論它們像不像，都非常奇妙。這種惱人的滋味有誰知道？請你去問南樓上的明月。
我還記得往年探賞梅花時節的情景，但年老之後沒有人訴說這些舊事。我總是為你醉倒又為你醒來，到如今仍怨恨當時輕易地離別。

185

# 玉樓春・紅梅

李清照

紅酥肯放瓊苞碎，探著南枝開遍未。
不知醞藉幾多香，但見包藏無限意。
道人憔悴春窗底，悶損闌干愁不倚。
要來小酌便來休，未必明朝風不起。

**李清照**（1084～1156）號易安居士。出身官宦書香世家，與丈夫趙明誠感情甚篤，熱衷於書畫金石的搜集。遭逢黨爭、宋室南遷等變故，詞作主題從悠閒生活轉為感傷悲嘆身世。

**—注釋—**

一行—**紅酥**：胭脂，代指紅梅。／**瓊苞**：美玉般的花苞。另有版本為「瓊瑤」。／**碎**：指花瓣。／**探**：拜訪、看望。／**南枝**：朝南的樹枝。

二行—**醞藉**：醞釀。／**幾多香**：另有版本為「幾多時」。

三行—**道人**：李清照的朋友。另有其他說法，認為「道人」是李清照自稱，或是「知道人」之意，主詞為梅枝。／**悶損**：煩悶。另有版本為「閑損」、「閑拍」。／**闌干**：即欄杆。

四行—**酌**：另有版本為「看」。／**休**：語末助詞，如「了」等。

題旨：賞梅邀友

## 賞讀譯文

那紅梅願意綻放美玉般花苞的花瓣了，我去探看朝南的枝頭是不是都開遍了。紅梅不知道醞釀了多少香氣，只見花裡包藏了無限的春意。你憔悴地待在春窗底下，煩悶的愁緒讓你不願倚著闌干賞景。你要過來飲酒賞花就過來吧！明天未必不會起風，吹落了這些花。

186

# 好事近

## 風定落花深

李清照

風定落花深，簾外擁紅堆雪。
長記海棠開後，正傷春時節。
酒闌歌罷玉尊空，青釭暗明滅。
魂夢不堪幽怨，更一聲啼鴂。

### 賞讀譯文

風停之後，落花厚厚一層，簾外的地上堆積了紅色、白色的落花。
我永久記得在海棠開花後，正是令人傷春的時節。
酒已喝盡，歌曲已結束，酒杯裡也空了，青燈默默地忽明忽暗。
魂夢裡的幽怨已讓人難以忍受，卻又聽到一聲杜鵑鳥的哀鳴。

### 題旨：傷春懷人

**—注釋—**

一行—**定**：停。／**深**：厚。／**擁紅堆雪**：堆積了紅色、白色的落花。擁，為圍攏、聚集之意。

二行—**長記**：永久記得。／**海棠**：薔薇科蘋果屬的落葉喬木。三、四月時開紅色花。與草本植物秋海棠不同。

三行—**闌**：盡。／**罷**：終了、完畢。／**玉尊**：精美貴重的酒杯。／**釭**：燈盞。／**暗**：默不作聲的。／**明滅**：忽明忽暗。

四行—**魂夢**：夢；夢魂。古人認為人的靈魂能在睡夢中離開肉體，故有此稱。／**不堪**：忍受不了。／**幽怨**：鬱結於心的愁恨。／**啼鴂**：杜鵑鳥。初夏時常晝夜不停啼叫，叫聲類似「不如歸去」。相傳為商周至春秋時代之間的古蜀君主杜宇之魂所化，又叫杜宇、鶗鴂、鵜鴂。（鴂，為鴃的異體字。）

# 怨王孫

湖上風來波浩渺

李清照

湖上風來波浩渺，秋已暮紅稀香少。
水光山色與人親，說不盡無窮好。
蓮子已成荷葉老，清露洗蘋花汀草。
眠沙鷗鷺不回頭，似也恨人歸早。

題旨：秋日湖景

一注釋一

一行一**浩渺**：廣大遼闊。／**暮**：將盡的。／**紅、香**：指荷花。

三行一**清露**：潔淨的露水。／**蘋**：水中浮草，又名白蘋、水蘋。夏末秋初開白色花。／**汀**：水邊平地或河流中的小沙洲。

四行一**鷗鷺**：鷗和鷺皆為水鳥。

## 賞讀譯文

湖上吹來一陣風，波面廣大遼闊，秋天已經快到盡頭，散發香氣的紅荷花變得稀少了。水光和山色與人親近，難以說盡它的無窮美好。

蓮子已經結成，荷葉卻老去了，潔淨的露水洗滌了蘋花和沙洲上的草。在沙灘上睡覺的鷗鳥和鷺鳥完全不回頭，似乎也恨遊人太早歸返。

188

# 漁家傲

雪裏已知春信至

李清照

雪裏已知春信至。寒梅點綴瓊枝膩。
香臉半開嬌旖旎，當庭際，玉人浴出新妝洗。
造化可能偏有意，故教明月玲瓏地。
共賞金樽沉綠蟻，莫辭醉，此花不與群花比。

題旨：詠梅

—注釋—

一行—**春信**：春天的信息。／**瓊枝**：覆雪的梅枝如玉。／**膩**：細緻、滑潤。

二行—**嬌旖旎**：嫵媚嬌豔。／**當**：對著、向著。／**玉人**：原為用玉雕成的人像，多指美女。在此代指梅花。／**新妝**：女子剛修飾好的容妝。

三行—**造化**：大自然。／**玲瓏地**：使大地晶瑩明亮。玲瓏，明亮的樣子。

四行—**金樽**：珍貴的酒杯。／**綠蟻**：本指酒面上的泡沫，也叫浮蟻，後代指酒。／**群花**：眾多的花。

## 賞讀譯文

在雪裡已經知道春天的信息到來了，因為細緻的寒梅花就點綴在如玉般的枝頭上。梅花的香臉半開，看起來嫵媚嬌豔，對著庭院時，好像剛出浴、畫上新妝的美女。大自然可能偏偏故意這樣安排，所以讓明月照得大地晶瑩明亮。我們一起賞梅花，在酒杯裡盛滿酒，別以酒醉來推辭，這梅花不是其他眾多的花可比擬的。

189

# 鷓鴣天・桂

李清照

暗淡輕黃體性柔，情疏跡遠只香留。
何須淺碧輕紅色，自是花中第一流。
梅定妒，菊應羞，畫欄開處冠中秋。
騷人可煞無情思，何事當年不見收。

題旨：詠桂花

【注釋】

一行【暗淡：不鮮豔、不明亮。／輕黃：鵝黃、淡黃。／體性柔：本性柔和。／情疏：情懷疏淡。／遠：遠離、避開。

二行【何須：何必，不需要。

三行【羞：羞愧，難為情。／畫欄：畫有花紋裝飾的欄杆。／畫欄開處：引自李賀《金銅仙人辭漢歌》的「畫欄桂樹懸秋香」。／冠：超越、領先，最優秀的。

四行【騷人：指《離騷》作者屈原，該書中提及許多花木，卻沒有桂花在列。／可煞：可是，是否，疑問詞。／情思：情意、情感。／何事：為何。

## 賞讀譯文

桂花帶著不明亮的淡黃色，本性柔和，情懷疏淡，形跡避開人們的目光，只留下香氣。它不需要有淡綠和輕紅的花色，就是花界中的第一流名花了。梅花一定會嫉妒它，菊花應該會感到羞愧。桂花就開在畫欄旁，在中秋時節是百花之冠。屈原是不是沒有情思？為何沒看到他當年在文章裡收錄桂花的名號呢？

190

# 雨晴

陳與義

天缺西南江面清，纖雲不動小灘橫。
牆頭語鵲衣猶溼，樓外殘雷氣未平。
盡取微涼供穩睡，急搜奇句報新晴。
今宵絕勝無人共，臥看星河盡意明。

題旨：雨後晴夜

**陳與義**（1090～1138）
字去非，號簡齋。中進士後，於北宋朝曾任太學博士、著作佐郎等職；於南宋朝曾任中書舍人、吏部侍郎、禮部侍郎、翰林學士、知制誥、參知政事等職。

**—注釋—**

一行—**缺**：缺口、空隙。／**纖雲**：微雲、輕雲。／**小灘橫**：比喻雲如水中沙灘穩固不動。
二行—**衣**：指鵲的羽翼。
三行—**報**：回報。／**新晴**：天氣剛放晴。
四行—**今宵**：今夜。／**絕勝**：絕佳美好的景色。／**共**：一起、一同。／**盡意**：盡情。

## 賞讀譯文

天空的西南方有個缺口，江面清澈，輕雲像橫在水邊的小沙灘那樣安穩不動。
牆頭正在啼叫的鵲鳥，其羽翼還是溼的，樓外殘雷的聲響尚未平息。
盡情取用這份微涼，可讓人安穩地入睡，我急著搜尋稀奇的文句，來回報這剛放晴的天氣。
今晚絕佳美好的景色，無人跟我一起欣賞，我躺著看星河盡情地散發明亮。

191

# 臨江仙

高詠楚辭酬午日

陳與義

高詠楚辭酬午日，天涯節序匆匆。
榴花不似舞裙紅，
無人知此意，歌罷滿簾風。
萬事一身傷老矣，戎葵凝笑牆東。
酒杯深淺去年同，
試澆橋下水，今夕到湘中。

題旨：端午抒懷

**注釋**

一行—**高詠**：高聲吟詠。／**酬**：度過、應對。／**午日**：端午，即農曆五月初五。／**天涯**：天邊，指遙遠的地方。／**節序**：節令，節氣；節令的順序。

二行—**榴花**：石榴花。

四行—**傷**：感到悲哀、悲痛。／**戎葵**：即蜀葵，夏日開花，花形似木槿。／**凝笑**：長時間含笑。

六行—**今夕**：今晚。／**湘**：湖南的簡稱，屈原所投的汨羅江流經此處。

## 賞讀譯文

我高聲吟詠楚辭以度過端午節，人在天涯，感覺節令匆匆就過去了。
榴花的顏色不像舞裙那麼紅，
沒有人知道其中的涵意，歌曲結束後，風兒灌滿了簾幕。
我身上還有很多想做的事，讓人感傷年華已老，戎葵花卻在牆東長時間含笑著。
酒杯的深淺與去年相同，
我試著把酒澆入橋下的水中，今晚就會到湖南了。

# 浣溪沙

山繞平湖波撼城

張元幹

山繞平湖波撼城，湖光倒影浸山青，
水晶樓下欲三更。
霧柳暗時雲度月，露荷翻處水流螢，
蕭蕭散髮到天明。

**張元幹**（1091～約1161）

字仲宗，號蘆川居士、真隱山人，晚年自稱蘆川老隱。於北宋朝，曾任開德府教授，後隨李綱抗金兵。於南宋朝，曾任朝議大夫、撫諭使等職。因主和派秦檜當政而辭官，並因作詞挺反秦檜之官員胡詮而入獄，晚年浪遊江浙一帶。

**題旨：湖景夜色**

**注釋**

一行—**平湖**：湖名，位於浙江。／**波撼城**：波濤洶湧，撼動了城市。化用自唐代孟浩然的《望洞庭湖贈張丞相》：「氣蒸雲夢澤，波撼岳陽城。」／**湖光**：湖的景色。／**浸**：浸染。

二行—**水晶樓**：指月光下的水邊樓閣，看起來像水晶一樣。另有學者認為是樓名。／**欲**：將要。／**三更**：即半夜，子時，為晚上十一點到隔天凌晨一點。

三行—**度**：經過。／**流螢**：飛行的螢火蟲。

四行—**蕭蕭**：白髮稀疏的樣子。／**散髮**：披髮。

## 賞讀譯文

群山環繞著平湖，湖上波濤洶湧，撼動了城市，湖面倒影中浸染了群山的青綠，

我站在閃耀如水晶的樓閣下，時間已經快到子時了。

煙霧籠罩著柳樹，在雲朵經過明月前方時變得一片昏暗，帶著露珠的荷葉隨風翻動的地方，一閃閃的水珠宛如飛動的螢火蟲。

我披著稀疏的白髮，一直待到天亮。

# 193 滿江紅・自豫章阻風吳城山作

張元幹

春水迷天，桃花浪幾番風惡。
雲乍起遠山遮盡，晚風還作。
綠遍芳洲生杜若，數帆帶雨煙中落。
傍向來沙嘴共停橈，傷飄泊。

寒猶在，衾偏薄。腸欲斷，愁難著。
倚篷窗無寐，引杯孤酌。
寒食清明都過卻，最憐輕負年時約。
想小樓終日望歸舟，人如削。

## 賞讀譯文

春水湧起，讓人看不清天空，在洶湧的桃花浪中，多次吹來兇猛的狂風。濃雲突然湧起，把遠山全都遮住了，晚風還繼續吹著。綠意遍布芳香的小洲，上面長滿了杜若草，在煙雨中，有數艘船將帆收下。傍晚時，船隻立刻在沙嘴一起停下船槳，而我不禁為了飄泊而感傷。春寒還在，偏偏被子很薄。我悲傷難過，這份愁緒讓人難受。我倚著船窗，沒有入睡，獨自拿杯子飲酒。寒食節和清明節都過去了，最可惜的是輕易辜負當年的約定。我想，小樓裡的她一定整天望著返航的船隻，人漸漸消瘦。

## 一注釋一

題—**豫章**：今江西南昌市。／**吳城山**：地名。／**阻風**：被風浪所阻。

一行—**春水**：春天的河水。／**迷**：分辨不清。／**桃花浪**：春季的江河因融雪而水量大，因正是桃花盛開的季節，稱為「桃花浪」。／**幾番**：多次。／**惡**：凶狠。

二行—**乍**：突然。

三行—**芳洲**：花草叢生的小洲。／**杜若**：一種香草。／化用自屈原的《九歌‧湘君》：「采芳洲兮杜若，將以遺兮下女。」／**數帆**：另有版本為「楚帆」。／**落**：收起。

四行—**傍**：傍晚。／**向來**：即刻，即時。／**沙嘴**：一端連接陸地，一端突出於水中的帶狀沙灘。／**橈**：船槳。

五行—**衾**：大被子。

六行—**篷窗**：船窗。／**寐**：睡。／**引**：拿來。／**酌**：飲酒。

七行—**過卻**：過去。／**最憐**：最可惜。／**年時**：當年。

八行—**小樓**：指小樓裡的佳人。／**終日**：一整天。／**歸舟**：返航的船。／**人如削**：人漸漸消瘦。

**題旨：旅途思人**

194

# 六月二十四日夜分，夢范致能、李知幾、尤延之

陸游

露箬霜筠織短篷，飄然來往淡煙中。
偶經菱市尋溪友，卻揀蘋汀下釣筒。
白菡萏香初過雨，紅蜻蜓弱不禁風。
吳中近事君知否，團扇家家畫放翁。

## 賞讀譯文

我坐在由歷經露霜的竹皮編成的船篷裡，船隻輕快地往來於瀰漫淡煙的湖面上。

我偶然經過菱市，便去找住在溪邊的朋友，又選了一塊長滿蘋草的水岸，放下釣筒。

散發香氣的白荷花，剛剛歷經了一場雨，紅蜻蜓飛翔的樣子感覺弱不禁風。

你知道吳地近來的事嗎？家家戶戶的團扇上都畫了陸放翁呢！

題旨：遊湖記事

**陸游**（1125～1210）

字務觀，號放翁。力主抗金。宋高宗時，受秦檜排斥，仕途不暢。宋孝宗賜其進士出身，之後曾任敕令所刪定官、隆興府通判、王炎幕府官、禮部郎中等職，後因「嘲詠風月」被罷官。宋寧宗詔其主持編修《兩朝實錄》和《三朝史》，官至寶章閣待制。與楊萬里、范成大、尤袤合稱南宋「中興四大詩人」。

## 【注釋】

題——**全名**：六月二十四日夜分，夢范致能、李知幾、尤延之同集江亭，諸公請予賦詩，記江湖之樂，詩成而覺，忘數字而已。（注：范致能即范成大，尤延之即尤袤。）

一行——**露箬霜筠**：指歷經露霜的竹子，箬是竹皮，筠指竹子的青皮，也是竹子的別稱。／**短篷**：有篷的小船。／**飄然**：輕快的樣子。

二行——**菱市**：賣菱角的市集。／**溪友**：指居住溪邊寄情山水的朋友。／**卻**：還、又。／**揀**：選擇、挑選。／**蘋**：水中浮草，夏末秋初開白色花。／**汀**：水邊平地或河流中的小沙洲。／**釣筒**：插在水裡捕魚的竹器。

三行——**菡萏**：荷花。

四行——**吳中**：今江蘇省吳縣一帶。亦泛指吳地（在今江蘇、浙江一帶）。／**團扇**：圓形有柄的扇子。／**放翁**：即作者自己。

195

# 雨

陸游

映空初作繭絲微，掠地俄成箭鏃飛。
紙帳光遲饒曉夢，銅鑪香潤覆春衣。
池魚鱍鱍隨溝出，梁燕翩翩接翅歸。
惟有落花吹不去，數枝紅溼自相依。

題旨：春日雨景

【注釋】

一行【繭絲：蠶絲。／掠地：擦過或拂過地面。／俄：須臾、片刻。／箭鏃：箭頭上的金屬物。

二行【紙帳：以藤皮繭紙縫製的帳子。／饒：放過。／曉夢：拂曉時的夢。／鑪：火爐，通「爐」。

三行【鱍鱍：形容魚跳躍的樣子。／梁燕：梁上的燕子。／翩翩：鳥輕飛的樣子。／接翅：翅膀碰著翅膀。形容禽鳥多。

四行【紅：指花。／自：依然。

## 賞讀譯文

在空中初看時，雨滴像蠶絲那般細微，拂過地面後馬上變成疾飛的箭鏃。光線很晚才透過紙帳，放過了我早晨做的夢；銅爐裡點著香，上面覆蓋著要烘乾的春衣。池塘裡的魚跳躍地隨著水溝游出，梁上的燕子輕盈地一隻接著一隻飛回去。只有落花吹不走，數個枝頭上溼溼的紅花依然相依偎著。

196

# 晚步湖上

陸游

雲薄漏春暉，湖空弄夕霏。
沾泥花半落，掠水燕交飛。
小倦聊扶策，新晴旋減衣。
幽尋殊未已，畫角喚人歸。

題旨：傍晚湖景

**注釋**

一行 **春暉**：春日的陽光。／**弄**：搖動、攪動。／**夕霏**：傍晚的霧靄。

二行 **交飛**：齊飛。

三行 **聊**：姑且、暫且。／**策**：枴杖。／**新晴**：天剛放晴。／**旋**：立刻、即刻。

四行 **幽尋**：即尋幽，尋找清幽美麗的風景。／**殊**：猶、尚。／**已**：完畢、完成。／**畫角**：樂器名。傳自西羌，形如牛、羊角，表面彩繪裝飾，吹奏時發出嗚嗚聲。

**賞讀譯文**

春日的陽光從薄雲之間流漏而出，傍晚的霧靄在湖面上空飄搖。花兒多半都掉落在地，沾上泥土，燕子齊飛掠過水面。我有點疲倦時，就暫且扶著拐杖；天剛放晴，我就馬上減少身穿的衣服。我尋幽的旅程還沒有完成，就傳來畫角聲，似乎在叫喚人回去。

197

# 南柯子

## 悵望梅花驛

范成大

悵望梅花驛，凝情杜若洲。
香雲低處有高樓，可惜高樓不近木蘭舟。
緘素雙魚遠，題紅片葉秋。
欲憑江水寄離愁，江已東流那肯更西流。

### 賞讀譯文

我惆悵地在梅花驛站遠望，情意專注地看著遍布杜若草的沙洲。在祥雲低處是她居住的高樓，可惜那高樓並不靠近我乘坐的船隻。因為我們相隔遙遠而難寄書信，只能在秋天的紅葉上題詩。我想要憑藉江水來寄送離愁，但是江水已經往東流，怎肯又往西流？

**范成大**（1126～1193）

字至能、幼元，早年自號此山居士，晚號石湖居士。登進士第後，歷任校書郎、著作佐郎、處州知州、國史院編修官、禮部員外郎、崇政殿說書等職；曾出使金國，以剛直不屈的態度完成使命。曾被派至廣西，知靜江府兼廣西經略安撫使；之後被派至四川，任四川制置使、知成都府。辭官退休後，於石湖隱居十年。與楊萬里、陸游、尤袤合稱南宋「中興四大詩人」。

**—注釋—**

一行—**悵望**：惆悵地看望或想望。／**梅花驛**：化用自南北朝陸凱的〈贈范曄〉：「折梅逢驛使，寄與隴頭人。江南無所有，聊贈一枝春。」／**凝情**：情意專注。／**杜若**：一種香草。化用自屈原的《九歌．湘君》：「采芳洲兮杜若，將以遺兮下女。」

二行—**香雲**：美好的雲氣，祥雲。／**木蘭舟**：木蘭樹打造的船，為船隻的美稱。

三行—**緘素**：即書信。古人用縑帛作書，故有此稱。／**雙魚**：指書信。漢代古詩〈飲馬長城窟行〉中有：「客從遠方來，遺我雙鯉魚，呼兒烹鯉魚，中有尺素書。」此外，古代人會將書信放在刻成魚形的兩片木片中。／**題紅片葉秋**：在秋天的紅葉上題詩。化用自紅葉題詩的典故，唐代時有宮女將相思心情寫在紅葉上，隨著溝水流出宮外，最後促成一段姻緣。關於主角的身分則有多種說法。

四行—**憑**：憑藉。／**那肯**：怎肯。／**更**：又。

題旨：相思情懷

198

# 眼兒媚

酣酣日腳紫煙浮

范成大

酣酣日腳紫煙浮，妍暖試輕裘。
困人天氣，醉人花底，午夢扶頭。
春慵恰似春塘水，一片縠紋愁。
溶溶洩洩，東風無力，欲皺還休。

**題序**
萍鄉道中乍晴，臥輿中困甚，小憩柳塘（注：萍鄉為地名，在今江西省內。臥輿，指可以躺臥的轎子。小憩，指短暫休息。）

**題旨：旅途記事**

**—注釋—**

一行—**酣酣**：旺盛；熾盛。／**日腳**：太陽穿過雲隙射下來的光線。／**妍暖**：晴朗暖和。／**輕裘**：輕暖的皮衣。

二行—**困人**：使人疲倦。／**扶頭**：易使人醉到扶頭的烈酒。此處指昏昏沉沉。

三行—**春慵**：春天的懶散情緒。／**恰似**：正如、就好像。／**縠紋**：縐紗似的細紋，比喻水波之細。

四行—**溶溶洩洩**：舒緩、恬靜的樣子。／**東風**：春風。

## 賞讀譯文

熾盛的陽光照射而下，四周浮起紫煙，我在晴朗暖和的天氣裡試著穿上輕暖的皮衣。
這天氣使人疲倦，花叢令人沉醉，讓人昏昏沉沉地想要睡午覺。
春天的懶散情緒，就像春天池塘裡的水，一片縐紗般的細紋，充滿輕愁。
水面舒緩而恬靜，春風輕柔無力，要把水面吹皺，卻又停止了。

199

# 醉落魄

棲烏飛絕

范成大

棲烏飛絕，絳河綠霧星明滅。
燒香曳簟眠清樾。
花影吹笙，滿地淡黃月。
好風碎竹聲如雪，昭華三弄臨風咽。
鬢絲撩亂綸巾折。
涼滿北窗，休共軟紅說。

**題旨：夏夜抒懷**

**【注釋】**

一行—**棲烏**：棲宿於樹上的鳥。／**絳河**：銀河。／**綠霧**：銀河旁的雲霧。／**明滅**：忽明忽暗。

二行—**曳簟**：拖拉竹席。／**樾**：樹蔭。

四行—**好風**：和風。／**昭華**：一種古代的管樂器。多以玉製成。此處指笙。／**弄**：吹奏。／**臨風**：迎風；當風。／**咽**：突然停住不說。

五行—**鬢絲**：鬢髮。／**撩亂**：紛亂。／**綸巾**：以青絲帶做成的頭巾。

六行—**休**：不要。／**共**：跟、和。／**軟紅**：軟紅塵，指繁華熱鬧的塵世。

## 賞讀譯文

棲宿於樹上的鳥兒全都飛不見了，銀河及其周圍的雲霧間有星星忽明忽暗。
我點燒薰香，拖著竹席，睡在清涼的樹蔭下。
淡黃月光灑滿大地，花影四散，此時傳來吹笙的樂聲。
這樂聲就像和風吹過竹木般細碎，也像下雪的聲音。笙曲吹奏三次後，便迎風停止了。
這陣風吹亂了我的鬢髮，也吹折了綸巾。
涼意充滿北窗，此滋味不必跟繁華紅塵裡的人訴說。

200

# 春晴懷故園海棠

楊萬里

竹邊臺榭水邊亭，不要人隨只獨行。
乍暖柳條無氣力，淡晴花影不分明。
一番過雨來幽徑，無數新禽有喜聲。
只欠翠紗紅映肉，兩年寒食負先生。

## 賞讀譯文

竹林邊有臺榭，水邊有亭子，我不要他人跟隨，只一個人獨行。
天氣剛剛變暖，柳條柔軟無氣力，微晴下花影朦朧而不清楚。
一陣雨來過幽徑，無數新生的小鳥開心啼叫。
只欠缺故園裡能映襯翠紗白肌的紅海棠花，這兩年的寒食節都被我辜負了。

**楊萬里**（1127～1206）

字廷秀，號誠齋。曾任太常博士、秘書監、寶謨閣學士等職，力主抗金，後因奸相專權而辭官隱居。自創淺白幽默、清新自然的「誠齋體」。與陸游、尤袤、范成大，並稱南宋「中興四大詩人」。

**一注釋一**

題一**海棠**：薔薇科蘋果屬的落葉喬木。三、四月時開紅色花。與草本植物秋海棠不同。

一行一**臺榭**：「臺」是高而平的方形建築物，「榭」是臺上有屋，指樓臺等建築物。

二行一**乍暖**：剛剛變暖。／**淡晴**：微晴。／**分明**：清楚、明白。

三行一**一番**：一次。／**新禽**：新生的小鳥。／**喜聲**：報喜聲；歡呼之聲。

四行一**翠紗紅映肉**：出自北宋蘇軾的〈寓居定惠院之東雜花滿山有海棠一株土人不知貴也〉：「朱唇得酒暈生臉，翠袖卷紗紅映肉。」紅是指海棠花，肉是指肌膚。／**作者原注**：「予去年正月離家之官，蓋兩年不見海棠矣！」

**題旨：春景思鄉**

# 201 春霽

朱淑真

淡淡輕寒雨後天，柳絲無力妥殘煙。
弄晴鶯舌於中巧，著雨花枝分外妍。
消破舊愁憑酒盞，去除新恨賴詩篇。
年年來到梨花日，瘦不勝衣怯杜鵑。

**朱淑真**（約 1135 ～ 1180）號幽棲居士。籍貫身世說法不一，唯可確知其生於仕宦之家，婚後夫妻不睦。

**注釋**

一行 **輕寒**：輕微的寒意。／**柳絲**：形容柳枝細長如絲。／妥：垂下。

二行 **弄晴**：指禽鳥在初晴時鳴囀、戲耍。／**鶯舌**：鶯聲。／**巧**：靈巧。／**著雨**：淋雨。／**分外**：特別、格外。／**妍**：美麗、嬌豔。

三行 **消破**：消耗，消費。／**憑**：憑藉、依靠。／**酒盞**：小酒杯。／**賴**：依賴。

四行 **年年來到梨花日**：另有版本為「年年來對梨花月」。／**勝衣**：承受衣服的重量。／**杜鵑**：杜鵑鳥。初夏時常晝夜不停啼叫，叫聲類似「不如歸去」。相傳為商周至春秋時代之間的古蜀君主杜宇之魂所化，又叫子規、杜宇、鶗鴂、啼鴂、鶗鴂。

**題旨：春景抒懷**

**賞讀譯文**

雨後的天氣帶著輕微的寒意，殘煙中，細長如絲的柳枝無力地垂下。鶯鳥在初晴時鳴囀的啼聲十分靈巧，淋雨的花枝特別嬌豔。我憑藉飲酒來消耗舊日的愁緒，依賴寫詩來去除新的愁恨。每年來到梨花盛開的日子，我總是瘦到難以承受衣服的重量，也害怕聽見杜鵑鳥的啼叫聲。

202

# 柳絮

朱淑真

繚繞晴空似雪飛，悠揚不肯著塵泥。
花邊嬌軟黏蜂翅，陌上輕狂趁馬蹄。
貼水化萍隨浪遠，弄風無影度牆低。
成團作陣愁春去，故把東君歸路迷。

題旨：詠柳絮

**注釋**

一行—**繚繞**：環繞、盤旋。／**悠揚**：飄忽不定的樣子。／**著**：到達、接近。
二行—**嬌軟**：柔美；輕柔。／**陌**：市中街道。／**輕狂**：輕佻、狂放。／**趁**：追逐、追隨。
三行—**貼水化萍**：古代有柳絮墜入水中成為浮萍的傳說。／**弄**：把玩、玩賞。
四行—**作陣**：排成陣勢，亦形容均勻密布。／**故**：故意。／**東君**：《楚辭．九歌》中有祭日神的〈東君〉篇，之後演變為春神。／**迷**：分辨不清、令人困惑的。

## 賞讀譯文

柳絮在晴空中環繞盤旋，就像雪花在飛舞，它們飄忽不定地不肯接近塵泥。
它們在花邊輕柔地黏住蜂翅，在街道上輕狂地追逐馬蹄。
柳絮貼著水面化為浮萍，隨著波浪遠去，無蹤影地把玩陣風，低低地飛過圍牆。
它們成團均勻密布，害怕春天離去，故意使春神歸去的道路迷濛不清。

# 晴和

朱淑真

海棠深院雨初收，苔徑無風蝶自由。
百結丁香誇美麗，三眠楊柳弄輕柔。
小桃酒膩紅尤茂，芳草寒餘綠漸稠。
寂寂珠簾歸燕未，子規啼處一春愁。

題旨：春景抒懷

【注釋】

一行—**海棠**：薔薇科蘋果屬的落葉喬木。三、四月時開紅色花。與草本植物秋海棠不同。

二行—**丁香**：丁香的花蕾大多含苞不放如紐結。／**誇**：誇耀、炫耀。／**三眠**：指柳枝在風中時起時伏。眠，指偃伏的，伏臥的。

三行—**小桃**：指桃花。／**酒膩**：飲酒過多。／**紅**：指紅花。／**尤**：特別、格外。／**茂**：繁盛。／**餘**：殘留的、將盡的。／**稠**：繁多、濃密。

四行—**寂寂**：寂靜無聲。／**歸燕未**：即燕未歸。／**子規**：杜鵑鳥。初夏時常晝夜不停啼叫，叫聲類似「不如歸去」。相傳為商周至春秋時代之間的古蜀君主杜宇之魂所化，又叫杜宇、鵑鴃、啼鴃、鶗鴃。

## 賞讀譯文

海棠花盛開的深院裡，雨剛停，滿布青苔的小徑上沒有風，蝴蝶自由地飛翔。繁多的丁香花結炫耀著自己的美麗，楊柳時起時伏，輕柔地擺動著。小桃花像喝多了酒似的，紅花特別繁盛；寒意將盡，芳草逐漸濃密。珠簾寂靜無聲，只因燕子尚未歸來，杜鵑鳥啼叫處散發著春愁。

204

# 新春

朱淑真

樓臺影裏蕩春風，協氣融怡物物同。
草色乍翻新樣綠，花容不減舊時紅。
鶯唇小巧輕煙裏，蝶翅輕便細雨中。
聊把新詩記風景，休嗟萬事轉頭空。

題旨：春景抒懷

【注釋】
一行【協氣：和氣。／融怡：融洽；和樂。暖和。
二行【乍：突然。／翻：改變。／新樣：新式樣。
三行【輕便：輕盈自在。
四行【聊：姑且、暫且。／嗟：感嘆。

## 賞讀譯文

樓臺的影子裡有春風飄蕩著，萬物全都充滿了和氣，一片融洽。
青草突然改變成新式樣的綠色，花朵絲毫沒減去舊時的鮮紅。
鶯鳥在輕煙裏靈巧地啼叫著，蝴蝶在細雨中輕盈自在地飛翔著。
姑且用新詩記下這片風景，別感嘆萬事轉頭成空。

205

# 臨江仙・探梅

辛棄疾

老去惜花心已懶，愛梅猶繞江村。
一枝先破玉溪春。
更無花態度，全有雪精神。
剩向青山餐秀色，為渠著句清新。
竹根流水帶溪雲。
醉中渾不記，歸路月黃昏。

**辛棄疾**（1140～1207）
字幼安，號稼軒。生於金國，祖父辛贊為金國縣令，卻教育他要抗金復宋。二十多歲時歸宋，曾任建康通判、提點江西刑獄、湖南安撫使、江西安撫使等地方官，多次上書獻策未獲重視，亦多次被彈劾。晚年時多隱居江西。人稱「詞中之龍」，與蘇軾合稱「蘇辛」。

**—注釋—**

一行—**老去**：逐漸衰老。／**懶**：淡薄。
二行—**破**：綻開，開放。／**玉溪**：碧玉般的溪流。另有資料認為此為溪名，指江西省的信江，在玉山縣境叫玉溪。
四行—**剩向**：盡向。／**餐秀色**：秀色可餐，指景色非常美麗，讓人入迷忘情。／**渠**：他，指第三人稱。在此指梅。／**著句**：寫詞句。
六行—**渾**：完全、簡直。

**題旨：尋梅記事**

## 賞讀譯文

我已逐漸衰老，憐惜花的心情已經淡薄，但我喜歡梅花，還是繞著江邊的村落去探尋。有一枝梅花先綻放了，為碧玉般的溪流帶來春意。它沒有花的嬌弱姿態，全然是雪般的堅毅精神。我看著青山的美麗風光，為梅花寫下清新的詩句。竹林下方的溪流，帶著雲的倒影。我在酒醉之中，完全記不得回家路上明月初升的黃昏景色。

# 鷓鴣天・鵝湖寺道中

辛棄疾

一榻清風殿影涼，涓涓流水響回廊。
千章雲木鉤輈叫，十里溪風䆉稏香。
衝急雨，趁斜陽，山園細路轉微茫。
倦途卻被行人笑，只為林泉有底忙。

題旨：旅途記事

一注釋一

題一**鵝湖寺**：寺名，在今江西省鉛山縣的鵝湖山。

一行一**榻**：狹長的坐、臥用具。／**回廊**：迴廊，曲折回環的走廊。

二行一**千章**：千棵。／**雲木**：高聳入雲的樹木。／**鉤輈**：鷓鴣鳥的鳴叫聲。輈，音同「舟」。／**䆉稏**：生長於江南的一種稻子。音同「罷亞」。

三行一**急雨**：來勢急遽的雨。／**斜陽**：傍晚西斜的太陽。／**細路**：小路。／**微茫**：隱約模糊。

四行一**倦**：疲累。／**林泉**：山林與泉石。／**底**：如此、如許。／**忙**：匆忙，急迫、慌張。

## 賞讀譯文

臥榻設在殿堂陰影處，在清風吹拂下十分涼爽。迴廊間響著涓涓流水聲。千棵高聳入雲的大樹上，傳來鷓鴣鳥的鉤輈叫聲，從十里外而來的溪風傳來䆉稏的香氣。我在急雨中往前衝，只為了趁夕陽西下時返回，山間園圃的小路在雨中變得隱約模糊。我為旅途感到疲累，卻被路過的行人笑道，只為了遊山玩水，竟弄得如此匆忙。

207

# 虞美人・春愁

陳亮

東風蕩颺輕雲縷，時送蕭蕭雨。
水邊臺榭燕新歸，一口香泥溼帶落花飛。
海棠糝徑鋪香繡，依舊成春瘦。
黃昏庭院柳啼鴉，記得那人和月折梨花。

題旨：春景思人

**陳亮**（1143～1194）

原名汝能，後改名陳亮，字同甫，號龍川。多次以布衣身分上書論國事，兩度被誣陷入獄。五十一歲時中進士，在赴任途中身亡。主張經世致用，創立永康學派，反對朱熹的理學。主戰派，與辛棄疾交好。

**注釋**

一行—**東風**：春風。／**蕩颺**：飄揚，飄蕩。／**雲縷**：輕柔的雨絲。／**蕭蕭雨**：形容雨聲蕭蕭。

二行—**新**：剛剛。／**臺榭**：「臺」是高而平的方形建築物，「榭」是臺上有屋，指樓臺等建築物。

三行—**海棠**：薔薇科蘋果屬的落葉喬木。三、四月時開紅色花。與草本植物秋海棠不同。／**糝**：撒落、散開。音同「傘」。／**繡**：刺有各種彩色花紋的絲織品，在此指海棠花瓣。／**成春瘦**：指春光因花落而減色。

四行—**柳啼鴉**：鴉鳥在柳樹上啼叫。／**那人**：指所思之人。

## 賞讀譯文

春風使輕柔的雨絲飄蕩著，時時送來蕭蕭雨聲。
水邊的臺榭上有燕子剛剛回來，嘴裡銜著香泥，溼溼的羽翼上帶著落花一起飛翔。
海棠花撒落在小徑上，鋪成帶著香氣的美麗絲繡，卻依舊減損了春光。
黃昏的庭院裡，鴉鳥在柳樹上啼叫，我還記得那人在月光下摘折梨花。

# 唐多令・重過武昌

劉過

蘆葉滿汀洲，寒沙帶淺流。
二十年重過南樓，
柳下繫船猶未穩，能幾日，又中秋。

黃鶴斷磯頭，故人曾到否。
舊江山渾是新愁，
欲買桂花同載酒，終不似，少年遊。

**劉過**（1154～1206）字改之，號龍洲道人。四次應舉不中，布衣終身。詞風與辛棄疾相近，力主抗金。

**題序**

安遠樓小集，侑觴歌板之姬黃其姓者，乞詞於龍洲道人，為賦此《唐多令》。……時八月五日也。（注：安遠樓在今武昌黃鵠山上，又稱南樓，在黃鶴樓附近。當時武昌是南宋和金人交戰的前方。小集：指小宴。侑觴，指勸酒。歌板，指執板奏歌。）

**注釋**

題—**過**：拜訪。

一行—**汀洲**：水中的沙洲。／**寒沙**：指寒冷季節的沙灘。

二行—**南樓**：指安遠樓。大約二十年前，劉過曾漫遊武昌，寫下《浣溪沙・贈妓徐楚楚》：「黃鶴樓前識楚卿，彩雲重疊擁娉婷，席間談笑覺風生。」

三行—**能**：只、僅僅。

四行—**斷磯**：突出水邊的陡峭石灘。／**頭**：前端。／**故人**：老友。

五行—**渾是**：全是。

六行—**載酒**：備酒。

**題旨：聚宴抒懷**

## 賞讀譯文

蘆葉長滿汀洲，寒沙上有淺淺的水流。
二十年後，我再次拜訪南樓，
繫在柳樹下的船還沒有停穩，只剩幾天又是中秋節了。
我的老朋友是否曾到過黃鶴斷磯的前端處？
舊江山裡充滿了新愁，
我想要買桂花並備酒，但終究不像少年時遊賞那般愜意了。

209

# 小重山令・賦潭州紅梅

姜夔

人繞湘臯月墜時，斜橫花樹小，浸愁漪。
一春幽事有誰知，東風冷，香遠茜裙歸。
鷗去昔遊非，遙憐花可可，夢依依。
九疑雲杳斷魂啼，相思血，都沁綠筠枝。

**題旨：賞梅思人**

**姜夔**（1155～1221）
字堯章，號白石道人。少年孤貧，屢試不第，終身布衣，遊歷四處，靠賣字及友人接濟為生。多才多藝，精通詩詞、散文、書法、音律等，為格律派詞人。

**一注釋一**

題一**潭州**：湖南長沙。
一行一**湘**：湘江。／**臯**：岸邊。／**浸**：在此指倒映。
二行一**幽事**：戀情。／**東風**：春風。／**茜**：大紅色。
三行一**可可**：嬌小。／**依依**：留戀不捨。
四行一**九疑**：山名，又名「九嶷山」，位於湖南。相傳為舜帝葬身處。傳說中舜帝的妃子娥皇與女英，在舜帝死後傷心哭泣的眼淚沾染了竹子，使其變成斑竹。此處暗用此典故。／**雲杳**：迷失在雲霧中。／**斷魂**：極度悲傷到好像失去魂魄。／**沁**：滲透。／**筠**：竹子的青皮。

## 賞讀譯文

我在月落時分繞著湘江岸邊散步，看到紅梅小小的枝幹橫斜著，倒映在憂愁的漣漪裡。
那一年春天的戀情有誰知道？在寒冷的春風裡，穿著大紅色裙子的她，帶著香氣遠離回去了。
鷗鳥飛去，昔日遊賞之處已不再相同。我遠遠地憐惜嬌小的花，對夢境留戀不捨。
她的夢魂迷失在九疑山的雲霧間，悲傷地哭泣著，所流下的相思血都滲入竹子的綠皮了。

210

# 訴衷情・端午宿合路

姜夔

石榴一樹浸溪紅，零落小橋東。
五日淒涼心事，山雨打船篷。
諳世味，楚人弓，莫忡忡。
白頭行客，不採蘋花，孤負薰風。

題旨：行旅抒懷

【注釋】

題【合路】：在今江蘇省嘉興、平望、吳江之間的一個市鎮。

一行【石榴】：花期為四至八月，以夏季最盛。／**浸**：在此指倒映。／**零落**：凋落。

二行【五日】：指農曆五月五日端午節。／**船篷**：船上用以遮陽擋雨的遮蔽物，用竹片或油布等搭設而成。

三行【諳】：熟悉。／**世味**：人世滋味；社會人情。／**楚人弓**：引自「楚弓楚得」，指楚國人弄丟了弓，但撿到弓的仍是楚國人，比喻自己失去的東西，會由某人得到。出自漢代劉向的《說苑・至公》：「楚共王出獵而遺其弓，左右請求之。共王曰：『止！楚人亡弓，楚人得之，又何求也。』」／**忡忡**：憂愁不安。

四行【白頭】：滿頭白髮。／**行客**：旅客、遊子。／**蘋花**：一種在夏秋開小白花的水生植物。／**孤負**：即辜負，違背他人好意。／**薰風**：和暖的風，特別指夏天的南風。

## 賞讀譯文

滿樹盛開的石榴花，把溪流倒映成紅色，還有花朵凋落在小橋的東邊。
我在端午節想著淒涼的心事，聽著山雨打在船篷上的聲響。
我熟悉世間的滋味，就像楚人弓那樣，（有人失去就會有人得到，）不必憂愁不安。
我這個滿頭白髮的旅人，不想採蘋花，只好辜負和暖的南風了。

## 211 東風第一枝・詠春雪

史達祖

巧沁蘭心，偷黏草甲，東風欲障新暖。
漫凝碧瓦難留，信知暮寒猶淺。
行天入鏡，做弄出輕鬆纖軟。
料故園不捲重簾，誤了乍來雙燕。
青未了柳回白眼，紅欲斷杏開素面。
舊游憶著山陰，後盟遂妨上苑。
寒鑪重熨，便放慢春衫針線。
恐鳳靴挑菜歸來，萬一灞橋相見。

### 賞讀譯文

雪花巧妙地沁入蘭花的蕊心，偷偷地黏在青草的外皮上；春風吹來，想要保護剛變暖的天氣。雪花隨意凝結在碧綠琉璃瓦上，難以留存，但我深知傍晚還有些微的寒意。春雪讓行走在地面時宛如穿梭在天上的白雲間，水面則如雪白的明鏡，做出了輕鬆纖軟的世界。我想故鄉的重重簾子還沒捲起，耽誤了剛剛飛來的成雙燕子。柳樹的青葉還未長完，又變回了一雙雙白眼；紅杏花就快開完，此時成了不施脂粉的素顏。雪花想著山陰王徽之在雪夜尋訪友人的故事，它也曾妨礙司馬相如遲赴了上苑的宴會。女子把寒冷的火爐重新烘熱，也放慢了以針線縫製春衣的速度。她只擔心穿鳳鞋採挖野菜回來時，萬一又在灞橋上遇見春雪。

**史達祖**（1163～約 1220）

字邦卿，號梅溪。屢試不中，曾擔任北伐抗金的韓侂胄之幕僚，負責撰擬文書。在韓侂胄遭襲擊殺害後，被處以黥刑，流放到江漢，貧困而終。

**─注釋─**

一行─**甲**：外皮、硬殼。／**東風**：春風。／**障**：保護、防衛。

二行─**漫**：任意、隨便。／**碧瓦**：青綠色的琉璃瓦。／**信知**：深知，確知。／**暮寒**：傍晚時的寒意。

三行─**行天入鏡**：化用自引自唐代韓愈的《春雪》：「入鏡鸞窺沼，行天馬度橋。」此為倒裝句，直敘為「鸞窺沼入鏡，馬度橋行天」。／**做弄**：做成，漸漸形成。

四行─**故園**：故鄉。／**重簾**：一層層的簾子。

五行─**素面**：不施脂粉的素顏。

六行─**舊游憶著山陰**：引自東晉王徽之（王子猷）在雪夜乘舟訪友人戴安道的故事，他住在山陰時，花了一夜的時間到戴安道的住處，卻不見戴安道就直接返家。／**舊游**：舊遊，昔日交遊的友人。／**上苑**：皇家的園林，在此指漢代梁孝王劉武所建的兔園。在南北朝謝惠連（謝靈運的族弟）的《雪賦》中提到司馬相如因雪遲到的事：「……寒風積，愁雲繁。梁王不悅，遊於兔園。……相如末至，居客之右。……」

七行─**寒鑪**：寒冷的火爐。鑪通「爐」。／**熨**：烘烤。

八行─**鳳靴**：指鳳鞋，舊時女子所穿的繡花鞋，鞋頭花樣多繪鳳凰。／**挑菜**：挖菜。多指挖野菜。／**灞橋**：為橫跨灞河之橋，古人常在此折柳贈別。（「柳」有「留」的諧音，表示挽留之意。）

**題旨：詠春雪**

212

# 秋霽

江水蒼蒼

史達祖

江水蒼蒼，望倦柳愁荷，共感秋色。
廢閣先涼，古簾空暮，雁程最嫌風力。
故園信息，愛渠入眼南山碧。
念上國，誰是膾鱸江漢未歸客。
還又歲晚，瘦骨臨風，夜聞秋聲，吹動岑寂。
露蛩悲青燈冷屋，翻書愁上鬢毛白。
年少俊遊渾斷得，
但可憐處，無奈苒苒魂驚，
采香南浦，剪梅煙驛。

題旨：秋景思鄉

【注釋】

一行—**蒼蒼**：無邊無際、空闊遼遠的。／**倦柳愁荷**：指枯頹的柳枝和凋落的荷花。

二行—**廢閣**：廢棄的樓閣。／**古簾**：舊簾子。／**空**：廣闊、高曠。／**暮**：暮色。／**雁程**：雁飛的行程。／**嫌**：厭惡。

三行—**故園**：故鄉。／**信息**：音信消息。／**渠**：他，指第三人稱。在此指故鄉。／**入眼**：進入視野。

四行—**上國**：京城。／**膾鱸**：指鱸魚膾，引申為家鄉菜、思鄉之意。西晉文學家張翰因見秋風起而想念故鄉菜，便棄官還鄉。引自《晉書．張翰傳》：「翰因見秋風起，乃思吳中菰菜、蓴羹、鱸魚膾。」／**江漢**：當時作者史達祖被流放到江漢。

五行—**歲晚**：歲末。／**瘦骨**：指瘦弱的身軀。／**秋聲**：指秋季大自然界的聲音。／**岑寂**：寂寞，孤獨冷清。

六行—**蛩**：蟋蟀。

七行—**俊遊**：友伴。／**渾**：全。／**得**：助詞，置於動詞之後，無義。

八行—**苒苒**：柔弱的樣子。

九行—**采香**：採摘香花。化用自屈原《九歌．山鬼》的「折芳馨兮遺所思」。／**南浦**：南邊的水岸。泛指送別之地。源自南朝江淹〈別賦〉：「送君南浦，傷如之何。」／**剪梅**：化用自南北朝陸凱的〈贈范曄〉：「折花逢驛使，寄與隴頭人。江南無所有，聊贈一枝春。」／**煙驛**：煙霧瀰漫的驛館，指作者貶居處。

## 賞讀譯文

江水空闊遼遠，我看著枯頹的柳枝和凋落的荷花，一起感受到秋天的氣息。在廢棄的樓閣裡先感到涼意，舊簾子外是高曠的暮色，雁群飛行途中最厭惡風力來擾亂。我期盼來自故鄉的音信消息，喜愛那裡進入視野的全是碧綠的南山景色。我想念京城，思念著家鄉菜，卻是待在江漢回不去的旅客。

又到了歲末時節，我以瘦弱的身軀迎著風，夜間聽著各種秋聲，吹動我孤獨冷清的心情。寒露中的蟋蟀悲鳴著，青燈照著寒冷的屋子，我翻看書卻滿懷愁思，鬢毛已經斑白。年少時的友伴全都斷了連繫。最可憐的地方是，我這無奈的柔弱驚魂，還記得當時在南浦採香花送別的情景，而如今我在煙霧瀰漫的驛館附近剪梅，想要寄給友人。

213

# 齊天樂・中秋宿真定驛

史達祖

西風來勸涼雲去，天東放開金鏡。照野霜凝，入河桂溼，一一冰壺相映。殊方路永，更分破秋光，盡成悲境。有客躊躇，古庭空自弔孤影。

江南朋舊在許，也能憐天際，詩思誰領。夢斷刀頭，書開蠆尾，別有相思隨定。憂心耿耿，對風鵲殘枝，露蛩荒井。斟酌姮娥，九秋宮殿冷。

## 賞讀譯文

西風吹來，似乎把涼雲勸離開了，東邊的天空開放露出金鏡般的明月。月光照在大地上，猶如凝結的白霜，明月倒映在河中，沾溼了月中桂影，萬物像潔淨的冰壺般一個接一個相映。我人在遙遠的異域，又逢秋日景色減半的時節，完全成了讓人悲傷的光景。有我這個出門在外的人徘徊著，在老舊的庭院裡徒然為孤獨的影子而哀傷。

江南的朋友故舊在做什麼？他們也許會同情身在天邊的我，但誰能領會我這首詩中的愁思？想要返鄉的夢已中斷，我以勁銳的筆法寫書信，還把思念之情隨信寫定。我對國勢感到憂心耿耿，眼前只能看著鵲鳥在風中飛繞著殘枝，沾露的蟋蟀在荒廢的水井旁。我與嫦娥對飲，只看到秋天裡寒冷的宮殿。

## 注釋

一行—**金鏡**：指月亮。

二行—**野**：指大地。／**霜凝**：指明光如霜。／**桂**：古代傳說認為月中有桂樹。／**一一**：逐一、一個接一個。／**冰壺**：盛冰的玉壺，指清潔明淨。

三行—**殊方**：遠方，異域。／**路永**：路長。／**分破**：分減、分擔。／**秋光**：秋日的風光景色。／**盡**：全、都。／**境**：情況、光景。另有版本為「鏡」。

四行—**客**：出門在外的人。／**躊躇**：停留；徘徊不前。／**古**：舊的。／**空自**：徒然；白白地。／**弔**：哀傷、憐憫。

五行—**朋舊**：朋友故舊。／**許**：表示疑問，相當於「何」、「什麼」。／**憐**：同情。／**領**：領會。

六行—**刀頭**：指「還」之意。古人的佩刀頭都有環。／**書開蠆尾**：指筆法勁銳。／**蠆**：形狀似蠍而尾部較長的毒蟲。音為「拆」四聲。

七行—**風鵲殘枝**：化用曹操〈短歌行〉：「月明星稀，烏鵲南飛。繞樹三匝，何枝可依？」／**露**：露水。／**蛩**：蟋蟀。

八行—**斟酌**：倒酒及飲酒。／**姮娥**：嫦娥。／**九秋**：秋天。／化用杜甫〈月〉：「斟酌姮娥寡，天寒奈九秋。」

題旨：秋夜抒懷

214

# 西窗

元好問

西窗鳥聲千種好，樹影離離動微風。
青山滿前掩書坐，欲話懷抱無人同。
花枝不笑綠鬢改，尊酒自與黃金空。
少年樂事總消歇，落日澹澹天無窮。

**元好問**（1190～1257）

字裕之，號遺山，金朝人，有「北方文雄」之稱。科舉之路歷經波折，任官後亦曾多次因故離官。而後遭遇蒙古軍圍城、金朝滅亡等變故，因曾為開城降將崔立修撰功德碑文及上書給耶律楚材，而被質疑氣節問題，使其意志消沉。晚年致力編寫書籍保留金朝歷史及文化。除詩、文、詞、曲外，亦著有志怪短篇小說《續夷堅志》。

**【注釋】**

一行──**離離**：繁茂濃密的樣子。
二行──**掩**：合上。／**懷抱**：引申為抱負。
三行──**綠鬢**：烏黑而有光澤的鬢髮。／**尊酒**：杯酒。
四行──**消歇**：消失；止歇。／**澹澹**：恬靜的樣子。／**無窮**：無盡，無限。指空間沒有邊際或盡頭。

題旨：居家抒懷

## 賞讀譯文

西窗外傳來千種鳥聲，聽起來都很美好，濃密的樹影在微風中輕輕搖動。前方全是青山，我合上書坐著，想要談論抱負，卻沒有人與我同在。花枝沒有嘲笑我烏黑的鬢髮已經變白，但我的杯酒和黃金都已經空了。少年時代的樂事總會消失停歇，只看到恬靜的落日和無邊無際的天空。

215

# 南溪

南溪酒熟清而醇，北溪梅花發興新。
前年去年花下醉，今年冷落花應嗔。
梅花娟娟如靜女，寂寞甘與荒山鄰。
詩人愛花山亦好，幽林穹谷生陽春。
風鬟峨峨一尺雲，芳香幽臥如相親。
山堂夜半北風惡，一點相思愁殺人。

元好問

**題旨：詠梅**

**一注釋一**

一行—**發興新**：引起新的興致。

二行—**嗔**：生氣。

三行—**娟娟**：美好。／**靜女**：嫻靜的女子。／**荒山**：偏僻、人跡罕至的山。

四行—**幽林**：幽深茂密的樹林。／**穹谷**：深峭的山谷。／**陽春**：溫暖的春天。

五行—**鬟**：頭髮梳挽成中空環形的一種髮髻。／**峨峨**：高聳的樣子，美好的樣子。／**風鬟峨峨一尺雲**：在風中，挽起一尺高的雲鬟。「雲」指髮髻濃密。此句形容茂密的梅花。／**相親**：彼此親近。

六行—**山堂**：山中居所。／**惡**：猛烈。／**愁殺**：使人極為憂愁。殺，表示程度深。

## 賞讀譯文

南溪的酒已經釀成熟了，酒質清醇；北溪的梅花已經綻放了，引發我的新興致。

前年和去年，我都在花下喝醉了，如果今年冷落梅花，它應該會生氣。

梅花如嫻靜的女子那般美好，甘願寂寞地與荒山為鄰。

詩人愛梅花，荒山也喜歡梅花，它讓幽深茂密的樹林和深峭的山谷都彷彿溫暖的春天到來了。

茂密的梅花好似在風中挽起一尺高的雲鬟，我在它的芳香之中幽靜地躺臥著，好像與它彼此親近。

半夜，我的山中居所外吹來猛烈的北風。對梅花的這一點相思之情，讓我為它感到極度憂愁。

# 湘夫人詠

元好問

木蘭芙蓉滿芳洲，白雲飛來北渚遊。
千秋萬歲帝鄉遠，雲來雲去空悠悠。
秋風秋月沅江渡，波上寒煙引輕素。
九疑山高猿夜啼，竹枝無聲墮殘露。

題旨：詠湘夫人

**一注釋一**

題一**湘夫人**：帝舜的妃子女英和娥皇。相傳舜死後，兩人自溺於湘江，為湘水神。戰國時代的屈原曾作辭賦〈湘夫人〉。

一行一**木蘭**：木蘭花。／**芙蓉**：荷花的別稱。／**芳洲**：芳草叢生的小洲。／**渚**：小洲，水中的小陸地。

二行一**千秋萬歲**：指帝王之死。／**帝鄉**：京城；皇帝居住的地方。／**悠悠**：安適自在的樣子。

三行一**沅江**：湘江附近的河流，與湘江於洞庭湖交會。／**寒煙**：寒冷的煙霧。／**引**：拉長。／**輕素**：輕而薄的白色絲織品。

四行一**九疑山**：山名，傳說為舜的葬身處。／**墮**：向下墜落。

## 賞讀譯文

木蘭樹和荷花布滿芳草叢生的沙洲，湘夫人乘白雲飛來北渚遨遊。
舜帝死後，已離京城遙遠，只見雲兒悠然地飄來飄去。
在秋風裡，秋月下，渡過沅江，江波上的寒煙拉長得猶如輕薄白絲。
高高的九疑山上，有猿隻在夜裡啼叫，竹枝上的殘露無聲地向下墜落。

## 217 法曲獻仙音‧弔雪香亭梅

周密

松雪飄寒，嶺雲吹凍，紅破數椒春淺。襯舞臺荒，浣妝池冷，淒涼市朝輕換。歎花與人凋謝，依依歲華晚。

共淒黯，問東風幾番吹夢。應慣識當年，翠屏金輦。一片古今愁，但廢綠平煙空遠。無語消魂，對斜陽衰草淚滿。又西泠殘笛，低送數聲春怨。

### 賞讀譯文

松樹上的積雪飄來寒意，山嶺上的雲被風吹得冰凍，數朵椒形的含苞梅花綻放，春色仍淡薄。園子裡的襯舞臺已經荒廢，浣妝池畔十分冷清，朝代輕易地變換，如今只剩淒涼。我感嘆花和人一起凋謝，令人依依不捨的歲月年華已到盡頭。

我的心情與此景一樣淒涼暗淡。我問東風曾有幾次吹夢？應該經常見到當年帝王后妃出行的車馬陣仗。這一片景色讓人充滿懷古傷今的愁緒，只看到荒蕪的園林漫起煙霧直到遠方。我無言地哀傷著，對著斜陽和枯草淚流滿面。又聽到西泠橋上傳來繼繼續續的笛聲，低低地送來數聲春天的哀怨。

題旨：夜景抒懷

**周密**（1232～1298）

字公謹，號草窗、霄齋、蘋洲、蕭齋，晚年號弁陽老人、四水潛夫、華不注山人。南宋時曾任義烏令等職，入元不仕。著有《武林舊事》、《齊東野語》、《癸辛雜識》等書，記錄許多南宋的社會文化風情。與吳文英（號夢窗）齊名，時人稱「二窗」。與蔣捷、王沂孫、張炎並稱「宋末四大家」。

**注釋**

題—**雪香亭**：在杭州聚景園內。

一行—**紅破**：指紅梅綻放。／**椒**：梅花含苞未放時，外形如椒。

二行—**襯舞臺**：聚景園裡的臺名。／**浣妝池**：聚景園裡的池名。／**冷**：冷清。／**市朝**：市場和朝廷。代指朝代、世事。

三行—**依依**：留戀不捨的樣子。／**歲華**：指歲月及年華。／**晚**：終，將盡。

四行—**淒黯**：淒涼暗淡。／**東風**：春風。／**幾番**：幾次。

五行—**慣識**：經常見到。／**翠屏金輦**：綠色屏簾、金色座車，指帝王后妃的車駕（乘坐的馬車）和儀仗（護衛所持的旗幟、傘、扇、武器等）。

六行—**但**：只。／**廢綠**：荒蕪的園林。／**平煙**：漫地而起的煙霧。／**空遠**：遼遠。

七行—**消魂**：哀傷至極，好像魂魄離開形體而消失。／**衰草**：枯草。

八行—**西泠**：杭州西湖的橋名。／**殘笛**：斷斷續續的笛聲。

# 花犯・賦水仙

周密

楚江湄，湘娥乍見，無言灑清淚。
淡然春意，空獨倚東風，芳思誰寄。
凌波路冷秋無際，香雲隨步起。
謾記得，漢宮仙掌，亭亭明月底。
冰弦寫怨更多情，騷人恨，枉賦芳蘭幽芷。
春思遠，誰歎賞國香風味。
相將共歲寒伴侶，小窗淨沉煙熏翠袂。
幽夢覺，涓涓清露，一枝燈影裏。

## 賞讀譯文

我在楚江水岸，突然看到宛如湘妃的水仙花，不發一語地灑下清淚。在春意淡然的時節，它徒然獨自倚著春風，這份情思能寄給誰呢？她輕盈的腳步像走在微冷而無際的秋天道路，香雲隨著她的步履升起，徒然記得漢宮的承露金人在明月底下高聳直立著。水仙宛如琴箏一般，寫出更多情的幽怨曲調，遺憾屈原徒然將芳蘭幽芷寫進辭賦裡。水仙總是遠離春日的思緒，誰會稱讚歎賞它那國香程度的風采？水仙能夠與歲寒三友相比，它被擺在乾淨的小窗旁，沉香煙繚繞，熏著它的綠袖般葉子。我從憂愁的夢中醒來，一枝帶著清新露滴的水仙就在燈影中。

## 注釋

一行—**楚江**：楚地（春秋戰國時代，楚國所在的長江中下游一帶）的江河，此處指湘江。／**湄**：水邊、岸邊。／**湘娥**：指湘妃。傳説中舜的妃子娥皇與女英，在舜崩於蒼梧後，傷心地投湘江而死，成為湘水之神，名為「湘妃」。此處比喻水仙花。／**乍見**：忽然看見。

二行—**空**：徒然。／**東風**：春風。／**芳思**：春天勾起的情思。

三行—**凌波**：形容女子步履輕盈。出自魏晉的曹植〈洛神賦〉：「凌波微步，羅襪生塵。」

四行—**謾**：徒然。／**仙掌**：漢武帝為了求仙，在建章宮神明臺上造銅製仙人，手上捧著銅盤玉杯，以承接天上的仙露，後來稱承露金人為仙掌。／**亭亭**：高聳直立的樣子。

五行—**冰弦**：琴弦的美稱。在此指箏，比喻水仙。／**騷人**：指屈原，因他著有〈離騷〉而有此稱。／**恨**：遺憾。／**枉**：徒然、白費。／**芳蘭幽芷**：〈離騷〉中有提到蘭草和白芷的芬芳。

六行—**春思**：春日的思緒；春日的情懷。／**歎賞**：稱讚歎賞。／**國香**：指極香的花，一般指蘭花等，在此指水仙。／**風味**：風采。

七行—**相將**：相偕，相共。／**歲寒**：指歲寒三友，即松、竹、梅。／**沉煙**：指點燃的沉香。／**翠袂**：翠綠的衣袖，在此指水仙葉。袂，音同「妹」。

八行—**幽夢**：憂愁的夢。／**涓涓**：清白、清新。

題旨：詠水仙

# 高陽臺・寄越中諸友

周密

小雨分江，殘寒迷浦，春容淺入蒹葭。雪霽空城，燕歸何處人家。夢魂欲渡蒼茫去，怕夢輕翻被愁遮。感流年，夜汐東還，冷照西斜。

萋萋望極王孫草，認雲中煙樹，鷗外春沙。白髮青山，可憐相對蒼華。歸鴻自趁潮回去，笑倦遊猶是天涯。問東風，先到垂楊，後到梅花。

## 賞讀譯文

小雨將我和江面分隔開來，我在殘餘的寒意中分辨不清水岸的位置，春色稍微進入蘆葦叢中。雪停後的空城裡，燕子要飛回哪裡的人家？我的夢魂想要渡過江面去找你們，但害怕夢太輕，反而被愁緒攔住。夜裡的潮水往東返回，冷冷的月光往西斜落，我感嘆著時光如流水般逝去。我極目遠望著牽動離愁的茂盛青草，只認出雲煙繚繞的樹林和鷗鳥飛翔之外的沙灘。滿頭白髮的我對著青山，想著朋友也是以白髮對青山，只覺得可憐。鴻雁自己跟隨潮水回去，笑我這個厭倦行旅的人，仍然身在天邊。我問春風，它是否先吹向垂楊，再吹到梅花？

## 注釋

題—**越中**：浙江紹興。

一行—**殘寒**：尚未消盡的寒意。／**迷**：令人分辨不清。／**浦**：河岸，水邊。／**春容**：春色，春天的景色。／**淺**：稍微、少量。／**蒹葭**：荻草和蘆葦。

二行—**雪霽**：雪停。

三行—**夢魂**：古人認為人的靈魂能在睡夢中離開肉體。／**蒼茫**：指江面。／**翻**：反而。／**遮**：攔住。

四行—**流年**：如流水般消逝的時間。／**夜汐**：夜裡的潮汐。／**冷照**：指月光。

五行—**萋萋**：茂密的樣子。化用《楚辭・招隱士》的「王孫遊兮不歸，春草生兮萋萋」。／**望極**：極目遠望。／**王孫草**：牽動離愁的景色。出自漢代淮南王劉安的門客淮南小山（一說為淮南王劉安）所作的〈招隱士〉：「王孫游兮不歸，春草生兮萋萋。」／**雲中煙樹**：化用南朝謝朓〈之宣城出新林浦向板橋〉的「天際識歸舟，雲中辨江樹」。／**煙樹**：雲煙繚繞的樹林。

六行—**蒼華**：頭髮灰白，在此指青山和白髮。

七行—**趁**：追隨、跟隨。／**倦遊**：厭倦於行旅生涯。／**天涯**：天邊，指遙遠的地方。

八行—**東風**：春風。／**垂楊**：代指離愁。／**梅花**：代表對友人的思念，化用陸凱〈贈范曄〉的「折梅逢驛使，寄與隴頭人」。

題旨：春景懷友

220

# 虞美人・春曉

劉辰翁

輕衫倚望春晴穩，雨壓青梅損。
皺綃池影泛紅蔫，看取斷雲來去似鑪煙。
愁春來暮仍愁暮，受卻寒無數。
年來無地買花栽，向道明年花信莫須來。

**劉辰翁**（1232～1297）
字會孟，號須溪。登進士第後，因廷試對策觸忤權臣賈似道，被評為丙等。曾任濂溪書院山長、臨安府學教授等職。宋亡後隱居不仕。一生致力於文學創作和文學批評。

**一注釋一**

二行一**皺綃**：有皺褶的絲織品，比喻水面的波紋。／**影**：人、物的形象或圖像。／**泛**：漂浮。／**紅蔫**：枯萎的花。蔫指不新鮮。／**取**：語助詞，置於動詞後，表示動作的進行。／**斷雲**：一片片的雲。／**鑪**：火爐。

三行一**卻**：置動詞後時，相當於「掉」、「去」、「了」。

四行一**年來**：近年以來或一年以來。／**花信**：南朝宗懍的《荊楚歲時說》中，依開花期排列了二十四番花信風。／**莫須**：不必。

**題旨：愁春**

## 賞讀譯文

我穿著輕衫，倚著欄杆遠望穩定的春日晴天景色，看到先前的雨勢壓損了青梅。皺絲般的池景中，漂浮著枯萎的花，我看著一片片的雲像火爐的煙那樣來去。我憂愁著春天會到盡頭，卻仍憂愁它來得遲，讓人承受了無數的寒冷。這一年來我沒有土地可以買花來栽種，明年的花信也不必來了。

221

# 虞美人・梳樓

蔣捷

絲絲楊柳絲絲雨，春在冥濛處。
樓兒忒小不藏愁，幾度和雲飛去覓歸舟。
天憐客子鄉關遠，借與花消遣。
海棠紅近綠闌干，纔捲朱簾卻又晚風寒。

**蔣捷**（約 1245～1305 後）字勝欲，號竹山。先世為宜興巨族，曾登進士第。南宋亡後隱居不仕。與周密、王沂孫、張炎並稱「宋末四大家」。

題旨：春景懷鄉

**注釋**

一行 **冥濛**：模糊、幽深的樣子。

二行 **忒**：過分、過甚。通「太」。／**歸舟**：返航的船。

三行 **客子**：離家在外的人。／**鄉關**：家鄉、故鄉。／**借與**：借給。／**消遣**：排解愁悶。

四行 **海棠**：薔薇科蘋果屬的落葉喬木。三、四月時開紅色花。與草本植物秋海棠不同。／**闌干**：欄杆。／**纔**：通「才」。

## 賞讀譯文

絲絲的楊柳枝交雜著絲絲的雨，春天就在模糊幽深的地方。

我所在的樓閣太小，藏不住愁，這愁思有多少次和雲一起飛去尋找歸返的船隻。

上天可憐我這個離家鄉遙遠的人，把花借給我排解愁悶。

海棠的紅花就在靠近綠欄杆的地方綻放，我才捲起朱簾，卻又吹來寒冷的晚風。

# 聲聲慢‧秋聲

蔣捷

黃花深巷，紅葉低窗，淒涼一片秋聲。豆雨聲來，中間夾帶風聲。疏疏二十五點，麗譙門不鎖更聲。故人遠，問誰搖玉佩，簷底鈴聲。

彩角聲吹月墮，漸連營馬動，四起笳聲。閃爍鄰燈，燈前尚有砧聲。知他訴愁到曉，碎噥噥多少蛩聲。訴未了，把一半分與雁聲。

## 賞讀譯文

在黃花盛開的深巷裡，紅葉包圍的低窗外，傳來一片淒涼的秋聲。豆花盛開時的雨聲傳來，同時夾帶著風聲。華麗高樓的門無法將打更的聲音鎖在外面，我聽見夜晚稀疏的二十五點報點聲。老友在遙遠的地方，我問是誰在走動而使得玉佩作響？原來是屋簷底下的風鈴聲。畫角聲彷彿把月亮吹落下來，逐漸連接著兵馬動作的聲音，四周皆傳來笳聲。鄰家的燈光閃爍著，燈前還有擣衣的聲音。我知道細碎低語的許多蟋蟀聲，是牠在訴說愁緒直到早晨。牠還把沒說完的另一半，分給雁子去鳴叫傾訴。

## 題旨：秋聲懷友

**—注釋—**

一行—**黃花**：菊花。／**秋聲**：指秋季大自然界的聲音，如風聲、落葉聲、蟲鳥聲等。

二行—**豆雨**：即豆花雨，指八月的雨，當時豆子正開花，故有此稱。出自南朝宗懍的《荊楚歲時說》。

三行—**疏疏**：稀疏。／**二十五點**：指更鼓聲，古代將一夜分五更，每更分五點來報。／**麗譙**：同「麗樵」，指華麗的高樓。／**更聲**：打更的聲音。夜晚時，負責報時的更夫會根據官府標準的刻漏時間，以擊打更鼓等方式宣告時間，從晚上七點開始一夜分五更，每隔兩個小時報一次更，直至凌晨三點。

四行—**故人**：老友。／**玉佩**：身上佩帶玉製的飾物。

五行—**彩角**，即畫角，樂器名。傳自西羌，形如牛、羊角，表面彩繪裝飾，吹奏時發出嗚嗚聲。／**營馬**：兵馬。／**四起**：四方興起，到處發生。／**笳聲**：胡笳吹奏的曲調。

六行—**砧聲**：擣衣聲。砧為擣衣石。擣衣是指用杵捶打生絲，使其柔白富彈性，能裁成衣物；古代婦女在秋涼時節常為了幫親人趕製冬衣而擣衣。

七行—**曉**：早晨。／**噥噥**：低聲交談。／**蛩**：蟋蟀。

## 223 西子妝慢

白浪搖天

張炎

白浪搖天，青陰漲地，一片野懷幽意。楊花點點是春心，替風前萬花吹淚。遙岑寸碧，有誰識朝來清氣。自沉吟，甚流光輕擲，繁華如此。

斜陽外，隱約孤村，隔塢閒門閉。漁舟何似莫歸來，想桃源路通人世。危橋靜倚，千年事都消一醉。謾依依，愁落鵑聲萬里。

### 賞讀譯文

高湧的白浪搖動天際，綠色樹蔭在地面上擴張，這一片野地懷著幽閒的情趣。點點的柳絮充滿春心，為了風前的萬朵花而掉淚。遠方小山崖和小綠林相映，有誰能了解早晨的清明之氣？我仔細思考著，為什麼光陰輕易就拋人而去，繁華也是如此？

斜陽外，隱約有一座孤村，隔著塢地的那戶人家閒門緊閉。漁夫的舟船為何不回來？我想是河上有通往桃花源和人間的路徑。我靜靜地倚在高聳的橋上，千年的事都只需要一醉就能忘卻。我卻徒然地留戀不捨，愁緒像杜鵑鳥啼聲那樣傳遍萬里。

### 題旨：春景抒懷

**張炎**（1248～1318）

字叔夏，號玉田、樂笑翁。貴族後裔，二十九歲時南宋都城臨安被元軍攻陷，從此家道中落。曾北遊元都，嘗試求官，但很快就作罷。落魄而終。格律派詞人，著有《詞源》。與蔣捷、王沂孫、周密並稱「宋末四大家」。

**題序**

甲午春寓羅江，與羅景良野游江上。綠陰芳草，景況離離，因填此解。惜舊譜零落，不能倚聲而歌也。（注：甲午為元世祖至元十一年。羅江在今浙江省瑞安縣。離離，指分披繁盛的樣子。）

**【注釋】**

一行 **青陰**：綠色的樹蔭。／**張**：物體擴張。通「脹」。／**野**：郊外，廣平的地方。／**幽意**：幽閒的情趣。

二行 **楊花**：即柳絮／**春心**：春景所引發的意興或情懷。

三行 **遙岑**：遠處陡峭的小山崖。／**寸碧**：指遠方看來很小的山水樹林等綠色景物。／化用自唐代韓愈和孟郊的〈城南聯句〉：「遙岑出寸碧，遠目增雙明。」／**識**：了解，知道。／**清氣**：天空中清明之氣。

四行 **沉吟**：仔細思考。／**甚**：為什麼。／**流光**：指如流水般逝去的時光。／**擲**：拋棄。

五行 **塢**：泛指四周高而中央低的地方。／**閒門**：亦作「閑門」。指進出往來的人不多，顯得清閒的門庭。

六行 **何似**：如何。／**桃源**：指桃花源，晉代陶潛的〈桃花源記〉提到有漁夫沿著溪往上游，在桃花林的盡頭發現與世隔絕的恬靜村落。

七行 **危橋**：高聳的橋。／**消**：需要。

八行 **謾**：徒然。／**依依**：留戀不捨的樣子。／**鵑**：指杜鵑鳥，初夏時常晝夜不停啼叫，叫聲類似「不如歸去」。相傳為商周至春秋時代之間的古蜀君主杜宇之魂所化。

# 探春慢・雪霽

張炎

銀浦流雲，綠房迎曉，一抹牆腰月淡。暖玉生煙，懸冰解凍，碎滴瑤階如霰。纔放些晴意，早瘦了梅花一半。也知不做花看，東風何事吹散。

搖落似成秋苑，甚釀得春來，怕教春見。野渡舟回，前村門掩，應是不勝清怨。次第尋芳去，灞橋外，蕙香波暖。猶妒檐聲，看燈人在深院。

## 題旨：雪霽風景

**注釋**

一行—**銀浦**：銀河。／**流雲**：飄轉流動的雲。／**綠房**：指花苞。花未開時，花苞為綠色。／**曉**：天亮。

二行—**暖玉生煙**：化用自唐代李商隱的〈錦瑟〉：「滄海月明珠有淚，藍田日暖玉生煙。」在此以玉來指雪。／**懸冰**：懸掛的冰柱。／**碎滴**：細小的水珠。／**瑤階**：玉砌的臺階，亦為石階的美稱。／**霰**：白色不透明的小冰粒。

三行—**纔**：通「才」。／**早**：已經。

四行—**東風**：春風。／**何事**：為何。

五行—**苑**：園林。／**甚**：為什麼。／**釀**：醞釀。／**教**：使、讓。

六行—**野渡**：村野的渡口。／**掩**：關上、合上。／**不勝**：承受不了。／**清怨**：淒清幽怨。

七行—**次第**：接下來。／**尋芳**：出遊賞花。／**灞橋**：橫跨灞河之橋，在長安（今陝西省西安市）城外。在此指郊外的橋。／**蕙**：一種香草。

八行—**妒**：在此指討厭、怨恨。／**檐聲**：屋檐的滴水聲。

## 賞讀譯文

銀河與飄動的雲朵在天空交錯，綠色花苞迎接早晨，一抹淡淡的月光照在牆腰上。積雪如暖玉般融化生煙，懸掛的冰柱解凍了，細小的水珠落在石階上，看起來就像白冰粒。春天才剛放出一些晴暖，已經讓梅花因融雪而瘦了一半。也知道雪不會被當作花看待，春風為什麼要把這些雪吹散？

樹上的雪都搖落之後，讓這裡看起來就像秋天的林苑。為什麼雪醞釀了春天的到來，卻怕讓春天看見？村野的渡口有舟船返回，前村的人家關著門，應該是承受不了這份淒清幽怨。接下來該出遊賞花去，郊外的橋旁，將充滿蕙草香氣，波水也變溫暖了。只是深院裡的人正看著燈，怨恨屋檐的滴水聲，擔心天氣無法放晴。

225

# 滿庭芳・小春

張炎

晴皎霜花，曉鎔冰羽，開簾覺道寒輕。
誤聞啼鳥，生意又園林。
閒了淒涼賦筆，便而今不聽秋聲。
消凝處，一枝借暖，終是未多情。

陽和能幾許，尋紅探粉，也恁忺人。
笑鄰娃癡小，料理護花鈴。
卻怕驚回睡蝶，恐和他草夢都醒。
還知否，能消幾日，風雪灞橋深。

一注釋一

題一**小春**：指農曆十月。南北朝宗懍在《荊楚歲時記》中寫：「十月天時和暖似春，故曰小春。」

一行一**曉**：天亮。／**鎔**：固態金屬受熱變為液態的過程。在此的用法通「融」，為消溶、溶解。／**覺道**：覺得。

二行一**生意**：生機，生命力。

三行一**賦筆**：寫詩用的筆。／**便**：即使。／**而今**：現在。／**秋聲**：指秋季大自然界的聲音，如風聲、落葉聲、蟲鳥聲等。在此暗指宋元交戰。

四行一**消凝**：消魂凝想，指因傷感而出神。

五行一**陽和**：溫暖；和暖。／**幾許**：多少、多久。／**紅、粉**：指紅花、白花。／**恁**：如此，這樣。／**忺**：喜悅、高興。音同「先」。

六行一**癡小**：幼稚。／**料理**：在此指玩弄。／**護花鈴**：為了驅趕鳥雀以保護花朵而設置的鈴。

八行一**灞橋**：在橫跨灞河之橋，在長安（今陝西省西安市）城外。長安為西漢、唐朝等多朝的首都，在此借指元朝的首都。

**題旨：暖秋亡國抒懷**

## 賞讀譯文

晴日讓霜花看起來皎潔明亮，天亮後羽狀冰稜融化了，我打開簾子，感覺到輕微的寒意。人們聽到鳥兒的啼叫聲，誤以為園林裡又將充滿生機。用來賦詩抒發淒涼心情的筆，已閒置多時，即使現在也聽不到秋聲了。我消魂凝想，那一枝花是借著暖意而綻放，終究沒有太多情。

溫暖的天氣能維持多久？去尋訪紅花、白花，也如此令人開心。我笑鄰居的小孩幼稚，玩弄著護花鈴。卻又怕這聲音會驚起睡蝶，連牠的芳草之夢也被叫醒了。知道嗎？不需要幾天，灞橋就會深深處在風雪之中。

# 綺羅香・紅葉

張炎

萬里飛霜，千林落木，寒豔不招春妒。
楓冷吳江，獨客又吟愁句。
正船艤流水孤村，似花繞斜陽歸路。
甚荒溝一片淒涼，載情不去載愁去。

長安誰問倦旅。羞見衰顏借酒，飄零如許。
漫倚新妝，不入洛陽花譜。
為回風起舞尊前，盡化作斷霞千縷。
記陰陰綠遍江南，夜窗聽暗雨。

題旨：詠紅葉抒懷

**注釋**

一行—**落木**：落葉。／**寒豔**：冷豔。／**春妒**：指春天裡群芳為爭豔而相妒。

二行—**冷**：寂靜、寂寞。／**吳江**：即吳淞江，俗名蘇州河。／**獨客**：孤獨的旅人。

三行—**艤**：停船靠岸。

四行—**甚**：為什麼。／化用自紅葉題詩的典故，唐代時有宮女將相思心情寫在紅葉上，隨著溝水流出宮外，最後促成一段姻緣。關於主角的身分則有多種說法。

五行—**倦旅**：疲倦的旅人，指作者，也指紅葉。／**羞**：害怕。／**衰顏**：衰老的容顏。／**飄零**：凋謝飄落。／**如許**：如此、這樣。

六行—**漫**：徒然。／**倚**：憑藉。／**洛陽花譜**：指《洛陽牡丹記》一類的書。

七行—**回風**：旋風。／**尊**：酒杯。／**盡**：全部。／**斷霞**：片段的雲霞。

八行—**陰陰**：樹木枝葉蔽覆的樣子。／**暗雨**：黑夜的雨。

## 賞讀譯文

飛霜遍布萬里，許多樹林紛紛落葉，這冷豔的風景不會招來春花的嫉妒。楓林冷寂地佇立在吳江岸邊，我這個孤獨的旅人又吟誦了愁苦的詩句。我的船正停在流水岸的孤村旁，紅葉則像花那樣繞著斜陽的歸路飛去。為什麼一片紅葉淒涼地漂在荒涼溝渠裡，載不走情意，卻把愁載走了？

長安裡有誰關心疲倦的旅人？葉子害怕看見自己衰老的容顏，才會借著酒，（喝到紅通通的，）就這樣凋謝飄落。紅葉徒然憑藉著新妝，卻難以列入洛陽花譜之類的書中。它因為旋風而在酒杯前起舞，最後全化成千縷的片段雲霞。我還記得枝葉濃密、綠意遍布的江南，在夜窗旁聽著下雨的聲音。

## 227 聲聲慢・都下與沈堯道同賦

張炎

平沙催曉，野水驚寒，遙岑寸碧煙空。萬里冰霜，一夜換卻西風。晴梢漸無墜葉，撼秋聲都是梧桐。情正遠，奈吟湘賦楚，近日偏慵。

客裏依然清事，愛窗深帳暖，戲揀香筒。片雲歸程，無奈夢與心同。空教故林怨鶴，掩閒門明月山中。春又小，甚梅花猶自未逢。

**題旨：秋景抒懷**

**注釋**

一行—**平沙**：廣闊的沙原。／**曉**：天亮。／**野水**：野外的天然水流。／**遙岑**：遠處陡峭的小山崖。／**寸碧**：指遠方看來很小的山水樹林等綠色景物。／化用自唐代韓愈和孟郊的〈城南聯句〉：「遙岑出寸碧，遠目增雙明。」

二行—**換卻**：換掉、取代。

三行—**撼**：搖動。

四行—**奈**：奈何、如何。／**吟湘賦楚**：西漢賈誼被貶，在渡湘水時作賦弔屈原。／**慵**：懶。

五行—**客裏**：作客時。／**清事**：沒什麼事。／**香筒**：一種淨化空氣的用具，裡面放香料或香花，香氣會從筒壁、筒蓋的孔洞中散出。

六行—**片雲歸程**：指夢見回鄉的事，馬上被驚醒。化用岑參〈春夢〉的「枕上片時春夢中，行盡江南數千里」。

七行—**空教**：徒然使得。／**故林**：昔日居住的山林。／**怨鶴**：化用南北朝孔稚硅〈北山移文〉的「蕙帳空兮夜鶴怨」。／**掩**：關上。／**閒門**：亦作「閑門」。指進出往來的人不多，顯得清閒的門庭。

八行—**春又小**：指農曆十月。南北朝宗懍在《荊楚歲時記》中寫：「十月天時和暖似春，故曰小春。」／**甚**：為什麼。／**猶自**：仍舊。

### 賞讀譯文

廣闊沙原上逐漸天亮了，野外的天然水流散發驚人的寒意，遠方小山崖和小綠林上方的煙霧已經消散。遍布萬里的冰霜，在一夜之間就取代了西風。晴天裡，樹梢上逐漸沒有落葉了，搖動的秋聲都是來自梧桐樹。我的情思飄得正遠，奈何像賈誼作賦弔屈原之類的事，最近偏偏覺得慵懶。在作客的這段時間，我依然沒什麼事，喜歡在深窗旁的暖帳裡，玩著撿香筒的遊戲。我夢見回鄉的事，卻馬上被驚醒，無奈我的夢境與我的心思相同。明月照耀的山裡，清閒的門戶緊閉著，我徒然讓昔日居住的山林裡的鶴鳥埋怨我的離開。又到了小春時節，為什麼我仍舊沒遇到梅花呢？

# 水龍吟・落葉

王沂孫

曉霜初著青林，望中故國淒涼早。蕭蕭漸積，紛紛猶墜，門荒徑悄。渭水風生，洞庭波起，幾番秋杪。想重崖半沒，千峰盡出，山中路，無人到。

前度題紅杳杳，溯宮溝暗流空繞。啼螿未歇，飛鴻欲過，此時懷抱。亂影翻窗，碎聲敲砌，愁人多少。望吾廬甚處，只應今夜，滿庭誰掃。

## 賞讀譯文

早晨的白霜剛附著在青綠樹林上，視野中的故國景象早已變得淒涼。蕭蕭落下的葉子逐漸堆積，樹葉接連不斷地還在落下，門前荒蕪，小徑寂靜。秋風吹過渭水，也使洞庭湖面湧起波浪，已經經過幾次暮秋了？我想重迭的山崖大半被落葉覆蓋，光禿的連綿山峰全都顯露出來，應該沒有人走進山裡的道路。

以前題紅葉的事已經遙遠，回溯皇宮水溝的暗流徒然地繞著。寒蟬的啼聲還未停歇，鴻雁就要飛過，此時總是讓人懷抱著悲傷。落葉的紛亂影子在窗外翻動，落在臺階上發出細碎的聲響，又使人增加了多少愁。看我的家在何處？只應該是今夜有滿庭的落葉，但有誰來掃呢？

**題旨：秋景抒懷**

**王沂孫（約 1230～1291 年前後在世，南宋末）**字聖與，號碧山、中仙、玉笥山人。入元後，曾任慶元路學正。與周密、張炎相唱和，亦與蔣捷、張炎、周密並稱「宋末四大家」。

**【注釋】**

一行—**曉霜**：早上的白霜。／**著**：附著。／**望中**：視野之中。／**故國**：指南宋故地。

二行—**蕭蕭**：落葉聲。／**蕭蕭漸積**：化用自唐代杜甫的〈登高〉：「無邊落木蕭蕭下，不盡長江滾滾來。」／**紛紛**：接連不斷的樣子。／**猶**：仍舊、還。／**紛紛猶墜**：化用自北宋范仲淹的〈御街行・秋日懷舊〉：「紛紛墜葉飄香砌。」／**荒**：荒蕪。／**悄**：寂靜。

三行—**渭水風生**：化用自唐代賈島的〈憶江上吳處士〉：「秋風吹渭水，落葉滿長安。」／**洞庭波起**：化用自戰國時代屈原的《九歌・湘夫人》：「嫋嫋兮秋風，洞庭波兮木葉下。」／**幾番**：幾次。／**秋杪**：暮秋，秋末。杪，樹梢、末端，音同「秒」。

四行—**重崖**：重迭的山崖。／**沒**：沉埋、掩覆。／**千峰**：連綿的山峰。／**盡**：全部。／**出**：顯露。

五行—**前度**：前一次。／**題紅**：化用自紅葉題詩的典故，唐代時有宮女將相思心情寫在紅葉上，隨著溝水流出宮外，最後促成一段姻緣。／**杳杳**：幽遠。／**溯**：逆水而上。／**宮溝**：皇宮內的水溝。／**空**：徒然地。

六行—**螿**：寒蟬，比夏天看到的蟬較小，於秋天鳴叫。音同「將」。／**鴻**：鴻雁，又稱大雁，是一種候鳥，於春季返回北方，秋季飛到南方越冬。

七行—**砌**：臺階。

八行—**吾廬**：我的家。／**甚處**：何處。

# 法曲獻仙音

層綠峨峨

王沂孫

層綠峨峨，纖瓊皎皎，倒壓波浪清淺。
過眼年華，動人幽意，相逢幾番春換。
記喚酒尋芳處，盈盈褪妝晚。
已消黯，況淒涼近來離思，
應忘卻明月夜深歸輦。
荏苒一枝春，恨東風人似天遠。
縱有殘花，灑征衣鉛淚都滿。
但殷勤折取，自遣一襟幽怨。

## 賞讀譯文

綠梅一層層地開得盛美，細玉般的白梅十分潔白，倒映貼近著波浪起伏的清淺溪水。時光轉瞬即逝，在經過多次春天後，我再度與這裡的梅花相逢，它仍充滿動人的幽閒情趣。記得在買酒出遊賞花的地方，梅花的美色很晚才褪去。我已經黯然銷魂，何況近來因為離別思緒而心境淒涼，應該忘了賞花直到明月高掛的深夜才乘車歸返的興致。柔弱的一枝梅花盛開著，我恨東風吹來時，故人比天空遙遠。就算還有殘存的花朵，仍舊讓旅人流淚，滴得衣服上到處都是淚痕。我只能情意深厚地折下它，自行排遣滿懷的愁怨。

### 題旨：賞梅抒懷

**題序**
聚景亭梅次草窗韻（注：草窗即周密，宋末元初文人，見二一七頁。）

**【注釋】**

一行【**層綠**：指綠梅。／**峨峨**：盛美。／**纖瓊**：細玉，指白梅。／**皎皎**：潔白的樣子。／**倒壓**：倒映貼近。／**清淺**：清澈不深。

二行【**過眼**：經過眼前，比喻迅疾短暫。／**年華**：歲月；時光。／**幽意**：幽閒的情趣。／**幾番**：幾次。

三行【**尋芳**：出遊賞花。／**盈盈褪妝**：美色退落。／**晚**：遲。

四行【**消黯**：黯然銷魂。／**況**：何況。

五行【**輦**：車子。

六行【**荏苒**：柔弱的樣子。／**一枝春**：指梅花。／**東風**：春風。／**似**：表示比較、差等之詞。

七行【**殘花**：殘存的花朵。／**征衣**：旅人之衣。／**鉛淚**：眼淚。引自唐代李賀〈金銅仙人辭漢歌〉的「空將漢月出宮門，憶君清淚如鉛水」。

八行【**但**：僅、只。／**殷勤**：情意深厚。／**取**：語助詞，置於動詞後，表示動作的進行。／**遣**：排遣。／**襟**：心胸、懷抱。／**幽怨**：鬱結於心的愁恨。

230

# 齊天樂・螢

王沂孫

碧痕初化池塘草，熒熒野光相趁。扇薄星流，盤明露滴，零落秋原飛燐。練裳暗近。記穿柳生涼，度荷分瞑。誤我殘編，翠囊空嘆夢無準。

樓陰時過數點，倚闌人未睡，曾賦幽恨。漢苑飄苔，秦陵墜葉，千古淒涼不盡。何人為省，但隔水餘暉，傍林殘影。已覺蕭疏，更堪秋夜永。

題旨：詠秋螢抒懷

**注釋**

一行—**碧痕初化池塘草**：「碧痕」指螢，化用自《禮記．月令》中「夏季之月，腐草為螢」的典故。／**熒熒**：光線微弱。／**野光**：指螢火蟲發出的光。／**趁**：追逐。

二行—**扇薄**：化用自唐代杜牧的〈秋夕〉：「輕羅小扇撲流螢。」／**星流**：指螢光飛舞如流星。／**盤明露滴**：漢武帝為了求仙，在建章宮神明臺上造銅製仙人，手上捧著銅盤玉杯，以承接天上的仙露。此處以承露盤中的閃爍露珠比喻螢火蟲。／**零落**：飄零，流落。／**秋原**：秋日的原野。／**燐**：夜晚的野地裡常見的忽隱忽現的青色火光，是燐化氫遇到空氣燃燒所產生，俗稱為「鬼火」。

三行—**練裳**：簡單樸素的衣裳。化用自唐代杜甫的〈見螢火〉：「巫山秋夜螢火飛，簾疏巧入坐人衣。」／**暗近**：暗中接近。／**生涼**：生起涼風。／**度荷**：飛度荷塘。／**分瞑**：劃開夜色。

四行—**殘編**：因勤讀而被翻爛的書籍。／**翠囊**：取自「車胤囊螢」的故事，晉朝的車胤因家貧無油燈，而將螢火蟲放入囊袋中，借此亮光讀書。

五行—**樓陰**：樓房的影子。／**闌**：欄杆。／**曾**：尚且。／**賦**：吟詠、寫作。／**幽恨**：深藏於心中的怨恨。

六行—**苑**：帝王遊樂狩獵的園林。／**陵**：帝王或偉人的墳墓。／化用自唐代劉禹錫的〈秋螢引〉：「漢陵秦苑遙蒼蒼，陳根腐葉秋螢光。」／**千古**：久遠的年代。／**不盡**：沒有盡頭。

七行—**省**：明白、領悟。／**但**：僅、只。／**隔水**：溪流的對岸。／**傍**：臨近。／化用自唐代杜甫的〈螢火〉：「隨風隔幔小，帶雨傍林微。」

八行—**蕭疏**：寂寞；淒涼。／**更堪**：哪裡還能承受。／**夜永**：夜長。

## 賞讀譯文

螢火蟲剛從池塘邊的草變化而成，微弱的螢光相互追逐著。我將薄扇一撲，螢火蟲就像流星飛走了，牠像承露盤上的明亮露珠，也像飄在秋日原野的飛舞燐火。螢火蟲曾經暗中接近穿著樸素衣裳的人。我還記得以前螢火蟲穿過柳枝後生起涼風，飛度荷塘時劃開夜色。這樣的時局擔誤了我勤讀的工夫，囊袋裡裝了發著綠光的螢火蟲，徒然地感嘆夢不能實現。

樓房的陰影處，不時飛過幾點螢光，我這個倚著欄杆的人還沒睡，尚且吟詠深藏於心中的怨恨。漢代的皇家園林長滿青苔，秦朝的帝王陵墓滿地落葉，久遠年代以來的淒涼沒有盡頭。哪個人能夠明白我的心情？只有溪流對岸剩餘的螢火蟲光、臨近樹林的殘存螢火蟲身影。我已經覺得寂寞淒涼了，哪裡還能承受秋天的漫長黑夜。

# 江神子慢

玉臺挂秋月

田為

玉臺挂秋月，鉛素淺梅花傅香雪。
冰姿潔，金蓮襯小小凌波羅襪。
雨初歇，樓外孤鴻聲漸遠，遠山外行人音信絕。
此恨對語猶難，那堪更寄書說。
教人紅消翠減，覺衣寬金縷，都為輕別。
太情切，消魂處畫角黃昏時節。
聲嗚咽，落盡庭花春去也，銀蟾迴無情圓又缺。
恨伊不似餘香，惹鴛鴦結。

## 賞讀譯文

精美的梳妝檯上，掛著秋月般的圓鏡。女子塗上淺淡的白鉛粉，就像梅花上附著了香雪。她那淡雅的姿態潔淨明亮，纖足上襯著小小而輕盈的絲襪。雨剛剛停歇，樓外孤雁的鳴聲逐漸遠離，遠山外遊子的音信早已斷絕。這份愁恨要用對話表達已經很難了，怎麼還能承受寄託書信來訴說？都是因為輕易離別，讓女子姿容減退，也覺得金縷衣日漸變寬。這份情感太真切，讓她在傳來畫角聲的黃昏時分，悲傷消魂。畫角聲嗚咽著，庭院裡的花已經落完，春天也遠去了，遙遠的月亮無情地圓了又缺。恨他不像花的餘香，能吸引鴛鴦結伴同行。

**田為**　字不伐。北宋政和末曾任大晟府典樂，宣和元年（1119）罷典樂，為大晟府樂令。

**【注釋】**

一行｜**玉臺**：精美的梳妝檯。／**挂**：掛。／**秋月**：指圓鏡。／**鉛素**：指鉛白，古代女子化妝用的白色鉛粉。／**傅**：通「附」，附著。

二行｜**冰姿**：淡雅的姿態。／**潔**：乾淨、明亮。／**金蓮**：指女子的纖足。／**羅襪**：絲織的襪子。／**凌波羅襪**：出自魏晉的曹植〈洛神賦〉：「凌波微步，羅襪生塵。」

三行｜**鴻**：鴻雁，又稱大雁，是一種候鳥，於春季返回北方，秋季飛到南方越冬。／**行人**：指外出遠行的人，遊子。

四行｜**對語**：交談，對話。／**那堪**：怎麼承受。

五行｜**紅消翠減**：形容女子姿容減退。出自北宋柳永的〈八聲甘州〉：「是處紅衰翠減，苒苒物華休。」

六行｜**情切**：感情真切。／**消魂**：哀傷至極，好像魂魄離開形體而消失。／**畫角**：樂器名。傳自西羌，形如牛、羊角，表面彩繪裝飾，吹奏時發出嗚嗚聲。

七行｜**盡**：完畢。／**銀蟾**：指明月。／**迴**：遙遠。

八行｜**餘香**：指花的餘香。／**惹鴛鴦結**：讓鴛鴦結伴成雙。

**題旨：夜景思人**

232

# 丁香結・秋日海棠

吳文英

香裊紅霏，影高銀燭，曾縱夜遊濃醉。
正錦溫瓊膩，被燕踏暖雪驚翻庭砌。
馬嘶人散後，秋風換故園夢裏。
吳霜融曉，陡覺暗動偷春花意。
還似，海霧冷仙山，喚覺環兒半睡。
淺薄朱唇，嬌羞豔色，自傷時背。
簾外寒挂澹月，向日秋千地。
懷春情不斷，猶帶相思舊子。

## 賞讀譯文

海棠紅花飄揚、香氣繚繞，明亮的燭火照亮高處的枝影，我曾經放縱地夜遊，為花深深陶醉。它彷彿是在溫暖錦織裡的細潤玉枝；也有花朵因為被燕子踏過，如天暖時的積雪般意外翻落到庭院裡的臺階上。馬兒嘶鳴、眾人散去，秋風吹拂著，調換了我夢裡的故居園子。吳地的霜在早晨融化，我突然覺得自己暗地裡動了偷春花的念頭。

海棠花還像是，待在海霧瀰漫的寒冷仙山裡，那位被喚醒的楊玉環，仍在半夢半醒之間。她有著淺薄的朱唇，嬌羞的豔色，傷感著自己違背時勢。簾外，淡淡的月亮掛在寒空中，照著往日那個有秋千的地方。我懷想起春天，情思未斷，仍然帶著昔日的相思紅豆。

## 題旨：詠海棠

**吳文英（約 1200～1260，南宋）** 字君特，號夢窗，晚年號覺翁。原翁姓，過繼給吳氏。一生未第，曾任江南東路提舉常平司的幕賓、浙東安撫使吳潛及嗣榮王趙與芮的門下客等。在蘇、杭、越三地居留最久。

**【注釋】**

題｜**海棠**：薔薇科蘋果屬的落葉喬木。三、四月時開紅色花。與草本植物秋海棠不同。

一行｜**香裊**：香氣繚繞。／**紅**：指海棠花。／**霏**：飄揚。／**銀燭**：明燭。／**縱**：放任而不拘束。／化用自唐代李商隱的〈花下〉醉：「客散酒醒深夜後，猶持紅燭賞殘花。」。

二行｜**錦**：具有彩色花紋的絲織品。／**膩**：細緻、滑潤。／**驚**：出乎意料的。／**砌**：臺階。

三行｜**故園**：故居的園子。

四行｜**吳霜**：吳地（在今江蘇、浙江一帶）的霜。／**陡**：突然。／**覺**：睡醒。／**環兒**：指楊玉環。／化用自唐代白居易的〈長恨歌〉：「忽聞海上有仙山，山在虛無縹緲間。」

六行｜**豔色**：豔麗的姿色。／**自傷**：自我傷感。／**時背**：違背時勢；不合時宜。

七行｜**挂**：掛。／**澹月**：清淡的月光。／**向日**：往日；從前。／**秋千**：鞦韆。

八行｜**相思舊子**：相思子，即紅豆。

233

# 祝英臺近・春日客龜溪，遊廢園

吳文英

采幽香，巡古苑，竹冷翠微路。
鬥草溪根，沙印小蓮步。
自憐兩鬢清霜，一年寒食，又身在雲山深處。
晝閒度，因甚天也慳春，輕陰便成雨。
綠暗長亭，歸夢趁風絮。
有情花影闌干，鶯聲門徑，解留我霎時凝佇。

**題旨：遊園抒懷**

**注釋**

一行 **采**：摘取、擇取。通「採」。／**幽香**：清淡的香氣，在此指有清香的花草。／**巡**：來回查看。／**古苑**：舊園林，指廢園。／**翠微**：青翠的山色，也泛指青翠的山。

二行 **鬥草**：流行於古代的遊戲，比誰摘的草較強韌，或是誰採的花草種類較多等規則。／**溪根**：溪的上游。／**蓮步**：指女子的腳印。

三行 **清霜**：白霜，比喻頭髮花白。／**寒食**：節令名，通常在冬至後第一〇五日，在清明節前一或二日。傳統上當日禁火，一律吃冷食。／**雲山**：高聳入雲的山。

四行 **因甚**：為了什麼原因。／**慳**：吝嗇、吝惜。／**輕陰**：微陰的天色。

五行 **長亭**：古代約每十里設一個休憩亭，稱為長亭，通常是送別的地方。／**歸夢**：歸鄉之夢。／**風絮**：隨風飄揚的柳絮。

六行 **闌干**：縱橫散亂的樣子。／**門徑**：門前的小路。／**解**：了解，懂得。／**霎時**：極短的時間、片刻。／**凝佇**：凝神佇立。

## 賞讀譯文

我摘採散發幽香的花草，在舊廢園裡來回查看，青翠的山間道路旁是散發冷意的竹林。在溪的上游玩鬥草遊戲，沙灘上印著女子的腳印。

我憐惜自己已經兩鬢發白，在這一年的寒食節，卻又在高聳入雲的山中深處。

我悠閒地度過白晝，為什麼上天如此吝惜春色，天色微陰就下起了雨。綠蔭讓長亭裡顯得陰暗，歸鄉的夢趁著隨風飄揚的柳絮湧起。有感情的花影縱橫交錯，門前小路上傳來鶯鳥啼叫聲，了解我為什麼要停下來短暫凝神佇立。

# 掃花遊・春雪

吳文英

水雲共色，漸斷岸飛花，雨聲初峭。
步帷素裊，想玉人誤惜，章臺春老。
岫斂愁蛾，半洗鉛華未曉。
艤輕棹，似山陰夜晴，乘興初到。

心事春縹緲，記遍地梨花，弄月斜照。
舊時鬥草，恨凌波路鑰，小庭深窈。
凍澀瓊簫，漸入東風郢調。
暖回早，醉西園亂紅休掃。

## 賞讀譯文

春雪讓水和雲變成一樣的顏色，也逐漸打斷岸邊的飛花，隨著雨聲般的下雪聲，天氣剛剛變得寒冷。沾了春雪的步帷，都像白絹在搖動。想當初謝道韞誤把雪花當成晚春時章臺柳樹的飛絮。春雪聚集在峰巒，讓那裡看起來像是女子的愁眉，還未天亮就洗一半的鉛粉。有小船停靠岸邊，好像當初山陰的王徽之在雪夜裡乘著興致剛到似的。

我的心事像春天一樣隱約。記得我們當時欣賞月光斜照著滿地梨花。從前我們也曾一起玩鬥草，卻恨女子步伐被鎖在路的另一頭，幽深的小庭院裡。音色凍澀的玉簫，在春風吹起後，逐漸可以吹出楚地的曲調。今年回暖得早，我在西園裡喝醉了，就別掃零亂的落花了。

**題旨：詠春雪**

**—注釋—**

一行—**峭**：寒冷。

二行—**步帷**：指步障，古代的用來遮擋風塵、視線的屏幕。／**素**：白絹。／**裊**：搖曳、擺動。／**玉人誤惜**：指東晉謝道韞（謝道蘊）曾以「柳絮因風起」來比擬雪花飛舞。／**章臺**：指章臺的柳樹。唐代韓翃在為寵姬柳氏所作的詩中，以此來指稱她，〈寄柳氏〉：「章臺柳！章臺柳！顏色青青今在否？」／**春老**：晚春。

三行—**岫**：峰巒。／**斂**：聚集。／**愁蛾**：女子發愁時皺起的雙眉。古代女子的眉毛因細長彎曲，像蛾的觸鬚，被稱為蛾眉。／**鉛華**：古代女子化妝用的白色鉛粉。／**曉**：天剛亮。

四行—**艤**：停船靠岸。／**輕棹**：小船。／引自東晉王徽之（王子猷）在雪夜乘舟訪友人戴安道的故事，他住在山陰時，花了一夜的時間到戴安道的住處，卻不見戴安道就直接返家。

五行—**縹緲**：高遠隱約，若隱若現的樣子。／**弄月**：欣賞月光。

六行—**舊時**：從前。／**鬥草**：流行於古代的遊戲，比誰摘的草較強韌，或是誰採的花草種類較多等規則。／**凌波**：形容女子步履輕盈。／**鑰**：鎖。／**深窈**：幽深。

七行—**瓊簫**：玉簫。／**東風**：春風。／**郢調**：楚地的歌曲。楚地指春秋戰國時期楚國所在的長江中下游一帶。

八行—**亂紅**：零亂的落花。

235

# 新雁過妝樓

夢醒芙蓉

吳文英

夢醒芙蓉，風檐近，渾疑佩玉丁東。
翠微流水，都是惜別行蹤。
宋玉秋花相比瘦，賦情更苦似秋濃。
小黃昏，紺雲暮合，不見征鴻。

宜城當時放客，認燕泥舊跡，返照樓空。
夜闌心事，燈外敗壁哀蛩。
江寒夜楓怨落，怕流作題情腸斷紅。
行雲遠，料淡蛾人在，秋香月中。

## 賞讀譯文

我在芙蓉帳裡從夢中醒來，一陣風吹過近處的屋檐，聲音簡直像是女子身上佩玉的丁東聲。這裡的青山流水，都是我們捨不得分別時的行蹤。悲秋的宋玉和秋花一樣消瘦，我辭賦中的情思更苦，比秋意還濃。接近黃昏時，紺雲在暮空中相合，沒看到遠飛的鴻雁。

我像當年的柳渾那樣讓姬妾離開，還認得燕泥的舊跡，而夕陽卻照著空樓。夜深了，我的心事糾結，燈外的破牆有蟋蟀在哀鳴。夜裡江面寒冷，楓葉怨自己飄落，怕被人當成題寫斷腸情思的紅葉而隨水漂流。姬妾像行雲那樣遠去，我料想她應該在秋花相伴的明月中。

## 題旨：賞景思人

### 注釋

一行—**芙蓉**：在此指帳幔。古代有用芙蓉花染過的絲帛製成的帳子，名為「芙蓉帳」，亦泛指華麗的帳子。／**風檐**：指風中的屋檐。／**渾**：簡直，幾乎。／**丁東**：象聲詞。多用來形容漏聲、玉佩聲。

二行—**翠微**：青翠的山色，也泛指青翠的山。／**惜別**：捨不得分別。

三行—**宋玉**：戰國時代楚國宋玉的〈九辯〉裡寫了「悲哉！秋之為氣也。蕭瑟兮，草木搖落而變衰。」有遲暮悲愁之意。／**相比**：相近，差不多。

四行—**紺**：深青裡透紅的顏色。／化用自南朝江淹的〈休上人怨別〉：「日暮碧雲合，佳人殊未來。」／**征鴻**：遠飛的鴻雁。鴻雁又稱大雁，是一種候鳥，於春季返回北方，秋季飛到南方越冬。

五行—**宜城放客**：唐代高官柳渾年老致仕，曾將年輕的侍妾琴客放出嫁人，當時，顧況奉柳渾之命作了《宜城放琴客歌》。在此，以宜城指稱柳渾，並代指作者自己，以客指稱琴客，並代指死去的姬妾（有性關係，但非正式的妾室）。／**燕泥**：燕子築巢所銜的泥土。／**返照**：夕照，傍晚的陽光。

六行—**夜闌**：夜深、夜將盡。／**敗壁**：毀壞的牆壁。／**蛩**：蟋蟀。

七行—化用自紅葉題詩的典故，唐代時有宮女將相思心情寫在紅葉上，隨著溝水流出宮外，最後促成一段姻緣。

八行—**行雲**：戰國時代宋玉的〈高唐賦序〉提到，巫山神女「旦為朝雲，暮為行雨」。後指行蹤不定的美人。／**料**：料想。／**淡蛾人**：指死去的姬妾。淡蛾指淡眉。／**秋香**：秋日綻放的花，多指菊花、桂花。

236

# 小重山

## 謝了荼蘼春事休

吳淑姬

謝了荼蘼春事休。無多花片子，綴枝頭。庭槐影碎被風揉。鶯雖老，聲尚帶嬌羞。

獨自倚妝樓。一川煙草浪，襯雲浮。不如歸去下簾鉤。心兒小，難著許多愁。

**吳淑姬（約 1185 年前後在世，南宋）**本名不詳。父親是秀才。家貧，貌美。被周姓子買為妾，名曰淑姬。與李清照、朱淑真、張玉娘並稱「宋代四大女詞人」。

題旨：春日閨思

**【注釋】**

一行【**荼蘼**：又名酴醾、佛見笑、重瓣空心泡，為薔薇科懸鉤子屬空心泡的變種，開白色重瓣花，花期六至七月。／**春事**：春色、春意。

二行【**揉**：反覆摩擦、搓動。在此指被風來回吹動。

三行【**妝樓**：婦女居住的樓房或居室。／**一川**：一片平川（平坦的地勢）；滿地。／**煙草**：煙霧籠罩的草叢。亦泛指蔓草。

四行【**簾鉤**：捲簾所用的鉤子。／**著**：附著。

### 賞讀譯文

在荼蘼凋謝之後，春天就結束了。沒有多少花瓣點綴在枝頭上。庭院裡的槐樹被風來回吹動，影子顯得細碎。鶯鳥雖然老了，聲音還帶著少女的嬌羞。我獨自倚著妝樓。平原上煙霧籠罩的青草搖曳似浪，襯著天上的雲一起浮動。不如離開，放下簾鉤。我的心兒很小，難以附著許多愁。

# 洞仙歌

## 雪雲散盡

李元膺

雪雲散盡，放曉晴庭院，楊柳於人便青眼。更風流多處，一點梅心，相映遠，約略顰輕笑淺。
一年春好處，不在濃芳，小豔疏香最嬌軟。到清明時候，百紫千紅，花正亂，已失春風一半。早占取韶光共追游，但莫管春寒，醉紅自暖。

### 賞讀譯文

雪雲全都散去後，清晨庭院裡就放晴了。楊柳以青眼般的柳葉對著人。風韻更加美好動人的，是那一小點的梅花苞蕾。它遠遠地與柳樹互相映襯，輕微地皺眉淺笑。

一年春天最美好的地方，不在繁茂的花，而是剛綻放的梅花最柔美。到了清明時節，繁花百紫千紅，盛開得正熱鬧，卻已經失去了一半的春風。要早早地占有美好時光，一起尋勝而遊，但別管春寒料峭，只要喝醉到臉紅，自然覺得溫暖。

題旨：詠柳梅春景

**李元膺**

約為北宋之宋哲宗、徽宗時人。曾任南京教官。

**題序**

一年春物，惟梅柳間意味最深。至鶯花爛漫時，則春已衰遲，使人無復新意。余作〈洞仙歌〉，使探春者歌之，無後時之悔。（注：鶯花指鶯啼花開，代指春日景色。）

**［注釋］**

一行［**曉**：天剛亮，清晨。／**盡**：完畢。／**於**：對。／**青眼**：指細長如眼的初生柳葉。

二行［**風流**：風韻美好動人。／**梅心**：梅花的苞蕾。／**相映**：互相映襯。／**約略**：略微，輕微。／**顰**：皺眉。

三行［**濃芳**：繁茂的花。／**小豔**：初綻的鮮艷花朵。／**疏香**：指梅花。化用自北宋林逋的〈山園小梅〉：「疏影橫斜水清淺，暗香浮動月黃昏。」／**嬌軟**：柔美。

四行［**亂**：熱鬧。

五行［**占取**：占有。／**韶光**：美好時光。／**追游**：同「追遊」，指尋勝而遊；追隨遊覽。／**醉紅**：酒醉後臉部泛紅色。

# 鷓鴣天

寂寞秋千兩繡旗

李元膺

寂寞秋千兩繡旗，日長花影轉階遲。
燕鶯午夢周遭語，蝶困春遊落拓飛。
思往事，入顰眉。柳梢陰重又當時。
薄情風絮難拘束，飛過東牆不肯歸。

題旨：春日閨怨

**注釋**

一行—**寂寞**：冷清；孤單。／**繡旗**：用彩絲繡成的旗幟。／**階**：臺階。
二行—**周遭**：周圍。／**困**：疲倦、疲乏。／**落拓**：失意。
三行—**陰重**：綠蔭濃重。
四行—**薄情**：不念情義。／**風絮**：隨風飄揚的柳絮。／**歸**：回來。

## 賞讀譯文

窗外是冷清的秋千和兩片繡旗；白日漫長，花影在臺階上緩慢地轉動。女子正做著午夢，卻被周圍的燕鶯啼叫聲吵醒，她看到蝴蝶對春遊感到疲倦，失意地飛著。她想起往事，那份愁讓她不禁皺眉。柳梢的綠蔭又跟當時一樣濃重。薄情的柳絮隨風飄揚，難以拘束，它飛過東牆後就不肯回來。

239

# 醉思仙

## 晚霞紅

孫道絢

晚霞紅，看山迷暮靄，煙暗孤松。
動翩翩風袂，輕若驚鴻。
心似鑑，鬢如雲，弄清影，月明中。
謾悲涼，歲冉冉，蕣華潛改衰容。

前事銷凝久，十年光景匆匆。
念雲軒一夢，回首春空。
彩鳳遠，玉簫寒，夜悄悄，恨無窮。
歎黃塵，久埋玉，斷腸揮淚東風。

### 賞讀譯文

在紅色晚霞間，我看到傍晚的雲霧使山景顯得迷濛，煙霧使單獨生長的松樹顯得陰暗。我的衣袖隨風翩翩翻動，如驚飛的鴻雁那般輕盈。我的心似鏡子那般明亮，鬢髮如捲曲的雲，在明亮的月光下搖動自己的身影。我徒然地感到悲傷凄涼，歲月緩慢前進，而我就像木槿花一樣暗中改變成衰老的容顏。

以前的往事讓我銷魂凝思許久，十年的光陰匆匆就過去了。你乘雲車仙去一事就像一場夢，回首過去宛如春天成空。夫婿已逝去遠離，夜晚寂靜無聲，讓人懷有無窮的愁恨。我感嘆著夫婿已埋在黃土下許久，自己只能在春風吹拂下傷心地揮淚。

### 題旨：悼亡夫

**孫道絢（約1131年前後在世，南宋）**晚年自號沖虛居士，黃銖之母。（黃銖，與朱熹為同門友，因科舉失意而隱居不仕。）

**題序**

寓居妙湛，悼亡，作此。

**一注釋一**

一行—**暮靄**：傍晚的雲霧。／**孤松**：單獨生長的松樹。／

二行—**風袂**：指隨風飄動的衣袖。袂，音同「妹」。／**驚鴻**：驚飛的鴻雁。

三行—**鑑**：鏡子。／**鬢如雲**：鬢髮如捲曲的雲。／**弄**：搖動。／**清影**：身影。

四行—**謾**：徒然。／**悲涼**：悲傷凄涼。／**冉冉**：緩慢行進。／**蕣華**：木槿的花。一朵花只開一天，朝開暮謝，但一朵接一朵陸續綻放，開花期很長。／**潛**：祕密的、暗中的。

五行—**前事**：以前的事。／**銷凝**：銷魂凝思。／**光景**：光陰、時光。

六行—**雲軒**：雲車。傳說中仙人的車駕。

七行—**彩鳳**：鳳凰的美稱。古代傳說中的百鳥之王，雄性叫鳳，雌性叫凰。／**玉簫寒**：指玉簫因無人吹奏而變冷。化用自漢代劉向《列仙傳》中的故事，蕭史善吹簫，娶了秦穆公之女弄玉，後來夫妻各乘龍鳳成仙去。此處指夫婿遠離。／**悄悄**：寂靜無聲。

八行—**埋玉**：埋葬有才華的人。出自南朝宋的劉義慶之《世說新語‧傷逝》：「庾文康亡，何揚州臨葬云：『埋玉樹著土中，使人情何能已已！』」／**斷腸**：比喻極度悲傷。／**東風**：春風。

# 瑞鶴仙

郊原初過雨　袁去華

郊原初過雨，見數葉零亂，風定猶舞。斜陽挂深樹，映濃愁淺黛，遙山媚嫵。來時舊路，尚巖花嬌黃半吐。到而今，惟有溪邊流水，見人如故。

無語。郵亭深靜，下馬還尋，舊曾題處。無聊倦旅，傷離恨，最愁苦。縱收香藏鏡，他年重到，人面桃花在否。念沉沉小閣幽窗，有時夢去。

## 題旨：賞景思人

**袁去華**　字宣卿，約南宋高宗紹興末前後在世，為紹興十五年（1145）進士。曾任善化知縣、石首知縣。

**—注釋—**

一行—**郊原**：原野。／**零亂**：散亂不整齊。／**風定**：風停。

二行—**挂**：懸吊。通「掛」。／**深樹**：指樹林深處。／**淺黛**：指山為淺淺的青色。／**媚嫵**：美好可愛。／

三行—**尚**：尚有。／**巖**：高峻的山崖。／**嬌黃**：嫩黃色。

四行—**而今**：如今。／**如故**：好像老朋友。

五行—**郵亭**：驛站。／**舊曾題處**：舊日曾題字的地方。

六行—**無聊**：精神空虛、愁悶。／**倦旅**：倦於行旅的人。

七行—**香**、**鏡**：在此皆指情人的信物。香的典故為，西晉時，韓壽與高官賈充之女賈午偷情，賈午偷拿皇上賜給賈充的西域奇香，送給韓壽。鏡子指破鏡重圓一事，南朝陳徐德言與妻樂昌公主於戰亂分散時各執半鏡，當作日後相見的信物；此故事出自唐代孟棨所編的《本事詩》，裡面記載了許多名人的逸事。／**他年**：將來、以後。／**人面桃花**：化用自唐代崔護的〈題都城南莊〉：「去年今日此門中，人面桃花相映紅。人面不知何處去，桃花依舊笑春風。」

八行—**沉沉**：深沉。／**小閣幽窗**：指女子的住處。

## 賞讀譯文

原野上剛剛下過雨，我看到一些零亂的葉子在風停之後仍然舞動著。斜陽懸掛在樹林深處，映照著我的濃烈愁緒和淺青色的山，遠處的山看起來十分媚嫵。在來時的舊路上，高峻的山崖上有嫩黃色的花綻放了一半。到如今，只有溪邊的流水看到我就好像看到老朋友。

我無言以對。驛站裡十分寂靜，我下馬之後，還去尋找舊日曾題字的地方。空虛愁悶又倦於行旅的人，對於為離恨而傷心一事，最感到愁苦。縱然收藏了奇香或鏡子等信物，以後再度到訪時，那位與桃花相映的女子還在嗎？我深深地思念著女子的住處，有時會在夢中前往。

# 驀山溪·梅

曹組

洗妝真態，不作鉛華御。
竹外一枝斜，想佳人天寒日暮。
黃昏院落，無處著清香，
風細細，雪垂垂，何況江頭路。

月邊疏影，夢到消魂處。
結子欲黃時，又須作廉纖細雨。
孤芳一世，供斷有情愁，
消瘦損，東陽也，試問花知否。

**曹組**

字元寵。多次應試不第，北宋宣和三年（1121），殿試中甲，賜同進士出身，曾任武階兼閣門宣贊舍人、給事殿中等職。約於宋徽宗末年去世。

**—注釋—**

一行—**洗妝真態**：卸妝露出素顏。／**鉛華**：脂粉。／**御**：管理、統治，在此指塗抹、修飾。

二行—**竹外一枝斜**：化用北宋蘇軾的〈和秦太虛梅花〉：「江頭千樹春欲闇，竹外一枝斜更好。」／**想**：似、像。／**佳人**：指梅花。／**天寒日暮**：化用自唐代杜甫的〈佳人〉：「天寒翠袖薄，日暮倚修竹。」

三行—**院落**：庭院。／**無處著清香**：指無人欣賞。

四行—**細細**：輕微的樣子。／**垂垂**：下降、下落。／**江頭**：江邊，江岸。

五行—**疏影**：指梅花，化用自北宋林逋的〈山園小梅〉：「疏影橫斜水清淺，暗香浮動月黃昏。」／**消魂**：哀傷至極，好像魂魄離開形體而消失。

六行—**廉纖**：細小，細微。多用以形容微雨。

七行—**孤芳**：獨秀的香花。／**供斷**：供盡，指提供之多。

八行—**瘦損**：消瘦。／**東陽**：原指南朝文學家、史學家沈約，曾任東陽太守。在唐代李延壽的《南史·沈約傳》中，有「百日數旬革帶常應移孔，以手握臂，率計月小半分」，因此以「沈郎瘦腰」聞名。在此比喻詞人自己。

## 賞讀譯文

梅花總是露出卸妝後的真實樣態，不塗抹脂粉來修飾。一枝梅花橫斜突出於竹林之外，就像是天寒日暮時倚著竹子的佳人。在黃昏的庭院裡，這份清香就無處可附著了，更何況是在微風吹拂、白雪不斷落下的江岸路旁的梅花。

月下的梅花疏影，讓人作夢時也感到悲傷。當梅樹結的果子要轉黃時，又會下起細雨。梅花這一世都孤芳自賞，提供了非常多的情愁，我為此而像沈約那樣消瘦，請問梅花知道嗎？

題旨：詠梅抒懷

# 小重山

柳暗花明春事深　章良能

柳暗花明春事深，小闌紅芍藥，已抽簪。
雨餘風軟碎鳴禽，遲遲日，猶帶一分陰。
往事莫沉吟，身閒時序好，且登臨。
舊遊無處不堪尋，無尋處，惟有少年心。

**章良能（不詳～1214，南宋）**
字達之。登進士第後，曾任著作佐郎、樞密院編修官、起居舍人、御史中丞、參知政事等職。為周密（一二一七頁）的外祖父。

**【注釋】**

一行【**柳暗花明**：形容綠樹茂密，繁花似錦的美景。／**春事**：春色、春意。／**闌**：欄杆。通「欄」。／**芍藥**：花形類似牡丹，花色為白、粉、紅、紫或紅。花期為五月前後。／**簪**：古人用來固定髮髻或頭冠的針形首飾，在此指纖細的花芽。

二行【**雨餘**：雨後。／**風軟**：指風很柔和。／**碎**：指鳥鳴聲細碎。／化用自唐代杜荀鶴的〈春宮怨〉：「風暖鳥聲碎，日高花影重。」／**遲遲**：陽光溫暖、光線充足的樣子。

三行【**沉吟**：深思。／**時序**：時節。／**登臨**：登高望遠。

四行【**舊遊**：昔日遊覽的地方。／**不堪**：不可；不能。

**題旨：春景抒懷**

### 賞讀譯文

柳樹茂盛、繁花似錦，春意深濃，小欄杆旁的紅芍藥花已經吐出花芽。
雨後，風很柔和，鳥兒鳴聲細碎，陽光充足，但天色仍帶有一點點陰。
對於往事，切莫深思，如今閒暇無事又是好時節，應該登高望遠。
昔日遊覽之處，沒有地方不能探尋，無處去尋找的，只有那份少年心。

# 訴衷情・送春

万俟詠

一鞭清曉喜還家，宿醉困流霞。
夜來小雨新霽，雙燕舞風斜。
山不盡，水無涯，望中賒。
送春滋味，念遠情懷，分付楊花。

題旨：春景抒懷

**万俟詠**　約北宋末、南宋初時人。万俟為複姓。字雅言，自號詞隱、大梁詞隱。因屢試不第而絕意仕進。後曾召試補官，任大晟府制撰、下州文學等職。善工音律。

**注釋**

一行—**一鞭**：指揚鞭催馬趕路。／**清曉**：天剛亮時。／**還家**：回家。／**困**：疲倦、疲乏。／**流霞**：傳說中神仙的飲料，泛指美酒。

二行—**夜來**：夜裡。／**新霽**：剛剛放晴。

三行—**無涯**：無窮盡；無邊際。／**望中**：視野之內。／**賒**：遙遠。

四行—**念遠**：對遠方人或物的思念。／**分付**：交給。／**楊花**：即柳絮。

**賞讀譯文**

天剛亮時，我便揚起鞭子催馬出發，開心著要回家了，但我因為喝酒宿醉，仍感到疲倦。夜裡的小雨已經停了，天剛剛放晴，一對燕子在風中斜斜地飛舞。青山無窮無盡，江水無邊無際，視野非常遙遠。送春離開的悲傷滋味、思念遠方親友的情懷，都交給柳絮吧！

# 南柯子・憶舊

僧揮

十里青山遠，潮平路帶沙。
數聲啼鳥怨年華，又是淒涼時候在天涯。
白露收殘月，清風散曉霞。
綠楊堤畔問荷花，記得年時沽酒那人家。

**僧揮**
字師利。本姓張，名揮。法號為仲殊。曾應進士科考試。年輕時遊蕩不羈，差點被妻子毒死，之後棄家為僧，於宋徽宗時自縊身亡。與北宋蘇軾往來深厚。

**注釋**

一行—**潮平**：指潮水漲到最高水位，又稱滿潮。

二行—**年華**：歲月；時光。／**天涯**：天邊，指遙遠的地方。

三行—**白露**：露水。／**殘月**：將落的月亮。／**清風**：清涼的風。／**曉霞**：早晨的朝霞。

四行—**年時**：去年。／**沽酒**：兼具買酒、賣酒之意。／**人家**：民家；對人的尊稱。

**題旨：賞景抒懷**

## 賞讀譯文

青山綿延到十里之外，滿起的潮水讓路邊帶著一些泥沙。
鳥兒啼叫了數聲，似乎在埋怨時光易逝，我又是在這個淒涼的時節待在天邊。
露水晶瑩，月亮逐漸落下，清涼的風吹散了早晨的朝霞。
我在綠楊堤岸問荷花，是否記得去年買酒的那個人？

245

# 雪梅 二首

盧梅坡

・其一

梅雪爭春未肯降，騷人擱筆費評章。
梅須遜雪三分白，雪卻輸梅一段香。

・其二

有梅無雪不精神，有雪無詩俗了人。
日暮詩成天又雪，與梅並作十分春。

題旨：評梅與雪

**盧梅坡**

南宋詩人，生平不詳。

※關於第二首的作者，亦有相關學者認為是盧鉞（生卒年不詳，淳祐四年〔1244年〕進士）或是方岳（1199~1262，紹定五年〔1232年〕進士）。

**注釋**

一之一行**降**：屈服。／**騷人**：本指《離騷》的作者屈原，之後泛指詩人、文士。／**評章**：評論；品評。

一之二行**遜**：比不上、不及。

二之一行**精神**：風采神韻。／**俗**：平凡的、平庸的。

二之二行**日暮**：傍晚、黃昏。／**十分**：充實圓滿。

## 賞讀譯文

〔其一〕

梅花和雪爭奪春色，誰都不肯屈服，詩人放下筆，費心評論。梅花比雪少了三分白，雪輸了梅花一些香氣。

〔其二〕

有梅花卻沒有雪，就缺了風采神韻；有雪卻沒有詩，就讓人顯得平庸。傍晚時我寫好詩，天空又下起雪，與梅花一起成就了充實圓滿的春色。

246

# 木蘭花

春風只在園西畔

嚴仁

春風只在園西畔，薺菜花繁胡蝶亂。
冰池晴綠照還空，香徑落紅吹已斷。
意長翻恨游絲短，盡日相思羅帶緩。
寶奩如月不欺人，明日歸來君試看。

題旨：春景思人

**嚴仁**
字次山，號樵溪。約南宋宋寧宗慶元末前後在世。

**注釋**

一行—**畔**：邊側、旁側。／**薺菜**：一種十字花科的野菜，春天開小白花。／**胡蝶**：蝴蝶。

二行—**冰池**：冰涼的池水。／**晴綠**：指池水碧綠。／**香徑**：飄散花草芳香的小徑。／**落紅**：落花。

三行—**意長**：情意綿長。／**翻恨**：反而怨恨。／**游絲**：飄在半空中，由昆蟲類所吐的絲。／**盡日**：整天。／**羅帶**：絲織的衣帶。／**緩**：放鬆。

四行—**奩**：原指鏡匣，代指鏡子。／**欺**：欺騙。

## 賞讀譯文

春風只在園子的西畔吹拂，薺菜花繁茂盛開，蝴蝶紛亂飛舞。冰涼的池水一片碧綠，在晴光照射下更顯得空曠；飄散花草芳香的小徑上，都是已經被風吹斷的落花。情意綿長讓我反而怨恨游絲太短；我一整天都為相思所苦而消瘦，絲質衣帶也變鬆了。寶鏡跟明月一樣不會欺騙人，明日你回來時，試著看看就知道了。

## 247 鷓鴣天・題七真洞

耶律楚材

花界傾頹事已遷，浩歌遙望意茫然。
江山王氣空千劫，桃李春風又一年。
橫翠嶂，架寒煙，野花平碧怨啼鵑。
不知何限人間夢，並觸沉思到酒邊。

**耶律楚材**（1190～1244）字晉卿，號玉泉老人、湛然居士。契丹族，遼朝宗室之後，在金朝曾任左右司員外郎。蒙古軍攻入之後，輔佐成吉思汗父子三十餘年，曾任中書令，提出以儒家治國之道。

**題旨：春景抒懷**

**注釋**

題—**七真洞**：紀念七位道教祖師的道觀。

一行—**花界**：指佛寺，詞中指道觀。／**遷**：改變。／**浩歌**：放聲高歌，大聲歌唱。

二行—**王氣**：象徵帝王運數的祥瑞之氣。／**千劫**：佛教語。指曠遠的時間與無數的生滅成壞。

三行—**嶂**：形狀如屏風的山。／**寒煙**：寒冷的煙霧。／**平碧**：一片平展的綠色原野。／**鵑**：指杜鵑鳥，初夏時常晝夜不停啼叫，叫聲類似「不如歸去」。相傳為商周至春秋時代之間的古蜀君主杜宇之魂所化。

四行—**何限**：多少。／**觸**：引發。

### 賞讀譯文

道觀傾頹，世事已經改變。我放聲高歌，遙望這一切，只感覺到茫然。
這片江山經歷了多次帝王祥瑞之氣的消亡，如今在桃李盛開的春風裡，新的一年又來到。
綿延橫列的翠綠山嶂，彷彿高架在寒冷的煙霧之上，平展的綠野上冒出一朵朵野花，杜鵑鳥發出哀怨的啼聲。
不知道有多少如夢的人間事，引發人為此沉思，卻只能喝酒解愁。

248

# 摸魚子・七夕用嚴柔濟韻

白樸

問雙星有情幾許，消磨不盡今古。
年年此夕風流會，香暖月窗雲戶。
聽笑語，知幾處彩樓瓜果祈牛女。
蛛絲暗度，似拋擲金梭，縈回錦字，織就舊時句。
愁雲暮，漠漠蒼煙掛樹。人間心更誰訴。
擘釵分鈿蓬山遠，一樣絳河銀浦。
烏鵲渡，離別苦，啼妝灑盡新秋雨。
雲屏且駐，算猶勝姮娥，倉皇奔月，只有去時路。

## 賞讀譯文

請問牛郎、織女這兩顆星有多少情分呢？從古到今都消磨不盡。他們年年都在這個晚上約會，想必薰香溫暖了雲月之間的仙居。我聽著窗外的笑語，就知道有幾個地方準備了彩樓和瓜果，在向牛郎和織女乞巧祈福。蜘蛛暗中以絲織網，好像織女在拋擲金梭，或是像前人那樣織出回文旋圖的詩句。暮色中的雲彩令人發愁，密布而蒼茫的煙霧就像懸掛在樹上。人間的心思還能向誰傾訴呢？我和郎君分隔兩地，他的住處十分遙遠，我們之間彷彿隔著銀河。牛郎和織女能度過烏鵲橋相會，但我仍為離別所苦，滴落的淚好像初秋的雨。我打開雲屏立好。算起來，我還勝過嫦娥，她慌張匆忙地飛奔到月亮，只有去程的路，未能返回。

**題旨：七夕夜思人**

**白樸**（1226～1306）
初名恆，字仁甫；後改名樸，字太素，號蘭谷。出身金朝官宦家庭，金亡後，曾由父親的好友元好問收養一段時日。終身未仕，專注於雜劇創作，為元曲四大家之一，代表作有《唐明皇秋夜梧桐雨》、《裴少俊牆頭馬上》、《董秀英花月東牆記》等。

**—注釋—**

一行—**幾許**：多少。／**今古**：從古到今。

二行—**風流**：涉及男女間情愛的。／**月窗雲戶**：指牛郎織女的仙居。

三行—**彩樓瓜果祈牛女**：在七夕這天搭彩樓、列瓜果，向牛郎織女乞巧祈福。

四行—**蛛絲暗度**：五代王仁裕《開元天寶遺事》記載，唐玄宗與楊貴妃每到七夕，就會各捉蜘蛛關在小盒中，天亮時看蛛網的稀密來判斷得巧的多寡。／**縈**：纏繞。／**錦字**：《晉書》記載，秦州刺史竇滔被徙流沙，其妻蘇氏織錦為回文旋圖詩贈之。此後，錦字便指妻子寫給丈夫的信。

五行—**愁雲**：顏色慘淡，引人發愁的雲。／**漠漠**：瀰漫密布的樣子。／**蒼煙**：蒼茫（模糊不清）的雲霧。

六行—**擘釵分鈿**：將金釵和鈿盒分開，指夫婦生離死別。化用自唐代白居易《長恨歌》：「唯將舊物表深情，鈿盒金釵寄將去。釵留一股盒一扇，釵擘黃金盒分鈿。」／**蓬山**：神話傳說中的海上仙山，代指遠離家鄉的丈夫之住所。／**絳河**：銀河。／**銀浦**：銀河。

七行—**烏鵲**：神話中，在七夕時為牛郎、織女造橋的喜鵲。／**啼妝**：借指女子的淚痕。／**新秋**：初秋。

八行—**雲屏**：畫有雲彩或以雲母石飾製的屏風。／**姮娥**：嫦娥。／**倉皇**：慌張匆忙的樣子。

# 水龍吟

## 春流兩岸桃花

王惲

春流兩岸桃花，驚濤極目吞天去。孤舟纜解，棹歌聲沸，漁舠掀舞。雲影西來，片帆吹飽，滿空風雨。悵淋漓元氣，江南圖畫，煙霏盡，汀洲樹。

天地此身逆旅，笑歸來，滿衣塵土。功名無子，就中多少，艱危辛苦。北去南來，風波依舊，行人爭渡。聽滄浪一曲，漁人歌罷，對夕陽暮。

**王惲**（1227～1304）

字仲謀，出身金朝官宦世家。於元朝曾任中書省詳定官、翰林修撰、河南北道提刑按察副使、翰林學士、知制誥、嘉議大夫等職。為官剛正不阿、直言敢諫。

**題序**

己未春三月，同柔克濟河，中流風雨大作，幾覆者再。感念疇者，為賦此詞，且以經事之後，重有所惜云。

**一注釋一**

一行—**驚濤**：震攝人心的波濤。／**極目**：滿目；充滿視野。

二行—**孤舟**：孤獨的船。／**棹歌**：行船時所唱之歌。／**沸**：比喻喧鬧、嘈雜。／**舠**：小船。／**掀舞**：飛舞；翻騰。

三行—**片帆**：孤舟；一艘船。／**空**：天空。

四行—**悵**：此處應是採「舒暢、暢快」之意。／**淋漓**：盛多；充盛。／**元氣**：泛指宇宙自然之氣。／**煙霏**：雲煙瀰漫。／**盡**：完結、終止。／**汀洲**：水中的沙洲。

五行—**身**：我，自己。／**逆旅**：旅居。

六行—**子**：你。在此指作者自己。／**就中**：其中。／**多少**：很多、許多。

七行—**行人**：指外出遠行的人

八行—**滄浪一曲**：化用《楚辭．漁父》：「漁父莞爾而笑，鼓枻而去。乃歌曰：『滄浪之水清兮，可以濯吾纓；滄浪之水濁兮，可以濯吾足。』」／**暮**：黃昏。

**題旨：江遊抒懷**

### 賞讀譯文

春日江水川流不息，兩岸開滿了桃花，震攝人心的洶湧波濤充滿視野，似乎要吞沒天空。這一艘孤獨的船解開纜繩，高唱行船之歌的聲音十分喧鬧，捕漁的小船在江面飛舞。雲影從西方過來，船隻的帆被風吹得飽滿，整個天空都是風雨。眼前的江南風景，充滿了舒暢充沛的宇宙自然之氣，宛如一幅圖畫，瀰漫的雲煙散去後，露出了水中沙洲上的樹林。

我旅居在天地之間，笑著回來，整件衣服上沾滿了塵土。功名中沒有我的份，其中有許多的艱危辛苦。風波依舊在，遠行的人卻爭著北去南來地渡河（，就像那些爭奪功名的人）。我聽著漁人高唱滄浪之曲，對著夕陽落下的黃昏景色。

250

# 沉醉東風・重九

盧摯

題紅葉清流御溝，賞黃花人醉高樓，
天長雁影稀，日落山容瘦，
冷清清暮秋時候，衰柳寒蟬一片愁，
誰肯教白衣送酒。

**盧摯**（約 1241～1315）
字處道、莘老，號疏齋、嵩翁。登進士第後，曾任河南路總管、江東道廉訪使、翰林學士等職。晚年寓居宣城。

**題旨：秋景抒懷**

**注釋**

一行—**題紅葉清流御溝**：化用唐代流傳的故事。據傳唐代有宮女在紅葉上題詩，讓它隨御溝（皇宮中的水溝）流出宮外，最後與撿起紅葉的男子結為連理。／**御溝**：流經宮苑的河道。／**黃花**：菊花。

二行—**天長**：長空，遼闊的天空。／**日落**：太陽西下。／**山容**：山的姿容。／**瘦**：寂廖、淒清。

三行—**暮秋**：秋末，農歷九月。／**寒蟬**：秋蟬。

四行—**白衣送酒**：化用王弘送酒給陶淵明的典故，在此指知己、友人。南朝宋的檀道鸞所著之《續晉陽秋》裡，提到：「王弘為江州刺史，陶潛九月九日無酒，於宅邊東籬下菊叢中，摘盈把，坐其側。未幾望見一白衣人至，乃刺史王弘送酒也。即便就酌而後歸。」

## 賞讀譯文

我在紅葉上題寫詩句，讓它隨著御溝的清流漂走；我賞完菊花後，在高樓上喝醉了；遼闊的天空裡，雁子的飛過身影非常稀少。太陽西下時，山的姿容顯得寂廖，此時正是冷清的秋末時節，衰敗的柳樹和秋蟬的鳴叫聲，散發一片哀愁氛圍，誰肯讓友人送酒過來給我呢？

# 殿前歡

壽陽人

盧摯

壽陽人，玉溪先占一枝春。紅塵驛使傳芳信，深雪前村。冰梢上月一痕，雲初褪，瘦影向紗窗上印。香來夢裏，寂寞黃昏。

題旨：詠梅

注釋

一行─**壽陽人**：指梅花。引用南朝劉宋時代壽陽公主的軼事，相傳某日她在梅花樹下睡午覺，梅花飄落在額頭上印下花痕。／**玉溪**：溪流的美稱。／化用自唐代殷堯藩的〈友人山中梅花〉：「臨水一枝春占早。」

二行─**紅塵**：車馬揚起的飛塵。／**驛使**：傳遞公文、書信的人。／**芳信**：花開的訊息。／**深雪前村**：化用自唐代齊己的〈早梅〉：「前村深雪裡，昨夜一枝開。」

三行─**冰梢**：掛著冰雪的樹梢。／**月一痕**：指新月。／**褪**：消失，脫離。

四行─化用自北宋林逋的〈山園小梅〉：「疏影橫斜水清淺，暗香浮動月黃昏。」

## 賞讀譯文

梅花在溪邊綻放了，搶先占有春意。驛使騎馬揚塵而過，傳送著前方村落的深雪裡有梅花綻放的消息。掛著冰雪的樹梢上有一彎新月，雲朵剛剛消散，月光將梅花纖瘦的身影印在紗窗上。在寂寞黃昏裡，梅花的香氣傳進我的夢中。

# 山中月夕

劉因

滿懷幽思自蕭蕭，況對空山夜正遙。
四壁晴秋霜著色，一天明水月生潮。
歌傳岩谷聲豪宕，酒泛星河影動搖。
醉裏似聞猿鶴語，百年人境有今朝。

題旨：秋夜抒懷

**劉因**（1249～1293）
字夢吉，號靜修。出身金朝大臣世家，入元後開學館教書，曾應召入朝，任承德郎、右贊善大夫等職，後以母病辭官，之後以己病拒絕朝廷再度徵召。為著名理學家，以朱熹為宗，並發展出天道觀。

**注釋**

一行——**幽思**：隱藏在內心的思想感情。／**蕭蕭**：狀聲詞，形容風聲。／**空山**：幽深少人的山林。／**遙**：長。

三行——**岩谷**：山谷。／**豪宕**：豪放不羈。

四行——**語**：說話。／**人境**：人間。／**今朝**：指目前，現今。

## 賞讀譯文

在風聲蕭蕭之際，我心中滿懷思緒，何況我正面對幽深少人的山林，夜正漫長。在晴朗的秋夜下，我看到四面的山壁都被白霜著上顏色，在滿天月光下顯得明亮的潮水漲起了。我的歌聲傳進山谷裡，聽起來豪放不羈；我喝著酒，看著星河的倒影在水面搖動。我在昏醉之間，似乎聽到猿和鶴在說，百年來的人間裡竟然有現在這樣的景色。

## 253 秋蓮

劉因

瘦影亭亭不自容，淡香杳杳欲誰通。
不堪翠減紅銷際，更在江清月冷中。
擬欲青房全晚節，豈知白露已秋風。
盛衰老眼依然在，莫放扁舟酒易空。

**題旨：秋景抒懷**

**注釋**

一行—**亭亭**：直立的樣子。／**不自容**：指荷莖細弱，無力自持。／**杳杳**：深遠的樣子。指香氣飄得很遠。

二行—**不堪**：無法忍受。／**翠減紅銷**：指綠葉飄落、紅花凋謝。

三行—**擬**：打算。／**青房**：指蓮蓬。／**全**：保全。／**晚節**：晚年。／**豈知**：哪裡知道。／**白露**：節氣名，約在每年九月七至九日間。

四行—**扁舟**：小船。

### 賞讀譯文

秋蓮無立自持直立的削瘦身影，淡香飄向遠處，想要跟誰通消息呢？它無法忍受在綠葉飄落、紅花凋謝之際，又處在清澈江水、冰冷月光之中。秋蓮打算要用蓮蓬來保全晚年，哪裡知道已到了吹起秋風的白露節氣。我這雙看盡盛衰的老眼依然還在，別放出扁舟，否則酒容易被一飲而空。

254

# 落梅風

人初靜

馬致遠

人初靜，月正明，
紗窗外，玉梅斜映，
梅花笑人休弄影，
月沉時，一般孤另。

題旨：賞梅抒懷

**馬致遠**（約1250～1321）
號東籬。中年中進士後，曾任浙江省官吏、大都工部主事等職，晚年辭官隱居。元代知名雜劇作家，並與關漢卿、鄭光祖、白樸並稱「元曲四大家」。

**注釋**
二行—**玉梅**：白梅。／**映**：因光線照射而顯影。
三行—**休**：另有版本為「偏」。／**弄影**：指物體動，使影子也隨著搖晃或移動。
四行—**一般**：一樣、相同。／**孤另**：孤伶、孤單。

## 賞讀譯文

人剛剛安靜下來，月光正明亮，
紗窗外有白梅枝斜斜的影子，
梅花笑人別玩弄影子，
但等到月沉之時，梅花還不是跟人一樣孤單。

## 255 落梅風

### 薔薇露

馬致遠

薔薇露，荷葉雨，
菊花霜，冷香庭戶，
梅梢月斜人影孤，
恨薄情，四時孤負。

題旨：夜景抒怨

【注釋】

二行【庭戶：泛指庭院。

四行【薄情：薄情的人。／四時：四季。／孤負：辜負。

### 賞讀譯文

薔薇上的露水，打在荷葉上的雨滴，
菊花上的白霜，冷香傳遍整個庭院，
梅樹梢頭有月亮斜掛著，人影孤單，
怨恨著薄情人四季都辜負她的情意。

256

# 江天暮雪

陳孚

長空卷玉花，汀洲白浩浩。
雁影不復見，千崖暮如曉。
漁翁寒欲歸，不記巴陵道。
坐睡船自流，雲深一蓑小。

**陳孚**（1259～1309）

字剛中，號笏齋，台州路臨海縣（今浙江臨海市）人。曾在書院講學，曾任國史院編修、禮部郎中、翰林待制、天臺路總管府治中等職，亦曾出使安南（今越南）。

題旨：江遊雪景

**注釋**

題 **江天暮雪**：北宋畫家宋迪所繪《瀟湘八景》之一。瀟湘指湖南一帶，〈江天暮雪〉的景觀可見於長沙市橘子洲。

一行 **長空**：寬廣高遠的天空。／**玉花**：雪花，化用自梁昭明太子的〈黃鐘十一月啟〉：「玉雪開六出之花。」／**汀洲**：水中的沙洲。／**浩浩**：廣大的樣子。

二行 **暮**：黃昏，傍晚。／**曉**：早晨。

三行 **巴陵**：今湖南岳陽市，化用自唐代賈至的〈君山〉：「日暮忘卻巴陵道。」

四行 **坐**：因為。／**蓑**：蓑衣，用草或樹葉做成的雨具。此處代指漁翁。

## 賞讀譯文

寬廣高遠的天空裡捲起如玉般的雪花，汀洲上一片白茫茫。現在已不再看到雁子高飛的身影了，黃昏時千座山崖因雪而明亮得有如早晨。漁翁覺得寒冷想要回去，卻不記得回巴陵的路。因為他睡在船上任由船自流，在雲的深處有一個小小的蓑衣身影。

257

# 楚天遙過清江引

## 有意送春歸

薛昂夫

有意送春歸，無計留春住。
明年又著來，何似休歸去。
桃花也解愁，點點飄紅玉。
目斷楚天遙，不見春歸路。
春若有情春更苦，暗裏韶光度。
夕陽山外山，春水渡傍渡，
不知那搭兒是春住處。

**薛昂夫**（1267～1359）維吾爾族人。原名薛超吾，漢姓為馬，又字九皋，亦稱馬昂夫、馬九皋。曾任江西省令史、太平路總管、衢州路總管等職。

**一注釋一**

一行—**無計**：沒有辦法。
二行—**何似**：何不，何妨。
三行—**解愁**：懂得憂愁。／**紅玉**：指桃花。
四行—**目斷**：視線盡頭。／**楚天**：春秋戰國時期的楚國在長江中下游一帶，之後泛指南方天空。
五行—**暗裏**：暗地裡。／**韶光**：美好的時光、春光。／**度**：通過、經歷。
六行—**渡傍渡**：流過其他渡口。傍，指別的、其他的；通「旁」。
七行—**那搭兒**：哪裡，哪邊。

**題旨：傷春惜春**

### 賞讀譯文

我有意送春天回去，只因沒辦法留住春天。
明年春天又會回來，何妨不要回去？
桃花也懂得這份憂愁，飄著點點的紅色落花。
我的視線盡頭是遙遠的南方天空，還是沒看到春天回去的道路。
春天如果有情，它會更加痛苦，便暗地裡讓美好的時光過去。
夕陽落到山外山去，春水渡過其他渡口，
不知道哪裡是春天的住處。

258

# 楚天遙過清江引

花開人正歡

薛昂夫

花開人正歡，花落春如醉。
春醉有時醒，人老歡難會。
一江春水流，萬點楊花墜。
誰道是楊花，點點離人淚。

回首有情風萬里，渺渺天無際。
愁共海潮來，潮去愁難退，
更那堪晚來風又急。

題旨：春景抒懷

【注釋】

三行【一江春水流：引自南唐李煜的〈虞美人〉：「問君能有幾多愁，恰似一江春水向東流。」／**楊花**：即柳絮。

四行【**離人**：傷離的人。／引自北宋蘇軾的〈水龍吟〉：「細看來，不是楊花，點點是離人淚。」

五至六行【**回首**：回想，回憶。／**渺渺**：遼闊而蒼茫的樣子。／**共**：一起、一同。／引自北宋蘇軾的〈八聲甘州‧寄參寥子〉：「有情風萬里卷潮來，無情送潮歸。」

七行【**更那堪**：更何況，再加上。／**晚來**：夜晚來臨之際。／**急**：速度快且力道猛的。

## 賞讀譯文

花開時人正歡樂，花落時春天好像醉了一樣。
春天醉了，有時會醒來，但人老了之後，很難再有歡樂的會面。
一江春水向東流去，萬點柳絮紛紛飄墜。
是誰說柳絮是離人的點點淚滴呢？
回想過往，有情的風曾經送人到萬里之外，直到遼闊蒼茫、無邊無際的天涯。
愁緒跟著海潮一起來，但海潮退去後，愁緒卻難以消退，
更何況夜晚來臨之際又吹起了強風。

259

# 人月圓・春晚次韻

張可久

萋萋芳草春雲亂，愁在夕陽中。
短亭別酒，平湖畫舫，垂柳驕驄。
一聲啼鳥，一番夜雨，一陣東風。
桃花吹盡，佳人何在，門掩殘紅。

題旨：暮春思人

**張可久**（約 1270 ～ 1350）字小山；也有名伯遠，字可久，號小山的說法。仕途皆為下級官吏，時官時隱，曾漫遊江南一帶。為清麗派代表。現存小令為元曲作家最多者。

**一注釋一**

一行—**萋萋**：草茂盛的樣子。

二行—**短亭**：古代設在路邊的休憩亭舍，十里設一長亭，五里設一短亭。／**別酒**：話別的酒。／**平湖**：平靜的湖面。／**畫舫**：裝飾華美的遊船。／**驕驄**：壯健的驄馬。泛指駿馬。

三行—**一番**：一次，一場。／**東風**：春風。

四行—**盡**：完畢。／**掩**：關閉。／**殘紅**：落花。

## 賞讀譯文

芳草茂盛春雲紛亂，人在夕陽中充滿了愁緒。
我們在短亭喝過話別的酒之後，她搭乘畫舫沿著平靜的湖面遠去，我騎上繫於垂柳下的駿馬離開。
一聲鳥啼，一場夜雨，一陣春風。
桃花被吹完了，佳人在哪裡呢？門緊閉著，只看到落花。

260

# 小桃紅・淮安道中

張可久

一篙新水綠於藍，柳岸漁燈暗。
橋畔尋詩駐時暫。
散晴嵐，依微半幅雲煙淡。
楊花亂糝，扁舟初纜，風景似江南。

題旨：春遊風景

【注釋】

題【淮安：在今江蘇省淮安市，在長江北邊。

一行【篙：撐船的竹竿或木棍。／新水：春水。／藍：指可用於藍染的藍草植物。化用自唐代白居易的〈憶江南〉：「春來江水綠如藍。」／漁燈：漁船上的燈火。

二行【尋詩：尋覓詩句。／駐：停留。／時暫：時間短暫。／

三行【晴嵐：晴日山中的霧氣。／依微：隱約，不清晰。／半幅：指半座山。

四行【楊花：即柳絮。／糝：撒落、散開。音同「傘」。／扁舟：小船。／纜：繫、綁。／江南：指長江以南的地區，多指今江蘇、安徽兩省的南部和浙江省一帶。

## 賞讀譯文

船篙劃過比藍草更綠的春水，在柳樹林立的岸邊，漁船的燈火暗淡。我在橋畔尋覓詩句的靈感，短暫停留下來。晴日的山嵐散去，隱約有淡淡的雲煙遮住半座山。柳絮紛亂撒落，小船剛綁上繩纜，這裡的風景好似江南地方。

261

# 小梁州・訪杜高士

張可久

杖藜十里聽松聲，隱隱相迎。飛來峰下樹青青，添清興，流水玉琴橫。

拂雲同坐苔花磴，桂飄香，滿地金星。山影寒，天光淨，野猿啼月，詩在冷泉亭。

**題旨：訪友行旅**

**—注釋—**

一行—**杖藜**：拄著藜杖。／**松聲**：松濤聲，風吹過松林，松枝互相碰擊所發出的波濤般的聲音。／**隱隱**：不清楚、不明顯的樣子。

二行—**飛來峰**：位於浙江省杭州市靈隱寺，又名靈鷲峰，是一座石灰岩山峰。／**清興**：清雅的興致。／**玉琴**：玉飾的琴，亦為琴的美稱。

三行—**拂**：輕輕掠過、擦過。／**苔花**：指青苔。／**磴**：石階。／**金星**：指桂花，桂花多為淡黃或金黃色。

四行—**山影**：遠山的輪廓。／**詩**：指詩意。

## 賞讀譯文

我拄著藜杖前行，聽見十里之外風吹過松林的聲音，似乎在迎接我。飛來峰下樹林一片青綠，增添了清雅的興致，彷彿有玉琴橫放在流水前方，使其發出清脆悅耳的聲音。浮雲掠過，我們一同坐在長滿青苔的石階上，桂花飄出清香，滿地都是凋落的金星般的桂花。遠山輪廓散發寒意，天光明淨，野猿對著明月啼叫，冷泉亭裡充滿了詩意。

262

# 水仙子・梅邊即事

張可久

好花多向雨中開，佳客新從雲外來。
清詩未了年前債，相逢且放懷。
曲闌干碾玉亭臺。
小樹紛蝶翅，蒼苔點鹿胎，踏碎青鞋。

題旨：賞梅雪景

一注釋一

一行一**好花**：美麗的花。／**佳客**：嘉賓；貴客。／**新**：不久前、剛才。／**雲外**：在此指遠方。

二行一**清詩**：清新的詩篇。／**詩債**：指他人索詩或要求和作，尚未酬答，如同負債。／**放懷**：開懷，放寬心懷。

三行一**闌干**：即欄杆。／**碾**：雕琢、琢磨。

四行一**蒼苔**：深青色的苔蘚。／**鹿胎**：指花鹿身上的白點。／**青鞋**：草鞋，或指青布鞋。

## 賞讀譯文

美麗的花大多在雨中綻放，有貴客剛從遠方來訪。我還沒作詩償還年前的詩債，既然相逢就放開心懷。白雪讓曲欄杆和亭臺彷彿是研磨白玉打造而成的。白雪就像紛飛的蝶翅從小樹落下，讓蒼苔上彷彿多了花鹿的白斑。這趟行程讓我們踏碎了青鞋。

263

# 塞鴻秋・春情

張可久

疏星淡月秋千院，愁雲恨雨芙蓉面。
傷心燕足留紅線，惱人鸞影閒團扇。
獸爐沉水煙，翠沼殘花片。
一行行寫入相思傳。

## 賞讀譯文

稀疏的星辰、淡淡的月色，伴著有秋千的院子，女子的臉上滿是憂愁，懷著恨意的眼淚如雨落下。

令人傷心的是燕足上留著紅線，惱人的是女子的孤單身影，猶如被閒置的團扇。

獸形香爐裡飄出沉香的煙，翠綠的池水裡有一片片殘破的落花。

我把這些景象一行行地寫入相思傳裡。

## 題旨：閨怨相思

## 注釋

一行—**愁雲**：比喻憂鬱的神色。／**芙蓉面**：指美人的容顏。

二行—**燕足留紅線**：南朝衛敬瑜的妻子王氏，在十六歲時成為寡婦，不願改嫁。她的住處常有一對燕子來此築巢，後來只剩下一隻燕子飛來，她便在燕子的腳上綁紅線做記號，隔年這隻燕子果然再度飛來，她便為此做了一首詩：「昔年無偶去，今春又獨歸。故人恩義重，不忍更雙飛。」《太平廣記》中記有此故事。／**鸞影**：比喻女子的身影。另外，南朝宋的劉敬叔所撰的《異苑・鸞鳴》，提到罽賓國王買了一隻鸞，卻三年不鳴，夫人建議：「嘗聞鸞見類則鳴，何不懸鏡照之？」王從其言，鸞看到鏡子裡的身影後，悲鳴而絕。／**閒**：放著不使用。／**團扇**：化用漢成帝妃子班婕妤的故事，她因趙飛燕得寵而失勢，所作的〈怨歌行〉有：「……裁為合歡扇，團團似明月。……常恐秋節至，涼飆奪炎熱。棄捐篋笥中，恩情中道絕。」

三行—**獸爐**：獸形的香爐。／**沉水**：指沉水香、沉香，是沉香屬植物流出的樹脂與木質結合在一起的融合物，密度較高，能完全沉入水底或可半浮半沉，被當作當香使用。／**沼**：水池。／**殘花**：殘破不完整的落花。

# 雁兒落帶得勝令

雲來山更佳

張養浩

雲來山更佳，雲去山如畫。
山因雲晦明，雲共山高下。
倚杖立雲沙，回首見山家。
野鹿眠山草，山猿戲野花。
雲霞，我愛山無價，看時行踏，雲山也愛咱。

題旨：詠山景

**張養浩**（1270～1329）字希孟，號雲莊。曾任中書省掾屬、堂邑縣尹、監察御史等職，元武宗時因上書諫言而被免官，至元仁宗時復官，任禮部尚書、參議中書省事等。棄官隱居八年，多次受召不赴，直到元文宗天曆二年關中大旱，才出任陝西行台中丞，治旱救災，最後勞瘁而死。

**—注釋—**

一行—**佳**：美。

二行—**晦**：昏暗。

三行—**雲沙**：雲海的邊緣，宛如沙灘。／**山家**：山那邊，或指山野人家。

五行—**無價**：無法估量其價值。形容極為珍貴。／**行踏**：行走。／**咱**：我。

## 賞讀譯文

雲飄來了，山景更美麗。雲飄走了，山景如圖畫一般。山因為雲的來去，時暗時亮，雲也隨著山勢，時高時低。我倚著拐杖，站在沙灘似的雲海邊緣，回首看山的那一邊。野鹿睡在山中草叢裡，山猿把玩著野花。雲霞，我愛山景的珍貴無價，總是邊看邊行走，我想雲山也喜歡我。

265

# 芙蓉曲

薩都剌

秋江渺渺芙蓉芳，秋江女兒將斷腸。
絳袍春淺護雲暖，翠袖日暮迎風涼。
鯉魚吹浪江波白，霜落洞庭飛木葉。
蕩舟何處採蓮人，愛惜芙蓉好顏色。

**薩都剌**（1272／1300～1355）字天錫，號直齋，回族（亦有蒙古族一說）。善繪畫，精書法。登進士第後，曾任南臺御史、鎮江錄事司達魯花赤、江南行臺侍御史等地方官職，晚年居於杭州。

**一注釋一**

一行—**渺渺**：遼闊而蒼茫的樣子。／**芙蓉**：荷花的別稱。／**芳**：散發芳香。／**女兒**：女子。／**斷腸**：比喻極度悲傷。

二行—**絳袍**：大紅色衣袍，在此指荷花。／**春淺**：春意淺淡。／**護雲**：指層層堆疊如雲的荷葉。／**翠袖**：青綠色衣袖。泛指女子的裝束。／**日暮**：傍晚、黃昏。

三行—**鯉魚**：即鯉魚風，指九月風、秋風。／**洞庭**：即洞庭湖，在今湖南省。／**木葉**：樹葉。／化用自屈原的《九歌．湘夫人》：「嫋嫋兮秋風，洞庭波兮木葉下。」

四行—**蕩舟**：划船。／**蓮**：即荷花。／**顏色**：姿容。

**題旨：秋日江景**

## 賞讀譯文

秋日江面遼闊而蒼茫，荷花散發著芳香，但在秋江的女子卻將要悲傷斷腸了。

紅色荷花好似帶著淺淡的春意，周圍有堆疊如雲般的荷葉保護，為它帶來溫暖；女子在黃昏時分迎風站立，感受到涼意。

鯉魚風吹起大浪，江面湧起白色波浪；白霜落下，洞庭湖上有樹葉飄飛著。

採蓮人要划船到哪裡？請愛惜荷花現在的美好姿容。

# 水仙子・重觀瀑布

喬吉

天機織罷月梭閒，石壁高垂雪練寒。
冰絲帶雨懸霄漢，幾千年曬未乾。
露華涼人怯衣單。
似白虹飲澗，玉龍下山，晴雪飛灘。

**喬吉**（1280～1345）
字希孟，號雲莊。曾任中書省掾屬、堂邑縣尹。

題旨：詠瀑布

**注釋**

一行－**天機**：天上的織布機。／**雪練**：像雪一樣柔軟潔白的絲絹。

二行－**霄漢**：天河。亦借指天空。

三行－**露華**：露水，在此指瀑布的水滴。／**怯**：害怕。／**單**：單薄。

四行－**白虹**：虹指大氣中的水滴經日光照射後，發生折射或反射作用而形成的弧形光圈。宋代沈括的《夢溪筆談》提到：「世傳虹能入溪澗飲水。」／**澗**：兩山間的流水。／**玉龍**：傳說中的神龍。／**灘**：水邊的沙石地。

## 賞讀譯文

天上的織布機以月亮為梭，織成了這座瀑布後，月梭閒掛在一旁；瀑布從石壁上高高地垂下，像雪一樣柔軟潔白的絲絹散發著寒意。

冰絲夾帶著雨滴，懸掛在天空上，幾千年來都曬不乾，

涼冷的水滴讓人害怕身上的衣服太單薄。

這座瀑布好像白虹正在吸飲澗水，傳說中的玉龍飛下山，或是晴天的雪花飛到河灘上。

# 水仙子・詠雪

喬吉

冷無香柳絮撲將來，凍成片梨花拂不開，大灰泥漫了三千界，銀稜了東大海，探梅的心噤難捱。麵甕兒裏袁安舍，鹽堆兒裏党尉宅，粉缸兒裏舞榭歌臺。

題旨：詠雪

【注釋】

二行【漫】：覆蓋。／【三千界】：三千大千世界的簡稱，是佛教的宇宙觀，在指整個世界。／【稜】：稜稜，嚴寒的樣子。

三行【噤】：因受風寒而使身體顫抖的現象。／【捱】：忍受。

四行【袁安】：東漢名臣，在現今已失佚的《汝南先賢傳》中，記有：「洛陽令……至袁安門，無有行路。謂安已死，令人除雪入戶，見安僵臥。問何以不出。安曰：『大雪人皆餓，不宜干人。』」／【党尉】：即党進，北宋將領，別稱党太尉，傳說下雪時他會在家裡飲酒作樂。／【舞榭歌臺】：歌舞用的臺榭（臺榭為建築在臺上的房屋）。

## 賞讀譯文

雪花像冷而無香味的柳絮撲了過來，像凍成片的梨花拂不開，它像大灰泥覆蓋了整個世界，讓東大海變成銀白稜鏡，探梅人的心冷得顫抖，令人難以忍受。大雪讓東漢袁安的屋子好似在麵甕裡，讓北宋党尉的屋宅好似在鹽堆裡，也讓歌舞用的臺榭好似在粉缸裡。

268

# 折桂令・秋思

喬吉

紅梨葉染胭脂，吹起霞綃，絆住霜枝。正萬里西風，一天暮雨，兩地相思。恨薄命佳人在此，問雕鞍遊子何之。雁未來時，流水無情，莫寫新詩。

## 題旨：秋日閨思

**注釋**

一行—**胭脂**：紅色的化妝用品，多塗抹於兩頰、嘴唇，也可用於繪畫。／**霞綃**：紅色的絲絹，代指紅葉。／**絆住**：行動受到阻礙、不自由。

二行—**萬里西風**：形容範圍廣大的西風。／**一天**：某一天、這一天。／**暮雨**：傍晚的雨。

三行—**薄命佳人**：福薄命苦的美女。／**雕鞍**：飾有雕繡的馬鞍。／**何之**：去哪裡。

四行—**雁未來**：指沒有收到信。古人把鴻雁視為信差的代表。相傳漢武帝時，漢使接獲密告，得知匈奴將使臣蘇武流放北海，卻謊稱他已死，漢使便用計對匈奴說，漢皇帝射下的一隻鴻雁上有蘇武的帛書，讓蘇武得以被釋放。

## 賞讀譯文

梨樹的葉子紅得像染上了胭脂。風吹起了霞綃般的紅葉，而後讓它們絆在帶霜的枝條上。現在正是各地吹起西風的時節，這一天傍晚的雨，讓身處兩地的人充滿相思。心懷愁恨的薄命佳人在這裡，想問騎馬遠離的遊子到哪裡去了？雁子還沒送信過來時，流水無情，不要寫新詩任其漂流。

# 水龍吟·詠揚州明月樓

貫雲石

晚來碧海風沉，滿樓明月留人住。
瓊花香外，玉笙初響，修眉如妒。
十二闌干，等閒隔斷，人間風雨。
望畫橋簷影，紫芝塵暖，又喚起，登臨趣。

回首西山南浦，問雲物為誰掀舞。
關河如此，不須騎鶴，盡堪來去。
月落潮平，小衾夢轉，已非吾土。
且從容對酒，龍香涴繭，寫平山賦。

## 賞讀譯文

入夜後，風從碧海般的青天吹下來，明月照亮整棟樓，讓人停留在這裡不願離開。瓊花散發著香氣，玉笙的吹奏聲剛剛響起，還有令人嫉妒的長眉美女。曲折的欄杆隔開了平常的人間風雨。我望著華麗的橋梁和屋簷的影子，沾著輕塵的紫芝，又喚起了我心中登高望遠的興趣。回頭看西山南浦，想問這片景色是為了誰而舞動？山河如此美麗，不必騎鶴也完全能自由來去。明月已落下，潮水高漲，裹在被子裡做了好幾個夢，這裡不是我的鄉土。暫且從容地面對著酒，用龍香硯和涴繭紙，來寫平山賦。



## 題旨：明月樓夜景

**貫雲石**（1286～1324）

本名小雲石海涯，字酸齋。維吾爾族人。官宦世家，初襲父官，後讓位給弟弟，跟隨姚燧學文。後任翰林侍讀學士、中奉大夫、知制誥等職，不久即辭官，隱居江南。擅長樂府，與號「甜齋」的徐再思齊名，世稱「酸甜樂府」。

**—注釋—**

一行—**晚來**：入夜後。／**碧海**：指青天。天色藍如海，故有此稱。／**風沉**：風往下吹。

二行—**瓊花**：又名聚八仙花，每年四至五月開花，花色潔白。每朵瓊花的構造是由八朵五瓣大花環繞中間白珍珠般的小花。／**玉笙**：飾玉的笙，亦為笙之美稱，也指笙的吹奏聲。／**修眉**：長眉，在此指美女。

三行—**十二闌干**：曲折的欄杆。十二，指曲折很多。／**等閒**：平常、無足輕重的。／**隔斷**：阻隔，隔開。

四行—**畫橋**：雕飾華麗的橋梁。／**紫芝**：又稱木芝，似靈芝。菌蓋為半圓形，上面為赤褐色，下面為淡黃色。／**塵暖**：暖塵，輕塵。／**登臨**：登高望遠。

五行—**西山南浦**：化用自唐代王勃的〈滕王閣序〉：「畫棟朝飛南浦雲，珠簾暮卷西山雨。」／**雲物**：指景色。

六行—**關河**：關塞、關防，泛指山河。／**騎鶴**：化用自「騎鶴揚州」的典故，南朝梁的殷芸著有《小說．吳蜀人》中有：「客相從，各言所志，或願為揚州刺史，或願多貲財，或願騎鶴上升。其一人曰：『腰纏十萬貫，騎鶴上揚州。』欲兼三者。」／**盡堪**：完全能夠。

七行—**潮平**：滿潮，潮水漲至最高水位。／**衾**：大被子。／**吾土**：我的鄉土。

八行—**且**：姑且、暫且。／**龍香**：指龍香硯。硯為深紫色，用久了會有香氣。／**涴繭**：髒汙的繭絲做成的紙。涴，指汙染、弄髒，音同「握」。／**平山**：揚州的地名。

# 蟾宮曲・送春

貫雲石

問東君何處天涯。落日啼鵑，流水桃花。
淡淡遙山，萋萋芳草，隱隱殘霞。
隨柳絮吹歸那答，趁遊絲惹在誰家。
倦理琵琶，人倚秋千，月照窗紗。

## 題旨：傷春離去

**注釋**

一行—**東君**：《楚辭．九歌》中有祭日神的〈東君〉篇，之後演變為春神。／**鵑**：指杜鵑鳥。

二行—**遙山**：遠山。／**萋萋**：茂盛。／**隱隱**：不清楚、不明顯的樣子。／**殘霞**：殘餘的晚霞。

三行—**那答**：哪裡。／**趁**：追逐。／**遊絲**：蜘蛛等蟲吐的絲。／**惹**：沾染、碰觸。／化用自北宋秦觀的〈望海潮〉：「正絮翻蝶舞，芳思交加，柳下桃蹊，亂分春色到人家。」

四行—**理**：在此指彈奏。

## 賞讀譯文

請問春神在天涯的何處呢？我在落日時分聽到杜鵑鳥的啼叫聲，凋謝的桃花隨著流水而去。
淡淡的遠山景色，茂盛的芳草，模糊不清的殘餘晚霞。
春天隨著柳絮吹回那裡？追逐著遊絲沾染到誰家？
我懶得彈琵琶，倚著秋千，看明月照在窗紗上。

# 江城子

滿城風雨近重陽

倪瓚

滿城風雨近重陽，濕秋光，暗橫塘。蕭瑟汀蒲，岸柳送淒涼。親舊登高前日夢，松菊徑，也應荒。

堪將何物比愁長，綠泱泱，繞秋江。流到天涯，盤屈九回腸。煙外青蘋飛白鳥，歸路阻，思微茫。

**倪瓚**（1301～1374）

字泰宇、元鎮，號雲林子、荊蠻民、幻霞子等。元代山水畫「元四家」之一。父早喪，由同父異母的長兄倪昭奎撫養，生活舒適無憂。性格清高孤傲，不問政治，浸習於詩文書畫中。長兄突然病故後，經濟日漸窘困；之後，他開始信仰全真教，同時浪跡太湖一帶。

**注釋**

一行—**秋光**：秋日的風光景色。／**橫塘**：古堤名。在今江蘇省境內。

二行—**蕭瑟**：寂靜冷清。／**汀**：水邊平地或河流中的小沙洲。／**蒲**：即蒲草、香蒲，一種挺水性水生植物。

三行—**親舊**：親戚和故交舊友。／**前日**：昨日。

四行—**堪**：能夠。／**泱泱**：水面廣闊的樣子。

五行—**盤屈**：盤曲，盤旋曲折。／**九回腸**：即九迴腸。指愁腸反覆翻轉，比喻憂思鬱結難解。出自漢代司馬遷的〈報任少卿書〉：「是以腸一日而九迴。」

六行—**青蘋**：青綠色的浮萍。／**微茫**：模糊隱約的樣子。

## 題旨：秋景抒懷

## 賞讀譯文

這座城籠罩在風雨之中，時序已接近重陽節，秋日風景一片濕漉漉，橫塘處更是陰暗。

汀洲上的香蒲顯得寂靜冷清，岸邊的柳樹送來淒涼的氣息。與親朋舊友一起登高的往事，好像昨日的夢那般鮮明，但當初走過的松菊路徑應該也荒蕪了。

我能夠拿什麼東西來比喻這份愁的綿長呢？它就像廣闊繚繞的碧綠秋日江水。

它流到天涯之外，像九轉迴腸那樣盤旋曲折。

煙霧之外有白鳥飛過青綠浮萍，而我的歸鄉之路被阻斷，茫然的思緒模糊又隱約。

272

# 小桃紅・戍樓殘照

盍西村

戍樓殘照斷霞紅，只有青山送。
梨葉新來帶霜重。
望歸鴻，歸鴻也被西風弄。
閒愁萬種，舊遊雲夢，回首月明中。

**盍西村**
生卒年不詳，歷代元曲相關書籍中亦有盍志學、盍志常之稱。

題旨：秋景抒懷

【注釋】

一行【**戍樓**：邊境的軍用瞭望高樓。／**殘照**：落日餘光。／**斷霞**：片段的雲霞。／**送**：送別。

二行【**新來**：近來。

三行【**歸鴻**：歸返的鴻雁。鴻雁又稱大雁，是一種候鳥，於春季返回北方，秋季飛到南方越冬。／**弄**：擺布、玩弄。

四行【**閒愁**：無端無謂的憂愁。／**舊遊**：昔日遊覽的情景。／**雲夢**：指如雲和夢般渺茫。／**回首**：回想，回憶。／化用南唐李煜〈虞美人〉的「故國不堪回首月明中」。

## 賞讀譯文

我站在瞭望高樓上，落日餘光把片段雲霞照得火紅，只有青山為夕陽送別。
近來梨葉上都帶著沉重的白霜。
我望向歸返的鴻雁，牠也被狂野的西風擺弄得搖搖晃晃。
萬種無端的愁緒浮上心頭，昔日遊覽的情景如雲和夢那般渺茫，我只能在明月之下回憶。

# 小桃紅・雜詠

盍西村

綠楊堤畔蓼花洲，可愛溪山秀。
煙水茫茫晚涼後。
捕魚舟，衝開萬頃玻璃皺。
亂雲不收，殘霞妝就，一片洞庭秋。

## 題旨：洞庭秋景

一注釋一

一行一**蓼花**：蓼是水陸兩棲草本植物，開粉紅或玫瑰紅色穗狀花序，六至九月開花。／**可愛**：討人喜愛。／**秀**：秀麗。

二行一**煙水**：水面上煙霧籠罩。／**茫茫**：廣大無邊。

三行一**萬頃**：百萬畝，以誇飾手法形容面積廣闊。／**玻璃**：又稱玻瓈、水玉，在古代指稱水晶，也用來比喻平靜澄澈的水面。

四行一**亂雲**：紛亂的雲。／**殘霞**：殘餘的晚霞。／**妝**：妝扮。／**就**：完成。／**秋**：秋色，秋日景色。

## 賞讀譯文

綠楊堤畔，開滿蓼花的汀洲，這片可愛的溪山景色十分秀麗。
入夜轉涼後，水面上煙霧籠罩。
一艘艘捕漁船衝過廣闊的澄澈水面，掀起一道道皺波。
天上紛亂的雲四散不收，殘餘的晚霞也已經妝扮好了，呈現一片美麗的洞庭秋日景色。

274

# 塞鴻秋

愛他時似愛初生月

無名氏

愛他時似愛初生月，喜他時似喜看梅梢月，
想他時道幾首西江月，盼他時似盼辰鉤月。
當初意兒別，今日相抛撇，
要相逢似水底撈明月。

**題旨：以月抒情**

**注釋**

二行—**道**：談、說。／**西江月**：詞牌名，代指填詞寄託思念之情。／**辰鉤**：水星的別名。因水星很難見到，常用來比喻極為期盼或難得見到的事物。／**辰鉤月**：水星（辰鉤）與月相會。

三行—**意兒**：情意。／**別**：特殊、與眾不同。／**相**：由交互的意義演變為單方面的意義，指一方對另一方的行為。通常用於動詞前。／**抛撇**：抛開；丟棄。

## 賞讀譯文

愛他的時候，就像愛初生的新月；喜歡他的時候，就像喜歡看梅梢上的明月；
想他的時候，就填幾首西江月的相思詞；盼望他的時候，就像在盼望水星和明月相會。
當初他的情意那麼特別，今日卻抛棄了我；
若要相逢，就像在水底撈明月那般徒勞而沒有結果。

# 蟾宮曲・題金山寺

趙禹圭

長江浩浩西來，水面雲山，山上樓臺。
山水相輝，樓臺相映，天與安排。
詩句就雲山動色，酒杯傾天地忘懷。
醉眼睜開，遙望蓬萊，一半煙遮，一半雲埋。

**題旨：詠山水景色**

**趙禹圭（1330年前後在世）**字天賜。曾任鎮江府判。

**一注釋一**

題—**金山寺**：位於江蘇省鎮江縣金山上的佛寺。東晉時創建，自唐起通稱為「金山寺」，為佛教名寺。

一行—**浩浩**：水流盛大的樣子；浩蕩。／**雲山**：高聳入雲的山，在此指金山。／**樓臺**：指金山寺的殿宇樓臺。

三行—**就**：完成。／**動色**：指景色變化。／**酒杯傾**：酒杯傾斜，指舉杯喝酒。

四行—**醉眼**：醉後視線模糊的眼睛。／**蓬萊**：傳說中的海上仙山，在此比喻金山。

## 賞讀譯文

長江浩浩蕩蕩地從西邊奔流過來，水面上有座高聳入雲的金山，山上有金山寺的樓臺。山水相互輝映，樓臺相互映襯，好像有上天幫忙安排。詩句一寫完，雲山的景色隨即變化；我舉杯喝酒，忘懷天地之間的一切。我睜開視線模糊的醉眼，遙望彷彿海上蓬萊仙山的金山寺，它一半被煙霧遮住，一半被雲團掩埋了。

# 沉醉東風・秋日湘陰道中

趙善慶

山對面藍堆翠岫，草齊腰綠染沙洲。傲霜橘柚青，濯雨蒹葭秀，隔滄波隱隱江樓。點破瀟湘萬頃秋，是幾葉兒傳黃敗柳。

**趙善慶**（不詳～1345年後）或名趙孟慶，字文賢或文寶。元代鍾嗣成的《錄鬼簿》中，記載其「善卜術，任陰陽學正」。

**【注釋】**

題—**湘陰**：湖南省湘陰縣，在洞庭湖南岸

一行—**藍**：指深濃的樹色。／**岫**：峰巒。

二行—**傲**：不屈服的。／**濯雨**：雨水沖洗。／**蒹葭**：荻草和蘆葦。／**秀**：泛指草木開花。／**滄波**：青綠色的波浪。／**隱隱**：隱約。／**江樓**：臨江而建的樓閣。

三行—**點破**：道破，點穿。／**瀟湘**：瀟水和湘水。／**萬頃**：百萬畝，以誇飾手法形容面積廣闊。／**傳**：表達、表現。／**敗**：腐爛、凋殘。

**題旨：瀟湘秋景**

## 賞讀譯文

對面的山有一堆顏色濃到接近藍色的樹林和翠綠的峰巒，還有齊腰的野草把沙洲染成一片綠色。不屈服於秋霜的橘柚樹仍然青綠，淋過雨的蘆葦開花了，隔著青綠波浪，隱約能看到江邊的樓閣。點破這片廣闊瀟湘之水的秋意的，是那幾片呈現黃色的凋殘柳葉。

# 普天樂

## 淡煙迷

滕賓

淡煙迷，遙山翠，秋天雁唳，夜月猿啼。
小徑幽，茅簷僻，
秋色南山獨相對，傲西風菊綻東籬。
疏林鳥棲，殘霞散綺，歸去來兮。

**滕賓**（1308年前後在世）
一作滕斌，字玉霄。曾任江西儒學提舉、翰林學士等職，之後棄家入天台山當道士。與盧摯等人有交往。

題旨：秋景

**一注釋一**

一行一**迷**：瀰漫。／**遙山**：遠山。／**秋天**：秋日的天空。／**唳**：鳥類高聲鳴叫。

二行一**幽**：深遠、僻靜的。／**茅簷**：茅草蓋的屋頂。／**僻**：不熱鬧的、偏遠的。

三行一**秋色**：秋日景色。／**傲**：不屈服的。／**東籬**：東邊的竹籬，出自晉代陶淵明的〈飲酒詩〉：「採菊東籬下，悠然見南山。」多用以代指菊圃。

四行一**疏林**：稀疏的林木。／**殘霞**：殘餘的晚霞。／**綺**：織有花紋的絲織品。／**歸去來兮**：回去吧。來，語助詞，無義。

### 賞讀譯文

前方瀰漫著淡淡的煙霧，遠山一片青翠。秋日的天空裡有雁子高聲鳴叫，夜裡的月光下有猿隻啼叫。
我在深幽的小徑上，偏僻的茅草屋頂下，
獨自面對著南山的秋日景色，不屈服於西風的菊花在東籬邊綻放。
鳥兒棲息在稀疏的林木間，殘餘的晚霞猶如散開的絲織品。還是回去吧！

278

# 殿前歡

## 碧雲深

衛立中

碧雲深，碧雲深處路難尋。
數椽茅屋和雲賃，雲在松陰。
掛雲和八尺琴，臥苔石將雲根枕，折梅蕊把雲梢沁。
雲心無我，雲我無心。

**衛立中（約1290～1350前後在世）**
名德辰，字立中。善書法，隱居未仕。

**題旨：賞景抒懷**

**注釋**

一行｜**碧雲**：碧空中的雲。

二行｜**椽**：架在桁上用來承接木條及屋頂的木材。引申為房屋的量詞，幾椽即幾間。音同「船」。／**和雲賃**：連雲一起租下。／**松陰**：松樹的樹蔭。

三行｜**雲和**：地名，以出產琴瑟聞名。／**雲根**：深山雲起之處。／**沁**：浸透。

四行｜**無心**：佛教語。指解脫邪念的真心。

**賞讀譯文**

碧雲在山的深處，要前往碧雲所在深處的道路很難尋找。
有幾間茅屋連同雲一起租下來，雲就在松樹的樹蔭下。
牆上掛著雲和出產的八尺琴，我躺在長滿青苔的石頭上，把雲根處當枕頭，
還折下梅花的花蕊，拿去浸透雲梢。
雲的心裡沒有我的存在，雲和我之間只有解脫邪念的真心。

# 普天樂・平沙落雁

鮮于必仁

稻粱收，菰浦秀，山光凝暮，江影涵秋。
潮平遠水寬，天闊孤帆瘦。
雁陣驚寒埋雲岫，下長空飛滿滄洲。
西風渡頭，斜陽岸口，不盡詩愁。



## 賞讀譯文

稻和粱都已經採收，茭白筍和浦草都開花了；山景凝聚了暮色，江水倒影裡包涵著秋意。

潮水漲滿，遠處的水看來寬闊無垠；廣闊的天空下，一艘孤獨的船隻看來削瘦。

成列飛行的雁群因寒冷而吃驚地鳴叫，牠們飛進雲霧繚繞的峰巒裡，又飛下遼闊的天空，停留在濱水的陸地上。

西風吹過渡頭，斜陽照著岸口，此情此景讓人充滿了無盡的寫詩心情。

**鮮于必仁（約 1321～1323 前後在世）**

字去矜，號苦齋。其父鮮于樞為元代官員、著名書法家。一生布衣。因姻親之故而熟悉維吾爾音樂的影響。

**【注釋】**

題【**平沙落雁**】：北宋畫家宋迪所繪《瀟湘八景》之一。瀟湘指湖南一帶，〈平沙落雁〉的景觀可見於衡陽市回雁峰。

一行【**稻粱**】：稻和粱，穀物的總稱。／**菰**：茭白筍。花期為夏季和秋季。／**蒲**：蒲草、香蒲，一種挺水性水生植物。／**秀**：泛指草木開花。／**山光**：山的景色。／**凝**：聚集、集結。／**暮**：暮色。／**涵**：包容、容納。

二行【**潮平**】：滿潮，潮水漲至最高水位。／**孤帆**：一張船帆。也指孤單的船隻。

三行【**雁陣**】：成列而飛的雁群。／**驚寒**：因寒冷而吃驚地鳴叫。／化用自唐代王勃的〈滕王閣序〉：「雁陣驚寒，聲斷衡陽之浦。」／**雲岫**：雲霧繚繞的峰巒。／**長空**：遼闊的天空。／**滄洲**：濱水的陸地上。

四行【**渡頭**】：即渡口，有船隻擺渡可供人上下船的地方。／**岸口**：堤岸開口。／**不盡**：沒有盡頭。／**詩愁**：詩心、詩情。

**題旨：秋景抒愁**

# 碧玉簫

## 秋景堪題

關漢卿

秋景堪題，紅葉滿山溪。
松徑偏宜，黃菊繞東籬。
正清樽斟潑醅，有白衣勸酒杯。
官品極，到底成何濟。
歸，學取他淵明醉。

**關漢卿**（約 1210 ～ 1300 在世）

「漢卿」是字，號已齋。漢族。元雜劇奠基人，最著名的作品是《竇娥冤》。被譽為「曲聖」，與白樸、馬致遠、鄭光祖並稱為「元曲四大家」。

**注釋**

一行 **堪題**：值得題詩描寫。

二行 **松徑**：松間小路。／**偏宜**：最宜；特別合適。／**東籬**：東邊的竹籬，出自晉代陶淵明的〈飲酒詩〉：「採菊東籬下，悠然見南山。」多用以代指菊圃。

三行 **正**：正在。／**清樽**：亦作清尊、清罇，指酒器。／**斟**：注入。／**潑醅**：即醱醅。重釀未濾的酒。／**白衣**：古代平民服，代指平民。另也指送酒的小官吏。

四行 **官品**：官職的品第等級。／**極**：頂點、最高點。／**濟**：助益。

五行 **取**：語助詞，置於動詞後，表示動作的進行。／**淵明**：指晉代陶淵明，曾短暫為官，因厭倦政治而隱君，寫有〈飲酒詩〉二十首。

**題旨：秋景抒懷**

### 賞讀譯文

這幅秋景值得題詩描寫，紅葉布滿山溪兩側。
松間小徑最適合漫步，黃菊繞著東邊的竹籬綻放。
我正用清樽把醱醅注入酒杯，有平民在一旁勸酒。
官位到達最高點，到底有什麼助益？
回去吧！學陶淵明隱居，飲酒作樂！

281

# 醉高歌過喜春來·宿西湖

顧德潤

梅花飄雪漫山，楊柳和煙放眼，
畫船穩繫東風岸，金縷朱弦象板。
春融南浦冰澌散，
酒醒西樓月影慳，一天星斗水雲寒。
名利難，詩酒債且填還。

## 題旨：春景抒懷

**顧德潤**（**1320年前後在世**）字均澤，一作君澤，號九山，曾任杭州路吏等職。

**【注釋】**

一行——**漫**：遍布的、充滿的。／**和**：連同。／**眼**：指柳樹的嫩葉。早春初生的柳葉形狀如人睡眼初展，有柳眼之稱。

二行——**畫船**：裝飾華美的遊船。／**東風**：春風。／**金縷**：曲調《金縷曲》、《金縷衣》的簡稱。／**朱弦**：亦作「朱絃」，用熟絲製的琴弦，亦泛指琴瑟類弦樂器。／**象板**：樂器名。用兩塊片狀板，一頭以繩子聯結而成的樂器。

三行——**南浦**：南邊的水岸。／**冰澌**：流冰。／**散**：分開、解體。

四行——**西樓**：指歡宴之地。／**慳**：欠缺、缺少。／**一天**：滿天。／**星斗**：天上的星星。／**水雲**：水上方的雲。

五行——**且**：姑且。／**填還**：償還、報答。

## 賞讀譯文

梅花猶如飄雪遍布山間，楊柳在煙霧之間露出新生柳葉。裝飾華美的遊船穩穩地繫在春風吹拂的岸邊，有人正彈奏琴弦、拍打象板，唱著〈金縷曲〉。春天的暖意讓南邊水岸的流冰融化四散，我在西樓上酒醒時，已經看不到月影了，滿天都是星斗，水上方的雲散發寒意。功名利祿難追求，姑且先償還詩酒債。

282

# 浪淘沙・夜雨

梁寅

檐溜瀉泉聲，寒透疏櫺。
愁如百草雨中生。
誰信在家翻似客，好夢先驚。
花發恐飄零，只待朝晴。
彩霞紅日照山庭。
曾約故人應到也，同聽啼鶯。

**梁寅**（1303～1389）字孟敬。元末屢試不第，曾被徵召為集慶路儒學訓導，兩年即辭。明初曾受召修禮樂書，書成後，以疾辭授官。晚年隱居於石門山教學，人稱梁五經、石門先生。

題旨：雨中記事

**一注釋一**

一行一**檐溜**：檐溝，亦指檐溝流下的水。檐同「簷」。／**櫺**：同「欞」。

三行一**翻似客**：指好似客居他處，翻來覆去，輾轉難眠。

四行一**飄零**：凋謝飄落。

五行一**山庭**：山林庭園。

六行一**故人**：老友。

## 賞讀譯文

雨水從檐溝流下，彷彿泉水急流而下的聲音，寒意透過稀疏的窗櫺傳進屋內。
我的憂愁如百草在雨中不斷萌生。
誰相信我在家睡覺，卻像在外作客般翻來覆去難以入眠，即使做著好夢也先被驚醒。
那些盛開的花朵恐怕都凋謝飄落了，只能等到明天早上放晴（才會知道）。
彩霞和火紅的太陽映照著山林庭園。
曾經約好的老友應該到了，我們就一起聽鶯鳥的啼叫聲吧。

283

# 水龍吟

## 雞鳴風雨瀟瀟

劉基

雞鳴風雨瀟瀟，側身天地無劉表。
啼鵑迸淚，落花飄恨，斷魂飛繞。
月暗雲霄，星沉煙水，角聲清裊。
問登樓王粲，鏡中白髮，今宵又添多少。

極目鄉關何處，渺青山髻螺低小。
幾回好夢，隨風歸去，被渠遮了。
寶瑟弦僵，玉笙指冷，冥鴻天杪。
但侵階莎草，滿庭綠樹，不知昏曉。

### 賞讀譯文

雞鳴四起之際風狂雨驟，我置身在天地之間，卻沒遇到像劉表這樣的人。啼叫的杜鵑鳥湧出淚水，落花帶著恨飄下，悲傷地飛繞著。月光在雲朵飄浮的高空裡顯得暗淡，星星在霧靄迷濛的水面沉落，畫角的聲音清亮悠揚。我想問當年寫〈登樓賦〉的王粲，我在鏡中看見的白髮，今夜又增加了多少？我放眼遠望，看看家鄉在哪裡，只見青山模糊不清，山峰顯得矮小。我做了幾次隨著風回鄉的好夢，卻都被青山遮擋住了。寶瑟的弦彈來僵硬，按玉笙的手指很冰冷，高飛的鴻雁在天邊。但是侵入臺階的莎草和滿庭院的綠樹，讓人不知道此時是黃昏或清晨。

### 題旨：夜景抒懷

**劉基**（1311～1375）

字伯溫。自幼聰穎，精通天文地理、兵法數學。元朝時，曾任江西高安縣丞、江浙省元帥府都事等職，因不滿元朝腐敗而辭官。之後，成為朱元璋的謀臣，參與滅元。明王朝成立後，曾任御史中丞兼太史令、弘文館學士等職。

**—注釋—**

一行—**瀟瀟**：風狂雨驟的樣子。／出自《詩經・鄭風・風雨》的「風雨瀟瀟，雞鳴膠膠。」／**側身**：廁身，置身。／**劉表**：東漢末年的割據軍閥，由漢廷授封官銜「荊州刺史」、「鎮南將軍」等。在此代指禮賢下士的明主。

二行—**鵑**：指杜鵑鳥。初夏時常晝夜不停啼叫，叫聲類似「不如歸去」。相傳為商周至春秋時代之間的古蜀君主杜宇之魂所化。／**迸**：湧出。／**斷魂**：極度悲傷到好像失去魂魄。

三行—**雲霄**：雲朵飄浮的高空。／**煙水**：霧靄迷濛的水面。／**角聲**：畫角之聲。畫角為傳自西羌的樂器，形如牛、羊角，表面彩繪裝飾，吹奏時發出嗚嗚聲。／**清裊**：清亮悠揚。

四行—**登樓王粲**：東漢末年的文學家，曾作《登樓賦》抒發懷才不遇的苦悶。／**今宵**：今夜。

五行—**極目**：放眼遠望。／**鄉關**：故鄉。／**渺**：模糊不清。／**髻螺**：婦人頭上盤成螺形的髮髻，指山峰。

六行—**歸去**：回去。／**渠**：他，指第三人稱。在此指青山。／**遮**：阻擋、攔阻。

七行—**寶瑟**：瑟的美稱。／**玉笙**：飾玉的笙，亦為笙之美稱。／**冥鴻**：高飛的鴻雁。／**天杪**：天邊。

八行—**莎草**：一種多年生草本植物。

284 菩薩蠻 水晶簾外娟娟月

楊基

水晶簾外娟娟月，梨花枝上層層雪。
花月兩模糊，隔窗看欲無。
月華今夜黑，全見梨花白。
花也笑姮娥，讓他春色多。

題旨：月夜賞梨花

**楊基**（1326～1378）
字孟載，號眉庵。元末，曾入張士誠幕府。明初為滎陽知縣，累官至山西按察使，後被讒奪官，罰服勞役，死於工所。因《岳陽樓》一詩，被稱為「五言射雕手」。與高啟、張羽、徐賁為詩友，時人稱「吳中四傑」。

**—注釋—**

一行—**娟娟**：美好，柔美。
三行—**月華**：月光，月色。
四行—**姮娥**：嫦娥，亦指月亮。

**賞讀譯文**

水晶簾外有柔美的月亮，梨樹的枝頭上有一層層如雪般的梨花。
梨花和月亮兩相模糊難辨，隔著窗看不清楚。
今夜月色黯淡無光，只看到梨花的雪白。
梨花也笑月亮，讓他占據如此多的春色。

285

# 春草

楊基

嫩綠柔香遠更濃，春來無處不茸茸。
六朝舊恨斜陽裏，南浦新愁細雨中。
近水欲迷歌扇綠，隔花偏襯舞裙紅。
平川十里人歸晚，無數牛羊一笛風。

**題旨：春景抒懷**

**—注釋—**

一行—**茸茸**：柔密叢生的樣子。

二行—**六朝**：指三國的吳、東晉，以及南朝的宋、齊、梁、陳，此六朝皆建都於建康（吳名建業，今南京市）。／**恨**：此處指亡國之恨。／**南浦**：南邊的水岸。泛指送別之地。源自南朝江淹〈別賦〉：「送君南浦，傷如之何。」

三行—**迷**：困惑、分辨不清。／**歌扇**：唱歌時用的扇子。／**偏**：恰巧、正好。／**襯**：烘托。

四行—**平川**：廣闊平坦之地。

## 賞讀譯文

嫩綠的春草散發柔香，在遠處聞起來更濃烈；春天一來，到處都是柔密叢生的春草。

在斜陽裡，我想起來六朝的亡國之恨；在細雨中，我感受到在南浦送別的新愁。

近水處的春草，讓人誤以為是綠色歌扇；它們隔開花叢，正好襯托著彷彿紅色舞裙的花叢。

廣大平坦的原野上，牧人晚歸，帶著無數的牛羊慢慢前行，風中傳來笛聲。

286

# 月林清影

疏林逗明月，散亂成清影。
流藻舞波寒，驚虬翔壑冷。
雲來稍欲翳，風動紛難整。
圓魄忽西傾，愁看墮空境。

高啟

**高啟**（1336～1374）
字季迪，號槎軒。元末隱居吳淞青丘，自號青丘子。與劉基、宋濂並稱「明初詩文三大家」，又與楊基、張羽、徐賁被譽為「吳中四傑」。明初曾參與修元史，任翰林院國史編修官。因堅持推辭 部右侍郎一職而被辭退。之後，因蘇州知府魏觀事件，被懷疑文章中歌頌了另一位抗元起義領袖張士誠，遭牽連腰斬。

## 題旨：月夜樹影

**注釋**

一行－**逗**：在此指透、露。／**清影**：清朗的光影。
二行－**流藻**：流動的水藻。／**虬**：古代傳說中的無角龍。／**壑**：山谷。
三行－**翳**：遮蔽，在此指不清楚、朦朧。
四行－**圓魄**：圓月。

## 賞讀譯文

疏林在明月的照射下，在地上形成散亂的影子。樹影好像流動的水藻在寒波裡舞動，也像是驚醒的無角龍在冷冽山谷裡飛翔。有雲飛來擋住明月，樹影稍微變得模糊；風一拂動，樹影就變得紛亂難以整理。圓月突然西沉，我憂愁地看著樹影落入另一邊的天空。

287

# 江上晚過鄰塢看花，因憶南園舊遊

高啟

去年看花在城郭，今年看花在村落。
花開依舊自芳菲，客思居然成寂寞。
亂後城南花已空，廢園門鎖鳥聲中。
翻憐此地春風在，映水穿籬發幾叢。
年時遊伴俱何處，只有閒蜂隨繞樹。
欲慰春愁無酒家，殘香細雨空歸去。

題旨：春景記事

一注釋一

一行一**城郭**：城牆，代指整座城。

二行一**芳菲**：芳香美麗。／**客思**：客中遊子的思緒。／**居然**：竟然。

三行一**亂後**：戰亂後。／**城南**：指蘇州城南。

四行一**翻**：反而。／**憐**：愛惜。

五行一**年時**：當年、昔日。／**俱**：全、都。／**隨**：沿著、順著。

六行一**慰**：安撫。／**酒家**：酒店。／**殘香**：殘存的香氣。／**歸去**：回去。

## 賞讀譯文

去年我在城裡賞花，今年卻在村落賞花。盛開的群花依舊芳香美麗，客居的我，思緒竟然充滿了寂寞。戰亂之後，蘇州城南的繁花已經成空，荒廢的園林大門深鎖，從中傳出鳥兒的鳴叫聲。我反而愛惜這裡還有春風吹拂，有幾叢花穿過籬笆綻放，倒映在水面上。當年的遊伴全都在哪裡？只有悠閒的蜂兒沿著樹飛繞。我想要安撫這份春愁，卻沒有酒店。我在殘香圍繞的細雨中，獨自回去。

# 梅花

高啟

瓊姿只合在瑤臺，誰向江南處處栽。
雪滿山中高士臥，月明林下美人來。
寒依疏影蕭蕭竹，春掩殘香漠漠苔。
自去何郎無好詠，東風愁寂幾回開。

**注釋**

一行　**瓊姿**：形容瑰麗的姿態。／**向**：臨近、接近。／**瑤臺**：傳說中西王母居住的地方。

二行　**高士**：在此指梅花，化用自東漢名臣袁安的故事，在現今已失佚的《汝南先賢傳》中，記有：「洛陽令……至袁安門，無有行路。謂安己死，令人除雪入戶，見安僵臥。問何以不出。安曰：『大雪人皆餓，不宜干人。』」／**美人**：在此指梅花，化用自相傳為唐代柳宗元所著的傳奇小說《龍城錄》中「趙師雄醉憩梅花下」的故事。

三行　**疏影**：疏落的影子，指梅樹。化用自北宋林逋的〈山園小梅〉：「疏影橫斜水清淺，暗香浮動月黃昏。」／**蕭蕭**：形容風吹動竹林的聲音。／**殘香**：殘存的香氣。／**漠漠**：密布羅列的樣子。

四行　**何郎**：南朝梁代詩人何遜，他擔任揚州法曹時，常在梅花樹下吟詠。但之後再抵揚州時，卻吟詠不出新作。／**東風**：春風。／**愁寂**：憂愁寂寞。

**題旨：詠梅**

**賞讀譯文**

梅花的瑰麗姿態只適合住在仙界的瑤臺，是誰在臨近江南的地方到處栽種梅樹呢？梅花像是躺臥在滿是積雪的山中的高士，也像是從明月照耀的樹林間走過來的美人。在寒冷之中，梅枝的疏落影子依靠著被風吹得發出蕭蕭聲的竹林；在春天來臨時，飄落在地的梅花花瓣，其殘存的香氣掩蓋了密布的青苔。自從何遜離開之後，就沒有吟詠梅的好詩；梅樹憂愁寂寞地待在春風裡，還會再開幾次花呢？

# 月夜登閶門西虹橋

文徵明

白霧浮空去渺然，西虹橋上月初圓。
帶城燈火千家市，極目帆檣萬里船。
人語不分塵似海，夜寒初重水生煙。
平生無限登臨興，都落風欄露楯前。

## 題旨：月夜抒懷

**文徵明**（1470～1559）

原名壁，字徵明，後以徵明為名，並更字徵仲；號衡山居士。以書畫享盛名。多次落第，五十四歲時經推薦及考核後，擔任翰林院待詔，但四年後便因不喜官場文化而辭官，潛心研究詩文書畫。

**注釋**

題—**閶門**：蘇州西北面的城門，附近曾經繁華的商業區，俗稱吳門。
一行—**渺然**：因遠而形影模糊以至消失。
二行—**極目**：放眼遠望。／**帆檣**：船上掛帆的桿子。
三行—**人語不分**：人多到無法分辨誰是發言者。
四行—**平生**：一生。／**登臨興**：登山臨水的興味。／**楯**：欄杆。

## 賞讀譯文

白霧浮上天空後逐漸變得模糊而消失，西虹橋上掛著剛升起的圓月。城市裡家家戶戶都點亮燈火，放眼遠望全是航行萬里的船隻帆檣。這個人數多到難以分辨誰是發言者的塵世，就像是一座大海；夜的寒意剛剛變得濃重，水面生起煙霧。我這一生無限的登山臨水的興味，都落在風吹而露水凝結的欄杆前。

# 滿江紅

## 漠漠輕陰

文徵明

漠漠輕陰，正梅子弄黃時節。
最惱是，欲晴還雨，乍寒又熱。
燕子梨花都過也，小樓無那傷春別。
傍闌干欲語更沉吟，終難說。
一點點，楊花雪。一片片，榆錢莢。
漸西垣日隱，晚涼清絕。
池面盈盈清淺水，柳梢淡淡黃昏月。
是何人吹徹玉參差，情淒切。

題旨：傷春

**注釋**

一行—**漠漠**：昏暗的樣子。／**輕陰**：微陰的天色。
三行—**無那**：無奈。
四行—**傍**：依靠。／**闌干**：即欄杆。／**更**：反而。／**沉吟**：深思。
五行—**楊花**：即柳絮。／**榆錢**：榆莢，榆樹在春季結成的果實，形狀似錢，俗稱榆錢。
六行—**垣**：矮牆。／**清絕**：淒清至極。
七行—**盈盈**：清澈。
八行—**吹徹**：吹遍，吹到最後一曲。／**玉參差**：鑲有玉飾的排簫或笙。／**淒切**：淒涼而悲切。

**賞讀譯文**

天色昏暗微陰，現在正是梅子轉黃的時節。
最惱人的是，快放晴了卻又下雨，突然轉寒又變熱。
燕子飛走了，梨花綻放的季節也過去了，我在小樓裡無奈地為春天的別離而感傷。
我依靠著欄杆，想要說話，反而開始深思，終究難以開口說。
如今已開始飄來一點點如雪般的柳絮，榆樹上也長出一片片的錢形果莢。
太陽逐漸隱沒到西邊的矮牆下，傍晚的涼意令人感到淒清至極。
池面清澈，池水清淺；黃昏時分，光芒清淡的月亮掛在柳梢上。
是誰吹完了一首玉笙的曲子，情緒如此淒涼而悲切？

# 一剪梅

雨打梨花深閉門

唐寅

雨打梨花深閉門，忘了青春，誤了青春。
賞心樂事共誰論，花下銷魂，月下銷魂。
愁聚眉峰盡日顰，千點啼痕，萬點啼痕。
曉看天色暮看雲，行也思君，坐也思君。

**唐寅**（1470～1524）
字伯虎，後改字子畏，號六如居士、桃花庵主、魯國唐生、逃禪仙吏等。出身商賈家庭，三十歲時進京會試，被誣涉及洩題案，從此絕意仕途，漫遊華中、江南各地，以賣文、畫聞名天下。

題旨：閨思

**注釋**

一行—**雨打梨花深閉門**：出自宋代李重元〈憶王孫．春詞〉的末句。／**青春**：指春天，也是青年時期。

二行—**賞心樂事**：愉悅的心情和歡樂的事情。／**共**：跟、和。／**銷魂**：哀傷至極，好像魂魄離開形體而消失。

三行—**盡日**：一整天。／**顰**：皺眉。／**啼痕**：淚痕。

四行—**曉**：清晨。／**暮**：傍晚。

## 賞讀譯文

雨滴打在梨花上，女子待在深深緊閉的門內，忘了青春，也誤了青春。
她的愉悅心情和歡樂事情，能跟誰說呢？她在花下和月下都感到哀傷銷魂。
愁緒聚集在她的眉峰，讓她一整天都皺著眉，臉上留有千點、萬點的淚痕。
她在清晨時看天色，在傍晚時看雲彩，行走時思念著郎君，閒坐時也思念著郎君。

292

# 龍潭夜坐

王守仁

何外花香入夜清，石林茅屋隔溪聲。
幽人月出每孤往，棲鳥山空時一鳴。
草露不辭芒屨濕，松風偏與葛衣輕。
臨流欲寫猗蘭意，江北江南無限情。

## 賞讀譯文

屋外何處的清雅花香在入夜後傳來，石林和茅屋隔開了溪流聲。我這個幽居之人總是在月出之後獨自前往，幽深少人的山裡，棲息於樹上的鳥不時鳴叫一聲。草上的露水不肯避開，弄濕了我的芒鞋；吹過松林的風偏偏讓我的葛衣輕盈飄起。我靠近溪流，想要寫出〈猗蘭操〉那般的想法，卻感受到江北江南無窮盡的情懷。

**王守仁**（1472～1529）幼名雲，字伯安，別號陽明子，世稱「陽明先生」。登進士第後，仕於孝宗、武宗、世宗三朝，曾任南贛巡撫、兩廣總督、南京兵部尚書、左都御史等職，曾平定南贛、兩廣盜亂及宸濠之亂，獲封新建伯。王守仁為明代陸王心學的集大成者，此學說亦傳入日本、朝鮮等國，影響深遠。

**｜注釋｜**

二行｜**幽人**：幽居之人。／**每**：常常、總是。／**孤往**：獨自前往。／**棲鳥**：棲宿於樹上的鳥。／**山空**：山中幽深少人。／化用自唐代王維的〈鳥鳴澗〉：「月出驚山鳥，時鳴春澗中。」

三行｜**草露**：草上的露水。／**不辭**：不避開。／**芒屨**：芒鞋。／**松風**：松林之風。／**葛衣**：用葛布製成的夏衣。

四行｜**臨**：靠近、依傍。／**猗蘭**：指琴曲〈猗蘭操〉。相傳為孔子所作，東漢蔡邕在《琴操．猗蘭操》條目提到：「孔子歷聘諸侯，諸侯莫能任。自衛反魯，過隱谷之中，見薌蘭獨茂，喟然嘆曰：蘭當為王者香，今乃獨茂，與眾草為伍。乃止車援琴鼓之，自傷不逢時，托辭於香蘭云。」／**意**：想法。／**無限**：沒有窮盡。

**題旨：夜景抒懷**

# 293 蝶戀花・留別吳白樓

邊貢

亭外潮生人欲去。
為怕秋聲，不近芭蕉樹。
芳草碧雲凝望處，何時重話巴山雨。
三板輕船頻喚渡。
秋水疏楊，欲折絲千縷。
白雁橫天江館暮，醉中愁見吳山路。

## 賞讀譯文

亭子外潮水漲起，我就要離開了。為了怕聽見蕭瑟的秋聲，我總是不靠近芭蕉樹。我凝望著芳草和碧雲，不知何時才能與友人再度聚首敘舊。舢舨輕船上頻頻叫喚要渡河了。友人在秋水旁的疏落楊柳下，想要折下千縷絲條來挽留我。白雁橫越天空，江邊的亭子籠罩在暮色中，我已經喝醉，憂愁地看著群山上的道路。

**邊貢**（1476～1532年）

字廷實，號華泉。登進士第後，曾任太常博士、太常丞、南京戶部尚書等職。李夢陽、何景明、徐禎卿並稱「弘治四傑」，後來加上康海、王九思、王廷相，合稱為明代文學「前七子」。

**注釋**

題—**吳白樓**：即吳一鵬，號白樓，曾任南京戶部尚書。

一行—**潮生**：指漲潮。／**人**：指作者自己。

二行—**秋聲**：指秋季大自然界的聲音，如風聲、落葉聲、蟲鳥聲等。／**芭蕉**：在詩詞中常常與孤獨憂愁，特別是離情別緒相關。

三行—**芳草**：香草。／**碧雲**：碧空中的雲，比喻遠方或天邊。多用以表達離別情緒，源自南朝江淹的〈休上人怨別〉：「日暮碧雲合，佳人殊未來。」／**重話巴山雨**：指聚首敘舊，化用自唐代李商隱的〈夜雨寄北〉：「何當共剪西窗燭，卻話巴山夜雨時。」

四行—**三板**：即舢舨，一種堅固的平底小船。

五行—**楊**：楊柳。「柳」有「留」的諧音，古人常折柳贈別，表示挽留之意。

六行—**橫天**：橫越天空／**江館**：指前面的「亭」。／**吳山**：吳地的山，常泛指江南的山。吳地指春秋時代吳國的疆域，在今江蘇、浙江一帶。

**題旨：與友別離**

294

# 踏莎行・晚景

陳霆

流水孤村，荒城古道，槎牙老木烏鳶噪。
夕陽倒影射疏林，江邊一帶芙蓉老。
風暝寒煙，天低衰草，登樓望盡群峰小。
欲將歸信問行人，青山盡處行人少。

**陳霆**（約 1477～1550）字聲伯，號水南。登進士第後，任刑科給事中。曾因上書彈劾張瑜，被其同黨劉瑾陷害入獄。劉瑾被誅後，任刑部主事、山西提學僉事等職。不久後辭官回鄉，隱居著述。

題旨：秋景抒懷

**注釋**

一行—**荒城**：荒涼的古城。／**槎牙**：亦作槎枒。樹木枝杈歧出的樣子。／**老木**：老樹。／**烏鳶**：烏鴉和老鷹。／**噪**：蟲鳥爭鳴。

二行—**疏林**：稀疏的林木。／**芙蓉**：荷花的別稱。／**老**：凋殘。

三行—**暝**：昏暗、幽暗。／**寒煙**：寒冷的煙霧。／**衰草**：枯草。／**望盡**：視線盡頭。

四行—**歸信**：歸返的消息。／**盡處**：盡頭。

## 賞讀譯文

流水旁的孤村，荒涼古城與古道，樹枝槎枒的老樹上，烏鴉和老鷹爭鳴喧噪。夕陽照射下，稀疏的林木留下倒影，江邊一帶的荷花已經凋殘。

昏暗中，風吹動寒煙升起，天幕低垂連接枯草，我登樓遠眺，視線盡頭的群峰看來渺小。我想要問行人關於歸返的消息，但青山盡頭卻少有行人。

# 295 春別

沈宜修

簾前殘月五更風，江上征帆掛碧艟。
客路片雲隨遠望，鏡中雙鬢歎飛蓬。
索愁芳草千山繞，送恨啼鶯萬里同。
待約芙蓉秋水綠，莫教黃菊冷煙塵。

**沈宜修**（1590～1635）

字宛君。出身書香世家，為明朝官員沈珫之女，戲曲家沈璟的侄女，後為文學家葉紹袁的妻子。工畫山水，能詩善詞。

**注釋**

一行—**殘月**：將落的月亮。／**五更**：舊時把一夜分為五更，即一更、二更、三更、四更、五更。第五更為天將明時。／**征帆**：指遠行的船。／**艟**：艨艟，一種古代戰艦。

二行—**客路**：旅途。／**片雲**：極少的雲。／**飛蓬**：比喻蓬亂的頭髮。

三行—**索**：討、要。／**芳草**：香草。／**千山**：指山多，群山。

四行—**芙蓉**：指芙蓉湖，在江蘇省，現已消失。／**莫教**：別讓。／**冷**：寂寞。／**煙塵**：煙霧和塵埃。

題旨：閨思離愁

## 賞讀譯文

簾子前方是將落的月亮，風在五更時吹起，江上遠行的船正準備出發。旅途上片片雲朵隨著遠望的視線而去，我看著鏡中的自己，感嘆雙鬢蓬亂。總是向人索要愁緒的芳草繞著群山生長，用啼叫聲傳送離恨的鶯鳥在方圓萬里內都相同。等待相約在芙蓉湖呈現秋水綠的時節見面，別讓黃菊寂寞地待在煙霧和塵埃中。

# 菩薩蠻・憶未來人

李雯

薔薇未洗胭脂雨，東風不合催人去。
心事兩朦朧，玉簫春夢中。
斜陽芳草隔，滿目傷心碧。
不語問青山，青山響杜鵑。

**李雯**（1607～1647）字舒章。與陳子龍、宋徵輿共創雲間詞派。明崇禎時代的舉人，清軍入關時人在京城，被清朝政府羈留，任內閣中書舍人等職。南歸葬父後，在返京途中染病身亡。

**一注釋一**

一行—**薔薇**：多年生落葉灌木。／**胭脂**：一種紅色顏料，泛指鮮豔的紅色。在此指薔薇的花。／**東風**：春風。／**不合**：不應該。

二行—**玉簫**：玉製的簫或簫的美稱。

三行—**滿目**：形容充滿視野。

四行—**杜鵑**：指杜鵑鳥，初夏時常晝夜不停啼叫，叫聲類似「不如歸去」，傳說會啼叫到出血才停止。相傳為商周至春秋時代之間的古蜀君主杜宇之魂所化。

**題旨：春景抒懷**

### 賞讀譯文

薔薇那胭脂般的紅花還未被雨淋洗過，春風不應該催人離開。
我的諸多心事一片朦朧，就像春夢裡的玉簫聲那般隱約。
斜陽在芳草隔開的另一端，放眼所望都是令人傷心的碧綠景色。
我默默無語地在內心詢問青山，而青山間響起了杜鵑鳥的悲啼聲。

297

# 天仙子·春恨

陳子龍

古道棠梨寒惻惻，子規滿路東風濕。
留連好景為誰愁，歸潮急，暮雲碧。
和雨和晴人不識。
北望音書迷故國，一江春水無消息。
強將此恨問花枝，嫣紅積，鶯如織，
我淚未彈花淚滴。

**陳子龍**（1608～1647）初名介，字臥子、懋中、人中，號大樽、海士、軼符等。與李雯、宋徵輿共創雲間詞派。曾任紹興推官。明亡後，在太湖結兵準備抗清，因事跡敗露被捕後，投水自盡。

**一注釋一**

一行一**棠梨**：一種野生梨子，果實小，又名豆梨。／**惻惻**：寒冷。另有版本為「側側」。／**子規**：杜鵑鳥。初夏時常晝夜不停啼叫，叫聲類似「不如歸去」。相傳為商周至春秋時代之間的古蜀君主杜宇之魂所化，又叫杜宇、鶗鴃、啼鴃、鵜鴃。／**東風**：春風。

二行一**歸潮**：退潮。／**暮雲**：傍晚的雲。

三行一**不識**：不了解、不清楚。

四行一**北望**：向北望。／**音書**：音訊，書信。

五行一**強**：勉強。／**嫣紅**：指落花。／**如織**：指如織布機的梭子。

六行一**我淚未彈花淚滴**：化用杜甫〈春望〉的「感時花濺淚」。

題旨：賞景抒懷

## 賞讀譯文

古道上的棠梨被寒風吹得發抖，滿路都能聽見杜鵑鳥的哀鳴聲，東風（帶來雨水）弄濕了大地。我留連的這片好景，是在為誰憂愁？潮水急速退去，傍晚的雲已轉為青碧。讓人不清楚是在下雨或是放晴了。

我望向北方，期盼書信帶來令人迷惘的故國訊息，卻被這一江春水隔開，毫無消息。我勉強向花枝詢問這份愁恨，卻看到落花堆積滿地，鶯鳥如織布機的梭子般飛來飛去。我的淚還未彈落，花的淚就滴了下來。

298

# 畫堂春・雨中杏花

陳子龍

輕陰池館水平橋，一番弄雨花梢。
微寒著處不勝嬌，此際魂銷。
憶昔青門堤外，粉香零亂朝朝。
玉顏寂寞淡紅飄，無那今宵。

題旨：詠杏花

**注釋**

一行 **輕陰**：微陰的天色。／**池館**：池苑館舍。池苑指有池水和花木的園林，館舍指接待賓客住宿之所，亦泛指房屋。／**一番**：一陣。／**弄雨**：下雨。／**花梢**：花木的枝梢。

二行 **微寒**：微涼、輕寒。／**著**：發生。／**不勝**：非常、十分。／**嬌**：柔美可愛。／**此際**：此時，這時候。／**魂銷**：靈魂離體而消失，形容極度悲傷或歡樂激動。

三行 **青門**：漢代長安城的東南門，因城門為青色，俗稱「青門」，古人常在此折柳送別。後泛指京城城門或送別之地。（「柳」有「留」的諧音，表示挽留之意。）／**粉香**：指杏花。／**零亂**：散亂不整齊。／**朝朝**：指天天、每天。

四行 **玉顏**：指杏花。／**無那**：無奈。／**今宵**：今夜。

## 賞讀譯文

天色微陰，館舍旁的池塘水面已漲滿到與橋齊平了，一陣雨打在花木的枝梢上。

在輕寒侵襲的地方，杏花仍十分嬌美，此時實在令人銷魂。

我想起昔日在青門的堤外，粉香的杏花每天都被送別的人摘得零亂不已。

無奈今晚杏花卻寂寞地飄下它的淡紅色花瓣。

299

# 訴衷情・春遊

陳子龍

小桃枝下試羅裳，蝶粉鬥遺香。
玉輪碾平芳草，半面惱紅妝。
風乍暖，日初長，裊垂楊。
一雙舞燕，萬點飛花，滿地斜陽。

題旨：春景敘事

**注釋**

一行—**羅裳**：羅裙。絲羅製的裙子，泛指婦女的衣裙。／**蝶粉**：蝶翅上的天生粉屑。／**鬥**：競賽、比賽。／**遺香**：留下的香氣。

二行—**玉輪**：華麗馬車的輪子。／**半面**：指半邊臉面。／**紅妝**：指女子的盛妝，或指美女。

三行—**乍**：突然。／**裊**：搖曳、擺動。

四行—**飛花**：飄飛的落花。

## 賞讀譯文

女子在小桃枝下試穿羅裙，蝶翅上的粉屑在跟女子比賽誰留下的香氣最香。華麗馬車的輪子碾平了地上的芳草，從窗口露出的半張臉令女子惱怒。風突然變暖，日照剛開始變長，垂楊的枝條搖曳擺動著。一對飛舞的燕子，萬點飄飛的落花，滿地都是斜陽照射下的光影。

# 謁金門・五月雨

陳子龍

鶯啼處，搖盪一天疏雨。
極目平蕪人盡去，斷紅明碧樹。
費得爐煙無數，只有輕寒難度。
忽見西樓花影露，弄晴催薄暮。

## 題旨：春景敘事

一注釋一

二行一**極目**：放眼遠望。／**平蕪**：草木叢生的曠野。／**盡**：全部，都。／**斷紅**：殘剩的紅花。／**明**：使明顯、清楚。

三行一**費**：消耗。／**爐煙**：爐火。／**輕寒**：微寒。／化用自宋代周邦彥《滿庭芳・夏日溧水無想山作》的「地卑山近，衣潤費爐煙」，古時的富貴人家會點爐香來除濕。

四行一**弄晴**：指花影在晴天下戲耍。／**薄暮**：傍晚。

## 賞讀譯文

在鶯鳥啼叫的地方，稀疏的雨搖盪著，下了一整天。
我放眼遠望草木叢生的曠野，行人全都離開了；殘剩的紅花使得碧綠的樹林顯得更明顯。
我消耗了無數的爐火，總覺得很難度過這微寒的季節。
我忽然看見西樓露出了花影，它在晴天下戲耍，催促著傍晚到來。

# 落花詩

歸莊

江南春老歎紅稀，樹底殘英高下飛。
燕蹴鶯銜何太急，溷多茵少竟安歸。
闌干曉露芳條冷，池館斜陽綠蔭肥。
靜掩蓬門獨惆悵，從他江草自菲菲。

題旨：傷春抒懷

**歸莊**（1613～1673）一名祚明，字爾禮、玄恭，號恆軒、歸藏、歸來乎、懸弓、園公、鏖鏊鉅山人、逸群公子等。明代散文家歸有光的曾孫，書畫篆刻家歸昌世的季子。曾參加崑山抗清活動，兵敗後改僧裝逃亡，隱居家鄉著述。與同鄉顧炎武齊名，並稱「歸奇顧怪」。

**注釋**

一行 **春老**：春暮。／**紅**：指花朵。／**殘英**：落花。

二行 **蹴**：踏、踩。／**銜**：用嘴巴含物或叼物。／**溷**：糞溷，糞坑。音同「混」。／**茵**：坐墊、墊褥。

三行 **闌干**：即欄杆。／**曉露**：清晨的露水。／**芳條**：芳枝。／**池館**：池苑館舍。池苑指有池水和花木的園林，館舍指接待賓客住宿之所，亦泛指房屋。／**綠蔭**：樹蔭。／**肥**：飽滿。

四行 **蓬門**：用蓬草編成的門戶。／**惆悵**：悲愁、失意。／**從**：依順，任由。／**他**：用於句中當襯字，無所指。／**菲菲**：花草茂盛、美麗。

**賞讀譯文**

江南已經是暮春時節，我感嘆紅花稀少，樹下的落花忽高忽低地飛著。燕子踩踏落花、鶯鳥銜走落花的態勢是多麼急切；糞坑這麼多、坐墊這麼少，竟然要落花在這裡安歸？欄杆旁有清晨露水附著的枝條顯得清冷，池館旁斜陽照射處的綠蔭豐美飽滿。我靜靜地掩上蓬門，獨自惆悵，任由江草生長茂盛。

302

# 百嘉村見梅花

龔鼎孳

天涯疏影伴黃昏，
玉笛高樓自掩門。
夢醒忽驚身是客，
一船寒月到江村。

**龔鼎孳**（1616～1673）

字孝升，號芝麓。在明崇禎時登進士第，曾任給事中、直指使。明亡後降清，曾任常寺少卿、禮部尚書等職。

題旨：詠梅抒懷

**注釋**

一行　化用自北宋林逋的〈山園小梅〉：「疏影橫斜水清淺，暗香浮動月黃昏。」

二行　**玉笛**：指音調哀怨的笛曲〈梅花落〉。／**掩門**：輕輕關上門。

三行　**身**：自己。／**客**：出門在外的人。

四行　**寒月**：清寒的月光。／**江村**：即百嘉村。

## 賞讀譯文

我身在天涯，有梅枝疏影伴著黃昏；
輕輕關上門的高樓裡，有人正吹著笛曲〈梅花落〉。
我在夢醒後，忽然驚覺自己是出門在外的人，
這一艘船載著清寒的月光，來到江邊的村落。

303

# 由畫溪經三篛入合溪

余懷

畫舫隨風入畫溪，秋高天闊五峰低。
綠蘿僧院孤煙外，紅樹人家小閣西。
篛水長清魚可數，篁山將盡鳥空啼。
桃源彷彿無尋處，楓葉紛紛路欲迷。

題旨：江遊記事

**余懷**（1616～1696）字澹心、無懷，號曼翁、廣霞、壺山外史、寒鐵道人、鬘持老人。明末時，曾以布衣入南京兵部尚書幕府。明朝滅亡後，曾參與明朝皇族及官員組成的南明政權之黨爭。南明滅亡後，隱居蘇州專心著書，賣文為生。

**一注釋一**

題—**畫溪**、**三篛**、**合溪**：皆為浙江境內的溪流。

一行—**畫舫**：裝飾華美的遊船。／**秋高**：秋日天空澄澈、高爽（高而清朗）。／**五峰**：山名。

二行—**綠蘿**：綠色藤蘿。／**小閣**：小閣樓。

三行—**篛水**：三篛的溪水。／**篁山**：竹林遍布的山。／**盡**：結束。

四行—**紛紛**：多而雜亂的樣子。／化用晉代陶淵明的〈桃花源記〉，「楓葉紛紛」對應「落英繽紛」，「路欲迷」對應「遂迷不復得路」。

## 賞讀譯文

我的華美遊船隨著風進入畫溪，秋日的天空澄澈而開闊，讓五峰山顯得低矮。被綠蘿包圍的僧院在一縷孤煙之外，被紅樹圍繞的人家在小閣樓的西邊。篛水總是清澈到可以數魚，竹林遍布的山景逐漸要結束，只聽見鳥兒的啼叫聲。彷彿沒有地方能讓人尋找到桃花源，楓葉多而雜亂，讓人快要迷途了。

304

# 唐多令・感懷

徐燦

玉笛送清秋，紅蕉露未收。晚香殘莫倚危樓。寒月羈人同是客，偏伴我，住幽州。

小院入邊愁，金戈滿舊遊。問五湖那有扁舟。夢裏江聲和淚咽，何不向，故園流。

### 賞讀譯文

玉笛聲送來了清冷的深秋，紅色美人蕉上的露水還沒蒸散乾掉。寺廟傍晚點燃的香已經快燒完了；黃昏時分，我倚在高樓上。清冷的月亮和我這個旅客都是寄居在外者，它正好陪伴我住在幽州。我待在小院子裡，卻為邊患而憂愁，軍隊已遍布了昔日遊覽的地方。我想問五湖，哪裡有扁舟可乘坐去隱居？我夢裡的江聲和淚聲一樣悲淒，為何不流向故園呢？

**徐燦**（約 1618～1698）字湘蘋，又字明深、明霞，號深明、紫言。明代光祿寺丞徐子懋的次女，明末清初官員陳之遴的繼室。工詩詞，亦擅長書畫。從夫宦遊。晚年信佛。

**一注釋一**

一行一**玉笛**：玉製的笛子，亦為笛子的美稱，在此指笛聲。／**清秋**：清冷的深秋。／**紅蕉**：指紅色美人蕉。／**收**：在此指蒸散乾掉。

二行一**晚香**：寺廟傍晚點燃的香。／**殘**：將結束的。／**莫**：指日落、黃昏時候。同「暮」。／**危樓**：高樓。

三行一**寒月**：清冷的月亮，亦指清寒的月光。／**羈人**：旅客。／**客**：寄旅於外的人。／**偏**：恰巧、正好。／**幽州**：在現今河北北部及遼寧一帶。

四行一**邊愁**：因邊亂、邊患引起的愁苦之情。／**金戈**：戈的美稱。在此借指軍隊。／**舊遊**：昔日遊覽的地方。

五行一化用范蠡的故事。春秋時代，范蠡幫助越王句踐滅吳後，「遂乘輕舟以浮於五湖，莫知其所終極。」出自《國語・越語》。

六行一**咽**：聲音悲淒滯塞。

## 題旨：秋夜抒懷

305

# 更漏子・本意

王夫之

斜月橫，疏星炯，不道秋宵真永。
聲緩緩，滴泠泠，雙眸未易扃。
霜葉墜，幽蟲絮，薄酒何曾得醉。
天下事，少年心，分明點點深。

**王夫之**（1619～1692）

字而農，號薑齋、夕堂。晚年隱居石船山，自署船山病叟、南嶽遺民，學者稱之船山先生。曾參與抗清活動，之後專於著書，有《周易外傳》、《黃書》、《尚書引義》、《永曆實錄》、《春秋世論》、《讀通鑑論》、《宋論》等書。研究領域包括天文、曆法、數學、地學，專精於經、史、文學，總結古代唯物主義思想。

## 題旨：秋景抒懷

**注釋**

一行—**斜月**：西斜的落月。／**橫**：渡過、跨越。／**炯**：明亮。／**不道**：不料。／**秋宵**：秋夜。／**永**：漫長。

二行—**泠泠**：形容清脆激越的聲音。在此指古代計時更漏的滴水聲。／**扃**：關閉、關上。音同「坰」。

三行—**霜葉**：經受過秋霜的葉子。／**幽蟲**：幽暗處的蟲子。／**絮**：原指言語繁瑣、囉嗦，在此指蟲的鳴叫聲。／**薄酒**：酒精濃度不高的淡酒。／**何曾**：不曾、未曾。

四行—**分明**：清楚。

## 賞讀譯文

西斜的落月橫度天空，稀疏的星星明亮閃爍，沒想到秋夜真是漫長。
更漏的清脆滴水聲，一聲又一聲地緩緩傳來，我的雙眼未曾輕易閉上。
經受過秋霜的葉子墜落了，幽暗處的蟲子鳴叫著，那些淡酒不曾讓我醉過。
少年心裡的天下事，清楚地隨著點點更漏聲而更加深濃。

# 摸魚兒・東洲桃浪

王夫之

剪中流，白蘋芳草，燕尾江分南浦。
盈盈待學春花靨，人面年年如故。
春不住，笑浮萍輕狂，舊夢迷殘絮。
棠橈無數，盡泛月蓮舒，留仙裙在，載取春歸去。
佳麗地，仙院迢遙煙霧，溼香飛上丹戶。
醮壇珠斗疏燈映，共作一天花雨。
君莫訴，君不見桃根已失江南渡。
風狂雨妒，便萬點落英，幾灣流水，不是避秦路。

## 賞讀譯文

東洲島剪開了水流，島上長滿了白蘋和芳草，形狀如燕尾的江流在南岸分開。女子想要學春日桃花的模樣，臉上的妝彩每年都一樣。春天不停留，笑那化成輕狂浮萍的落絮，還迷戀舊夢中的模樣。江上有無數船隻，全都在月下泛行，蓮葉舒展，好像留仙裙還在那兒，它載著春天回去了。

江南是風景秀麗的地方，道院在遠處的煙霧中，溼潤的香煙向上飛到丹房中。醮壇上的疏燈映著北斗七星，兩者一起幻化成這一天的花雨。你不要再訴說了，你沒看到當年桃根和桃葉一起經過的江南渡口已經不復存在？風狂雨驟，即便有萬點落花，幾灣流水，也不是通往桃花源的避世路徑了。

## 題旨：春景抒懷

【注釋】

題】**東洲**：東洲島，位於湘江中央。／**桃浪**：桃花浪的簡稱，即桃花汛，河流在桃花盛開時節突然疾速上漲。

一行】**中流**：水流的中央。／**白蘋**：水中浮草，又名「水蘋」。夏末秋初開白色花。／**燕尾江**：形狀跟燕尾一樣的江流。燕尾的外形如Y字。／**南浦**：南邊的水岸。

二行】**盈盈**：儀態美好，代指女子。／**靨**：臉頰上的小酒窩，代指臉龐。／**人面**：人的臉。／反用唐代崔護的〈題都城南莊〉：「人面不知何處去，桃花依舊笑春風。」

三行】**浮萍**：古代有柳絮墜入水中成為浮萍的傳說。／**輕狂**：放浪輕浮。／**殘絮**：凋落的柳絮。

四行】**棠橈**：棠木做成的船槳，代指船。／**留仙裙**：指多皺褶的荷葉。在《趙后外傳》中，趙飛燕在歌唱之際起風，旁人拉住她的裙子，以免她飛走，風停後，裙子變皺了。之後，宮女刻意把裙子摺皺，就叫「留仙裙」。／**取**：語助詞，置於動詞後，表示動作的進行。

五行】**佳麗地**：風景秀麗的地方，指江南，出自南朝齊國謝朓的〈入朝曲〉：「江南佳麗地，金陵帝王州。」／**仙院**：指道院，道士供奉神祇的廟宇。／**迢遙**：遙遠。／**丹戶**：即丹房，道家煉丹藥或修道的地方。

六行】**醮壇**：道士祭神的壇場。／**珠斗**：指北斗七星。因七星相貫如珠，故有此稱。

七行】**江南渡**：指桃葉渡，為南京秦淮河與青溪的合流處，是東晉王獻之送別愛妾桃葉之處。桃根為桃葉的妹妹。

八行】**落英**：落花。／**避秦**：避世隱居。／化用自晉代陶淵明〈桃花源記〉。

# 蝶戀花・衰柳

王夫之

為問西風因底怨。
百轉千回，苦要情絲斷。
葉葉飄零都不管，回塘早似天涯遠。
陣陣寒鴉飛影亂。
總趁斜陽，誰肯還留戀。
夢裏鵝黃拖錦線，春光難借寒蟬喚。

**題旨：詠秋柳抒懷**

**一注釋一**

一行—**為問**：請問，借問。／**底**：何、什麼。
二行—**苦**：極力的。／**情絲**：指細長如絲的柳枝。
三行—**飄零**：凋謝飄落。／**回塘**：曲折的水池。／**天涯**：天邊，指遙遠的地方。
四行—**寒鴉**：一種體型略小的黑色及灰色鴉。／**飛影**：移動的影子。
五行—**趁**：追逐。／**肯**：那裡、怎麼。表示反問的語氣，相當於「豈」。
六行—**鵝黃**：初生的柳葉為鵝黃色。／**錦線**：絲線，指柳枝。／**寒蟬**：秋蟬。

## 賞讀譯文

請問西風為了什麼而怨恨柳樹？
西風百轉千回地吹著，極力要讓細長如絲的柳枝折斷。
西風完全不管柳葉一葉葉地凋謝飄落，柳樹所在的曲折水池早已經像天邊那般遙遠。
陣陣寒鴉飛過，在地面上移動的影子十分凌亂。
寒鴉總是追逐斜陽，誰怎麼還會留戀柳樹？
現在只能在夢裡看到鵝黃色的初生柳葉拖著絲線般的柳枝，這春光難以借由秋蟬的鳴叫聲喚回。

# 暗香・紅豆

朱彝尊

凝珠吹黍，似早梅乍萼，新桐初乳。
莫是珊瑚，零亂敲殘石家樹。
記得南中舊事，金齒屐小鬟蠻女。
向兩岸樹底盈盈，素手摘新雨。

延佇，碧雲暮。
休逗入茜裙，欲尋無處。
唱歌歸去，先向綠窗飼鸚鵡。
惆悵檀郎終遠，待寄與相思猶阻。
燭影下開玉盒，背人暗數。

## 賞讀譯文

紅豆就像是凝結的露珠、被吹落的黍子，也像是早開花的梅樹上剛出現的花萼、梧桐上剛結的種子。紅豆莫非是被石崇敲打的那株珊瑚樹所零亂散落的碎片？我還記得在南中地區的往事，穿著金齒屐、頭上綁小鬟的南蠻女子。剛下過雨後，女子在兩岸的紅豆樹底下，以潔白的手摘下紅豆。

女子久立在那裡，直到碧空中的雲朵染上暮色。她不再停留，把紅豆放入紅裙裡，想要尋找郎君卻無處去。她唱著歌回去，先拿紅豆在綠窗旁餵鸚鵡。她惆悵著郎君終究遠去，打算用紅豆寄送相思之情，卻仍受到阻隔。她在燭影下打開玉盒，背著人暗自算數紅豆。

**題旨：詠紅豆**

**朱彝尊**（1629～1709）字錫鬯，號竹垞、小長蘆釣魚師、金風亭長等。明代大學士朱國祚的曾孫。康熙時，舉博學鴻詞科，曾任翰林院檢討，入值南書房等，後告老還鄉，專心著述。浙西詞派創始人，與陳維崧並稱「朱陳」；詩則與王士禛齊名。曾輯唐至元五百家為《詞綜》，以及《明詩綜》，亦是藏書家。（彝，音同「宜」。）

**一注釋一**

一行—**黍**：禾本科植物，俗稱黃米，比小米略大。／**萼**：花萼。／**新桐初乳**：指梧桐剛長出的種子。桐子又稱桐乳，因為梧子長在心皮的邊緣，看上去像是兩排乳房。（心皮是變態成花部的葉子，雌蕊是由心皮捲合而成的。）

二行—**莫是**：莫非是；或許是。／**珊瑚**：引用石崇與王愷爭豪的故事，《世說新語．侈汰》中記載：「武帝……嘗以一珊瑚樹，高二尺許賜愷。……崇視訖，以鐵如意擊之，應手而碎……」

三行—**南中**：指川南和雲貴一帶。化用自後蜀歐陽炯的〈南鄉子〉：「路入南中……兩岸人家微雨後，收紅豆，樹底纖纖抬素手。」／**舊事**：往事。／**金齒屐**：木屐底下凸出像齒的部分。／**蠻女**：南蠻（南部民族）女子。

四行—**盈盈**：儀態輕巧美好，指女子。／**素手**：潔白的手。多形容女子之手。／**新雨**：剛下過的雨。

五行—**延佇**：久立；久留。／**碧雲暮**：碧空中的染上暮色的雲。化用自南朝江淹的〈休上人怨別〉：「日暮碧雲合，佳人殊未來。」

六行—**茜裙**：絳紅色的裙子。

七行—**綠窗**：綠紗窗，指婦女的居室。／**飼**：餵食。

八行—**檀郎**：晉代的潘岳，小字檀奴，為當代許多婦女心儀的美男子，後世以「檀郎」為婦女對夫婿或喜歡之人的美稱。／**待**：將要、打算。

309

# 鵲踏枝

## 乍似榆錢飛片片

屈大均

乍似榆錢飛片片，濕盡花煙，珠淚無人見。
江水添將愁更滿，茫茫直與長天遠。
已過清明風未轉，妾處春寒，郎處春應暖。
枉作金爐朱火斷，水沉多日無香篆。

**題旨：春日閨思**

**屈大均（1630～1696）**初名邵龍、邵隆，號非池，字騷餘、翁山、介子等。曾多次參與反清活動，也曾削髮為僧，之後專心著述，著有《廣東新語》等書。

**注釋**

一行—**榆錢**：榆筴，榆樹在春季結成的果實，形狀似錢，俗稱榆錢。／**珠淚**：眼淚，因淚滴形狀如珠子，故有此稱。

二行—**將**：助詞。／**長天**：遼闊的天空。

三行—**妾**：古代女子對自己的謙稱。

四行—**枉作**：白白的、徒然。／**金爐**：金屬鑄的香爐，亦為香爐的美稱。／**朱火**：紅色的火焰。／**水沉**：即沉香，一種常綠喬木，為知名香料，放在水中會下沉。／**香篆**：指焚香時所起的、曲折似篆文的煙縷。

## 賞讀譯文

大雨滂沱到好像是榆錢一片片飛落，把花和煙霧全都弄濕了，沒有人看見我的眼淚。雨水添入江水中，但是我的愁緒更滿溢，與茫茫江水一起流到遼闊天空盡頭的遠處。現在已經過了清明節，但風向還未轉變，我所在的地方仍然春寒，郎君所在的地方，春天應該變暖了。我白白準備了金爐，紅色火焰卻已經中斷，水沉香多日來都沒有點燃而飄出篆文般的香縷。

310

# 白菊

屈大鈞

冬深方吐蕊，不欲向高秋。
搖落當青歲，芬芳及白頭。
雪將佳色映，冰使落英留。
寒絕無人見，梅花共一丘。

題旨：詠菊

**注釋**

一行　**方**：才。／**高秋**：天高氣爽的秋天。

二行　**搖落**：凋零。／**當**：正值。／**青歲**：青春。／**及**：直到。／**白頭**：滿頭白髮，形容年老，在此指枯萎。

三行　**佳色**：妍麗的顏色；美麗的光彩。／**落英**：落花。

四行　**絕**：極、甚。／**共**：一起、一同。

## 賞讀譯文

白菊直到深冬才吐蕊，不想要在天高氣爽的秋天綻放。它正值青春就開始凋零，但這股芳香一直持續到枯萎。白雪映襯了白菊的美麗光彩，冰珠使它的落花留在枝幹上。在這麼寒冷的時節，沒有人見到白菊的姿色，它與梅花一同在山丘上。

## 311 一剪梅

黃鸝啼處綠陰遮

夏完淳

黃鸝啼處綠陰遮，紅杏枝斜，碧柳枝斜。
和風和月夢魂賒，風亂楊花，月亂梨花。
春風漂泊夢為家，花也天涯，人也天涯。
花光人面綠窗紗，紅是桃花，瘦是梅花。

**題旨：春景抒懷**

**夏完淳**（1631～1647）
乳名端哥，別名復，字存古，號小隱、靈首。父親為抗清烈士夏允彝，父親自殺殉國後，跟隨老師陳子龍繼續抗清，年僅十六歲即兵敗被俘，不屈而死。

**注釋**

一行—**綠陰**：即綠蔭、樹蔭。
二行—**夢魂**：夢。古人認為人的靈魂能在睡夢中離開肉體，故稱之「夢魂」。／**賒**：稀疏、稀少。／**楊花**：即柳絮。
三行—**天涯**：天邊，指遙遠的地方。
四行—**花光**：花的景色。／**人面**：人的臉，也指人。／**瘦**：減損。

**賞讀譯文**

黃鸝鳥啼叫的地方有樹蔭遮蔽，紅杏和碧柳的枝幹斜伸而出。有風和月的夢很稀少，風吹亂了柳絮，月光下梨花的影子凌亂。我像春風四處漂泊，以夢為家，花在天邊，人也在天邊。人隔著綠窗紗欣賞花的景色。紅豔的是桃花，色彩暗淡的是梅花。

清 詞

# 秋柳 四首之一、二

王士禛

‧其一

秋來何處最銷魂，殘照西風白下門。

他日差池春燕影，只今憔悴晚煙痕。

愁生陌上黃驄曲，夢遠江南烏夜村。

莫聽臨風三弄笛，玉關哀怨總難論。

‧其二

娟娟涼露欲為霜，萬縷千條拂玉塘。

浦裏青荷中婦鏡，江干黃竹女兒箱。

空憐板渚隋堤水，不見琅琊大道王。

若過洛陽風景地，含情重問水豐坊。

## 賞讀譯文

〈其一〉秋季到來後，哪個地方最令人哀傷銷魂？是落日餘暉下西風吹拂的南京。昔日春燕參差不齊的飛舞身影，如今只有憔悴的黃昏煙縷的痕跡。在鄉間小路聽到哀怨的黃驄曲，令人生起憂愁；江南的富貴發祥地，已如夢那般遙遠。不要迎風聽悠揚的笛聲，但春風吹不過玉門關的哀怨，總是難以論說。

〈其二〉緩慢流動的涼露就快變成秋霜，柳樹的千萬縷枝條在池塘邊拂動。水岸裡的青荷像是富貴女子的鏡子，江邊的黃竹曾用來製作女兒箱。我徒然憐憫在南京的水岸大道旁，沒看到任何富貴子弟。若是經過洛陽風景地，要含著感情再度探訪水豐坊。

## 題旨：秋景抒懷

**王士禛**（1634～1711）字子真、貽上、豫孫，號阮亭、漁洋山人。出生在明朝官宦家庭。清順治時，因秋柳四首而聞名天下。曾任揚州推官、禮部主事、國子監祭酒、左都御史等職。詩與朱彝尊並稱。

### 注釋

一之一行—**銷魂**：哀傷至極，好像魂魄離開形體而消失。／**殘照**：落日餘暉。／**白下**：南京的別稱。代表沒落的前朝首都。

一之二行—**他日**：以往；昔日。／**差池**：參差不齊。／**只今**：如今。／**晚煙**：黃昏時的煙。／化用自南朝沈約〈陽春曲〉的「他日池春燕語」。

一之三行—**陌上**：鄉間小路。／**黃驄**：唐太宗的愛馬，唐太宗在牠死後，請人作曲為之哀悼。／**烏夜村**：晉穆帝皇后的出生地，代指榮華富貴的發祥地。

一之四行—**臨風**：迎風。／**三弄笛**：借指悠揚的笛聲。化用自《世說新語．任誕》中「桓伊三弄」的典故，桓伊（子野）擅吹笛，曾為王子猷用三調吹了笛曲。／**玉關**：指玉門關，在今甘肅省，因西域輸入玉石時經由此處而得名。／化用自唐代王之渙〈涼州詞〉的「羌笛何須怨楊柳，春風不度玉門關。」

二之一行—**娟娟**：細水流動緩慢的樣子。／**玉塘**：池塘的美稱。

二之二行—**浦**：水邊。／**青荷中婦鏡**：把青荷比喻為鏡子，出自梁朝江從簡的〈採蓮諷〉：「欲持荷作鏡。」中婦則出自樂府〈三婦豔詩〉，指富貴人家的媳婦。／**江干**：江邊。／**女兒箱**：樟木箱，曾是女子出嫁必備的嫁妝。／出自古樂府〈黃竹子〉：「江邊黃竹子，堪作女兒箱。」

二之三行—**板渚隋堤**：板渚（板城渚口）和隋堤（隋煬帝時沿渠岸修築的御道，兩旁植楊柳），借指南京的水岸大道。／**琅琊大道王**：出自古樂府〈琅琊王〉歌，指穿著華美的富家少爺。

二之四行—**洛陽**：唐代的別都，暗寓明代的別都南京。／**問**：探訪。／**水豐坊**：唐代時洛陽的坊里名。

# 秋柳

四首之三、四

王士禛

．其三

東風作絮糝春衣，太息蕭條景物非。
扶荔宮中花事盡，靈和殿裡昔人稀。
相逢南雁皆愁侶，好語西烏莫夜飛。
往日風流問枚叔，梁園回首素心違。

．其四

桃根桃葉鎮相連，眺盡平蕪欲化煙。
秋色向人猶旖旎，春閨曾與致纏綿。
新愁帝子悲今日，舊事公孫憶往年。
記否青門珠絡鼓，松柏相映夕陽邊。

## 題旨：秋景抒懷

**一注釋一**

三之一行一**東風**：春風。／**絮**：柳絮。／**糝**：撒落、散開。音同「傘」。／**太息**：大聲嘆氣。

三之二行一**扶荔宮**：漢武帝的避暑宮之一，內有許多奇花異木。／**花事**：指花卉開花的情況。／**盡**：完結，終止。／**靈和殿**：南朝齊武帝時所建的宮殿，栽種了許多柳樹。／**昔人**：古人，從前的人。

三之三行一**雁**：一種候鳥，於春季返回北方，秋季飛到南方越冬。／**好語**：態度和悅地說話。

三之四行一**風流**：風雅灑脫，不拘禮法。／**枚叔**：指枚乘，西漢辭賦家，曾在梁孝王的梁園作〈柳賦〉。／**素心**：素願，向來的願望。

四之一行一**桃根桃葉**：暗指東晉王獻之的愛妾桃根、桃葉。／**鎮**：整、全。／**平蕪**：雜草繁茂的平原。

四之二行一**秋色**：秋日的景色。／**旖旎**：輕盈柔順的樣子。／**春閨**：女子的閨房。亦指閨中的女子。／**纏綿**：情意深厚。

四之三行一**帝子**：帝王之子。／**公孫**：對貴族官僚子孫的尊稱。

四之四行一**青門**：漢代長安城東南的霸城門之俗稱，泛指京城的城門。／**珠絡**：綴珠而成的網絡。

## 賞讀譯文

〈其三〉春風曾經把柳絮吹落撒在春衣上，我大聲嘆息如今蕭條的景物已經不同了。扶荔宮中的花季已經到了盡頭，靈和殿裡也少有古人了。相逢的南飛雁子皆是充滿愁緒的伴侶，牠們和悅地告訴西烏不要在夜晚飛行。往日的風雅灑脫只能問西漢的枚乘，在梁園回首，這個情景已與他向來的願望相違背。

〈其四〉桃根和桃葉全部相連，我眺望整個雜草繁茂的平原，一切都要化成煙霧了。在秋日景色中，柳樹對著人仍舊輕盈柔順，閨中女子曾把它送給情意深厚的對象。帝王之子為今日的新愁而悲傷著，貴族子孫回憶著往年的舊事。你是否還記得京城裡裝飾著珠絡的鼓？如今只見松柏在夕陽下互相映襯。

314

# 浣溪沙

北郭清溪一帶流

王士禛

北郭清溪一帶流，紅橋風物眼中秋。
綠楊城郭是揚州。
西望雷塘何處是，香魂零落使人愁。
澹煙芳草舊迷樓。

題旨：秋景抒懷

**注釋**

一行—**北郭**：城外的北郊。／**紅橋**：地名，位在江蘇。／**風物**：風光景物。

二行—**楊**：柳樹的別名。／**城郭**：城牆，泛指城市。城指內城的牆，郭指外城的牆。

三行—**雷塘**：地名，位在江蘇，隋唐時為風景勝地。隋煬帝葬在此處。／**香魂**：美人之魂。／**零落**：凋零。

四行—**澹**：通「淡」。／**迷樓**：隋煬帝所建的樓名，現已毀於大火。故址在江蘇。／化用自唐代杜牧的〈揚州〉：「煬帝雷塘土，迷藏有舊樓。」

## 賞讀譯文

城外北郊的清溪像一條帶子流過，紅橋的風光景物看在眼中充滿秋色。綠楊包圍的城市就是揚州。我望向西方，埋葬著隋煬帝的雷塘在哪裡？其嬪妃之魂早已凋零，實在使人傷愁。在淡煙和芳草間，我似乎看到了舊日的迷樓。

## 315 蝶戀花・和少游

王士禛

啼碎春花鶯燕語。
一片花飛，又是天將暮。
欲乞放晴春不許，黃昏更下簾纖雨。
春去應知郎去處。
好屬春光，共向郎邊去。
畢竟春歸人獨住，淡煙芳草千重路。

題旨：春景抒懷

一注釋一

題一**少游**：即秦觀。本詞所和的是〈蝶戀花・曉日窺軒雙燕語〉。
二行一**暮**：傍晚、黃昏。
三行一**乞**：求、討取。引申為希冀、盼望的意思。／**簾纖**：微小、纖細。
五行一**屬**：通「囑」，囑託、囑咐。／**共**：一起、一同。
六行一**畢竟**：最終。／**千重**：指千層，層層迭迭。

### 賞讀譯文

鶯燕的啼叫聲弄碎了春花。
一片花飛落，又快到傍晚時分了。
我想要乞求放晴，春天卻不允許，在黃昏時又下起了細雨。
春天離開後，應該知道郎君的去處。
我囑咐春光，一起到郎君的身邊去。
但最終是春歸去後，我一個人獨住，眼前只見淡煙瀰漫和芳草遍布的層迭長路。

# 點絳唇·春詞，和漱玉韻

王士禛

水滿春塘，柳綿又蘸黃金縷。
燕兒來去，幾陣梨花雨。
情似黃絲，歷亂難成緒。
凝眸處，白蘋紅樹，不見西洲路。

題旨：春閨情思

**注釋**

題—**漱玉**：宋代李清照的詞集名。本詞所和的是〈點絳唇·寂寞深閨〉。

一行—**柳綿**：柳絮。／**蘸**：把東西沾上液體或黏附其他物質。／**黃金縷**：鵝黃色的柳絲。初生的柳葉為鵝黃色。

二行—**梨花雨**：梨花綻放時節的雨水。

三行—**黃絲**：即柳絲、黃金縷。／**歷亂**：紛亂，雜亂。／**緒**：次序。

四行—**凝眸**：注視；目不轉睛地看。／**白蘋**：水中浮草，又名「水蘋」。夏末秋初開白色花。／**西洲**：西方的洲渚，多指情人所在處，或是與情人相別之地。出自《樂府詩集》的〈西洲曲〉。

## 賞讀譯文

春水漲滿了池塘，柳絮又蘸上了金黃色的柳絲。燕兒飛來飛去，又下了幾陣梨花雨。我的感情就像金黃柳絲，紛亂而難以整理出次序。我注視之處，只看到白蘋和紅樹，沒看到情人所在的西洲路。

# 317 柳梢青・即事

秦松齡

小艇橫斜，故園輕別，未是天涯。
秋雨殘燈，秋心殘酒，秋色殘花。
博山香裊窗紗，夢斷也，西陵路賒。
天外歸雲，水邊去鳥，煙地浮家。

**秦松齡**（1637～1714）字漢石、次椒，號留仙、對岩、蒼峴山人。登進士第後，曾任翰林院庶起士、國史館檢討等職，因逋糧案（拖欠租稅）削籍。經薦試後再入官場，又因磨勘（對鄉、會試卷派翰林院儒臣等復核）落職。歸里後，專心研究經訓（經籍義理的解說）。

## 注釋

一行｜**小艇**：小型輕快的帆艇。／**故園**：故鄉。／**輕別**：暫時離別。／**天涯**：天邊，指極遠的地方。

二行｜**殘**：剩下的、將盡的。／**秋心**：秋日的心緒。多指悲秋的心情。／**秋色**：秋日景色。／**殘花**：將謝的花。

三行｜**博山**：博山爐的簡稱。因爐蓋上的造型類似傳聞中的海中名山博山而得名。／**裊**：繚繞。／**西陵**：浙江省蕭山市西興鎮的古稱，在此代指作者的故鄉江蘇。／**賒**：遙遠。

四行｜**天外**：天之外，表示高遠。／**歸雲**：行雲，流動的雲。／**浮家**：以船為家，在水上生活，漂泊不定。

題旨：旅途抒懷

## 賞讀譯文

小艇橫斜於江上，我暫時離開故鄉，不是去遙遠的天邊。我在秋雨裡點著將熄的燈，懷著悲秋的心情喝剩下的酒，秋天的景色中只有將謝的花。從博山爐飄出的香煙繚繞著窗紗，我的夢中斷了，返鄉的路程十分遙遠。高遠天空裡有流動的雲，水邊有飛走的鳥，煙霧瀰漫的地方有飄泊的家。

# 生查子

## 惆悵彩雲飛

納蘭性德

惆悵彩雲飛，碧落知何許。
不見合歡花，空倚相思樹。
總是別時情，那得分明語。
判得最長宵，數盡厭厭雨。

## 賞讀譯文

我惆悵地看著彩雲飛走，不知道它飛到天空的何處。
我沒看到合歡花，徒然倚著相思樹。
我心裡滿懷著別離時的心情，怎能清楚說出來？
我拚命在最漫長的夜裡，數完那微弱的雨。

**納蘭性德**（1655～1685）

原名成德，為避太子名諱而改為性德。字容若，滿洲正黃旗人。家世顯赫，文武兼修，二十二歲時補考殿試，受賜進士出身。與徐乾學一同編著《通志堂經解》，並擔任康熙御前侍衛。因首任妻子早逝而寫有許多悼亡詞。三十歲時因急病過世。與朱彝尊、陳維崧並稱「清詞三大家」。

## 題旨：閨思離情

**注釋**

一行—**惆悵**：悲愁、失意。／**彩雲**：絢麗的雲彩。／**碧落**：天空，青天。源自道教，認為東方第一層天碧霞滿空，叫做「碧落」。／**何許**：何處。

二行—**合歡花**：又名紅粉樸花、紅絨球、馬纓花。含羞草科、合歡屬植物。夏季開花，花瓣不顯著，但雄蕊細長且多條，為下白上粉紅。另外，合歡有男女交歡之意。／**空**：徒然。

三行—**那得**：怎能。／**分明**：清楚、明白。

四行—**判**：拚，拚命。／**夜晚**：宵。／**盡**：完畢。／**厭厭**：微弱、虛弱。

319

# 河傳　春淺

納蘭性德

春淺，紅怨。掩雙環，微雨花間，晝閒。
無言暗將紅淚彈，闌珊，香銷輕夢還。
斜倚畫屏思往事，皆不是，空作相思字。
記當時垂柳絲，花枝，滿庭蝴蝶兒。

**題旨：春景相思**

**注釋**

一行｜**春淺**：春意淺淡。／**紅**：花。／**雙環**：雙扉門環，代指門。

二行｜**紅淚**：指美女的淚，出自晉代王嘉所著《拾遺記》中，美人薛靈蕓被魏文帝選入宮，她告別父母後，流下的淚在壺中凝如血。／**彈**：掉落。／**闌珊**：消沉。／**香銷**：香已燃盡。／**輕夢**：短暫的夢。／化用北宋李清照〈念奴嬌〉的「被冷香銷新夢覺」。

三行｜**畫屏**：有彩畫的屏風。／**思**：懷念、想念。／**相思字**：化用唐代韋應物〈效何水部二首〉的「反復相思字，中有故人心」。

**賞讀譯文**

春意淺淡，連花也帶著怨。女子掩上雙扉門，花叢間下著微雨，白晝清閒無事。
女子無言地暗自將淚滴落，心情消沉。香已經燃盡，女子從短暫的夢中醒來。
她斜倚著有彩畫的屏風，懷念往事，都不是眼前所見的景象，徒然地寫著相思二字。
她記得當時柳絲低垂，枝頭開滿了花，整個庭院裡都是蝴蝶飛舞的身影。

# 南鄉子

## 飛絮晚悠颺

納蘭性德

飛絮晚悠颺，斜日波紋映畫梁。
刺繡女兒樓上立，柔腸，
愛看晴絲百尺長。

風定卻聞香，吹落殘紅在繡床。
休墮玉釵驚比翼，雙雙，
共唼蘋花綠滿塘。

**題旨：春景情思**

**注釋**

一行—**飛絮**：飄飛的柳絮。／**晚**：傍晚。／**悠颺**：飄動。／**畫梁**：繪有彩畫的梁柱。

二行—**柔腸**：委婉的內心情感。

三行—**晴絲**：指蟲類所吐出的、在空中飄蕩的細絲。

四行—**風定**：風停。／**殘紅**：殘存的花朵。／**繡床**：刺繡時繃緊織物用的架子。

五行—**休墮**：不要掉落。／**比翼**：比翼鳥，相傳是一雄一雌並翅雙飛的鳥。在此指鴛鴦。

六行—**共唼**：一起吸食。唼，音同「煞」。／**蘋**：指白蘋、水蘋，為水生植物，夏末秋初開白色花。

**賞讀譯文**

傍晚時分，柳絮悠颺飄飛，斜陽照射下的水面波紋，倒映在畫梁上。刺繡的女子站在樓上，內心充滿委婉的情感。她喜歡看飄蕩在空中的、長達百尺的晴絲。

風停了之後，她卻聞到花香，原來風把殘存的花朵吹落到刺繡的架子上。不要讓玉釵掉落而嚇到了成雙成對、比翼而行的鴛鴦。牠們正在充滿綠意的池塘裡一起吸食蘋花。

321

# 清平樂

將愁不去

納蘭性德

將愁不去，秋色行難住。
六曲屏山深院宇，日日風風雨雨。
雨晴籬菊初香，人言此日重陽。
回首涼雲暮葉，黃昏無限思量。

題旨：秋景懷人

一注釋一

一行一**將**：攜帶。／**秋色**：秋日景色。／**住**：停留。

二行一**六曲屏山**：曲折的屏風。／**宇**：泛指屋簷。

三行一**雨晴**：雨過天晴。／**籬菊**：竹籬旁的菊花。出自晉代陶淵明的〈飲酒詩〉：「採菊東籬下。」

四行一**涼雲**：陰涼之雲。／**暮葉**：暮色中的樹葉。／**思量**：惦記、思念。

賞讀譯文

秋色離去的腳步難以停住，卻不把我的愁帶走。
我在曲折屏風旁，深院裡的屋簷下，每天對著風風雨雨。
雨過天晴後，竹籬旁的菊花剛開始散發香氣，人家說這一天是重陽節。
我回首看陰涼的雲和暮色中的樹葉，在黃昏裡充滿無限的思念。

## 322 菩薩蠻

為春憔悴留春住

納蘭性德

為春憔悴留春住，那禁半霎催歸雨。
深巷賣櫻桃，雨餘紅更嬌。
黃昏清淚閣，忍便花飄泊。
消得一聲鶯，東風三月情。

**題旨：傷春**

**注釋**

一行—**那禁**：怎麼受得了。／**半霎**：非常短暫的時間。／**催歸雨**：催春歸去的雨。
二行—**雨餘**：雨後。／**紅**：指櫻桃。／**嬌**：嬌豔。
三行—**清淚**：眼淚。／**閣**：此處通「擱」，指留，含著。／**忍便**：不忍。
四行—**消得**：消受、承受。／**東風**：春風。

### 賞讀譯文

我為了留住春天而憔悴，怎麼受得了那催促春天歸去的短暫陣雨。
深巷裡有人在賣櫻桃，雨後，那些櫻桃紅得更加嬌豔。
黃昏時，我的眼中含著淚水，不忍花朵就這樣凋落而四處飄泊。
在春風吹拂的三月裡，我的心情只能承受一聲鶯鳥的啼叫聲。

## 323 臨江仙・寒柳

納蘭性德

飛絮飛花何處是，層冰積雪摧殘。
疏疏一樹五更寒。
愛他明月好，憔悴也相關。
最是繁絲搖落後，轉教人憶春山。
湔裙夢斷續應難。
西風多少恨，吹不散眉彎。

**題旨：詠柳抒情**

**一注釋一**

一行一**花**：指楊花，即柳絮。／**摧殘**：指摧殘著柳絮。

二行一**疏疏**：稀疏。／**五更**：舊時把一夜分為五更，即一更、二更、三更、四更、五更。第五更為天將明時。

三行一**明月好**：明月美好無私。／**關**：關切、關懷。

四行一**最是**：正是。／**繁絲**：繁茂的柳絲，暗喻女子的柳眉。／**春山**：春日的山，亦指女子的眉毛。

五行一**湔裙夢**：涉水濺溼衣裙來相會的夢。化用李商隱〈柳枝〉序文的典故：「柳枝，洛中里娘也。……指曰：『……後三日，鄰當去濺裙水上，以博山香待，與郎俱過。』」

### 賞讀譯文

那飄飛的柳絮飛到哪裡了？它們正受到層冰和積雪的摧殘。這一株稀疏的柳樹經歷著五更時分的寒意。令人愛的是明月的美好無私，就算柳樹這麼憔悴，也關照著它。正是在繁茂的如眉柳葉搖落後，反而讓人憶起女子那春山般的雙眉。女子涉水濺溼衣裙來相會的夢中斷了，應該難再繼續。就算西風帶著多少恨，仍吹不散那彎彎的雙眉。

324

# 秋暮吟望

趙執信

小閣高棲老一枝，閒吟了不為秋悲。
寒山常帶斜陽色，新月偏明落葉時。
煙水極天鴻有影，霜風卷地菊無姿。
二更短燭三升酒，北斗低橫未擬窺。

**趙執信**（1662～1744）字伸符，號秋穀、飴山。十八歲登進士第後，曾任山西鄉試正考官、右春坊右贊善、翰林院檢討、左贊善等職。二十八歲時，因在佟皇后喪葬期間受邀觀看戲劇，被彈劾革職。之後終身不仕，漫遊各地及創作，主張「文意為主，以語言為役」。

題旨：秋景抒懷

**注釋**

一行　**高棲**：隱居。／**老一枝**：指終老山林。一枝引自《莊子．逍遙遊》：「鷦鷯巢林，不過一枝。」／**閒吟**：隨意吟唱。／**了**：完全。

二行　**寒山**：冷落寂靜的山。

三行　**煙水**：煙霧瀰漫的水面。／**極天**：達到天空。／**鴻有影**：鴻雁投影於水上。／**霜風**：刺骨寒風。

四行　**二更**：舊時把一夜分為五更，二更為晚上九點至十一點。／**北斗**：北斗七星。／**未擬窺**：不打算看。

## 賞讀譯文

我這個老人隱居在山林的小閣裡，隨意吟唱完全不是為了秋天的到來而悲傷。冷落寂靜的山裡經常帶著斜陽的光彩，新月在落葉時節反而明亮。水面的煙霧瀰漫直達天空，高飛鴻雁的身影倒映在水面上，刺骨寒風捲地吹過，讓菊花失去了原來的姿態。我在二更時對著短燭，喝了三升酒，就算北斗星已經低橫，也不打算看。

## 325 謁金門・七月既望湖上雨後作

厲鶚

憑畫檻，雨洗秋濃人淡。
隔水殘霞明冉冉，小山三四點。
艇子幾時同泛，待折荷花臨鑑。
日日綠盤疏粉豔，西風無處減。

**厲鶚**（1692～1752）

字太鴻、雄飛，號樊榭、南湖花隱等。家境貧寒，曾考進士不第。以詩聞名，亦是浙西詞派集大成者。性喜出遊吟詩，足跡踏遍各地名山。博覽群書，著作豐富，有《宋詩紀事》一百卷、《遼史拾遺》二十四卷、《樊榭山房集》二十卷、《南宋院畫錄》八卷等。

**題旨：初秋情景**

**注釋**

題—**既望**：農曆的十六日。

一行—**憑**：倚靠。／**畫檻**：畫欄，有畫飾的欄杆。／**人淡**：人心淡泊。

二行—**殘霞**：殘餘的晚霞。／**冉冉**：緩慢行進的樣子。

三行—**艇子**：小船。／**泛**：漂浮。／**臨鑑**：面對鏡子，鑑代指水面。

四行—**綠盤**：荷葉。／**粉豔**：荷花。／**無處**：沒有任何地方。

### 賞讀譯文

我倚靠著畫欄，在雨淋洗過後，這片景色秋意濃烈，人心則淡泊了。
隔著水的另一邊，明亮的殘餘晚霞緩緩下沉，那些山就像三、四個小點。
小船什麼時候一起漂浮，等待折下對著水面的荷花？
每天都只看到綠盤般的荷葉，粉豔的荷花漸漸稀疏，西風沒有在任何地方減弱。

326

# 望江南

## 春不見

賀雙卿

春不見，尋過野橋西。
染夢淡紅欺粉蝶，鎖愁濃綠騙黃鸝。
幽恨莫重提。

人不見，相見是還非。
拜月有香空惹袖，惜花無淚可沾衣。
山遠夕陽低。

**賀雙卿**（約 1715～1735）

農家女，相傳在舅父的私塾或家附近的書館聽講而識字，婚後因夫家人性格暴烈，不久就勞累生病而亡。她的生平及詩詞作品，因為被記載在史震林（1692～1778）的《西青散記》而為後人所知。

題旨：春景抒懷

**注釋**

二行 **欺**：欺騙。／**黃鸝**：黃鶯。

三行 **幽恨**：深藏於心中的怨恨。

### 賞讀譯文

我沒看到春天，一直找到了野橋的西邊。
染夢的淡紅花欺騙了粉蝶，鎖住愁的濃綠樹林也騙了黃鶯鳥。
深藏於心中的怨恨就不要再提起了。
我沒看到那個人，隱約相見到的是他還不是他呢？
我拜月祈福，只有香氣沾惹袖子，惜花卻沒有眼淚可以沾溼衣衫。
遠山所在處，夕陽低垂著。

327

# 明月生南浦・河橋泛舟同過春山

## 吳竹嶼賦

宿雨收春芳事盡，
綠漲溪橋，花落無人境。
幾點萍香鷗夢穩，柳綿吹盡春波冷。
溪上人家斜照影，
招手漁竿，煙外浮孤艇。
回首桃源仙路迥，一聲欸乃川光暝。

### 賞讀譯文

昨夜的雨停了，春天花草繁茂生長的情況也到了盡頭；溪橋下綠水高漲，花兒飛落到沒有人的地方。幾點浮萍散發香氣，鷗鳥正穩穩地睡著做夢，柳絮全都被風兒吹落了，春水涼冷。

民宅的影子在斜陽照射下投在溪面上，有人擺動手拿著漁竿垂釣，煙霧之外浮著一艘孤獨的小艇。回首一看，通往桃花源的仙路十分遼遠；隨著一聲搖櫓的欸乃聲，波光水色逐漸變得昏暗。

### 題旨：春遊記景

**過春山**（約 1723～1775）字葆中，號湘雲。諸生（經考試錄取而入學的生員）。好遊山水。

**注釋**

題—**明月生南浦**：〈蝶戀花〉調的別名。／**吳竹嶼**（1722～1788）：即吳泰來，曾登進士第，為吳中七子之一。

一行—**宿雨**：昨夜的雨。／**收**：停、結束。／**春芳**：春天的花草。／**盡**：完結，終止。

二行—**綠**：指綠水。

三行—**萍**：浮萍。／**柳綿**：柳絮。／**盡**：完畢。／**春波**：春水。

四行—**人家**：民家，民宅。／**斜照**：斜陽。

五行—**招**：擺動。／**艇**：輕便狹長的小船。

六行—**桃源**：指桃花源，源自晉代陶潛的〈桃花源記〉中與世隔絕的恬靜村落。／**仙路**：登仙之路。／**迥**：遼遠。／**欸乃**：象聲詞。搖櫓的聲音。／**川光**：波光水色。／**暝**：昏暗。

328

# 清平樂

曲闌閑憑

江昉

曲闌閑憑，心事還重省。
花裏嫩鶯啼不定，攪亂夕陽紅影。
誰家翠管吹愁，一庭煙草如秋。
欲去登樓望遠，暮雲遮斷芳洲。

**江昉**（1727～1793）
字旭東，號橙里、硯農。候銓（聽候選授官職）知府。其父曾官兩浙運使。性伉爽，喜交遊。乾隆時期江南鹽商江春為其堂兄。

題旨：暮景愁緒

**【注釋】**

一行【**闌**：即「欄」，指欄杆。／**閑**：通「閒」。／**憑**：倚靠。／**省**：記得、記住。

二行【**嫩鶯**：雛鶯。／**定**：停止。

三行【**誰家**：哪一家。／**翠管**：管樂器。／**煙草**：煙霧籠罩的草叢。亦泛指蔓草。

四行【**暮雲**：傍晚的雲。／**遮斷**：遮蔽阻隔。／**芳洲**：芳草叢生的小洲。

## 賞讀譯文

我閒來倚靠著曲欄杆，還是重新記起了心事。
花叢裡的雛鶯不停地啼叫，也攪亂了夕陽的紅色光影。
哪一家在吹著憂愁的管樂曲？庭院裡煙霧籠罩的草叢看起來宛如秋色。
我想要登上高樓去望遠，但傍晚的雲遮蔽阻隔了芳草叢生的小洲。

329

# 山行雜詩

趙翼

山雲才滃起，頃刻雨點飄。
乃知雲變雨，不必到層霄。
只在百丈間，即化甘澍膏。
君看雲薄處，曦影如隔綃。
自是此雨上，仍有赤日高。

## 賞讀譯文

山間的雲才剛湧起，馬上就飄下雨點。
我才知道雲要變成雨，不必到高空才行。
只在百丈高的地方，雲就化成美好的及時雨來潤澤萬物。
你看雲層稀薄的地方，日光的形影像是隔了一層生絲布。
原來是在這片雨的上方，仍然有烈日高掛著。

**趙翼**（1727～1814）字雲崧、耘崧，號甌北、裘萼、三半老人。中進士後，曾任廣西鎮安知府、廣州知府、貴州貴西兵備道道員等職。因處理海盜案被彈劾及降級，不久即辭官，歸隱民間，以著述自娛，並主講安定書院。著有《廿二史劄記》三十六卷等書。

**題旨：行旅記景**

**注釋**

一行—**滃**：雲氣湧起的樣子。／**頃刻**：形容極短的時間。
二行—**層霄**：高空。
三行—**甘**：美好的。／**澍**：及時的雨。／**膏**：潤滑、潤澤。
四行—**曦**：日光、日色。／**影**：人、物的形象或圖像。／**綃**：用生絲織成的絲織品。
五行—**自是**：自然是；原來是。／**赤日**：烈日。

# 夜起岳陽樓見月

姚鼐

高樓深夜靜秋空，蕩蕩江湖積氣通。
萬頃波平天四面，九霄風定月當中。
雲間朱鳥峰何處，水上蒼龍瑟未終。
便欲拂衣瓊島外，止留清嘯落湘東。

## 賞讀譯文

我站在高樓上，欣賞深夜裡的靜謐秋空，廣大的江湖上雲霧積氣不停流動著。遼闊的波面十分平坦，四面皆與天空相接，高空中的風停了，明月懸掛當中。雲間的朱鳥峰在哪裡？水上青龍的彈瑟聲還沒有停止。我想要撩起衣襟到瓊島之外，只把我的悠長呼喊聲留在湘東。

## 題旨：秋夜抒懷

**姚鼐**（1732～1815）

字姬傳、夢穀，室名惜抱軒，世稱惜抱先生。登進士第後，曾任山東和湖南的鄉試副考官、恩科會試同考官、四庫全書館纂修官等職，之後借病辭官，以授徒為生，曾主講於揚州梅花書院、安慶敬敷書院、南京鐘山書院等書院。與方苞、劉大櫆並稱為「桐城派三祖」。

**【注釋】**

一行【**蕩蕩**：廣大的樣子。／**積氣**：指相積的雲霧之氣。／**通**：流通、流動。

二行【**萬頃**：百萬畝，以誇飾法形容面積廣闊。／**九霄**：高空。

三行【**朱鳥**：即朱雀，為二十八宿中南方七宿的總稱，因南方屬火，代表色為朱（紅）色，此七宿相聯起來像鳥形，故有此稱。朱鳥也是傳說中的南方神。另外，唐代杜甫的〈望岳〉也提到了「南岳配朱鳥，秩禮自百王」。／**蒼龍**：青龍，或指湘水之神。／**瑟**：指彈瑟。

四行【**拂衣**：提起或撩起衣襟。／**瓊島**：傳說中的仙島，仙人的居所。／**止**：僅、只。／**清嘯**：清越悠長的嘯嗚或鳴叫。

# 玉樓春

## 空園數日無芳信

吳翌鳳

空園數日無芳信，惻惻殘寒猶未定。
柳邊絲雨燕歸遲，花外小樓簾影靜。
憑欄漸覺春光暝，悵望碧天帆去盡。
滿堤芳草不成歸，斜日畫橋煙水冷。

**吳翌鳳**（1742～1819）
字伊仲，號枚庵或作眉庵，別號古歡堂主人，初名鳳鳴。藏書家吳銓後裔。諸生（經考試錄取而入學的生員）。家貧而篤好典籍，多借書閱覽，若得佳本，則用手抄。

**題旨：春景抒懷**

**一注釋一**

一行一**空園**：荒園，閒棄的庭院。／**芳信**：敬稱他人來信。／**惻惻**：寒冷的樣子。／**殘寒**：尚未消盡的寒意。

三行一**憑欄**：倚靠欄杆。／**暝**：昏暗。／**悵望**：惆悵地看望。／**碧天**：青天。／**盡**：完畢。／化用自唐代李白的〈黃鶴樓送孟浩然之廣陵〉：「孤帆遠影碧山盡」。

四行一**畫橋**：雕飾華麗的橋梁。／**煙水**：煙霧瀰漫的水面。

### 賞讀譯文

我走在荒廢的庭院裡，已經有數天沒收到來信，殘餘未消的寒意還沒有停止。柳樹邊飄著絲絲細雨，燕子遲遲地歸來；花叢外的小樓裡，簾影靜止不動。我倚靠欄杆，漸漸覺得春光變昏暗了，惆悵地看著青天邊際的船帆全都離開。堤上長滿芳草，我還是不能回去；斜陽照著畫橋，煙霧瀰漫的水面散發冷意。

## 332 春日樓望

黃景仁

一碧招魂水漲津，遠山濃抹霧如塵。
忽風忽雨春愁客，乍煖乍寒天病人。
芳草遠黏孤騎沒，綠楊低罩幾家貧。
天涯飛絮歸何處，不到登樓也愴神。

**黃景仁（1749～1783）**
字漢鏞、仲則，號鹿菲子。宋朝詩人黃庭堅後裔。家境清貧。郡試第一，但鄉試多次不中，浪遊各地求生計，一生窮困潦倒，三十五歲時因病過世。富詩名，著有《兩當軒全集》。

**題旨：春景抒懷**

**【注釋】**

一行【**一碧**：一片碧綠的湖水。／**招魂**：古代在上巳節（農曆三月的第一個巳日，後來定在農曆三月三日）的活動之一。／**津**：渡口。／**濃抹**：抹上濃妝。

二行【**客**：出門在外的人。／**煖**：同「暖」。

三行【**沒**：消失。

四行【**天涯**：天邊，指遙遠的地方。／**飛絮**：飄飛的柳絮。／**愴神**：傷心。

**賞讀譯文**

在一片碧綠的湖水旁招魂，水已經漲滿渡口，遠山像抹上濃妝，雲霧厚重得宛如沙塵。忽風忽雨的暮春天氣，讓作客的人充滿愁緒，忽暖忽寒的天氣變化也讓人生病。芳草一路蔓延到遠方，孤獨的騎士和馬匹也在那裡消失了，綠楊低低籠罩著幾戶貧窮人家？飄飛的柳絮飛到天邊，要回去哪裡？我不必登樓就感到傷心了。

# 秋夜

黃景仁

絡緯啼歇疏梧煙，露華一白涼無邊。
纖雲微蕩月沉海，列宿亂搖風滿天。
誰人一聲歌子夜，尋聲宛轉空臺榭。
聲長聲短雞續鳴，曙色冷光相激射。

題旨：秋夜記景

一注釋一

一行一**絡緯**：一種類似蚱蜢、蟋蟀的昆蟲，常在夏季的夜晚振翅作聲，聲音近似紡絲聲，又稱為「絡絲娘」、「莎雞」。／**疏梧**：葉子稀疏的梧桐樹。／**露華**：露水。／**一白**：一片潔白。

二行一**纖雲**：纖細的卷雲。／**列宿**：眾星。

三行一**子夜**：晉代樂曲的曲名，曲調哀怨。／**宛轉**：形容聲音抑揚動聽。／**臺榭**：「臺」是高而平的方形建築物，「榭」是臺上有屋，泛指樓臺等建築物。

四行一**曙色**：天剛亮時的天色。／**冷光**：水面的冷光。／**激**：強烈的。

賞讀譯文

絡緯的啼鳴聲剛剛停歇，葉子稀疏的梧桐樹上籠罩著煙霧，露水一片潔白，散發無限的涼意。纖細的卷雲在空中微微飄蕩，明月沉入大海；秋風充斥空中，星星看起來似乎紛亂搖動著。是誰在唱著〈子夜〉歌？我尋找聲源，只感覺到這聲音在空無一人的臺榭裡迴蕩。雞隻一聲長一聲短地持續鳴叫，曙光和水面的冷光強烈地互相照射。

334

# 樓上對月

黃景仁

飄飄白袷當回風，三五月照高樓空。
一城露瓦高下白，幾處已滅窗燈紅。
病怯臨窗倦憑几，苦被鐘聲促人起。
樓頭皓魄已天中，郭外青山如夢裏。
濛濛薄霧蒼蒼煙，山意亦如人可憐。
一絲清氣共來往，星辰自動高高天。
風景依稀似前度，此間恍是高寒處。
夜深誰念朗吟人，願化遼東鶴飛去。

## 賞讀譯文

白色夾衣迎著旋風飄動著，農曆十五日的明月照著空蕩的高樓。城市裡沾著露水的屋瓦，在天空下顯得潔白，有幾處人家已經熄滅了窗邊的紅色燈火。我因為生病而不敢到窗邊，疲倦地靠著矮桌，卻苦於被鐘聲催促而起。樓上，明月已經升到高空，外城之外的青山好似在夢裡。迷茫的薄霧、廣闊無邊的煙，山的心意跟人一樣可愛。我和山之間以一絲清高之氣來往交流，星辰在高空中顫動著。眼前的風景隱約好像是前一次看過的，此處在恍惚間好像是月中的高寒處。在深夜裡，有誰在意像我這樣的朗吟人？我願意化成遼東鶴飛去。

**題旨：月夜抒懷**

**一注釋一**

一行—**白袷**：白色夾衣（有內裡有面的雙層衣服）。／**當**：當著，迎著。／**回風**：旋風。／**三五**：農曆十五日。

二行—**露瓦**：沾露水的瓦。／**高下**：天空下。

三行—**怯**：害怕。／**憑**：靠著。／**几**：小或矮的桌子。／**促**：催促。

四行—**樓頭**：樓上。／**皓魄**：明月。／**郭**：城牆外另築的一道城牆，外城。

五行—**濛濛**：雨雪雲霧迷茫的樣子。／**蒼蒼**：無邊無際、空闊遼遠的。／**可憐**：可愛。

六行—**清氣**：清高之氣。／**自動**：顫動。

七行—**依稀**：隱約。／**前度**：前一次。／**此間**：這裡，此處。／**恍**：恍惚。／**高寒處**：指月亮。引自宋代蘇軾的〈水調歌頭〉：「我欲乘風歸去，又恐瓊樓玉宇，高處不勝寒。」

八行—**朗吟人**：原指袁宏（時稱袁虎），在此指作者自己，有受人賞識的期待。《世說新語．文學》：「袁虎少貧，嘗為人傭載運租。謝鎮西經船行，其夜清風朗月，聞江渚間估客船上有詠詩聲，甚有情致。……即遣委曲訊問，乃是袁自詠其所作詠史詩。因此相要，大相賞得。」／**遼東鶴**：《搜神後記》裡提到，遼東的丁令威離家學道成仙後，就化為白鶴回到家鄉。

335

# 醜奴兒慢・春日

黃景仁

日日登樓，一日換一番春色。者似卷如流春日，誰道遲遲。一片野風吹草，草背白煙飛。頹牆左側，小桃放了，沒個人知。

徘徊花下，分明認得，三五年時。是何人，挑將竹淚，黏上空枝。請試低頭，影兒憔悴浸春池。此間深處，是伊歸路，莫學相思。

題旨：春景抒情

【注釋】

一行【**一番**：一次。／**春色**：春天的景色。

二行【**者**：同「這」。／**遲遲**：漫長。《詩經・豳風・七月》有「春日遲遲，采蘩祁祁」。

四行【**放了**：開花。

五行【**分明**：清楚。／**認得**：記得。／**三五年時**：十五歲時。

六行【**竹淚**：代指眼淚，引自舜帝的妃子（娥皇、女英）淚染湘竹的傳說。

八行【**此間**：這裡，此處。

賞讀譯文

我每天都登樓賞景，春天的景色每一天都變換一次。這個如卷雲流去的春日，誰說它很漫長？野地裡一陣風吹過草原，草背有白煙飛起。頹圮的牆面左側，有小桃花綻放了，但是沒有人知道。

我徘徊在桃花下，清楚地記得十五歲時的事。是哪個人挑起眼淚黏上空枝？請試著低頭看，她的身影憔悴地浸在春池裡。這裡的深處是她的歸路，不要學人家相思。

336

# 舟過丹徒，夜半與夫子登山宵行

王采薇

幽行已三里，村落半摛扉。
雙鳥時依樹，孤螢不上衣。
月高人影小，潮定櫓聲稀。
沿水星星火，歸驚宿鷺飛。

**王采薇**（1753～1776）
初名薇玉。字玉珍、玉瑛。知縣王光燮之女，藏書家孫星衍之妻。為書畫家、詩人。

題旨：夜行記景

一注釋一

題一**丹徒**：在今江蘇省鎮江市。／**夫子**：妻子對丈夫的敬稱。／**宵行**：夜行。
一行一**幽**：昏暗的。／**摛**：舒展，敞開。音同「吃」。／**扉**：門扇。
二行一**時**：經常。
三行一**櫓聲**：搖櫓的聲音。櫓為划水使船前進的器具，外形比槳粗長。
四行一**星星**：一點一點遍布的樣子。

## 賞讀譯文

我們在昏暗中已經走了三里，村落裡的人家大半都敞開門扉。經常看到成雙成對的鳥兒相依在樹上，孤飛的螢火蟲從不飛上人的衣裳。月亮高掛，使人的影子變得很小；潮水平靜後，搖櫓的聲音變得稀落。沿著水邊遍布著漁船的點點燈火，歸船讓夜宿的鷺鳥驚嚇地飛起。

337

# 清平樂

## 鏡奩眉嫵

楊芳燦

鏡奩眉嫵，湖水清如許。
蘭葉輕風槐葉雨，好個秋光無主。
興闌欲泛歸橈，隔溪漁子相招。
一帶藕華深處，夕陽人影紅橋。

**楊芳燦**（1754～1816）字才叔，號蓉裳。由拔貢應廷試，曾任靈州知州、戶部員外郎等職，因母親去世而返鄉後，主講於衢杭、關中、錦江三書院，又後入蜀修《四川通志》。

題旨：秋景抒懷

【注釋】

一行【**鏡奩**：鏡匣。奩，音同「連」。／**眉嫵**：嫵媚的尾毛。／**如許**：如此。

二行【**輕風**：微風。／化用自唐代李白的〈鸚鵡洲〉：「煙開蘭葉香風暖。」／**好個**：好一個，表示讚歎的語氣。／**秋光**：秋日的風光景色。／**無主**：沒有主人，在此指無邊、無限之意。

三行【**興闌**：興盡，興致已盡。／**歸橈**：歸舟。橈為船槳，代指船。／**漁子**：捕魚為業的人，漁夫。

四行【**一帶**：一條帶子。常用以形容東西或景物像一條帶子。／**藕華**：荷花。／**人影**：人的身影。

### 賞讀譯文

青山就像鏡匣中的嫵媚雙眉，湖水是如此的清澈。
微風吹過蘭葉，雨滴打在槐葉上，好一個無限的秋日風光景色。
我的興致已盡，想要泛舟回去，溪流另一邊的漁夫向我招手。
那一條長帶般的荷花叢深處，夕陽照著紅橋上的人影。

338

# 貴州飛雲洞題壁

宋湘

我與青山是舊遊，青山能識舊人否。
一般九月秋紅葉，兩個三年客白頭。
天上紫霞原幻相，路邊泉水亦清流。
無心出岫憑誰語，僧自撞鐘風滿樓。

**宋湘**（1757～1826）
字煥襄，號芷灣。父親為私塾教師，家境貧寒，曾務農、擔任教職。二十多歲中秀才，但會試參加了四次，終於在四十多歲登進士第，曾任翰林院編修、文淵閣校理、國史館總纂、曲靖廣南永昌三地知府等職。被嘉慶皇帝贊為「嶺南第一才子」。

**題旨：賞景抒懷**

**一注釋一**

題一**飛雲洞**：即飛雲崖，附近有月潭寺。
一行一**舊遊**：昔日的遊覽。／**識**：認得。
二行一**一般**：一樣。／**兩個三年**：即六年。／**客**：出門在外的人，指作者自己。／**白頭**：滿頭白髮。
三行一**紫霞**：紫色雲霞。道家認為神仙乘紫霞而行。
四行一**無心出岫**：化用自東晉陶淵明的〈歸去來辭〉：「雲無心以出岫，鳥倦飛而知還。」／**岫**：山洞、岩洞。

## 賞讀譯文

我與青山是昔日遊覽地與遊客的關係，青山能認得我這個舊人嗎？
一樣是九月秋日的紅葉風景，在六年過後，我這個出門在外的人已經滿頭白髮了。
天上神仙乘坐的紫霞原本就是幻相，路邊的泉水也可以是清流。
雲朵無心出岫，我要誰說話？寺院裡的僧侶撞響鐘聲，山風吹滿樓。

339

# 摸魚兒

雨後江上晚眺

凌廷堪

暮天空，乍收涼雨，隔江飛過清冷。
煙鬟綽約山容潔，掃得兩蛾幽靚。
無限景，縱倩取鏤冰琢雪應難詠。
斜陽未暝，見別浦殘荷，回汀折蓼，都作淡紅影。

江光遠，蹙起靴紋萬頃，微風恰好初定。
盈盈十五吳娃小，笑與碧波相映。
嬌妒性，有意要驚他沙上鴛鴦醒。
青裙半整，便急打蘭橈，空明聲碎，搖過采菱艇。

## 賞讀譯文

傍晚天空廣闊，清涼的陣雨剛停，隔著江流飛過來一陣清冷。雲霧繚繞的峰巒柔婉美好，山的姿容潔淨明亮，雲霧掠過，讓青山顯得幽靜。這片無限美好的景色，縱然運用雕刻冰雪的巧思，應該也難以吟詠。斜陽還沒有變昏暗，我看到別浦上的殘餘荷花、曲折洲渚上的彎曲紅蓼，都變成了淡紅色的身影。

江面的波光延伸至遠方，皺起萬頃的細波微浪，微風剛好停了。儀態輕巧美好的十五歲吳地少女，笑臉與碧波相互映照。她們具有驕傲任性的嫉妒性格，有意要驚醒沙灘上的鴛鴦。少女稍微整理好青裙，便急著搖蘭橈打水，空曠澄淨的空中響起擊碎流水的聲音，採菱角的小船擺動而過。

清 詞

## 題旨：日暮江景

**凌廷堪**（1757～1809）年幼喪父而家貧，弱冠之年才開始讀書。登進士第後，不願為官，自請改為教職，曾任寧國府學教授。之後因母喪到徽州，曾一度主講敬亭、紫陽二書院。專研古代禮制與樂律。

**注釋**

一行—**暮天**：傍晚的天空。／**空**：廣闊。／**乍**：剛剛。／**清冷**：清涼寒冷。

二行—**煙鬟**：指婦女的鬟髮，也比喻雲霧繚繞的峰巒。／**綽約**：柔婉美好的樣子。／**山容**：山的姿容。／**兩蛾**：美女的兩眉。女子的眉毛細長而彎曲，像蛾的觸鬚，故有蛾眉之稱。在此指山。／**掃**：掠過。／**幽靚**：即幽靜。

三行—**倩**：請託。／**鏤冰琢雪**：雕刻冰雪，也比喻構思新穎精巧。／**詠**：以詩、詞來抒發情興。

四行—**暝**：昏暗。／**別浦**：河流入江海之處稱浦，或稱別浦。／**回汀**：曲折的洲渚。／**折**：彎曲。／**蓼**：水陸兩棲草本植物，為粉紅或玫瑰紅色穗狀花序，六至九月開花。

五行—**江光**：江面的波光。／**蹙**：皺縮。／**靴紋**：靴皮的花紋。形容細波微浪。／**萬頃**：百萬畝，以誇飾法形容面積廣闊。／**初定**：剛停。

六行—**盈盈**：形容儀態輕巧美好。／**吳娃**：吳地美女。

七行—**嬌妒**：謂女子驕傲任性而嫉妒。／**他**：用於句中當襯字，無所指。

八行—**半**：部分、不完整。／**空明**：指空曠澄淨的天空。／**蘭橈**：以木蘭樹製成的船槳。／**搖**：擺動。／**采菱艇**：採菱角的小船。

340

# 太湖舟中

孫原湘

只有天圍住，清光萬頃圓。
四無雲障礙，一氣水澄鮮。
日映鷺皆雪，風吹帆欲仙。
蓮花波上立，知是莫釐顛。

題旨：太湖景色

**孫原湘**（1760～1829）字子瀟、長真，晚號心青。登進士第後，曾任翰林院庶起士、武英殿協修等職，不久即因病告假不仕，先後主持多家書院的講席。

**注釋**

一行—**清光**：指波光。／**萬頃**：百萬畝，以誇飾法形容面積廣闊。

二行—**障礙**：阻礙；阻擋。／**一氣**：一片。／**澄鮮**：潔淨。

三行—**欲仙**：指飄飄欲仙；輕飄上升，好像要離開塵世變成神仙。

四行—**莫釐**：山峰的名稱。／**顛**：頂端。

## 賞讀譯文

只有天空圍住太湖，波光萬頃，像是一面圓鏡。四周沒有雲阻擋，一片湖水澄澈潔淨。陽光照著鷺鳥，其羽毛全像雪那般潔白；風吹動船帆，船隻似乎要輕飄上升。宛如蓮花直立在波面上，我知道那是莫釐山的頂峰。

# 341 水調歌頭・春日賦示楊生子掞之一

張惠言

東風無一事，妝出萬重花。
閒來閱遍花影，惟有月鉤斜。
我有江南鐵笛，要倚一枝香雪，吹徹玉城霞。
清影渺難即，飛絮滿天涯。

飄然去，吾與汝，泛雲槎。
東皇一笑相語，芳意在誰家。
難道春花開落，更是春風來去，便卻了韶華。
花外春來路，芳草不曾遮。

**張惠言**（1761～1802）

原名一鳴，字皋文，一作皋聞，號茗柯。家境清貧。中舉人後，考取景山宮官學教習，教授官宦子弟。中進士後，曾任實錄館纂修官、翰林院編修。與張琦合編《詞選》，開常州詞派，著有《茗柯文集》。四十二歲時卒於官。

**題旨：春景抒懷**

**注釋**

一行－**東風**：春風。／**妝**：修飾容貌。／**萬重**：形容很多層。

二行－**鉤**：彎曲的。

三行－**鐵笛**：鐵製的笛管。相傳隱者、高士善吹此笛，笛音響亮。／**香雪**：白色的花，或指梅花。／**玉城**：神仙所居之地。／**霞**：雲霞。

四行－**清影**：玉城的霞影。／**渺**：模糊不清。／**即**：靠近。／**飛絮**：飄飛的柳絮。／**天涯**：天邊，指遙遠的地方。

五行－**雲槎**：指浮槎。傳說中來往於海上和天河之間的木筏。槎，音同「查」。／出自《論語・公冶長》：「道不行，乘桴浮於海，從我者其由與！」

六行－**東皇**：春神。／**相語**：相互談說。／**芳意**：春意。

七行－**了卻**：結束。／**韶華**：美好的時光。

## 賞讀譯文

春風無事可做，就為大地妝點出多層的繁花。閒來賞遍了各種花影的，只有斜掛的彎月。我有一支江南鐵笛，想要倚在雪白的花旁，高聲吹到響徹神仙居住的雲霞處。霞影渺茫而難以靠近，飄飛的柳絮滿布到天邊。

我和你飄然地泛著通往天河的浮槎離開吧。我與春神笑著對談，春意會在誰家？難道春花開了又落，還有春風來了又去，便結束了美好的時光嗎？花叢外的春天歸來之路，芳草從來不曾遮住的。

# 水調歌頭・春日賦示楊生子掞之二

張惠言

珠簾卷春曉，胡蝶忽飛來。
遊絲飛絮無緒，亂點碧雲釵。
腸斷江南春思，黏著天涯殘夢，剩有首重回。
銀蒜且深押，疏影任徘徊。

羅帷卷，明月入，似人開。
一尊屬月起舞，流影入誰懷。
迎得一鉤月到，送得三更月去，鶯燕不相猜。
但莫憑欄久，重露濕蒼苔。

## 題旨：春景抒懷

**注釋**

一行－**卷**：通「捲」。／**曉**：破曉，天亮。／**胡蝶**：蝴蝶。

二行－**遊絲**：蜘蛛等蟲吐的絲。／**飛絮**：飄飛的柳絮。／**緒**：次序。／**碧雲釵**：有碧雲紋飾的髮釵，代指美麗的女子。

三行－**腸斷**：形容極度悲痛。／**春思**：春日的思緒情懷。／**天涯**：天邊，指遙遠的地方。／**殘夢**：零亂不全的夢。／**首**：頭，腦袋。

四行－**銀蒜**：銀質蒜頭形簾墜，用以壓簾幕。／**押**：壓制。／**疏影**：指窗外景色的疏落影子。

五行－**羅帷**：絲製帷幔。

六行－**一尊**：一杯。／**屬月**：敬月。／**流影**：指月光。

七行－**一鉤**：用於形容新月。／**三更**：即半夜，子時，為晚上十一點到一點。／**鶯燕**：黃鶯與燕子。泛指春鳥。／**不相猜**：不相計較。

八行－**憑欄**：倚靠欄杆。／**蒼苔**：青色苔蘚。

## 賞讀譯文

女子捲起珠簾看春日早晨的風景，蝴蝶忽然飛過來。遊動的蟲絲和飄飛的柳絮毫無次序，紛亂地落在女子身上。讓人悲痛的江南春日思緒，緊黏著天邊零亂不全的夢，只能在腦子裡重新回憶。她用銀蒜簾墜深深壓住簾子，任由疏落的影子在窗外徘徊。

女子捲起絲製帷幔，明月照入屋內，似乎人心已經敞開。她拿起一杯酒敬月起舞，但月光能進入誰的懷裡？迎接一鉤彎月到來，三更半夜時送明月離開，不與鶯燕等春鳥相計較。但是別倚靠欄杆太久，濃重的露水已浸濕了青色苔蘚。

343

# 醜奴兒慢・見榴花作

張惠言

柳綿吹盡，樓外舊愁如夢。
又鎮日門隨雨閉，簾借煙籠。
卻怕憑欄，相思無字問殘紅。
新陰綠處，幾時輕逗，芳意千重。

玉勒俊遊，從他幽獨，不到山中。
況滿地浮英浪蕊，還做春容。
只有斜陽，年年識得換熏風。
春餘心事，憑將杜宇，深訴花工。

## 題旨：賞榴花惜春

## 注釋

題—**榴花**：又名石榴花，多於五月開花，花色火紅。

一行—**柳綿**：柳絮。／**盡**：完畢。

二行—**鎮日**：從早到晚。

三行—**憑欄**：倚靠欄杆。／**殘紅**：落花。

四行—**新陰**：春夏之交新生枝葉逐漸茂密而形成的樹蔭。／**輕逗**：指悄悄地綻放。／**千重**：千層，層層疊疊。／化用自蘇軾的〈賀新郎・夏景〉：「石榴半吐紅巾蹙。待浮花浪蕊都盡，伴君幽獨。穠豔一枝細看取，芳心千重似束。」

五行—**玉勒**：玉飾的馬銜。代指馬。／**俊遊**：快意地遊賞。／**從**：伴隨。／**他**：指榴花。／**幽獨**：靜寂孤獨。

六行—**況**：何況。／**浮英浪蕊**：即浮花浪蕊，指尋常的花草。浮英指浮在水面的花瓣，浪蕊指盛開的花。／**春容**：春天的景色。

七行—**識得**：懂得，知道。／**熏風**：和暖的南風或東南風。

八行—**春餘**：春天將盡未盡之時。／**杜宇**：指杜鵑鳥，初夏時常晝夜不停啼叫，叫聲類似「不如歸去」。相傳為商周至春秋時代之間的古蜀君主杜宇之魂所化。／**花工**：花匠。

## 賞讀譯文

柳絮全被吹光了，樓外的舊愁就像夢一般。這一整天，大門又因為下雨而關上，簾子隔開煙霧籠罩的窗外世界。我害怕倚靠欄杆，沒有文字能形容心中的相思，只能詢問落花。在剛形成的茂密綠蔭處，榴花什麼時候悄悄綻放了？散發層層疊疊的美好心意。

我騎馬快意地遊賞，伴隨榴花靜寂孤獨地待著，不到山中去。何況滿地都是尋常的花草，還展現出春天的景色。只有斜陽每年都讓人知道此時已經轉換成和暖的南風。春天將盡的心事，就依靠杜鵑鳥深刻地傾訴給花匠聽。

344

# 賣花聲

## 秋水淡盈盈

郭麐

秋水淡盈盈，秋雨初晴。
月華洗出太分明。
照見舊時人立處，曲曲圍屏。
風露浩無聲，衣薄涼生。
與誰人說此時情。
簾幕幾重窗幾扇，說也零星。

### 題旨：秋夜懷人

**郭麐**（1767～1831）字祥伯，號頻伽，因右眉全白，又號白眉生。乾隆時，因參加科舉不第，遂絕意仕途，專研詩文及書畫，善篆刻。嘉慶時，講學蕺山書院，與袁枚友好。著有《靈芬館詩集》系列共十二卷、《唐文粹補遺》二十六卷等。

**｜注釋｜**

一行｜**盈盈**：清澈。

二行｜**月華**：月光。／**太**：形容程度極高，多用於肯定方面。

三行｜**照見**：從光照中映現。／**舊時**：從前。／**曲曲**：彎曲。／**圍屏**：可以環繞障蔽的屏風，通常有四扇。

四行｜**浩**：繁多、眾多。

六行｜**零星**：零碎，少量。

### 賞讀譯文

秋水淡而清澈，下了一陣秋雨後，剛剛放晴了。月光被雨水洗得十分潔淨明亮。光照中映現了從前那人站立的地方，現在只有彎曲的圍屏。風和露水浩多而無聲，我因為衣衫單薄而感到涼意生起。我能夠向誰訴說此時的情意？有那麼多層的簾幕、那麼多扇的窗，說起來也很零碎。

# 三姝媚

## 交枝紅在眼

周之琦

交枝紅在眼，蕩簾波香深，鏡瀾痕淺。
費盡春工，占勝遊惟許，等閒鶯燕。
步屧廊回，盈退粉蛛絲偷罥。
小影竛竮，冷到梨雲，便成秋苑。

容易題襟催散，又酒逐花迷，夢將天遠。
繫馬垂楊，但翠眉還識，舊時人面。
暗數韶華，空笑我櫻桃三見。
剩有盈盈胡蝶，西窗弄晚。

### 賞讀譯文

交錯枝條上的花叢映入眼中，一波波香氣深深浸入飄蕩的簾子，鏡中有著淺淺的身影痕跡。費盡春天造化萬物之工，卻只允許尋常的鶯燕擁有快意的遊覽。我在走廊上來回行走，到處充滿了掉落的粉飾，還有蜘蛛絲偷偷懸掛著。身影孤單，天氣冷到連梨花都飄落了，讓這裡變成蕭索的秋天園林。

抒寫胸懷很容易就催人散去，我又在酒醉中追逐沉迷於飛花，夢魂將會飄到遙遠的天邊。我把馬匹繫在垂楊下，還認得那位美人是舊時曾見過的。我暗自數著春光，徒然笑自己已經看過櫻桃結果三次了。此刻只剩下輕盈的蝴蝶，在西窗外戲耍著晚春。

### 題旨：春景抒懷

**周之琦**（1782～1862）字稚圭。登進士第後，曾任浙江按察使、廣西布政使、江西巡撫、廣西巡撫等職，因病去職，病逝於家中。著有《心日齋詞》。

**一注釋一**

一行—**交枝**：交錯的枝條。／**蕩**：搖擺、晃動。／**鏡瀾**：鏡中的波瀾，指映入鏡中的景物。

二行—**春工**：春天造化萬物之工。／**占**：擁有。／**勝遊**：快意的遊覽。／**惟許**：只允許。／**等閒**：尋常；平常。

三行—**屧廊**：泛指走廊。屧即是木屐，音同「謝」。／**盈**：充滿。／**退**：脫去、掉落。／**罥**：懸掛、糾結。音同「眷」。

四行—**竛竮**：孤單的樣子。音同「伶平」。／**梨雲**：梨花。／**苑**：園林。

五行—**題襟**：抒寫胸懷。／**夢**：夢魂。古人認為人的靈魂能在睡夢中離開肉體。

六行—**翠眉**：古代女子用青黛畫眉，故有此稱。泛指美人的眉毛，也是美女的代稱。／**人面**：指所愛之人。化用自唐代崔護的〈題都城南莊〉：「去年今日此門中，人面桃花相映紅。人面不知何處去，桃花依舊笑春風。」

七行—**韶華**：美好的時光，亦指春光。／**空**：徒然。

八行—**盈盈**：儀態輕巧美好。／**胡蝶**：蝴蝶。／**弄**：把玩、戲耍。／**晚**：將盡的，在此指晚春。

# 三犯渡江雲

## 斷潮流月去　項廷紀

斷潮流月去，柁樓碎語，侵曉掛帆初。
一行沙上雁，又被西風，吹影落江湖。
紅牆漸遠，拂征衣自歎清臞。
最淒涼疏萍剩梗，飄泊意何如。
愁余！黃花舊徑，修竹吾廬，是離魂來處。
料此後詩邊酒冷，夢裏燈孤。
停船莫近投書浦，況路長容易無書。
歸便早，今年總負鱸魚。

**題旨：旅途抒懷**

**項廷紀**（1798～1835）原名繼章，又名鴻祚，字蓮生。舉人，應進士不第。自述「生幼有愁癖，故其情艷而苦」。

**【注釋】**

一行—**斷潮**：退潮。／**柁樓**：船上操舵之室。柁同「舵」。／**碎語**：與正事無關的閒話。／**侵曉**：天色漸亮時。

三行—**征衣**：旅人之衣。／**清臞**：瘦削無肉。

四行—**萍**：浮萍。／**意**：心情。／**何如**：如何，怎麼樣。

五行—**余**：我，表第一人稱。／**修竹**：長長的竹子。／**廬**：屋舍。／**離魂**：指遠遊他鄉的旅人。

七行—**投書浦**：化用自《晉書．殷浩傳》，晉朝的殷羨，字洪喬，曾奉命出任豫章太守，臨行前被託付了百餘封信件，卻在行經石頭渚時，把所有信件投入水中。

八行—**鱸魚**：指故鄉菜，他用自《晉書．張翰傳》：「翰因見秋風起，乃思吳中菰菜、蓴羹、鱸魚膾。」

## 賞讀譯文

退潮帶著月光流走，柁樓裡傳出閒談的聲音，天色漸亮，剛掛上船帆航行。停在沙上的一行雁子，又被西風將身影吹落到江湖中。岸邊的紅牆逐漸變得遙遠，我輕拂著身上的衣服，感歎自己又變瘦了。最淒涼的是那些疏落的浮萍和剩餘的枝梗，飄泊的心情如何呢？這實在令我憂愁！開著黃花的舊路，被長竹圍繞的屋舍，是我這個離鄉遊子的來處。料想從此之後，詩邊的酒肯定冰冷，就連夢裡的燈火也孤單。停船後，不要靠近被人丟棄信件的水邊，何況路途漫長，很容易就沒有書信。就算早早回鄉，今年總是會辜負鱸魚這道故鄉菜。

347

# 山雨

何紹基

短笠團團避樹枝，初涼天氣野行宜。
谿雲到處自相聚，山雨忽來人不知。
馬上衣巾任沾濕，村邊瓜豆也離披。
新晴放盡峰巒出，萬瀑齊飛又一奇。

**何紹基**（1799～1873）
字子貞，號東洲，別號東洲居士，晚號蝯叟。出身書香世家，中進士後，曾任翰林院編修、文淵閣校理、國史館提調、四川學政等職。受讒言所害而遭降職後便辭官，講學於山東濼源書院、長沙城南書院，並遊歷各地。工書法。著有《東洲草堂詩集》、《東洲草堂文集》等。

**題旨：行旅記景**

**注釋**

一行—**短笠**：小笠帽。笠為用竹皮或竹葉編成的帽子。／**團團**：形容圓的樣子。／**初涼**：剛開始涼爽。／**野行**：在野外行走。
二行—**谿**：山谷。
三行—**衣巾**：衣服和佩巾（手帕）。／**離披**：紛亂。
四行—**新晴**：剛放晴。

## 賞讀譯文

圓圓的小笠帽避開樹枝，剛剛開始涼爽的天氣很適合在野外行走。山谷裡的雲到處飄浮，自然就相聚，山雨忽然下了起來，讓人難以預知。放在馬上的衣巾任憑雨水沾濕，村邊的瓜豆也被雨打得紛亂。剛放晴後，雲便散開，讓峰巒全都露出，萬道瀑布齊飛又是一個奇觀。

# 江城子·記夢

顧太清

煙籠寒水月籠沙，泛靈槎，訪仙家。
一路清溪，雙槳破煙划。
才過小橋風景變，明月下，見梅花。
梅花萬樹影交加，山之涯，水之涯。
澹宕湖天，韶秀總堪誇。
我欲遍遊香雪海，驚夢醒，怨啼鴉。

## 賞讀譯文

煙霧籠罩著寒水，月光籠罩著沙灘，我乘著靈槎去拜訪仙家。
一路是清澈的溪水，雙槳劃破煙霧向前划行。
我才經過小橋，周圍的風景就改變了，在明月下，看見梅花。
萬棵梅花的樹影層層交錯，一直到山的邊際、水的邊際。
波光蕩漾的湖天，美好秀麗的景色總是值得誇讚。
我想要遊遍由梅花形成的香雪海，卻從夢中驚醒，不禁埋怨外頭啼叫的鴉鳥。

**顧太清**（1799～1876）名春，字子春、梅仙。原姓西林覺羅氏，滿洲鑲藍旗人。因祖父西林覺羅鄂昌捲入文字獄要案，家道中落，但自小仍有機會學習詩詞歌賦。之後，由於乾隆皇帝的後代奕繪貝勒欲娶她為側室，為了通過聯姻審核，便以二等護衛顧文星之女的身分呈報宗人府。她配合奕繪的號「太素」，而號「太清」，並以「顧太清」之名為人所知。被公認為「清代第一女詞人」，晚年以道號「雲槎外史」著有小說《紅樓夢影》。

**—注釋—**

一行—**籠**：籠罩。／沿用唐代杜牧的〈泊秦淮〉首句。／**靈槎**：能乘往天河的船筏。出自晉代張華的《博物志》：「近世有人居海渚者，年年八月有浮槎去來。」

四行—**交加**：交錯。／**涯**：邊際。

五行—**澹宕**：蕩漾。／**韶秀**：美好秀麗。／**堪**：值得。

六行—**香雪海**：原指江蘇省吳縣鄧尉山一帶。當地多梅樹，開花時滿山盈谷，香氣四溢，勢若雪海，清康熙時江蘇巡撫宋犖曾題「香雪海」三字刻於崖上。泛指梅花盛開的梅林。

**題旨：夢中情景**

# 沁園春・落花

顧太清

點點星星，零零落落，一片飛殘。
向東風影裏，空勞蛺蝶，碧紗窗外，遮沒闌干。
柳線難牽，簾鉤難掛，無賴封姨不見憐。
經行處，恰紛紛紅雨，輕拍香肩。
芳魂何處姍姍，待剪紙，招來月下看。
認朦朧不準，飄搖不定，煙消雨化，豐韻難傳。
慣為花愁，誰禁又落，空對長條不忍攀。
從今後，剩綠苔庭院，吹滿榆錢。

**題旨：春景惜花**

**注釋**

一行—**點點星星**：形容多而零散。／**零零落落**：稀疏散亂的樣子。／**飛殘**：飛落的花。

二行—**東風**：春風。／**空勞**：徒勞；白費。／**遮沒**：遮擋，遮住。／**闌干**：即欄杆。

三行—**柳線**：柳條，因其細長下垂如線，故有此稱。／**無賴**：蠻橫。／**封姨**：古時神話傳說中的風神，亦稱封十八姨。出自唐代谷神子所著的《博異志．崔玄微》。／**見憐**：愛憐。

四行—**經行**：行程中經過。／**紅雨**：比喻落花。

五行—**芳魂**：落花的魂魄。／**姍姍**：形容動作緩慢從容。／**剪紙**：古時的習俗，會剪紙為幡（垂直懸掛的狹長旗幟），來招死者的魂，也有為病人招魂。

六行—**認**：辨識、分別。／**不準**：不一定；說不定。／**化**：消除。／**豐韻**：指景物美麗。

七行—**禁**：承受。／**空**：徒然。／**攀**：攀折。

八行—**榆錢**：榆莢，榆樹在春季結成的果實，形狀似錢，俗稱榆錢。

## 賞讀譯文

到處都是點點星星、稀疏散亂的落花，還有一片正在飛落的花。在東風吹落的花影裡，蛺蝶徒勞地追逐著；碧紗窗外，落花已經多到遮住了欄杆。柳條難以牽住落花，簾鉤也難以掛住落花，蠻橫的風神封姨也不愛憐它。我行程中經過的地方，恰好有紛紛落下的花，輕拍我的肩膀。

落花的魂魄在何處緩慢移動？等我剪紙做幡，把它招到月下來看看。它的身影朦朧不清又飄搖不定，隨著煙霧消散、雨水消除，美麗的姿色難以傳達。我慣常為花而愁，誰承受得了它又掉落，我徒然對著長枝條而不忍心攀折。從今以後，只剩下遍布綠苔的庭院，被風吹落滿地的榆莢。

350

# 柳梢青

芳草閑門

蔣春霖

芳草閑門，清明過了，酒滯香塵。
白楝花開，海棠花落，容易黃昏。
東風陣陣斜曛，任倚遍紅闌未溫。
一片春愁，漸吹漸起，恰似春雲。

**蔣春霖**（1818～1868）字鹿潭。應試屢不中，一生落拓潦倒。曾任兩淮鹽官，後遭罷官。早年工詩，中年後有大量詞作，有「詞史」之稱，與納蘭性德、項鴻祚，並稱清代三大詞人。五十一歲時自盡。

**題旨：春景抒懷**

**注釋**

一行—**閑門**：即「閒門」，指進出往來的人不多，顯得清閒的門庭。／**酒滯**：酒醉不醒。／**香塵**：因落花而芳香的塵土。

二行—**白楝**：一種落葉喬木，於夏季開花。在南朝宗懍的《荊楚歲時說》中，從小寒到穀雨，依開花期排列了二十四番花信風，始於梅花，終於楝花。楝花開，表示春天已到盡頭。／**海棠**：薔薇科蘋果屬的落葉喬木。三、四月時開紅色花。與草本植物秋海棠不同。

三行—**東風**：春風。／**曛**：夕陽斜照。／**闌**：即「欄」，指欄杆。

**賞讀譯文**

芳草蔓生，門前清閒無人，在清明過後，我酒醉不醒，塵土上充滿落花香。
白楝花開了，海棠花已經凋落，每一天總是很容易就到了黃昏時刻。
陣陣東風吹來，夕陽斜照，任由我倚遍紅欄杆，仍未感到溫暖。
一片春愁被東風吹得逐漸興起，就像春雲那樣逐漸凝聚。

351

# 金縷曲

花信匆匆度

俞樾

花信匆匆度。算春來瞢騰一醉，綠陰如許。
萬紫千紅飄零盡，憑仗東風送去，更不問埋香何處。
卻笑癡兒真癡絕，感年華寫出傷心句。
春去也，那能駐。

浮生大抵無非寓。慢流連鳴鳩乳燕，落花飛絮。
畢竟韶華何嘗老，休道春歸太遽。看歲歲朱顏如故。
我亦浮生蹉跎甚，坐花陰未覺斜陽暮。
憑彩筆，綰春住。

## 賞讀譯文

花信風匆匆過去了，我料想春天的到來就像朦朧迷糊的一場酒醉，此時的綠蔭已經如此濃密。萬紫千紅的繁花凋謝飄落光了，憑靠春風送走，也不問這些香花被埋在何處。我笑女兒真是不合流俗的癡人，有感於年華變換而寫出傷心的詩句。春天已經離去，哪能停留。

人生不外乎是寄居於此世，別急著留戀鳴鳩乳燕和落花飛絮。畢竟春光未曾變老，別說春天回去得太快。你看，每年春日的容顏仍然跟以前一樣。我這一生也太過虛度光陰，坐在花叢陰影處，沒感覺到斜陽將盡。憑藉富麗的文筆，把春天繫住。

## 題旨：感春抒懷

**俞樾**（1821～1907）字蔭甫，自號曲園居士。曾任翰林院編修、河南學政，因被劾奏而罷官。之後，移居蘇州潛心學術，先後於各書院主講經學，旁及諸子學、史學、文學等，海內外求教者眾多，被尊為朴學大師。有五百卷學術巨著《春在堂全書》。

**題序**：次女繡孫，倚此詠落花，詞意淒惋。有云：「歎年華，我亦愁中老。」余謂少年人不宜作此，因廣其意，亦成一闋。

### 注釋

一行─**花信**：指花信風，花開時吹過的風。古代有二十四番花信風的說法，以五日為一候，三候為一個節氣，排列了植物開花的順序。／**度**：經歷。／**算**：料想。／**瞢騰**：朦朧迷糊。／**綠陰**：即綠蔭、樹蔭。／**如許**：如此，這樣。

二行─**飄零**：凋謝飄落。／**盡**：完畢。／**憑仗**：依賴，依靠。／**東風**：春風。

三行─**癡兒**：指次女繡孫。／**癡絕**：指不合流俗的癡人。

四行─**駐**：停留。

五行─**浮生**：人生。／**大抵**：大多。／**無非**：不外乎。／**寓**：寄居。／**慢**：稍緩。／**流連**：留戀不捨。／**鳴鳩乳燕**：燕與鳩都是候鳥，代表季節變換。／**飛絮**：飄飛的柳絮。

六行─**韶華**：春光。／**何嘗**：未曾。／**遽**：疾，速。／**歲歲**：每年。／**朱顏**：指春日的容顏。／**故**：以前的。

七行─**蹉跎**：虛度光陰。／**甚**：非常，過分。／**花陰**：花叢陰影處。／**暮**：將結束的。

八行─**彩筆**：五彩之筆，指詞藻富麗的文筆。／**綰**：繫結、盤結。

# 一枝春・落梅

張景祁

不管清寒，問東風忍把高枝輕掃。
瑤臺夢杳，未許探芳重到。
生涯慣冷，任籬落水邊都好。
誰會得，千種飄零，併入笛聲淒調。
仙雲甚時流照，歎珠塵半委，萼華空老。
無言更苦，肯怨早春啼鳥。
關山去也，又蹴損馬蹄多少。
還盼取點額人歸，翠尊共倒。

**張景祁**（1827～？）
原名左鉞，字蘩甫，號韻梅或蘊梅，又號新蘅主人。登進士第後，曾任福安、連江等地知縣，晚年宦游臺灣的淡水、基隆等地。

**注釋**

一行——**清寒**：寒涼、寒冷。／**東風**：春風。
二行——**瑤臺**：神仙居住的地方。／**杳**：不見蹤影，毫無消息。形容渺茫沉寂。／**許**：允許。／**探芳**：賞花。
三行——**生涯**：生命。／**慣**：習慣。／**籬落**：籬笆。
四行——**會得**：能理會，懂得。／**飄零**：凋謝飄落。／**笛聲淒調**：指音調哀怨的笛曲〈梅花落〉。
五行——**仙雲**：乘著彩雲的梅花仙女，化用自宋代蘇軾的〈十一月二十六日松風亭下梅花盛開〉：「海南仙雲嬌墮砌，月下縞衣來扣門。」／**甚時**：何時。／**流照**：光輝照射。／**珠塵**：指花瓣。／**委**：枯萎憔悴。／**萼華**：花萼。
六行——**肯**：怎麼。
七行——**關山**：關隘與山峰。化用自宋代蘇軾的〈梅花〉：「半隨飛雪渡關山。」／**蹴**：踏、踩。
八行——**取**：語助詞，置於動詞後，表示動作的進行。／**點額**：指南朝劉宋時的壽陽公主軼事，相傳某日她在梅花樹下睡午覺，梅花飄落在額頭上印下花痕。／**翠尊**：飾以綠玉的酒器。

## 賞讀譯文

我不管寒冷，都要問春風怎麼忍心輕輕掃過梅花的高枝。到瑤臺的夢十分渺茫，未能允許我再到那裡賞梅花。梅花的生命習慣寒冷，無論是長在籬笆旁或水邊都好。誰懂得各種凋謝飄落的梅花，全都併入〈梅花落〉笛曲的淒涼聲調中呢？乘著彩雲的梅花仙女何時散發光輝？我感歎梅花的花瓣大半都凋萎，花萼也徒然老去。無言的梅花更苦，它要怎麼抱怨早春的啼鳥呢？梅花飛到關山，又被馬蹄踏壞了多少？我還盼望著梅花能歸來點上我的額頭，我會用綠尊喝酒，與梅花一起醉倒。

**題旨：詠梅花**

353

# 人境廬雜詩 二首

黃遵憲

・其一

春風吹庭樹，樹樹若為秋。
忽作通宵雨，來登近水樓。
溼雲攢岫出，疊浪拍天流。
不識新波長，沙邊有睡鷗。

・其二

葉葉蕉相擊，叢叢竹自鳴。
蕭蕭傳雨意，摵摵誤秋聲。
露溼寒蛩寂，枝搖暗鵲驚。
幢幢燈影暗，獨坐到微明。

**黃遵憲**（1848～1905）字公度，別號人境廬主人。中舉人後，曾隨外交官何如璋出使日本，後任三藩市總領事、駐英參贊、新加坡總領事等。曾參與戊戌變法，失敗後，因外國駐華公使施壓而逃過一劫。曾作《日本雜事詩》兩百多首，並著有《日本國志》四十卷、《人境廬詩草》十一卷等。

題旨：春景抒懷

**注釋**

一之一行—**若為**：為何。
一之二行—**通宵**：整夜。／**近水樓**：靠近水邊的樓宇。
一之三行—**溼雲**：溼度大的雲。／**攢**：拼湊、聚合。／**岫**：峰巒。／**疊浪**：重疊的浪。／**拍天**：水拍至天邊。
一之四行—**不識**：不知道。／**長**：漲。
二之一行—**自**：自己、本身。
二之二行—**蕭蕭**：形容風聲。／**傳**：散布。／**雨意**：將要下雨的景象。／**摵摵**：落葉聲。／**誤**：誤以為。／**秋聲**：指秋季大自然界的聲音，如風聲、落葉聲、蟲鳥聲等。
二之三行—**寒蛩**：深秋的蟋蟀，在此泛指蟲類。／**暗**：隱密的、不公開的。
二之四行—**幢幢**：搖曳。／**暗**：昏暗。／**微明**：開始天亮。

## 賞讀譯文

〔其一〕
春風吹著庭院裡的樹，為何每棵樹都散發著秋意？忽然下了整夜的雨，我前來登上近水的樓宇。溼度大的雲聚集在峰巒湧出，重疊的浪拍到天邊流去。沙邊還有不知道新水波高漲的睡鷗在那兒。

〔其二〕
一片片蕉葉相互拍擊，一叢叢的竹林發出鳴聲。蕭蕭風聲散布了將要下雨的氛圍，陣陣落葉聲讓人誤以為是秋聲。露水沾溼了蟲類，讓牠們寂靜無聲，樹枝因風搖動，讓躲在上頭的鵲鳥受到驚嚇。搖曳的燈影昏暗，我獨自坐到天快亮時。

354

# 寒食

黃遵憲

幾日春陰晝不成，才過寒食又清明。
霏霏紅雨花初落，蝻蝻白波萍又生。
欄外輕寒簾內暖，竹中微滴柳梢晴。
浮雲萬變尋常事，一瞬光陰既婁更。

題旨：春景抒懷

**注釋**

題—**寒食**：節令名，通常在冬至後第一〇五日，在清明節前一或二日。傳統上當日禁火，一律吃冷食。

一行—**春陰**：指春季陰天。

二行—**霏霏**：雨、雪、煙、雲綿密的樣子。／**紅雨**：落在花上的雨，或比喻落花。／**蝻蝻**：形容搖曳不定。／**萍**：浮萍。

三行—**欄**：欄杆。／**輕寒**：輕微的寒意。／**微滴**：小水滴。

四行—**一瞬**：一眨眼，比喻時間短暫快速。／**光陰**：時間。／**既**：已經。／**婁**：通「屢」，多次。／**更**：改換、變換。

**賞讀譯文**

這幾天都是春季的陰天，難以描畫，才過了寒食節，又到清明節。

霏霏春雨間，群花剛剛凋落；搖曳的白波間，浮萍又茂盛生長。

欄杆外散發輕微寒意，簾子內充滿暖意；竹葉上掛著小水滴，柳梢處已經放晴。

浮雲千萬變化是尋常的事，在一眨眼的時間裡已經屢次更換了。

355

# 浣溪沙・從石樓石壁往來鄧尉山中

鄭文焯

一半黃梅雜雨晴，虛嵐浮翠帶湖明，
閒雲高鳥共身輕。
山果打頭休論價，野花盈手不知名，
煙巒直是畫中行。

**題旨：山行記景**

**鄭文焯**（1856～1918）字俊臣，號小坡、叔問，晚號鶴、鶴道人等。工詩詞，擅書畫，懂醫道。少時曾隨父宦游，中舉人後，曾任內閣中書。因多次會試不中，棄官南遊，旅居蘇州，任江蘇巡撫幕僚。辛亥革命後，居住上海行醫，兼賣書畫。著有《大鶴山房全集》。

**注釋**

題—**鄧尉山**：位在今江蘇市，相傳東漢太尉鄧禹辭官後隱居於此而得名。

一行—**黃梅**：黃熟的梅子。／**雜**：夾雜。／**嵐**：山中的霧氣。／**翠**：青綠色的。／**帶**：呈現。

二行—**閒雲**：悠然飄浮的雲。／**高鳥**：高飛的鳥。／**共**：相同。

三行—**論價**：討論價格。／**盈手**：滿手。

四行—**煙巒**：雲霧籠罩的山巒。／**直是**：真是。

## 賞讀譯文

周圍大半都是黃熟的梅子，天氣雨晴夾雜，水面倒影裡的虛幻霧氣和飄浮綠意，呈現出湖的明亮，悠然飄浮的雲和高飛的鳥，我的身體就跟它們一樣輕盈。被山中的果子打到頭，不必討論它的價格，我滿手都是不知名的野花，雲霧籠罩的山巒讓人感覺真像是走在美麗的畫裡。

356

# 浣溪沙

獨鳥衝波去意閑

朱祖謀

獨鳥衝波去意閑，瑰霞如赭水如箋。為誰無盡寫江天。

並舫風弦彈月上，當窗山髻挽雲還。獨經行處未荒寒。

朱祖謀（1857～1931）

又名孝臧，字藿生、古微，號漚尹、彊村。出身官宦世家，中進士後，曾任會典館總纂、江西副考官、禮部右侍郎等職。任廣東學政時，因與總督不和而辭官，任教於江蘇法政學堂。民國成立後，隱居上海。校刻唐宋金元詞一百六十餘家為《彊村叢書》，輯有《宋詞三百首》、《湖州詞徵》三十卷、《國朝湖州詞錄》六卷、《滄海遺音集》十三卷。

題旨：賞景抒懷

【注釋】

一行—**衝波**：衝破波浪。／**閑**：通「閒」。／**瑰**：奇偉的、珍奇的。另有版本為「壞」。／**赭**：紅褐色。／**箋**：寫信或題字用的紙。

二行—**寫**：描繪。

三行—**並舫**：並行的畫船。／**風弦**：指風吹物體發聲。／**當**：對著、向著。／**山髻**：像少女髮髻的青山。／**挽**：拉。

四行—**荒寒**：荒涼又寒冷。

### 賞讀譯文

一隻孤獨的鳥衝破波浪，離開的心意悠閒；瑰麗的晚霞宛如紅褐色的水流，又像是平面的箋紙。它是為了誰而無盡地描畫江天呢？並行的畫船間，如弦樂的風聲讓明月彈上天際，窗外宛如少女髮髻的青山也挽著雲回來。我獨自行經的地方並不荒涼寒冷。

357

# 蝶戀花

柳外輕寒花外雨

況周頤

柳外輕寒花外雨，斷送春歸，直恁無憑據。幾片飛花猶繞樹，萍根不見春前絮。

往事畫梁雙燕語，紫紫紅紅，辛苦和春住。夢裏屏山芳草路，夢回惆悵無尋處。

**況周頤**（1859～1926）

原名況周儀，為避宣統帝溥儀諱，改名況周頤。字夔笙，號蕙風。曾任內閣中書、國史館校對等職。與王鵬運共創臨桂詞派。戊戌變法後，曾任教於常州龍城書院、南京師範學堂等。著有《蕙風詞》、《蕙風詞話》。

**題旨：春景抒懷**

**一注釋一**

一行一**輕寒**：輕微的寒意。／**斷送**：推送。／**直恁**：竟然如此。

二行一**飛花**：飄飛的落花。／**絮**：指柳絮。古代有柳絮墜入水中成為浮萍的傳說。

三行一**畫梁**：雕飾畫紋的屋梁。／**紫紫紅紅**：讓紫花更紫、紅花更紅。／**辛苦**：辛勤勞苦地。

四行一**屏山**：如屏之山；或指屏風。／**夢回**：從夢中醒來。／**無尋處**：無處可尋。

## 賞讀譯文

柳樹外圍充滿輕微的寒意，花叢外圍下著雨，竟然如此沒有憑據地就把春天推送回去。有幾片飄飛的落花仍然繞著樹，在浮萍的根部看不到之前春天的柳絮。

畫梁上的雙燕正在聊往事，牠們讓紫花更紫、紅花更紅，辛勤勞苦地和春天一起停留。我在夢裡看到屏山上的春天芳草路，從夢中醒來後卻惆悵於無處可尋。

358

# 春日園林

梁鼎芬

芳菲時節竟誰知，燕燕鶯鶯各護持。
一水飲人分冷暖，眾花經雨有安危。
冒寒翠袖憑欄暫，向晚疏鐘出樹遲。
儻是無端感春序，樊川未老鬢如絲。

**梁鼎芬**（1859～1919）
字星海、心海、伯烈，號節庵。登進士第後，曾任知府、按察使、布政使等職，因彈劾李鴻章而被降級，憤而辭官，之後受張之洞聘為多家書院的院長及主講者。曾任愛新覺羅．溥儀的老師。

**一注釋一**
一行一**芳菲**：花草。／**竟**：到底。／**護持**：保護維持。
三行一**翠袖**：青綠色的衣袖，泛指女子的穿著，亦代指女子。／**憑欄**：倚靠欄杆。／**暫**：不久、短時間。／**向晚**：傍晚。／**疏鐘**：稀疏的鐘聲。／**遲**：緩、慢。
四行一**儻**：假使、如果。同「倘」。／**無端**：沒由來。／**春序**：春季、春光。／**樊川**：指唐代杜牧，號樊川居士。李商隱曾寫詩給杜牧，提到：「刻意傷春復傷別，人間惟有杜司勳。」／**絲**：銀絲。

題旨：春景抒懷

## 賞讀譯文

花草繁茂的時節到底有誰知道？只有燕和鶯各自保護維持。同樣的水，飲用者的感受有冷暖分別；群花在經過一陣雨後，各有不同的安危處境。冒著寒意，翠袖女子短暫地倚靠欄杆；傍晚時分，稀疏的鐘聲緩緩地從樹林間傳出。如果是沒由來地為春天感傷，那麼杜牧應該還沒老就已經鬢髮如銀絲了。

359

# 玉樓春

## 西園花落深堪掃

王國維

西園花落深堪掃，過眼韶華真草草。
開時寂寂尚無人，今日偏嗔搖落早。
昨朝卻走西山道，花事山中渾未了。
數峰和雨對斜陽，十里杜鵑紅似燒。

**王國維**（1877～1927）
初名國楨，字靜安、伯隅，號禮堂、觀堂、永觀。出身書香世家，曾赴日本東京物理學校就讀，隔年即因病返國。曾任教於南通師範學校、江蘇師範學堂、清華大學等，並在《教育世界》發表大量譯作，介紹西方先進思想，研究中西哲學、文學、美學等。著有《人間詞》、《人間詞話》、《宋元戲曲考》等書。五十歲時投昆明湖自盡。

**題旨：春景抒懷**

**注釋**

一行—**深堪**：非常需要。／**過眼**：經過眼前。／**韶華**：春光。／**草草**：匆忙倉促的樣子。
二行—**寂寂**：孤單；冷落。／**嗔**：責怪。
三行—**花事**：開花之事。／**渾**：完全。／**了**：結束。
四行—**燒**：指燃燒中的野火。

**賞讀譯文**

西園的花已凋落到非常需要清掃了，經過眼前的春光真是匆忙倉促。花開的時候受到冷落而無人欣賞，今日人們卻偏偏責怪花搖落得太早。昨天我走西山的道路，開花之事在山中完全沒有結束。在雨中，我看到數座山峰對著斜陽，十里長的杜鵑花叢紅得像燃燒中的野火。

# 掃花游

疏林挂日

王國維

疏林挂日，正霧淡煙收，蒼然平楚。繞林細路，聽愔愔落葉，玉驄踏去。背日丹楓，到眼秋光如許。正延佇，便一片飛來，說與遲暮。

歡事難再溯，是載酒攜柑，舊曾遊處。清歌未住，又黃鸝趁拍，飛花入俎。今日重來，除是斜暉如故。隱高樹，有寒鴉相呼儔侶。

【注釋】

一行—**疏林**：稀疏的樹林。／**挂**：懸吊。通「掛」。／**收**：聚攏、縮合。／**蒼然**：深青色的樣子。／**平楚**：指平蕪，即平闊的原野。

二行—**細路**：小路。／**愔愔**：柔弱。／**玉驄**：青白色的馬，為駿馬的通稱。

三行—**背日**：背對著陽光。／**丹楓**：經霜泛紅的楓葉。／**到眼**：進入眼眸。／**秋光**：秋日的風光景色。／**如許**：如此多。

四行—**延佇**：佇立許久。／**一片**：指一片葉子。／**遲暮**：指黃昏；比喻晚年、老年。

五行—**載酒攜柑**：古時遊春會攜帶蜜柑和酒，後泛指遊春。出自唐代馮贄的《雲仙雜記》：「戴顒春攜雙柑斗酒，人問何之，曰：『往聽黃鸝聲，此俗耳針砭，詩腸鼓吹，汝知之乎？』」／**舊**：從前。

六行—**清歌**：清亮的歌聲。／**住**：停歇。／**黃鸝**：黃鶯。／**趁拍**：趁著拍子鳴叫。／**飛花**：飄飛的落花。／**俎**：盛肉的器皿，代指宴席。

七行—**重來**：再來。／**除是**：只有。／**斜暉**：傍晚西斜的陽光。／**故**：以前的。

八行—**寒鴉**：一種體型略小的黑色及灰色鴉。／**儔**：同類、伴侶。

題旨：秋景抒懷

## 賞讀譯文

稀疏的樹林上掛著太陽，此時霧漸淡去、煙漸收攏，能看到深青色的平闊原野。我沿著環繞樹林的小路，聽著細微柔弱的落葉聲，騎著駿馬踏過去。背著陽光的紅色楓葉，讓進入眼眸的秋日風光景色如此多。我佇立許久，便有一片落葉飛來，像是在對我說我已到晚年了。

歡樂的事難以再追溯，這裡是我們從前曾經載酒攜柑來遊賞的地方。那時，清亮的歌聲尚未停住，又有黃鶯鳥趁著拍子鳴叫，還有飄飛的落花進入宴席中。今日再度前來，只有西斜的陽光一如從前。隱藏在高樹中的，有正在相互呼喚伴侶的寒鴉。

# 蝶戀花

## 閱盡天涯離別苦

王國維

閱盡天涯離別苦，不道歸來，零落花如許。
花底相看無一語，綠窗春與天俱暮。
待把相思燈下訴，一縷新歡，舊恨千千縷。
最是人間留不住，朱顏辭鏡花辭樹。

題旨：暮春抒懷

**注釋**

一行—**閱**：經歷。／**盡**：完畢。／**天涯**：天邊，指遙遠的地方。／**不道**：不料，沒想到。／**零落**：凋落。／**如許**：如此多。

二行—**綠窗**：綠色紗窗，指女子的居所。／**暮**：將結束的。

三行—**待**：將要、打算。／**新歡**：新的歡樂，新的歡快。

四行—**朱顏**：青春年少的容顏。

**賞讀譯文**

我經歷完了身在天涯的離別之苦，沒想到回來後，看到凋落的花兒如此之多。

我在花下看著這一幕，不發一語，綠窗外的春季和白天都要結束了。

我打算在燈下傾訴相思之情，但一點點新的歡樂，卻會勾起許多舊有的愁恨。

人世間最留不住的，就是離開鏡面的青春容顏，還有離開樹的落花。

362

# 蝶戀花

獨向滄浪亭外路

王國維

獨向滄浪亭外路，六曲欄干，曲曲垂楊樹。展盡鵝黃千萬縷，月中併作濛濛霧。

一片流雲無覓處，雲裏疏星，不共雲流去。閉置小窗真自誤，人間夜色還如許。

題旨：夜景抒懷

## 注釋

一行｜**滄浪亭**：位在蘇州城南。／**欄干**：欄杆。／**曲曲**：每個曲折處。

二行｜**鵝黃**：指初春時節的楊柳。馮延巳〈蝶戀花〉有類似的句子：「六曲闌干偎碧樹，楊柳風輕，展盡黃金縷。」／**併**：一齊。通「並」。

三行｜**流雲**：飄轉流動的雲。／**無覓處**：無處尋覓。／**不共**：不與。

四行｜**閉置**：禁閉；關押。／**自誤**：因做錯事而害了自己。／**如許**：如此美好。

## 賞讀譯文

我獨自前往滄浪亭外的道路，在六曲欄杆旁，每個曲折處都有垂楊樹。垂楊樹盡情展現鵝黃色的千萬條柳枝，它們在月光下一齊變成濛濛的霧靄。一片飄轉流動的雲已經無處尋覓，但雲裡的疏落星星卻沒有跟雲一起流走。把自己關在小窗裡真是害了自己，人間夜色還如此美好。

363

# 虞美人・影松巒峰

侯文曜

有時雲與高峰匹，不放松巒歷歷。
望裏依岩附壁，一樣黏天碧。
有時峰與晴雲敵，不許露珠輕滴。
別是嬌酣顏色，濃淡隨伊力。

**侯文曜** 字夏若，康熙時人，著有《松鶴詞》、《巫山十二峰詞》。

題旨：詠山和雲

**注釋**

題 **松巒峰**：山名。
一行 **匹**：比較、相比。／**歷歷**：清楚的樣子。
二行 **天碧**：碧天。
三行 **晴雲**：晴天的白雲。／**敵**：對抗。
四行 **伊**：指山峰。

**賞讀譯文**

有時雲和高峰相比較，不讓松巒清楚顯現。在視野中，雲依附著岩壁，就像黏著碧天一樣。有時山峰與晴天的雲對抗，不允許露珠輕易滴下。另外呈現嬌酣顏色，濃淡隨山峰的意思。

# 高陽臺

柳髮霜髡

邊浴禮

柳髮霜髡，苔衣雨坼，夕陽紅上孤城。風翦雲羅，昨宵偷放新晴。秋光不管人腸斷，斷腸人翻愛秋清。小銀塘，凋了殘荷，荒了枯萍。

僧樓半角蒼煙織，記香迷稚蝶，絮攪雛鶯。一夜涼颸，陰陰換作蟲聲。臨流悄向沙鷗說，算蕭騷誰更如卿。悵歸途，楓葉蘆花，無限飄零。

## 賞讀譯文

柳葉被白霜剃光了，苔蘚被雨水弄破了，夕陽讓孤城染上紅光。風剪開了一整片陰雲，昨天晚上偷偷放晴。秋日的風光景色不管人是否會為此悲傷，悲傷的人反而喜愛清冷的深秋。清澈的小池塘裡，剩餘的荷花已經枯萎，凋零的浮萍也荒蕪了。

寺院樓屋的半個角落有蒼茫的雲霧交織，我還記得花香曾讓幼小的蝴蝶迷戀，柳絮曾攪亂小鶯鳥的飛行。一夜的涼風，隱約換成了蟲鳴聲。我靠近流水，悄悄地對沙鷗說，要算蕭條凄涼的話，誰能比得上您？在惆悵的歸途上，楓葉和蘆花全都是衰敗的模樣。

## 題旨：秋景抒懷

**邊浴禮（約 1844 ～ 1858 年前後在世）**

字夔友、袖石。登進士第後，官至河南布政使。博聞宏覽，嗜作詩。

**【注釋】**

一行—**柳髮**：指柳葉。／**髡**：剃髮，或剪去樹木的枝葉，使之光禿。／**苔衣**：泛指苔蘚。／**坼**：分開、裂開。

二行—**翦**：裁剪、截斷。／**雲羅**：如網羅一樣遍布上空的陰雲。／**昨宵**：昨夜。

三行—**秋光**：秋日的風光景色。／**腸斷**、**斷腸**：皆形容極度悲痛。／**翻**：反而。／**秋清**：即清秋，指清冷的深秋。

四行—**銀塘**：清澈明淨的池塘。／**凋**：枯萎。／**荒**：荒蕪。／**枯萍**：凋零的浮萍。

五行—**僧樓**：寺院樓屋。／**蒼煙**：蒼茫的雲霧。／**稚蝶**：幼小的蝴蝶。／**絮**：柳絮。／**雛鶯**：幼小的鶯。

六行—**涼颸**：涼風。颸，音同「思」。／**陰陰**：隱約而不明顯。

七行—**臨**：靠近、依傍。／**蕭騷**：蕭條凄涼。／**卿**：敬稱。同「您」。

八行—**飄零**：衰敗、破敗的樣子。

# 點絳唇

小雨初收

邊浴禮

小雨初收，煙郊榜曉秋容淨。
野花紅凝，點綴青蕪徑。
馬首涼蟬，一路供愁聽。
西風勁，弄晴搖暝，幾樹垂楊影。

**題旨：秋景抒懷**

**注釋**

一行—**收**：停止。／**煙郊**：煙霧彌漫的郊野。／**榜**：告示、揭示。／**曉**：天剛亮的時刻。／**秋容**：秋天景色。

二行—**凝**：聚集。／**青蕪**：雜草叢生的草地。

三行—**馬首**：馬首所向，指策馬前進。／**涼蟬**：秋蟬。／**愁聽**：聽而生愁。

四行—**勁**：強勁。／**弄晴**：在晴天時戲耍。／**暝**：天晚、昏暗。

## 賞讀譯文

小雨剛停，煙霧彌漫的郊野揭露了天亮時刻，秋天景色一片清淨。野花的紅色成群聚集，點綴了雜草叢生的小路。我策馬前進，伴著秋蟬的聲音，一路上讓人聽了生愁。西風強勁，在晴天裡戲耍、在昏暗中搖動的，是幾棵垂楊樹的影子。

366

# 漁家傲・東昌道中

張淵懿

野草淒淒經雨碧，遠山一抹晴雲積。
午睡覺來愁似織。孤帆直，遊絲繞夢飛無力。
古渡人家煙水隔，鄉心撩亂垂楊陌。
鴻雁自南人自北。風蕭瑟，荻花滿地秋江白。

張淵懿（約 1654 ～ 1691 前後在世）
字硯銘、元清，號蟄園。曾先後組立原社、春藻堂社。

題旨：秋景抒懷

一注釋一

題—**東昌**：東昌府，在今山東省聊城。

一行—**淒淒**：同「萋萋」，形容草木茂盛。／**碧**：碧綠。／**晴雲**：晴天的白雲。

二行—**覺**：睡醒。／**織**：結合、組成。／**直**：直立。／**遊絲**：蜘蛛等蟲吐的絲。

三行—**古渡**：古老的渡口。／**人家**：民家。／**煙水**：煙霧瀰漫的水面。／**鄉心**：思念家鄉的心情。／**撩亂**：紛亂；雜亂。／**陌**：小路。

四行—**鴻雁**：又稱大雁，是一種候鳥，於春季返回北方，秋季飛到南方越冬。／**自**：在此是指「前往」。／**蕭瑟**：草木被秋風吹襲的聲音。／**荻**：禾本科多年生植物。秋天抽淡紫色花穗。生長於水邊或原野，與蘆同類。

## 賞讀譯文

野草生長茂盛，在經過一陣雨之後，更顯得碧綠，遠山堆積了一抹晴天的白雲。午睡醒來後，我心中的愁緒似乎正在交織成形。孤帆直立著，飄浮的蟲絲繞著夢無力地飛。古老渡口旁的民家，被煙霧瀰漫的水面隔開；思念家鄉的心情紛亂得像小路旁的垂楊。鴻雁往南飛，人往北行去。在秋風的蕭瑟聲中，滿地的荻花讓秋日江流一片雪白。

# 參考書籍


**《大唐詩集柳宗元詩選》**洪淑苓．編著／五南圖書

**《元人散曲選》**龍潛菴．選注／遠流出版

**《元好問詩選》**陳沚齋．選注／遠流出版

**《元明清詞三百首鑑賞辭典》**／上海辭書出版社

**《元明清詩三百首鑑賞辭典》**／上海辭書出版社

**《王安石詩選》**周錫䪖選注／遠流出版

**《王國維詞注》**田志豆．編注／遠流出版

**《王維詩欣賞》**孫燕文．主編／文國書局

**《王維詩選》**王福耀．選注／遠流出版

**《白居易詩選》**梁鑒江．選注／遠流出版

**《朱淑真詩詞欣賞》**孫燕文．主編／文國書局

**《吳文英詞欣賞》**孫燕文．主編／文國書局

**《吳梅村詩選》**王濤．選注／遠流出版

**《李煜、李清照詞注》**陳錦榮．選注／遠流出版

**《杜牧詩選》**周錫䪖．選注／遠流出版

**《辛棄疾詞選》**孫乃修．選注／名田文化

**《辛棄疾詞選》**劉斯奮．選注／遠流出版

**《周邦彥詞選》**劉斯奮．選注／遠流出版

**《孟郊、賈島詩選》**劉斯翰．選注／遠流出版

**《孟浩然、韋應物詩選》**李小松．選注／遠流出版

**《明月松間照詩佛：王維詩歌賞析》**陶文鵬．選析／開今文化

**《近三百年名家詞選》**忍寒居士編／世界書局

**《姜夔、張炎選》**劉斯奮．選注／遠流出版

**《柳永、周邦彥詞選注》**周子瑜．注譯／建宏出版社

**《柳永詞選》** 梁雪芸・選注／遠流出版
**《范成大詩選》** 周錫韟・選注／遠流出版
**《韋應物詩欣賞》** 孫燕文・主編／文國書局
**《唐宋名家詞選》** 龍沐勛・編選、卓清芬・注説／里仁書局
**《晏殊、晏幾道詞選》** 陳永正・選注／遠流出版
**《納蘭性德詞選》** 盛冬鈴・選注／遠流出版
**《高啟詩選》** 陳沚齋・選注／遠流出版
**《高適、岑參詩選》** 王鴻蘆・選注／遠流出版
**《婉約詞選》** 王兆鵬・編選／鳳凰出版社
**《張先詞欣賞》** 孫燕文・主編／文國書局
**《張籍、王建詩選》** 李樹政・選注／遠流出版
**《通賞中國歷代詞》** 沈文凡、李瑩、代景麗、王慷、胡洋、楊辰宇・著／長春出版社
**《陸游詩選》** 陸應南・選注／遠流出版
**《詞林觀止：金元明卷》** 陳邦炎・著／台灣古籍
**《詞林觀止：清代卷》** 陳邦炎・著／台灣古籍
**《黃仲則詩選》** 止水・選注／遠流出版
**《黃庭堅詩選》** 陳永正・選注／遠流出版
**《黃遵憲詩選》** 李小松・選注／遠流出版
**《新譯千家詩》** 邱燮友、劉正浩・注譯／三民書局
**《新譯元曲三百首》** 賴橋本、林玫儀・注譯／三民書局
**《新譯宋詞三百首》** 汪中・注譯／三民書局
**《新譯李白詩全集〔上〕》** 郁賢皓・注譯／三民書局
**《新譯李白詩全集〔下〕》** 郁賢皓・注譯／三民書局
**《新譯李白詩全集〔中〕》** 郁賢皓・注譯／三民書局
**《新譯李商隱詩選》** 朱恆夫、姚蓉、李翰、許軍・注譯／三民書局

## 參考書籍


《新譯李清照集》姜漢椿、姜漢森・注譯／三民書局

《新譯李賀詩集》彭國忠・注譯／三民書局

《新譯杜甫詩選》張忠綱、趙睿才、綦維・注譯

《新譯孟浩然詩集》楊軍・注譯／三民書局

《新譯花間集》朱恒夫・注譯／三民書局

《新譯南唐詞》劉慶雲・注譯／三民書局

《新譯柳永詞集》侯孝瓊・注譯／三民書局

《新譯唐人絕句選》卞孝萱、朱崇才・注譯／三民書局

《新譯唐詩三百首》邱燮友・注譯／三民書局

《新譯清詞三百首》陳水雲、昝聖騫、王衛星・注譯／三民書局

《新譯清詩三百首》王英志・注譯／三民書局

《新譯樂府詩選》溫洪隆、溫強・注譯／三民書局

《新譯蘇軾詞選》鄧子勉・注譯／三民書局

《楊萬里詩選》劉斯翰・選注／遠流出版

《溫庭筠詩詞選》劉斯翰・選注／遠流出版

《劉禹錫詩選》梁守中・選注／遠流出版

《歐陽修、秦觀詞選》王鈞明、陳沚齋・選注／遠流出版

《歷代曲選注》朱自力、呂凱、李崇遠・選注／里仁書局

《歷代詞選注》閔宗述、劉紀華、耿湘沅・選注／里仁書局

《歷代詩選注》鄭文惠、歐麗娟、陳文華、吳彩娥・選注／里仁書局

《韓愈詩選》止水・選注／遠流出版

《龔自珍詩選》劉逸生・選注／遠流出版

## 參考網站

- 中國哲學書電子化計劃 https://ctext.org/zh
- 中華古詩文古書籍網 https://www.arteducation.com.tw/
- 百度百科 https://baike.baidu.com
- 查查漢語詞典 https://tw.ichacha.net
- 教育百科（教育雲） https://pedia.cloud.edu.tw/home/index
- 教育部重編國語辭典修訂本 http://dict.revised.moe.edu.tw/cbdic/
- 華人百科 https://www.itsfun.com.tw/
- 萌典 http://www.moedict.tw
- 漢文學網 http://cd.hwxnet.com
- 漢典 http://www.zdic.net
- 漢語網 http://www.chinesewords.org
- 讀古詩詞網 https://fanti.dugushici.com/

國家圖書館出版品預行編目(CIP)資料

三六六・日日賞讀之二：古典詩詞美麗世界（唐至清代）／夏玉露編注．-- 初版．-- 新北市：朵雲文化出版有限公司，2021.04

384 面；22X16 公分．--（ip；5）

ISBN 978-986-98809-0-9（平裝）

831 110002565

iP 05

# 三六六・日日賞讀之二 古典詩詞美麗世界（唐至清代）

作者—夏玉露
封面插畫—陳小琪
校對—練亭瑩
美術設計—王美琪

出版總監—鄭宇雯
主編—洪禎璐
出版 朵雲文化出版有限公司
地址：新北市中和區景新街496巷39弄16號3樓
電話：(02)2945-9042
信箱：cloudoing2014@gmail.com

總經銷 大和書報圖書股份有限公司
地址：新北市新莊區五工五路2號
電話：(02)8990-2588
傳真：(02)2299-7900

初版｜2021年4月 定價｜420元 ISBN｜978-986-98809-0-9